那一方土地，
那祖祖辈辈讲给我们的故事，
我们不该忘记。

放缓脚步，
去故事里闻一闻乡土气息，
重拾遗失的美好记忆。

中国民间文化遗产抢救工程
THE PROJECT TO CHINESE FOLK CULTURAL HERITAGES

中国民间故事丛书

中国民间文艺家协会　组织编写

总主编/罗杨　本卷主编/张占军　王湫弘　李会宁

河北 廊坊

大城卷

知识产权出版社
全国百佳图书出版单位

《中国民间故事丛书》廊坊市编委会

顾　　问｜吴晓琳
主　　任｜辛绍杰
副 主 任｜赵清超　董春霖
主　　编｜范丽婷　苏靖懿
执行主编｜胡树全　刘树滋　王贺年　李振生　陈建伶
　　　　　李会宁　王素英　若　岩
副 主 编｜于　佳　陈赤军　李宝才　刘化田　崔继昌
　　　　　阎伯群
编　　委｜（以姓氏笔画为序）
　　　　　于　佳　马玉龙　王素英　王贺年　刘化田
　　　　　刘树滋　李会宁　李振生　李宝才　李平云
　　　　　李焕冬　苏靖懿　陈建伶　若　岩　范丽婷
　　　　　胡树全　阎伯群　崔继昌

《中国民间故事丛书》大城县编委会

主　　任｜高树民　朱建强
名誉主编｜徐静华　杨宝骞
主　　编｜张占军　王湫弘　李会宁
副 主 编｜白　静
执行主编｜王红梅
编　　委｜李会宁　李玉川　黄学通　安学锋　刘福生
　　　　　周志芳　姜海旺　刘守安　相恩余　缴世忠
　　　　　张才酉　张守鹏　张汝河　周长锁　张文征
　　　　　杨馨远　刘战山　薛维峰　白　静　王红梅
　　　　　张嘉麟　崔楸立　王慧青　张亚杰
图片提供单位｜大城县文联　大城县文体局　大城县民政局
　　　　　《新大城》报社

→ 二姑院太平颤
↓ 杨式太极拳老架

← 大城县二姑院村牌楼

← 大城县西子牙河北登云会

↓ 西河大鼓

↑ 仿古家具产品
→ 大城县古典家具剪影

← 大城县丰收的金丝
　小枣

← 碧霞宫内永乐古槐
　全貌

↓ 大城县祖寺村牌楼

→ 大城县张庄古槐
↓ 大城县西留各庄
　碧霞宫外景

← 大城县西留各庄碧霞
　　宫有关建庙的碑文
↓ 大城县党政机关各界
　　人士隆重举行悼念活
　　动

↑ 大城县龙冢古墓遗址

→ 碧霞宫内永乐古槐近景

↖ 大城县地毯
← 大城县花会
↓ 大城县明星企业文化
书画联谊会剪影

→ 省文联党组书记赵景芝（左）在县委常委、宣传部长、统战部长徐静华（右）陪同下到权村调研采风

↓ 大城县文联组织书画家深入基层开展文化下乡活动剪影

← 大城县人民政府副县长杨宝骞在中秋赏月联欢晚会上表演太极拳

← 省电台《美术广角》主编张占锁采访大城县的全国知名画家史国良先生（右）

↓ 大城县长朱建强（右）陪同原大城县委书记赵斌增一起到民间查农情

人类不能没有故事（序一）

罗 杨

　　故事，是人类对历史的记忆，它记叙和传播着社会的文化传统与价值观念，引导着社会性格的形成，构建着社会的文化形态。具有五千年文明底蕴的古老中国，是一个充满故事的国度，有着悠久的讲故事的传统。那些"夸父逐日""嫦娥奔月""精卫填海""愚公移山"等神奇的故事，至今仍散发着迷人的魅力，澎湃着感人的生命张力。作为先人创造和遗留下来的宝贵文化财富，民间故事中充满了民族的智慧和生命的记忆，它传承了朴素的文化血脉，是民族文化得以认同的载体。

　　我们每个人都是听着故事长大的。那些爷爷奶奶、爸爸妈妈讲给孩子们的故事，对于生命尊严的守护和价值观的养成，甚至比上学读书带来的影响力还要绵久和强大。民间故事中蕴含着的历史文化、理想信仰、价值观念、情感道德、生活知识等丰富内容，具有精神娱乐、知识传播和教化启蒙三重作用，不仅给人以知识和智慧，也给人以启迪和力量；不仅传播着社会价值理念，也构建着美好的精神家园。

　　纵观中华民族的文明文化史，我们的祖先讲着"女娲补天"的故事，开创了华夏民族的创世纪元；伟大领袖毛泽东讲着脍炙人口的故事"愚公移山"，带领中国人民推翻了三座大山；改革开放大潮中，我们又讲着春天的故事，跨入了豪迈的新时代。一个有故事的人生是辉煌的人生，一个有故事的民族是充满希望的民族。故事，始终伴随着我们的民族走向成熟，也伴随着我们的国家走向强大。

伟大的民族不能没有故事，强大的国家不能没有故事，复兴的时代不能没有故事。那些美妙动人的民间故事，在世代的传承中，已经内化为我们的民族精神，融入中华儿女的品格中。然而，在文明更迭、社会转型的年代，很多优秀的民间故事正面临着失传的危险。把祖先留下的精神遗产抢救下来、保存下来，完整地交给后人，是几代民间文艺工作者的责任和使命。为此，中国民间文艺家协会把对民间故事的抢救和传承作为一项长期工作延续了半个多世纪，并将《中国民间故事丛书》列入中国民间文化遗产抢救工程重点项目，常抓不懈。

除了中国，哪个国家还能有如此丰富的故事，并有如此众多的故事传承人和听众！作为一种民间文学样式和娱乐方式，民间故事或许会被人们冷落，但我相信，作为中华文明的血脉，民间文化的基因始终流淌在亿万人民的血液里，它的根不会断。

人类没有故事将会平淡无奇，世界没有故事将会索然无味。随着社会发展和文明进步，我们越来越需要倾听那些本真的、自然的，充满着文化多样性魅力的故事。让我们把祖祖辈辈流传下来的美好故事世世代代地讲下去，让中国的崭新故事向人类倾诉更多的精彩。

2014年4月

（作者系中国民间文艺家协会分党组书记，驻会副主席）

河北的故事（序二）

郑一民

　　河北，因地处黄河下游之北而得名，古称"燕赵"。称燕赵，是因为春秋战国时代这里为燕、赵二国的政治、经济、文化中心和大部疆域所在。自元至今为京畿之地。

　　追溯历史，考古学家发掘的规模宏大的阳原泥河湾古人类遗址表明，早在200万年前这里便是东方人类的故乡，至今尚存的新石器时代的仰韶文化遗址遍布太行山东麓各地，在武安磁山文化遗址发掘出的人类八千年前从事农牧生产和打制工具留下的粟坑、陶窑和鸡骨遗骸堪称世界之最，数以百计标志人类已进入四千年前父系社会的龙山文化遗址发现更给这块大地带来无穷奥秘。炎黄蚩三大部族在这里发生"涿鹿之战""阪泉之战"后又于釜山举行部族会盟，首次在中华大地创建多民族统一理念，并筑黄帝城于涿鹿矾山，更使这块大地增添了追宗究祖的无穷魅力。尧帝封侯于唐邑（今唐县），建都隆尧县柏人城，形成"唐尧遗风"传世。大禹治水自此始，以山川大势划九州，冀州为首。商族由此发迹，十四代祖祖乙立国于邢（今邢台市）。春秋战国时为七雄中燕、赵之都所在地，还有中山、代、孤竹等国并存。秦始皇统一六国后为历代郡、道治辖，元、明、清建都北京又成为京畿胜地。纵观河北历史长河，既是历代争王称霸厮杀硝烟不断的战争走廊，又是孕育和滋生中华文明的重要源泉，战争虽给劳动人民带来无尽的灾难，却也涌现了伏羲、女娲、黄帝、炎帝、蚩尤、嫘祖、尧帝、扁鹊、荀况、赵武灵王、燕昭王、廉颇、蔺相如、李牧、董仲舒、刘备、张飞、赵云、李世民、魏征、苏烈、赵匡胤、关汉卿、张之洞、纪晓岚、李大钊等数以千计的政治、经济、军事等民族先贤和精英，如此厚重与灿烂的文化积淀，奠定了河北在中国历史上的重要地位。

有人的地方就有故事，历史悠久、重大史实事件众多、民族精英众多的地方故事就更丰富、更精彩。梳理总结河北在这种壮阔的历史演变中产生的民间故事特色与影响，可分为神话传说、人类传说、史事传说、科学文化（技艺）传说、地方人文景观传说、生活故事、动植物传说、鬼狐精怪传说等八大类。阅读这种充满浓郁乡土气息和民情民风的作品，每个人都会被燕赵人民那种厚重的文化素养、聪明才智、慷慨忠贞、英雄豪气、勤劳勇敢精神所折服。故事中那些奇巧的构思、绝妙精伦的语言、爱憎分明的情感、博大深厚的内涵，绝非文人能杜撰得出来的！如果用现代词语来评价河北民间故事的价值，可以说很讲政治、讲正气、讲道德，是中华民族珍贵的重要文化财富和精神食粮。它虽是世代劳动人民的口传嘴承之作，却向我们叙述了一部生动形象的民族发展史，展现了中华五千年文明沧桑的画卷，堪称研究燕赵大地历史和文化的口头百科全书。其中虽有良莠并存现象，但良远大于莠。这些佳作在一代又一代传颂中，陶冶了燕赵人的品行，塑造了燕赵人的形象，积沉出坚强不屈、勇于担当和创新奉献的民族精神，至今仍在发挥着传递与教化文化血脉和中华品貌的作用，是构建社会主义核心价值观的重要基石。从这一现实看，收集整理和编辑出版《中国民间故事丛书》河北各县卷，是一件功在当代、利在千秋，建设文化强国的基础文化工程。

借此，向各位编辑出版《中国民间故事丛书》河北各县卷而辛勤劳作的朋友们表示衷心的敬意与谢忱！感谢你们为文化大省建设作出了新贡献！

2015年12月

（作者系中国民间文艺家协会原副主席，河北省民间文艺家协会主席）

廊坊传统文化古韵悠长（序三）

范丽婷

　　《中国民间故事丛书》是由国家立项批准，属国家级重点社科项目之一。"廊坊卷"这套书经过全市民间文艺家和民间文艺工作者的共同努力，历经数载终于告罄。《中国民间故事丛书·河北廊坊卷》被列入廊坊市文联"文艺成果出版工程"，是廊坊文艺工程的又一丰硕成果。

　　廊坊1989年建市，是一座淳朴而年轻的城市。作为中国这片古老而广袤土地上的一个开放较早的区域，廊坊有着灿烂悠久的地域历史和深厚的文化积淀。

　　廊坊地处华北平原中东部，远古时代是黄河和燕山河系流经的区域。廊坊境内的县域设置，大都形成久远，除大厂、广阳、开发区为新中国成立后的新设县区外，其余各县均有千年的历史。汉高祖年间（前206年至前195年）设安次县、文安县、东平舒县（南北朝北魏时期改为平舒县，五代后周时期改为大城县）、方成县（东汉时改为方城县，隋代开皇年间改为固安县）。唐如意元年（692年）设武隆县（今永清、霸州地域，景云元年改为会昌县，天宝元年为永清县）。唐开元四年（716年）设三河县，辽会同元年（938年）设香河县，后周时期设霸州。

廊坊地名的由来可追溯到一千多年前的五代时期。那时后晋兵部侍郎吕琦在安次故里修建一所豪华宅第，村民称之为"侍郎房"，后成为村名，略称"郎房"。19世纪末，京山铁路在附近设站，站牌写成"廊房"，自此，廊房作为城镇地名为外界所知，北京的前门大街至今保留着廊房胡同的名称。20世纪60年代末，地区党政机关迁入廊坊，外来人口随之剧增，出于书写便利将廊房写作廊坊，得到广泛认同并为官方采用，廊坊遂作为法定地名沿用至今。

廊坊境域物华天宝、人杰地灵，孕育出当朝宰相、兵马元帅、朝廷阁员、封疆大吏和文人学士等为数众多的历史名人。由于岁月磨砺和战乱、水患、地震等天灾人祸的破坏，廊坊境内的古文明大部已难存世。尽管如此，如若悉数清点，现存物质和非物质文化遗产仍蔚为大观。

古村落、古长城、古墓冢等文化遗址372处，主要有三河孟各庄和刘白塔村新石器时期文化遗址，发现半地下房址，出土有石器、骨器、陶器。战国时期燕国南长城遗址，分布于文安、大城两县，墙体高1.5米、宽8米，两县早期县志均有记载，在大城县杨堤村可见局部断面。龙冢遗址，位于大城县龙冢村，封土高4.5米，属战国时期遗存，传说为秦始皇第十三子的墓葬。

古城镇，如固安县城，春秋时期筑有城池，称方城邑；文安苏桥镇，建于汉代，宋代为繁华之地，苏东坡之父、名列唐宋八大家之一的苏洵任文安主簿时，多次视察此地。又如霸州胜芳镇，明清时已有盛名，是廊坊南部与天津之间的重要商埠码头，素有"小天津"之称，现留有豪宅大院、商铺钱庄等清代遗存多处。

世代相传的民歌和民间故事，多以劳动、爱情和对家乡、英烈的歌颂为主题，铭记着时代烙印，是重要的文化遗产。全市的民间文艺家和民间文化工作者，对民间故事进行了普查和收集，共收集各类民间故事近万篇。

廊坊境域的民间古乐，盛行于明清时期。其中，有乐谱相传的屈家营音乐、高桥音乐、胜芳南音和军芦村音乐，已列入国家和省文化遗产名录，大都有民间乐队可为演奏。固安县还存有清帝乾隆钦定文庙乐章，共六乐六章，是当年文庙祭祀仪式的法定演奏曲。民间花会在廊坊境内盛行已久，流传至今的不下几十种。其代表性花会有：安次葛渔城重阁会，始创于清代乾隆年间，由成人托举儿童表演戏曲节目，上下配合、载歌载舞，类似宋代傀儡戏。香河安头屯中幡会，始创于清代或更早，舞者以肩、肘、额顶起一竹篙表演，有数种程式套路，乾隆年间受过两次皇封。此外还有龙灯会、大鼓会、挎鼓会、狮子会、五虎棍、太平车等古传花会，至今还能观其演出。

历史已成往事，文化依然传承。研究历史、以史为鉴，继承和弘扬优秀文化传统，更好地服务于廊坊经济发展与和谐社会建设，这应当是不容忽视的历史责任和新的使命。作为拥有辖区面积6429平方公里，395.7万人口的廊坊市，我们要用心挖掘中华文明之根脉，传承传统文化之薪火。我们更期待《中国民间故事丛书·河北廊坊卷》的出版问世。

今日的廊坊是一座孕育着巨大潜力和商机，充满活力和魅力、激情与希望的城市。今日的廊坊，昂首阔步，正在谱写新的历史华章！

2009年10月

（作者系河北省民协副主席、廊坊市民协主席）

古风馨香畅平舒（序四）

高树民　朱建强

民间文学是人类生活的有机组成部分，是社会生活的一面镜子，是人民群众口传的历史，人们可以从民间文学中窥见人类历史发展的脉络。法国工人运动活动家拉法格说："民间文学是人们灵魂的忠实、率真和自发的表现形式，是人民的知己和朋友，也是人民的科学、宗教和天文的备忘录。"早期的各种神话、传说、故事、笑话等都形象地传递着人类社会的各种信息，人类这种特有的天真与执着，表现出了无可替代的文化史价值。

坐落于冀中平原上的大城县，历史上曾是古燕赵文化的腹地。战国时为齐国北部边城，名徐州，后改名平舒，在数千年的发展历程中，大城置身于民族冲突、政权更迭、文化交融的历史漩涡，从而衍生出众多色彩斑斓、绚丽多姿的文化景观，同时也蕴藏着神奇的民间故事。古朴的文化灵秀着这方土地——文昌香雾，承袭了崇尚诗书的品行；黔夫使徐、始皇驻跸，讲述着先秦文明的绵远流长；章武古郡，点缀出魏晋文化的光斑璀璨。抗辽名将杨延昭、明朝户部尚书梁材、兵部左侍郎李松、清朝刑部尚书刘楗……均在这里演绎出一个个精彩的故事，传承着平舒古文化的精华。这些脍炙人口的故事在民间口口相传，经久不息。《秦始皇为幼子选墓》《唐太宗扎营赵良村》《老包与完城的传说》《康熙三巡子牙河》等历史名人的传说，以及《李督堂的传说》《刘天官的传说》《李莲英的故事》《杨六郎演马破辽兵》《吴淑度》等人物故事，都是大城民间故事中流传最广具有代表意义的经典篇章。还有一些当地小有名气的人物传说《斩蟒英雄马怀德》《钢筋铁骨的商有余》《陶洲池的传奇》等，都是大城县历史文化渊源中一颗颗耀眼的珍珠。除此之外，还有诸如《空城的故事》《太公钓台的传说》《龙亭子的传说》《千年古刹石佛寺》等则是平舒大地上美丽风物的传说，也是我们大城县人文世界中的传奇景观。鬼怪故事《人鬼兄弟》情谊深厚，胜过凡间酒肉之交；《真假梅香》美满姻缘巧做成全……更值得一提的是幽默笑话中《懂事大伯小传》，其作品语言具有浓重的地方特色，大量使用我们生活中的口语、方言和俚语，读来倍感亲切，很值得一看。不仅如此，大城民间故事中还收集了一些动植物传说、其他传说等，都很有特色，代表了大城地域内丰富的民间文化遗存。

　　大城的民间故事，是大城县人民经年累月口传下来的精神食粮。这部《中国民间故事丛书·河北廊坊·大城卷》翔实地记录下流传在平舒大地上的各类民间故事共计一百余篇。使其流传下去是我们文化工作者不可推卸的责任，也是我们的神圣使命，今后我们仍将继续充实和完善大城县的民间故事库。由于编写工作时间紧，任务量大，成书难免有疏漏错误之处，诚盼有识之士提出宝贵意见，为大城的民间文化传承作出贡献。

2009年10月1日

（高树民系中共大城县委书记，朱建强系大城县人民政府县长）

传 说

故事

■ 人物故事

宰牛　　　　　　　　壮烈牺牲

气她们

鬼 怪 故 事

笑 话

中国民间故事丛书

河北 廊坊

大城卷

传说

风 物 传 说

空城的故事

讲述：李恩泽 62岁 农民 初小
记录：黄学通 71岁 退休干部 大专
1981年7月采录于大城县南赵扶镇冯庄村

　　大城县东部有座上百亩地的土城，当地称"空城"，至今遗址尚存。相传，此城为当年杨六郎戍边抗击辽兵用过"空城计"的地方。

　　众所周知，宋辽战争在河北中部地区持续多年。当时，宋辽边界西起保州（今清苑县），东至泥沽（津南泥水沽），中间设要塞三关，有瓦桥关（雄县）、益津关（霸州）、淤口关（信安，宋朝名破虏军）。史料记载，宋朝年间，杨六郎在这一带边塞除以上三关外，还设置高阳关等大兵营十六座，军铺一百三十六处。由此可见，宋朝对边关的重视。尽管如此，由于辽兵好战，侵宋的野心不死，宋辽边界拉锯式的交战时有发生。

　　一年秋末冬初，辽兵不断在淤口关以东骚扰宋营边塞，并多次入侵内地抢掳民众财物，搅得民心不得安宁。杨六郎为惩罚辽兵的侵扰，派宋军趁夜偷袭辽营，并扒开桑乾河堤，淹没了许多辽兵哨所和兵营。同时命瓦桥关宋营官兵，出关袭扰辽营，使辽兵腹背挨打，顾东难顾西。此次，辽兵东西两地都吃了败仗。

　　杨六郎本名叫杨延昭，戍边抗辽十余年，每战遇敌总是身先士卒，且勇敢善战，辽兵屡败，因此辽兵最怕杨延昭。辽将为了报复杨六郎，又秘密组织策划用骑兵南侵大宋，想找回自己屡屡失败的面子。杨六郎得到消息，传令宋营要塞严加防范。

不几天，哨马营飞报杨六郎，辽兵集聚三万骑兵来侵，其势勇猛，分三路朝益津关进发。杨六郎亲自率将士奔赴益津关抗敌，选派精锐骑兵出关迎战，迫使辽兵退出益津关。辽兵迫于宋军勇猛顽强追杀，只好暂且退回辽营。

狡猾的辽将不给宋军喘息的机会，当夜子时，又带三万骑兵以迅雷不及掩耳之势，分六路冲破淤口关以东哨所，朝沿河、黑龙河向南猛冲，势不可挡。杨六郎命宋军且战且退，诱敌深入。当夜辽营骑兵入侵宋军近百里，相距景城郡（今沧州）不足四十里时，天已大亮。辽兵突然听到前方鼓声阵阵，又见杨字帅旗迎风招展，四处烽烟滚滚。辽将唯恐杨六郎在此设下埋伏，急命号手鸣金收兵。然后，命探马前方打探，探马前往一个时辰不见回程。辽将恐有不测，又派出探马多人出探。

再说杨六郎得知辽兵又从淤口关以东进犯，亲自率骑兵飞驰空城一带救援。对于空城，杨六郎早命守城官兵准备好，单等辽兵进犯，用空城牵制迷惑敌人，等待援兵合围聚歼辽兵。

辽兵第二次探马未到空城，就发现先前两名探马被杀，便急忙拨马而回，向辽将回报。辽将闻报，急得呀呀怪叫，不管三七二十一，催马率兵便向空城进发。当辽兵赶到空城附近，不见宋军一兵一卒，只听战鼓雷鸣。辽将壮着胆子带兵冲进城内一看，里边只有四只大山羊悬在四面大鼓上，正在一个劲地击鼓助阵。气得辽将眼都红了，挥刀就把四只山羊杀死。

俗话说，不怕慢，就怕站。辽兵这一迟疑就是两个时辰，给杨六郎创造了机会。正在这时，快马飞报辽将，空城周围出现杨六郎的骑兵。说话间，战鼓雷鸣，杀声震天，辽将这才醒过味来，大呼上当。

此时，杨六郎率宋军已把三万辽兵团团围住。这一下辽兵可乱了阵脚，左冲右撞组织突围，因伤亡惨重，只好退到空城左右。辽将急得如同热锅上的蚂蚁，一个劲团团转，最后只好把剩下的兵马分成6个突围队，一齐向北面拼杀才冲出一条血路，逃出宋军的重重包围圈。这次战役，辽兵又是丢脸败逃，在空城内外死伤辽兵不计其数。杨六郎率骑兵乘胜追击，直把辽兵赶到百里外东西大淀。辽兵一看来路变成一片汪洋，一个个都傻了眼。此为杨六郎命宋军采用的水围之战。因辽兵的战马没有见过水，见到水都战战兢兢一个劲往回跑。这时杨六郎带领骑兵赶到，又把辽兵杀了个鬼哭狼嚎，死伤者成千上万。最后，辽将率残部不足万余兵马死拼突围，才逃回辽营。

杨六郎利用空城抗击辽兵大获全胜，当地民众纷纷赶到宋营慰问官兵。并把这次空城之战作为佳话，一代一代流传。后有移民迁至空城左右立村，左遂名为东空城（属青县），右遂名为西空城（属大城县）。

望子村的传说

讲述：蔡永文 67 岁 退休干部 初中　　刘润长 58 岁 村党支部书记 初中
　　　刘金月 60 岁 农民
记录：黄学通
2007 年 11 月采录于大城县旺村镇旺村

大城县城东北三十华里处，有个近八百户的村子，原名叫"望子村"，为什么叫此村名？这里边有一段古老的传说故事。

古时候，该村有刘、姜、毕、王、梁五姓居此，因姜姓早居于此，故名姜家村。

后来，刘氏族门有一子出外谋生，多年不归，父母盼子心切，常倚闾而望，数年如一日。二老盼望儿子归来充满信心地等待，其诚心实令村民敬佩。就这样日复日，月复月，年复年地等待盼望，这一等就是十年。

在十年后的夏季，此地阴雨连绵，姜家村刘姓的一洼好庄稼，怕遭上游邻村下泻之水淹没，便召集刘姓族人打埝护田。此埝长达数里，直接阻挡邻村庄田里的下泻之水，邻村眼看自己一洼好庄稼，因雨水不能下排，而由绿变黄。村民万分焦急，便有人组织青壮年趁夜扒开姜家村刘姓围埝，积水很快渲泄而下。

刘姓得知围埝被人偷毁，立即组织人抢修围埝，但因迟了一步，把一洼好庄稼淹没。一气之下，刘姓长者带领众人气势汹汹找邻村问罪。邻村民众也不示弱，组织人持长枪短棍做好应战准备。眼看两村一场恶战迫在眉睫，就在此时，从东方出现一队兵马，朝两村聚众人群而来。这些人个个佩刀挎剑，威风凛凛，从衣着打扮看，就知是朝中侍卫来此公干，吓得两村民众也顾不得闹事直往后退。领头的是位年轻后生，来到姜家村刘姓众人面前，飞身下马，向刘姓长者躬身一拜说："我是十年前出外谋生的石头，今日出差路经家乡，特意回家探望父母和众乡亲。"

刘姓人等仔细辨认，果然是本族的石头，只见他风度翩翩，出落得一表人才，和当年相比判若两人，且成为朝中卫士，同族人等无比欢欣鼓舞，大伙儿一下来了精神，心想惩治邻村可有了好帮手。一位长者便把聚众到此的来龙去脉，向石头一一说明。石头看着本族虎视眈眈的众人，赔着笑脸说道："请长辈息怒，晚辈认为，俗话说得好，'人往高处走，水往低处流。'咱们村刘家打围埝堵水护庄稼，是为了保收成，邻村扒围埝放水救庄稼，也是为了保收成，我看两家都没有错。但是，请长辈恕我直言，自禹王治水至今，下游服从上游，方能使诸水下泻入江河洼淀，这是天经地义的道理，请长辈与大家三思。"

邻村众人听到这位卫士官说出如此通情达理的话，倍感心悦诚服，一位老者主动过来向刘姓人等认错道："今天这事，是俺们村做得不对，最不应该趁夜偷扒围埝。应该事先派人协商，相信姜家村刘氏家族也会同意放水的。"刘氏长辈听到邻村人认错，也一再表示，刘氏家族只顾自己打围埝堵水，是错误的。

双方一席话，两村人都偃旗息鼓，握手言和，并当场商定，为排除上游客水，姜家村刘姓主动让出地亩，协助邻村开挖泻水沟放水。这样，上游客水下泻不再漫游淹没庄稼，两村人都拍手叫好。

一场即将发生的围埝纠纷平息了，人们这才想起多年倚闾相望盼子归来的村中二老，于是大家簇拥着石头和随从人等，一起回村拜见父母。

此时，石头的父母正在门前翘首相望，不想众人陪同儿子来到身边。二老一时高兴得喜泪盈眶，石头急忙跪地大礼参拜高堂，并请二老进屋，细述离家十年的前后经过。

石头自幼聪明好学，且厚道仁德，备受同族长辈喜欢。当年十六岁离家外出，和父母说是出外谋生，实际是当年来此卖艺的一位老者，看中石头虎头虎脑，聪明过人，以后必成大器，所以把他带到河南六合拳高手范大成门下学艺。数年后，石头各种拳术精通，刀枪剑戟超群，被朝廷选为武卫士，不久被提升为卫士长。

石头在家把二老安顿好，把所需银两备足，便告别父母和乡亲，带领随从人等去南方州县公干不提。

再说姜家村，全村民众看到刘氏族门出了一位出类拔萃的后生，不枉其父母十年如一日倚闾望子成才的希冀。石头此次探亲，以和睦乡里的至理名言，平息了两村的一场纠纷，民众深受感动。因此把姜家村更名为"望子村"，以示村民望子成才之意。

这个故事说来也巧，到明朝嘉靖初年，望子村梁氏族门有个后生叫梁材，此人自幼人小心大，他是十五岁就外出谋生，在南京地方被一位官宦人家看中，被选入教书专馆给其子陪读。经过十年陪读，梁材因聪明超人，过目不忘，已是学富五车，满腹经纶，深得这位官宦的喜爱。明弘治十二年送其子和陪读者梁材一起进京赶考，其子名落孙山，而陪读者梁材却考取了进士。后因梁材政绩卓著，升任户部尚书。

望子村直到民国初年，村民取兴旺发达之意，将村名改为"旺村"至今。但望子村这段故事，仍在此地广为流传。

爱子村的传说

采录：缴世忠

在大城县大广安乡李零巨村南、大广安干渠节制闸的东南、杜庄子排干渠的北侧有一片地，至今可辨。这片高地就是大城县爱子村遗址。爱子村从建村到被水冲毁，村民他迁，先后共二百〇九年。清康熙《大城县志》载县西二十六个村中有爱子村，但到了光绪年间的《大城县志》所载县西六十个村中，就没有爱子村了。可有关爱子村建村的那段动人的故事，至今被传为佳话。

明万历十年，兵部左侍郎兼都察院右佥都御史李松回家乡大城县东陈村为继母王氏治丧。一条龙的灵棚由村街一直搭到李家坟地，长三里有余，几拨僧人、道士，奏乐、诵经，做七七四十九天道场，超度亡灵。道场做到第四十九天午时，人们正安排午饭，准备午后起棺出殡。突然一位四十岁上下的叫花子跌跌撞撞、一步一跪、悲痛欲绝地哭喊着父亲、母亲，撞进灵棚，趴到灵前，撕心裂肺地痛哭不止。这一来，把丧主和料理丧事的总理、杂项、支应们都哭愣了神儿。尽人皆知，侍郎大人李松上无兄、下无弟，这是哪里来了个哭父母的人呢？

李松见那人哭得那么悲痛，不由又想起自己五岁时母亲缴氏病故，自幼受继母养育、父亲教导。继母待自己犹如亲生，父亲既是慈父，又是严师，自己从开始读书就没有请过教书先生，而是由父亲循循施教，谆谆训导，直至京考进士及第。刚刚步入仕途，父亲就谢世了，而今继母又辞世西去……

想悲痛处，不由陪那人一起痛哭父亲、母亲，直哭得俩人头晕脑胀，嗓音沙哑。在大家苦苦劝解下，才渐渐止住悲声。像是天生就有手足情缘，俩人抬起头来刚一对视，便心里发酸，索性抱头痛哭起来。哭过多时，人们把俩人劝开。李松细看那人，见他面容憔悴，衣衫褴褛，眼睛都哭肿了，便拉起那人的手一起到了家中，屏退闲杂人等，屋里只剩下他们俩，李松便问起那人的身世。

那人说他姓李名百，是落第秀才，父母早亡，自己功不成名不就，既不懂种田，又不会经商，沦为乞丐。这一天，他正步履蹒跚地向前走，就听得前面村庄里鞭炮连珠、鼓乐哀鸣，诵经声悲悲切切，哭丧声呜呜咽咽，他不由自主地联想到自己父母早亡，只落得穷困潦倒、贫寒无靠，想到伤心处，一阵虚火攻心，只觉迷迷糊糊，泪水夺眶而出，拼命地痛哭着父亲、母亲，一步一跪叩进了灵棚。

李松听完李百的述说，觉得这是前世有缘，便唤来家人摆好香案供果，与李百八拜结交，成为同姓兄弟，并改"百"为"柏"。松为兄，柏为弟，取松柏常青、子孙兴旺之吉。当李柏得知与自己结拜的兄长就是当朝的兵部侍郎，慌忙跪倒谢罪。李松一把拉起李柏说："手足兄弟，何罪之有？父母一生，仅我一子，百般疼爱，严加教导，才有今天。父母爱子，远近闻名，若二老九泉之下有灵，得知他们过世之后，又来了你这样一位孝子，老人家一定会兴奋、宽慰，含笑九泉的。"于是，命人按照自己穿戴的"斩衰"服式的孝服规格，给李柏缝制了一套，穿戴起来，一起给继母送殡。

丧事完毕，白事总理与账房先生向李松及李府管家交代钱、粮、物账目，李松说："你们就甭向我交了，统统交给我弟弟李柏吧。"李柏再三推辞，李松总是以父母爱子之情为由，执意让李柏悉数接收。并特意嘱咐那套一条龙的灵棚不要烧了，让弟弟拉走。结账剩余的银钱、粮、物，按账目如数交给了李柏。李柏说，重恩不言谢，雇了几辆马车，装好车辆，洒泪拜别李松，赶起马车向西走去。一路走来，到了大广安村西南、零巨村南，见有一片高地，长满荒草，无人经管，就停下车来，邀集近村里甲士绅，立契作保，在此立村，经营无主荒滩。办妥之后，就地建房起宅，自立一村。为纪念李松父母的爱子之心和李松的手足深情，故取村名为"爱子村"。

李柏当年娶妻，翌年生子，子孙繁衍，到了清朝康熙年间，这爱子村就形成一个十几户人家的村庄了。

盖义庄的来历

讲述：孙文凯 干部
记录：李玉川
1994 年 9 月采录

在大城县黑龙港河西岸，有个三百来户的村庄，名叫"盖义庄"，就像人一样，有个大号，还有个乳名。

这是怎么一回事呢？听老辈子人说，当初这里只有几户人家，压根没有村名。这几户人家，一户比一户穷，男人只顾下关东养家糊口，女人只顾生孩子种地，什么有村名无村名，全都顾不上。

有这么一家，男人一去几年没有音讯，女人没法过下去，只好带着幼小的儿子往前走了一步。过了若干年，男人回来了，才知老婆带着儿子改了嫁。他想老婆寻了主，洒水难收，可自己的儿子不能姓人家的姓呀，于是，就找到老婆改嫁的那一家要儿子。可这儿子已从牙牙学语的孩子，长成什么活都能干的小伙子，人家怎舍得给呢？他说是他的骨肉，人家说是好不容易养大的，双方争执不下，归了官司，他没钱运动，结果官司打输了，还被讥笑为赖儿的，传来传去"赖儿庄"就被人们叫响了。

到了清代，赖儿庄已发展成几十户的村庄。这年，慈禧太后做大寿，各地贡品源源不断运往京城。有一艘运皮货的大船，从黑龙港河漂流而来，船到赖儿庄村东，由于水深流急，船一下撞在石桥上，霎时船沉了，皮货冲走了，一船贡品全部报销。幸亏船工和押运官爬上岸来，才得以活命。但是，人活了，贡品没有了，还不也是一死？押运官愁得不吃不喝，想要投河自杀，以免做刀下之鬼。这事惊动了赖儿庄善良的父老乡亲，一起来劝解，为他想办法。有人提议，何不找窦员外帮帮忙？这窦员外本是该村的首户，家称万贯，地有千顷，且仗义疏财，在当时很有人缘。押运官在人们的劝解下，只好硬着头皮求救于窦员外。

窦员外听了押运官的诉说经过，就说："这样吧，你找人在这里买木料排船，再在这里收买皮货，把贡品凑齐，花多少钱我兜着。"押运官一看有了救，千恩万谢，一面找木匠排船，一面找人收购皮货。星夜操办，马不停蹄。待满船贡品运至京城，已经误了期限，怎么办呢？又找到大太监李莲英，为其在西太后、皇帝那里美言求情。

凭李莲英的三寸不烂之舌，说的慈禧、光绪不但没有嗔怪，而对窦员外的仗义行为大加称赞。只是觉得赖儿庄这个村名有些不雅。慈禧太后认为，这村讲义气，盖世无双，遂赐名"盖义庄"。光绪皇帝还为窦员外提了金匾，匾上书"积善好义"四个金光闪闪的大字，挂在窦家大门上。过去，大小官员路过这里，文官下轿，武官下马，都要参拜金匾，忙得窦员外不可开交。这个匾一直挂到"七·七事变"前，老人们差不多都看到过，它是盖义庄村名来历的历史铭证。

凤凰庄的传说

讲述：肖岩生 65 岁 县城南关村人 初中　　刘占领 62 岁 退休干部 高中
记录：杨馨远 50 岁 编辑 本科
2009 年 10 月采录于大城县平舒镇凤凰庄村

大城县城西南角的地方，有个特别好听的地名，叫凤凰庄。有人说了，大城是北方一个一马平川的地方，能有什么凤凰到此，别是异想天开杜撰的吧。其实不然，古代，大城这个地方还真的落过凤凰。

事情是这么回事——我国南北朝时，山西有个羯胡人叫石勒，原来为奴，后来造反立了个赵国史称后赵。在他当朝的第四年，也就是公元322年，有一对大鸟飞到大城天空，望见这片土地不错，就在县城东北十五里的地方落下了。开始时，大伙儿不知是什么鸟，胆大好奇地靠近一看，惊呆了：这对鸟，鸡头、蛇颈、燕颔、龟背、鱼尾，通身五个颜色，高六尺，长九尺，嗓音悠扬，它一仰脖，悦耳的声音引来了天上的百鸟纷纷落下朝拜。有好古者说："哎呀，这是凤凰啊。"大城落下凤凰一事，石勒听到后，高兴的跳下龙座，直呼："神鸟佑吾！神鸟佑吾！"原来，古代人认为凤凰是祥瑞之鸟，有凤凰出现，说是国泰民安，天下太平，同时也预示着凤凰飞落的地方是块难得的风水宝地。于是，石勒命人将凤凰落的地方堆了个大土台子。

大城县城东北地方落有凤凰之事，宋代的《太平寰宇记》里有记载："凤凰台，台在县东北一十五里，石勒四年，凤凰现于此，因筑台。"只是不知道什么时候，人们把凤凰台从县城东北十五里的地方，移到了县城西北角的地方。要说凤凰台有多大呢，其实也不太大，就是五亩地大，合在今天，也就是三千多平方米。据老人们说，当年凤凰台住着杨、李、缴、王、吴五户人家。后来，姓缴的搬走了，为什么呢？传说是缴家一个叫蛋子小孩闹的。这是老话了。

说是元末明初，朱元璋带着人马打天下，开始时先在南京立了国都，可朱元璋一心想把国都立在他老家凤阳，但是大臣们有不同的意见，原因是凤阳是个丘陵地带，土地贫瘠，百姓好闹事。可大家也知道在南京立国都，历朝历代没有一个超百年基业的，说南京是个"粉都"。于是，让国师刘伯温帮朱元璋选一个可以立百年基业的国都地方。当北伐元军的大帅徐达北征时，刘伯温对他说："徐大帅，你不仅带兵杀敌，还要观察所过之地的风水。"徐达说："我不会看风水呀。"刘伯温说："没事，你只要看到有凤凰落的地方，取出凤凰脚下的一方五花土就行了。记住，每层土要单包！"徐达应下了。这徐达打仗还真是一把好手，所向披靡，打过淮河又打过黄河，就是没见什么凤凰鸟儿。说来也怪，一进大城地界，就有凤凰大鸟在队伍前飞了。这一日，只见大鸟在大城县城上盘旋了好一阵儿，朝县城西南角的地方落下了。徐达一看，"好兆头！"连忙催马跑来，还未到时，只见凤凰又腾空而去，徐达也没多想，就跑到刚才凤凰落下的大致地方，只见这儿有座高高的大土丘，形似小山，上面长着几株好大好粗的梧桐树。梧桐树下，有几户人家。徐达问当地老乡："你们看见凤凰落在哪个地方了吗？"大人们说，正做饭，没看到。这时，跑来了几个小童，一个叫缴蛋子的光头小孩说："我看见了。还是我用土坷垃打跑的呢！"徐达就请缴蛋子指认凤凰落的地方。原来，凤凰飞到大城县城时，被一阵清香的风吸引，引颈下看，见一座小山包上绿阴铺地，当中那株梧桐树正繁花似锦，香味冲天，凤凰一看：这不是国师要咱们找的立国都的地方吗！于是，就降了下来，可刚落下一只脚，就被高岗下几个玩"开镖"的孩子发现了，"好大的鸟！好大的鸟！"叫缴蛋子的孩子手里正攥着一块土坷垃，也是无意识，随手朝凤凰投了过去，凤凰一惊，收回落下的一只脚，"腾"的一下，直冲云霄，据说那对受惊的凤凰鸟又向北飞了三百里，才落下，于是，就有了后来的大明国都北京城。

徐达在凤凰落下一只脚的地方取出一方五花土，可他光想行军打仗了，忘了要分别包装的叮嘱。大城凤凰台土被送到刘伯温那里，开始刘伯温用特制的大斗盛，斗满后，还余下了不少土，便喜滋滋报告给朱元璋：大城是块风水宝地。朱元璋问："你怎么知道大城是风水宝地？"刘伯温说："我用斗量了大城地方的土，这个地方的土挖出一方，再填回去要富余出两三分，说明这个地方土地肥沃。"朱元璋说："那就选大城建国都吧！"当刘伯温听说凤凰鸟在大城被小童用土坷垃轰跑又落在北京后，便让人取来北京地方的土，刘伯温也将北京的土放进大斗里，却只剩下八九成了，便又上朝报告给朱元璋："请在北京立国都最佳"。朱元璋不明白了，说："刘爱卿，昨天你还说大城风水好，怎么又换北京了？"刘伯温解释道："大城土地富裕虽好，可北京土地好的地方正是它不如大城的地方。"群臣们都不明白了，立国都不就是要选在人口富裕、土地肥沃的地方不是更好吗？为嘛选在土地贫瘠的地方呢？刘伯温不慌不忙的解释道："大城土地好，那是个七分富人的地方；北京土地贫瘠，是三分富人七分穷人，我朝在北京立国都，便让北京也是七分人富了，这就是立国之本啊。"一番话，说的大家心服口服。因此大城就失去了立国都的机会了。

其实，朱元璋活着的时候并没有在北京设立国都，倒是他的四子朱棣也就是永乐皇帝后来把北京立为国都。其实，大城的土壤是黄河、太行山冲积一层一层的土质，故是横丝的土，如挖出来，再回填，因而土质松散变得富余出来；北京的土壤是亿年前随造山活动形成的立丝土，故土质是密实的，挖出来后，再往回填，却填不满。这些都是自然现象造成的，有一定的科学道理。

后来凤凰庄上的几户人家因缴家孩子土坷垃打飞了建国都的好事，一个个都埋怨，缴家一看，也没脸呆了，便迁了出去。这是凤凰庄的一个传说。

还有一个传说：说是徐达离开南京时，刘伯温交给他一支金色的箭，对他说："你要见到凤凰落，就用这支箭在那个地方再向北射一箭。箭落之地，就是咱大明国都的地方。"徐达真是听话，这日，来到大城县城南城下，一看，还真有凤凰在凤凰台上高卧，于是高兴得还未走上凤凰台，就放了一箭，此时，凤凰正在吃凤凰台上的大枣，见有金箭射来，一惊，以为徐达要它性命，急忙用嘴叼住这支箭，奋力的向北飞了三百里，见徐达追不上了，才松口，这支箭便掉在元大都东门外的一块平地上，也就是今天北京明清故宫太和殿的地方。

话说凤凰叼箭时，那颗大枣核落在凤凰台上，于是此地便有了"金丝小枣"的树种，后来，又散布到全县，甚至到沧州、衡水地区，于是便有了今天人间"仙果"的金丝小枣了。

这徐达也是不含糊，放马三百里，找回国师给的那支箭，他心想：这箭可神了，一箭三百里！回去跟刘伯温一说。刘伯温说："这是天意！"于是，原本要在大城县城建国都，竟阴差阳错变成了北京城。

凤凰台，今还在，就是县供电局老三万五变电站地方。过去因有人家居住，又称凤凰庄。明清时代，凤凰台是大城古八景之一，曰"凤台晴树"。凤凰台上建有庙宇，每年春上，是当地文人墨客踏青的好去处，明朝晚期的县吏陶圻、邵祥都在此台上吟有诗句："谁筑城南百尺台，晴光萦树翠雀巍。""凤去于今几百年，空台犹存路人传。"可见凤凰台在后人心目中的地位。前几年，供电局为建收费办公楼，推平了凤凰台故址，还好，立了块"凤凰台"的石头标记，今天人们还能找到这个有着美丽传说的地方。

齐圪垯

讲述：佚名
记录：李玉川
1997 年采录

大尚屯镇齐圪垯北二百米处，有大小两座土丘和一块高地，突出地面，远远望去三个圪垯一字排开。据老人们说，早年土丘上分别建有玉皇阁和娘娘庙，而成为这村的标志，其传说很多。有人说，过去办红白喜事，需要桌凳，只要写个纸条，要借多少桌子，多少板凳，放在圪垯上，第二天派人来搬，一件不少。后来人们有的只借不还，或者借多还少，所以，再借不灵了；还有一年在这里取圣药，烟灰、草籽、兔子屎都取去当药，人山人海，热闹非凡。有的说这里有狐仙洞，洞里住着狐仙，也有的说住有山神……种种神奇的猜测应运而生。

提起齐圪垯村名的来历，更有一段奇妙的传说：传说明代初年，这里就已建村，因靠近商屯，遂名小商屯。建文四年，一位姓齐的商人经商路过于此，见村北有高台、古刹，一股敬仰之情油然而生，即下马烧香、瞻仰，祈求买卖亨通，好运降临。瞻仰毕，日落西山，天色已晚，不便赶路，就留住在小商屯村。

商人奔波了一天，早已人困马乏，一沾枕头就呼呼睡去。睡梦中忽觉有人进来，定睛一看，就是白天在庙里见到的那位金甲神人。商人正在惊疑不已，忽听那位金甲神人瓮声瓮气地道："终年奔波，非长久之计，……欲使家兴，可迁于此……"商人欲待要问，金甲神人则不知去向，他心中一急，大汗淋漓，翻身醒来，原来是南柯一梦。梦境清晰，余音在耳边萦绕，字字清晰明白。细细思忖，惊喜交加。认为：此系神人点化，务必照行。于是，商人急忙起床，告别了店家，连夜启程。回家后召集同族，诉说此奇梦，人人都称奇不已。因当时人人迷信鬼神，经商议，齐姓家族都同意迁于此地居住。齐姓迁此后，不到几年人丁兴旺，渐成大户，遂将村名更为齐家圪垯，后为齐圪垯。

一九七〇年，齐圪垯村民兵搞战备挖防空洞时，在土丘下面挖出一呈回字形的砖砌古墓，规模庞大，但与地面上的建筑无任何联系。因此，过去云山雾罩的传说，也就烟消云散了。

大保村名的传说

讲述：李迎祥
记录：周志芳

位于大城县西部大尚屯镇的大保村，明朝初年，全村只有几十户人家，一百多口人。在这个小村里居住着一对新婚不久的年轻夫妇，他们过着"日出而作，日落而息"的静谧和谐的农村生活。三年后，这对夫妇生了一个儿子。小男孩一生下来就与众不同，三天会说话，两三岁会背诵几百首唐诗宋词。为此，人们称他为"天才"。小男孩到五岁时就帮助妈妈抱柴烧火、打扫庭院、喂猪喂羊，而且孝顺父母，早晚为父母端尿盆，冬天为父母暖被窝，深得乡民们赞扬和喜爱，都夸奖这孩子将来必成大器。父母也把他视为掌上明珠，倍加喜爱，故此，给孩子起名叫"大宝"，取为"宝贝"之意。大宝在七岁的时候在本村私塾念书，因其天资聪明，学习刻苦认真，有过目不忘之功，在班里一直是优等生，并懂得了一些做人的道理，很受老师喜欢。

一天下午放学回家，大宝与邻居的几个孩子在街头土堆上玩耍，正玩得兴致勃勃。突然，一匹惊马狂叫着，四蹄蹽开，风驰电掣地冲着孩子们奔驰而来，正在玩耍的孩子们吓得目瞪口呆，不知所措，在惊马距离孩子们还不足一丈远的一刹那，大宝临危不惧，立刻伸出双臂把身边的两个孩子左右推开，孩子们得救了，可他再也躲闪不及，被惊马踢倒在地，马蹄从他身上踩过，大宝当场命丧黄泉。噩耗传来，大宝的父母当即昏倒在地，乡民们无不为之震惊、悲痛和惋惜。后来，为了纪念大宝舍己救人、见义勇为的高尚品德和自我献身的精神，村民们一致同意将原村改名叫"大宝"村，一是为了纪念"大宝"，弘扬"大宝"精神；二是昭示后人向大宝学习，做一个"毫不利己，专门利人"的人。

新中国成立前，因大保村属任丘县管辖，明万历年间，《任丘县志》记载：该村村名将原来的大宝的"宝"字改成同音字"保"字，故名"大保"。

龙冢的传说（一）

讲述：佚名
记录：李玉川
1957年采录于大城县旺村镇龙冢村

大城城北有一个龙冢村，村东有一圪塽，突出地面好几米，上面杂草丛生，颗颗酸枣点缀其间，煞是好看。都说秦始皇的太子安葬在这里，所以叫"龙冢"，其说道还不少呢？

相传，秦始皇的儿子伏苏，奉父之命，南征北战打天下。在一次战斗中受了重伤，当时一无医、二无药，吃喝都很困难，只好由士兵们轮流抬着他走。走啊走啊，也不知走了多少路程，走到这里就走不动了，伏苏已经是奄奄一息了，停下不大一会儿就死在这里。当时正值夏季天气，比较炎热，时间一长，恐怕尸体腐烂，只好就地安置。于是在此举办了盛大的殡葬仪式，组织一班人，分头筹办：有杜撰祭文的、有扎纸彩的、有放灯火的、有供童男童女的。事后这里都成了一排的村庄：杜撰祭文的地方叫王文村；扎纸彩的地方叫孝彩村；放灯火的地方叫万灯村；供童男童女的地方叫七女村和童子村。安葬伏苏时，士兵们每人一兜黄土，一堆就堆成了这个龙冢圪塽，据说这里就是秦太子伏苏的坟墓。

其实，这些都是人们主观的臆想。龙冢村的原名"胧中"，这和龙的坟没有任何联系。旧《大城县志》有这样的记载："秦太子墓在城北六十里段堤村（今属静海管辖），相传始皇巡狩沙漠，驻跸于此，值幼子蘡因瘗之。"然龙冢村离城里仅五六里，很有可能这是移花接木，将段堤演绎成龙冢古墓的传说。

龙冢的传说（二）

讲述：刘沛祥 82 岁 复员军人 小学
记录：黄学通
2007 年 10 月采录于大城县旺村镇龙冢村

大城县城北三公里处，廊大公路西侧有个龙冢村，村东有个高大的坟冢，过去称为秦太子墓。这个坟墓硕大无比，俗有七亩坟丘八亩坑之说。现称为龙冢古墓，为省级文物保护单位。

提起龙冢的来历，应从公元前221年秦王朝说起。秦始皇统一中国之后，推行郡县制，在全国设三十六郡，后增至四十郡。今大城县域属巨鹿郡武垣县所辖。

据传，当年秦始皇东至碣石，遣人入海求仙未果，满腹狐疑地带领文武百官和数千名兵马，浩浩荡荡沿驿道朝西南而行。驻跸今静海县段堤村时，其太子染瘟疫而死。段堤当时为武垣县管辖，因此秦始皇为太子选墓葬于今大城县城北龙冢村东。

对于秦太子为什么葬于此地，民间有两种说法：一种说法是秦太子死于段堤，秦始皇认为当地不吉利，必须选风水宝地埋葬，故从段堤村向西南方由风水先生认真挑选，后选定当年燕南长城脚下，今大城县城北安葬。另一种说法是，太子死在段堤后，秦始皇命官员将太子装入棺材，让随从抬着沿驿道朝西南行走，当走进燕南长城堤内今大城县城城北地段时，其杠绳断落，百官都认为此地是皇太子喜欢的风水宝地，故此秦始皇决定在这里为其子举行隆重的葬礼。

秦太子在此安葬，很快报知周围郡县，传旨令巨鹿郡武垣县具体操办安葬事宜。这一来可把巨鹿郡的郡守和武垣县的县丞忙得不可开交。他们跑前跑后，首先安排好秦始皇的御膳和文武百官及随从的吃喝，又奉旨高搭十里彩棚，赶制数千套孝衣，搜集点万年灯用的灯油，还要安排二十里长的拴马桩。最让他们头疼的是，秦始皇惨无人道的旨令，指定太子墓西边两个村子左出七名童男，右出七名童女给太子陪葬。郡守和县丞一听，吓得二人跪地接旨都起不来了，后来多亏别人搀扶才站起来，但两人的腿一个劲儿地哆嗦，口呼万岁，可心里暗骂秦始皇是个惨无人道的暴君，不得好死的暴君。

别看他们心里骂秦始皇，但行动不能有半点怠慢。他们心里明白，这事稍有一点闪失，自己的脑袋就得搬家。没别的办法，是刀山也得上，是火海也得闯。郡守和县丞带领官兵，找地保、村正挑选漂亮的童男童女。

选童男童女的消息一传开，两村的一些有幼男幼女的村民连夜出逃，早行动的就逃到外地，稍晚一点便被秦兵团团围住，送回村等待挑选。丞相李斯见选童男童女的进度缓慢，怕影响太子下葬，便命秦兵进村抢人。秦兵不分青红皂白，把两村十岁以下的幼童一律拉到一起挑选，有反抗者就地斩首。这样一来，秦兵所到之处，如狼似虎，大人哭，孩子喊，撕心裂肺，惨不忍睹。

待七名童男、七名童女选好后，秦始皇又下一道旨令，被选中陪葬的家人命秦兵一一看管起来，足不许出户，不准大声哭闹，以防扰乱太子的葬礼。

对七名童男、七名童女在殉葬前还要进行礼仪训导，如何请安，如何侍茶送饭，如何起坐等一切事宜初步了解后，给他（她）们穿上事先准备好的皇宫服饰，惨无人道地给这些孩子灌了水银，待死者僵尸后，便以左童男、右童女排列在两旁，和秦太子一起葬入坟墓。

这个至今有二千二百多年的惨烈事件，深深埋在大城远祖先民的心中，世世代代铭记秦始皇这个刚愎自用暴君的滔天罪行，给世人留下"最狠不如秦王狠，最毒不如秦王毒"的千古骂名。

后人为了永远牢记这桩惨无人道的事件，把殉葬童男童女的两村分别改名为"七女"和"童子"（今为大童子、小童子），把点万年灯的地方改名"万灯"（今为东万灯、西万灯），把搭彩棚、做孝衣的村庄改为"孝彩"（今为前孝彩、后孝彩），把拴马停车的地方，改为"轴备"（今为轴北，并分为宋轴北、翟轴北、李轴北、王轴北）和"马桩"（今为马庄），当时位于燕南长城最高的楼堤村为看坟守墓的村庄。后有人在太子墓西里许建村，改太子墓为龙冢，其村名随之。

至今在当地流传有当年埋葬秦太子的顺口溜："左村出童男，右村出童女，脚踏万年灯，十里搭彩棚，二十里拴马桩，一溜轴北做孝装。"足以说明当年秦始皇为安葬太子，不顾当地民众的死活，大肆奢侈挥霍、鱼肉人民的罪恶行径。

二姑院

讲述：张忠均 81岁 农民 小学
记录：黄学通
2007年10月采录于大城县平舒镇二姑院村

大城县城东里许有个村庄叫"二姑院"，提起村名的来历，其中有段流传已久的故事。

早在元朝时期，这个村名叫"二固献"。村西有一座寺院，寺院里住着两位尼姑，她们心地善良，待人热情，与村民和睦相处，亲如一家。当时这个小村很贫困，各种瘟疫不断流行，贫苦农民缺医少药，小病备受煎熬，大病只有死挨活受，最后呻吟待毙。两个好心的尼姑看到村民的这种情景，心里十分难过，因此暗暗下定决心，学习医术，救民众于水火。从此，她们一方面努力学习钻研医书，一方面利用外出化缘的机会，遍访德高望重的名医，广泛搜集民间验方，采集一些野生草药，对各种偏方验方和一些草药，她们亲自检验，亲身试用，做到一丝不苟。

二尼姑凭着一颗为民解除病痛的赤诚之心，排除一切艰难，苦心钻研，很快掌握了一些能治疗疾病的经验和技术，有些不治之症经他们细心治疗，每每药到病除。因此，三乡五里，十里八村的乡民，纷纷来寺院求医问药，她们总是满腔热情，有求必应。不管寒冬酷暑，还是深更半夜，二尼姑对求医者都欣然应诺，不辞辛苦。

有位老农两腿长了痛疽，久治不愈，找到寺院请求医治。开始给他用"独根草"熏洗，痛疽很快减轻消肿，可没过多久，痛疽又从旁边肿胀起来，原来此草药只能解皮肤表层之毒。二尼姑为此又东奔西走，后来从一位牧羊老者那里学到一个以毒攻毒的秘方，她们如获至宝。二尼姑不顾个人危险，从野外捉来三条白线蛇，把它摔死，用细丝掉在烟筒内熏干，用瓷罐封好，埋入地下百天，待蛇成为墨黑色，再加香油调配成黑色的油药膏，给那位老者涂在患处，老人顿觉清凉舒适，痛胀很快消失。就这样不过半个月，老者腿上的痛疽痊愈，再没复发。老者万分感谢，到处赞扬二尼姑是神医。

有一年夏天，霍乱铺天盖地在民间流行，因旧时缺少防治办法，各村死亡者不计其数。该村因有二尼姑，日夜奔波在村里患者之间，使一些严重的霍乱染病者死里逃生。

当年，该村民众都染上霍乱，无一户幸免。患者中有的上吐下泻；有的欲吐不出，欲泻不下；有的肚子绞疼，躺在炕上翻滚，其脸色和指甲都出现紫青色，此为霍乱中最严重的"绞肠痧"。

二尼姑根据不同病情，指导民众采取不同的救治方法。她们告知村民，凡患"绞肠痧"的患者，一律不准进食，进食者只有死亡，再无救治办法，患者欲进食者，必须待病缓解以后，方可少量用些稀粥。民众根据二尼姑指点一一照办，把一些到死亡边缘的患者救治过来。

村中有一位垂危的中年人，其妻跑到寺院找二尼姑，高喊："请仙姑救命！请仙姑救命！"二尼姑急忙赶到她家，见其丈夫已经断了气。一家人大哭大闹，惨不忍睹。二尼姑一面劝解家人节哀，一面仔细为死者检查，她们发现其丈夫胸部心头尚有余温，就急忙把炒盐填满死者的肚脐眼，然后把艾叶放在盐上熏烤。经二尼姑耐心地调治，不消一个时辰，中年人便出现了奇迹，只见他慢慢缓过气来，硬是死里逃生活了过来，感动得一家人趴在地上磕响头。

当年，二尼姑传授给民众治疗霍乱的方法至今还在当地流传，有食盐止痛法：就是用一撮食盐，放在菜刀口上烧红，用阴阳水（即开水和凉水各半）服用即可止痛。还有针挑法：如发现染霍乱者背部出现黑点，必须及时用钢针挑破，出血即愈，迟治一日患者再无方法救治。还有一种磁刺法：就是用锋利的碎磁片，用力刺患者少商穴和委中穴，刺出血便愈。

二尼姑用以上方法，治愈本村及周围村庄数以千计的霍乱病人，但分文不取，被当地民众称为神医活菩萨。

随着岁月的流逝，二尼姑在此行医一直到晚年。后来奉命去泰山修行养老，才恋恋不舍地离开该村。临行前，全村男女老幼及周围村庄的民众，送了一程又一程，直到二尼姑的马车走远，众人才含泪返回。

村民为了感念二尼姑为民消灾除病、舍己为人的高尚品德，将村名"二固献"改为"二姑院"。这段感人的故事至今仍在这一带流传。

留邻居

采录：黄学通
1982 年 5 月采录于大城县留各庄镇留邻居村

明朝初年，有一个叫薛明德的人，携妻带子，从山西洪洞县来到大城县西南的黄家铺落户。当时，村里有一家姓曹的住户。曹家见薛明德一家千里迢迢来到此地，便以礼相待，帮着建房造屋，百般照应。从此，薛、曹两家就成了很好的邻居。他们和睦相处多年，就像亲兄弟一样。

转眼薛明德家四个孩子渐渐长大，但都非常淘气，整天东搬西捣、嬉耍打闹，没个安闲的时候。有一年，曹家房前的枣树上挂满了小枣，没等枣儿红眼圈，四个孩子趁曹家无人，便偷偷地爬到树上摘起枣来，连吃带糟蹋，临走还装满了衣袋。这事被薛明德知道后，把四个孩子狠狠训了一顿，心想：自从搬来此地，曹家处处照顾，事事关心，如今孩子们这样淘气，天长日久定会惹人家生气，弄不好两家人会因此伤了和气，那可对不住曹家，不如及早搬到别处去，省得孩子们招惹是非。他主意拿定，便带着四个孩子到曹家去道歉，并把想搬走的意思说了一遍。曹兄一听，说："明德兄弟，你这话说到哪里去了？你我虽不是同胞兄弟，但相处多年也情同手足，这棵枣树虽是俺的爱物，可也不能因孩子糟蹋了几个枣儿，咱们就分离呀！这样吧，枣儿还不到熟的时候，我们先把枣树用篱笆圈起来，孩子们进不去也就得了。"

薛明德从曹家回来，对四个孩子又是嘱咐，又是训斥，孩子们果真不去了。日子一天天过去了，大人管孩子也不能光在家瞅着。过了些日子，孩子们看树上的小枣一天天由青变红，满树挂着鲜红鲜红的枣儿，看着好不眼馋，早把父亲的话丢到脑后了，弟弟央求哥哥想办法去摘枣儿，哥哥眼珠子一转，就偷偷地把篱笆扒开一个洞，兄弟四个猴似的钻了进去，不管青的、红的一阵猛打，把枣打掉了多半。薛明德回家就知道了这件事，把孩子们大骂了一顿，他感到实在没脸去见曹家，于是便对妻子说："曹家如此厚道，待咱亲如一家，而这四个混账不听话的孩子，把人家的枣树糟蹋成这样，人家虽不说什么，可长此下去哪行，咱还是早些离开此地，以免伤了人家的一片好心。"这次薛明德也没敢惊动曹家，便悄悄地打点行李，准备迁走。

俗话说，没有不透风的墙。没等薛明德捆好行李，曹家就听到动静了，急忙来到薛家，进门就拉住薛明德说："明德兄弟，你别太认真了，孩子们的事出于无知，怎能因此伤了你我兄弟的感情呢？你为这事搬走，叫我于心何忍哪！"这时，曹家儿子送来满满一簸箕枣儿，曹兄指着枣说："为了不让你搬走，我已经把枣树锯掉了，我只有锯掉它，才能留下你这老实、忠厚的邻居。这回你就甭担心孩子们淘气了。"薛明德对曹兄的行为十分敬佩，激动地说："曹兄宽厚大义，小弟终生难忘，请您放心，我再也不走了。"从此，两家更是和睦相处。后人为了纪念这两位老人，就把村名改为"留邻居"。这个故事至今还在乡间流传。

好儿庄

讲述：马斯文 66 岁 农民 初小
记录：黄学通
1981 年 11 月采录于大城县城关镇郝庄村

很久以前，大城以东九河汇流，常年积水，蔓草荒烟，人迹罕至，加之宋辽战乱，百姓纷纷南逃，一直到元建都北京，这里才又有百姓居住。

到明朝永乐初年，城东郝庄从外地迁来一户姓马的人家，在这里筑室造房，开荒种地。不久，常常听到哭声传来，长子马怀德非常奇怪，便向当地百姓询问，原来在村东芦苇深处有一巨蟒，出没无常，行走如飞，人过伤人，畜过伤畜。怀德听罢急问道："为何不把它除掉？"当地人说："别说草民百姓，前几年朝廷曾几次派兵、悬赏都没把它除掉，还伤了一百多人……"马怀德听后心如火焚，他想，这一祸害如不尽快除掉，就不能在这一带生存养息。于是，他暗暗下定为民除害的决心。

从此以后，他就多方打听这条巨蟒的情况，摸索它的活动规律，得知它每天拂晓准时到东营井饮水。一天拂晓，他带着兵器悄悄来到离东营井一里的土丘上，隐起身来，等到东方彩霞初露，只见芦苇抖动，风声大作，隐约看到井旁树上，鳞光闪闪，枝干摇曳，怀德二目圆睁，屏住呼吸，把巨蟒饮水的情景和离去的时间看个究竟。从此，一个斩蟒除害的计划在头脑里形成了，他开始操练武艺。

　　说也凑巧，就在这天，不知从何处跑来一匹青鬃烈马，怀德大喜，他尾随烈马追赶如飞，趁机一个虎跳，抓住烈马鬃毛，飞身上马，烈马受惊四蹄腾空，咴咴乱叫，几个直立抖身想把他甩掉，马怀德像贴在马身上一样，毫无惧色，那烈马围村跑了十几圈，才喘着粗气顺从地随怀德回到村中。

　　怀德驯服烈马的消息立刻传遍全村。乡亲们为他有这般本领惊叹不已。

　　一天，马怀德兄弟三人开荒种地，刨出一把月牙板斧，只见寒光逼人，锋利无比，有几十斤重。马怀德如获至宝，心想正没有得心应手的武器呢。

　　从此，马怀德每天骑马提斧向村东飞奔，跑到东营井树旁，抡起板斧就是一下，不偏不斜，正中大树主干，便拨马而回，就这样练了半年之久，技艺已经娴熟。

　　八月十四这天晚上，皓月当空，秋风飒飒。马怀德喂好烈马，把月牙斧磨得飞快。时至三更，他披衣下床，对妻子说："为了这一带百姓的生命安全，我已下定了除蟒的决心，今天就要行动……"妻子听了大惊，本想劝阻，但想到丈夫做的是为民除害的好事，便叮嘱道："你要小心……"怀德深情地望着妻子说："我如果被蟒所害，请你转告父老兄弟和孩子们，让他们继续苦练武艺，定将这大害除掉。你要记住，不见我的死活千万不要声张……"妻子会意地点了点头，这时天交四更，他告别了妻子，拉马持斧，直奔村东。

　　东方刚刚露出一抹霞光，只听一阵大风呼啸，一条巨蟒爬上大树，尾巴缠在树上，头伸进井里。这时怀德飞身上马，箭一般朝东营井扑去。巨蟒听到动静，头猛地从井里蹿出。霎时，腥风阵起，草尽伏，巨蟒脖子翘起一丈多高，两眼如炬，张着血口，朝怀德冲来。说时迟，那时快，怀德催马抡斧，大喝一声"看斧！"只听"咔嚓"一声，大斧正中蟒首。巨蟒疼痛难忍，尾巴一甩，将怀德打下马来。

　　自从怀德走后，妻子坐立不安，急切盼望丈夫的消息，直到天亮还不见丈夫归来。这时，忽见烈马跑进家门，妻子料定丈夫是被巨蟒所害，顿时痛哭失声。一家老小问清原委，便抄起兵器招呼全村乡亲，向东营井奔去，他们刚刚跑到村口，见怀德踉踉跄跄持斧走来，人们赶紧迎上前去，怀德满身血迹，月牙斧紧握手中，一头扑到父亲怀里道："巨蟒被我砍……"话没说完就晕了过去。

　　马怀德为民除害的消息像春风一样传遍了平舒古邑，黎民百姓奔走相告，无不为之感动，同时又为他的身体状况而感不安，纷纷前来探望。知县金铸亲临现场视察，赐"义勇"大匾，悬挂门厅，并命名郝庄为"好儿庄"，又派人星夜火速赴京城报喜，皇帝听后，大为称赞，钦封马怀德为"斩蟒将军"。但圣旨未到，这位为民除害的英雄，因斩蟒受毒离开了人间。

人们为了永远纪念他，纷纷捐献钱粮，修建了一座大祠堂，名为"马家祠堂"。从此，马怀德为民除害的事迹一代传一代，至今，一提起好儿庄，人们就想起斩蟒英雄马怀德。

蒲塔村的传说

讲述：金振铎 70 岁 退休干部 初中　　金景池 50 岁 村党支部书记 初中
记录：黄学通
1985 年 10 月采录于大城县留各庄镇蒲塔村

大城县西部与河间县连接的地方，有个大村庄叫蒲塔，传说是因此地有座婆婆塔演变而来。

据传，宋朝年间，宛城（今大城县完城）附近是当地一座县城。城内店铺林立，商贾云集，到处是一派繁华兴旺景象。

有一天，从大街上走来一位鹤发童颜、气度不凡的白胡子老人，在他健步走到县衙门口时，不住自言自语地连声说："天灾天灾，不可避开！天灾天灾，不可避开！"

一些过路的人听到老人说这种话，都感到非常奇怪，便驻足围上白胡子老人，问他说的是什么灾？只见老人指着县衙门前的两个高大的石狮子说："天灾天灾，不可避开！你们看着，等到这两只石狮子双眼红了，这一带就要天塌地陷。"说完老人拂袖而去。

县城的人们听到传言后，大都惊慌失措，议论纷纷，不知如何是好。很快，这个消息就从县城传到附近农村，有的还添枝加叶，说得神乎其神，说白胡子老人是天上太白星下界，点化这一带民众防止突然降临的灾难。

消息传到一帮青年学生那里，他们根本不信天下会出这种神奇事，石头狮子自己怎么会眼红呢？这分明是胡说八道，欺骗世人。当时就有一个学生提出："咱们把石狮子的双眼给它涂红了，到底看看老人说的有没有灵验。"大伙儿一听，觉得这个点子不错。当天晚上，他们几个人说干就干，趁着月光明亮，夜深人静的时候，就把县衙门前石狮子的眼睛涂红了。

第二天正好是县城大集，一清早，人们果然见到县衙门前两个石狮子的眼睛真红了。一些人就开始忐忑不安，有的人便惊恐万状，一些胆小的人便携儿带女纷纷外逃避难，但有些胆子大的人家，根本就不信那一套。有一位老婆婆听说县衙门前的狮子真的红了眼，吓得吃不安，睡不牢，忙说服左右邻居，连同家小，直奔东南方向逃了出来。当他们携老带幼走到一块高高的土丘时，见在上面矗立着一座高大的砖塔（当时称观音寺塔），老婆婆就指着砖塔对大家说："这是一块风水宝地，上有观音寺高塔，咱们托观音菩萨保佑，就在这里避难吧。"几户人家便以砖塔为家，在此住了下来。

世间一些事，说来真巧，过了不多几天，县城一带果然发生了塌陷性的大地震。好好一座县城被夷为平地，方圆数十里村镇也房屋倒塌，人畜伤亡惨重。据《河间县志》记载："宋朝熙宁元年七月甲申日，河北大地震，毁城坏郭，瀛洲最严重。"老婆婆等居住的那座砖塔安然无恙，依然屹立在高高的土丘上，因而幸免于难，得以生存。

从此，当地民众就把砖塔周围视为吉祥安全的风水宝地，先后前来，建房造屋，于此定居，渐成村落，遂取名为婆塔村。

明朝永乐初年，有金、刘二姓奉诏从山西洪洞县迁此，村落逐渐扩大。随着时间的推移，到清朝初年，村中有文化的先辈以旧历五月为蒲月，蒲与菩萨的菩字同音，故沿观音寺砖塔之意，改村名婆塔为蒲塔至今。清末形成前后两个蒲塔村，后两村扩建合并为一村。婆塔的故事，久久在民间流传。

郭底村名的由来

讲述：周兆明
记录：周志芳　　周长锁
1990 年采录于大城县旺村镇郭底村

距离大城县城西北部约十五华里的地方有一个较大的村镇——郭底村。全村约四五百户人家，两千余口人，自古至今他们代代延续并在一起静谧和谐地生活着。郭底村始建于何年何月，开始叫什么村名，史籍无载，老人们也没有传下来。但是，郭底村名的由来却一代一代地在民间流传着。

相传，五代后汉时，著名的后汉大将郭威曾率大军在此驻防。该村东南角有一块长里许、宽数十丈、突出地面五尺有余而废弃的高地，地名称"上杭"。传说此处是大将郭威的官邸和屯兵的地方，郭威的眷属和中军大帐就设在这里。现在的"上杭"已变成了一大片村落。

紧挨着"上杭"的西北角处有一座长宽各三丈左右、高出地面丈许的圆形土疙瘩，内为五花土，由人工堆积夯筑而成，人们称其为"烟墩"，实际上是郭威驻军建筑的烽火台，这是古时专门施放狼烟传递边防紧急军情消息专用的军事设施。

大将郭威在"上杭"屯兵时，军队纪律严明，因其爱民如子，从不骚扰老百姓，很受当地老百姓的欢迎和支持。

后来，郭威统一了中国，建立了后周，当了皇帝。在其驻军和眷属从"上杭"撤走时，他把自己所有的财产全留给了当地的村民。当地的村民们对后周皇帝感恩戴德，为了纪念他，于是人们把村名改为"郭坻"村，取郭威官邸之意。

因该村地处文安洼的南端，在全县来讲地势低洼，十年九涝，形同锅底，于是人们又将郭坻的"坻"字改为同音字"底"，此时的村名"郭底"两字含有了双重意义，郭字表示郭威，底字表示低洼，故此，郭底村名一直沿用到今天，而且还在一代一代地流传着。

留各庄村名的由来

讲述：高戍寅
记录：张亚杰 女 29 岁 大城县文联办公室主任 本科
2009 年 9 月采录于大城县留各庄镇西留各庄村

相传，明朝永乐二年，有高氏兄弟二人祖居金陵，官拜兵部指挥使。后随燕王扫北，举家迁移，一直到渤海之滨，子牙河西畔。他们见这里渔灯帆影，桨橹声声；桃红李白，岸柳依依；野花芬芳，碧草青青，是一块适合居住的风水宝地，于是就商量着在此定居。

据有关资料记载，迁民有"四口之家留一，六口之家留二，八口之家留三"的规定。高氏兄弟二人几经商议，最后决定哥哥留下，弟弟随军继续北上。兄弟二人是一奶同胞，此次分别不知还有没有骨肉团圆、全家团聚的机会，彼此抱头痛哭，难分难舍的手足之情让族人都跟着落泪。其后人为纪念高氏兄弟就把村名定为留哥庄，随着时间的推移，人们口口相传，演变为今天的留各庄。

凤凰台

讲述：于氏 女 65 岁
记录：李玉川
1980 年采录于大城县平舒镇北关村

大城县城西南有个凤凰庄，凤凰庄这里早先有个荒漠的土丘，称做凤凰台，传说这里曾落过金翅凤凰，"凤台晴树"是大城八景之一，每当春日清明，登台瞭望，城郭起伏，杨柳依依，令人心驰神往。古人曾有诗赞颂道：

凤去于今几百年，
空台犹有路人传；
晴云四塞春如海，
绿树千章花欲燃；
远抱河流知胜地，
俯临官绊毓多贤；
年来逸兴寻芳境，
愧我无能李白篇。

常言道："凤凰不落无宝之地"，凤凰台也有个"宝地"的传说：据说有一个南方人能够憋宝，看上了这块风水宝地，断定这里有取之不尽的金银财宝。他在这里转呀转呀，就是找不到打开宝门的钥匙。但他还是不死心，还在这一带转悠，碰巧赶上三月二十八"八腊"庙会，各地客商都到凤凰台东一箭之遥的"八腊"庙赶庙会，善男信女也到这里烧香。游人熙熙攘攘好不热闹，小商小贩叫卖声不绝于耳，大城县三宗宝：烧酒、驴肉、大火烧，更是争相招揽顾客。南方人转悠儿天无结果，也就和人们一起赶庙会。走着走着，在一个打火烧的饼锅铛子前停了下来。

只见眼前这打火烧的小贩，挑子一头是木制的三层圆笼，另一头是一只生着的火炉，火炉上烤着烙饼的铛子，火炉下垫着三块薄砖，两块方的，一块三角的，瓷实坚硬，不同一般。南方人留心观察，引起小贩的注意，直到太阳偏西，庙会上游人渐少，南方人还盯着小贩。直到小贩拾掇挑子，连同三块砖也拾进挑子里回家，南方人才悻悻离开。

　　一连三天，南方人一直围着小贩转悠，这引起小贩的警惕。心想：都说南方人会憋宝，他搞什么名堂呢？心里正在盘算，此时已庙散人稀，小贩正要拾掇挑子回家，南方人再也等不得了，就凑过来道："掌柜的，我盯了你好几天了，你知道我要干什么吗？"

　　"我哪知道你干什么呀？"

　　"你是抱着元宝要饭，好这一癖儿呀！"

　　"你这是什么意思？"小贩不解其意。

　　"你拿着个开宝门的钥匙，打开宝门要嘛有嘛，不比你打火烧强百倍！"

　　"笑话！我哪有开宝门的钥匙呀？"小贩狐疑道。

　　南方人又笑道："咱们有缘，我告诉你吧！"说着就把他垫炉子的那块三角砖拿起来："看见吗，这就是开宝门的钥匙，你拿这个钥匙在半夜三更往凤凰台西南角一放，那宝门就开了，你进去后净是宝贝，随便拿，拿出来咱俩平半分怎么样？"小贩一听喜出望外，连连点头答应。

　　这日，三更时分，鸡不叫狗不咬，夜深人静，繁星点点，南方人与小贩轻手轻脚地来到凤凰台，辨好方向，来到凤凰台的西南角。南方人嘱咐小贩快去快回，不要丢了钥匙，小贩一一应诺。说着二人把那块三角砖摆到台边，说也奇怪，只听"哐当"一声，两扇石门打开了，小贩进去一看，只见朱栏画栋，亭台楼阁，豁然开朗，奇花异草，别有洞天。这边牛羊满圈，那边鸡鸭成群，使他眼花缭乱，恨不得一下都据为己有，他要捉鸡，又见鸭好，刚要逮鸭又舍不了鸡，结果鸭子"呷呷"跑了，鸡"咯咯"飞了。又见骡子拉着碾子飞转，他怕骡子踢着，看看四下无人，瞅个空子在碾盘上收了一兜谷子就出来了。刚刚迈出门槛，石门"哐当"一声就关了。回头再看，只见还是原来荒秃秃的土疙瘩。再看那兜谷子吧，颗颗都是闪闪发光的金珠子。南方人又问他把钥匙带出来没有？他这才发觉慌手忙脚地丢在里面了。南方人又问他在里面都见到了什么？他把看到的都一五一十地诉说了一遍，南方人把手在大腿上一拍道："唉！看来咱俩就这点财运啦！那骡子是金马驹，鸡、鸭是金凤凰、银凤凰，弄到哪一样都比这值钱。"小贩说："我再回去！"南方人说："算了吧，你把钥匙都丢了，还怎么回去？"小贩因贪心太重，后悔不及。据说从那时起，凤凰台的宝门就打不开了。

　　还有人说，明朝刘伯温建造北京城时，开始相中了这里，但见宝门已被破过，就挪到北京。是真是假？信不信也就由你了。

"龙冢疙瘩" 的传说

讲述：段克来 47 岁
记录：周长锁　段国庆
1989 年采录于大城县旺村镇前孝彩村

位于子牙河畔的大城县龙冢村，村东有个高出地面的土疙瘩，又叫"龙冢疙瘩"。据说秦始皇的二太子就安葬在这里，你别看这不起眼的土疙瘩，却有着一段动人的传说。

早先，这个土疙瘩比现在的还要高还要大，上面长满了许许多多的花草树木，时常有一些飞禽走兽出没。就在这疙瘩西面不远的村子里，住着个姓李的后生，他经常到这里来打猎。

这一日，天刚蒙蒙亮，他便背着弓箭，悄悄地钻进了密密的树林中。突然，他发现在前面不远的地方，有一只漂亮的火狐狸，正在那里闭目养神。他心想，这可真是踏破铁鞋无觅处，得来全不费工夫，我看你往哪里跑。他一手摘弓，一手搭箭对准那只火狐狸刚要射，就觉得有人重重拍了他肩膀一下，他不由自主地回转过身，猛然发现，身后站着一位手拄龙头拐杖、白发苍苍的老者。李后生气冲冲地质问道："怎么回事，狐狸让你惊跑了。"老者听罢哈哈大笑："小伙子，我是这儿的土地爷，这块地方由我管辖，不允许任何人到这里乱杀生灵。前几次看你猎走几只野鸡我没制止，你这次又来猎取林中之宝火狐狸，我哪能再看着不管呢？"李后生一听忙躬身施礼："实在对不起，我不知这儿的规矩，还望老人家多多谅解。""不知者不怪罪嘛！只要你从此不再来这里乱杀生灵，我还得感激你呢。"说着土地爷从怀里掏出一把酒壶递给李后生："我这儿也没有什么东西，把它送给你，装上酒夏天是凉的，冬天是热的，拜托你回村后，告诉人们不要到这里来打猎了。"李后生接过酒壶，谢过土地爷，便回村去了。

李后生回到家后坐卧不安。心想，既然这火狐狸是林中之宝，那一定能卖不少钱，这么好的事，我岂能就此罢手。可又一想，土地爷送我一把酒壶已经暗示我不要去了，我若再去万一被他发现，那可就……他愁得在屋里来回走着。走着走着，就觉得眼前一亮，心里有了主意。"对，白天不成，我晚上去。"主意拿定后，他高高兴兴在街上打回二两酒，让媳妇炒了一盘菜，便自斟自饮起来。

眨眼的工夫，天就黑了。李后生全副武装，把土地爷送的酒壶揣在怀里边走边喝，借着酒劲疾步来到疙瘩上，见四下无人便偷偷钻进了树林子里。他一步步朝前摸索着，走着走着，便发现前面有个大火球，仔细一看，不由得喜形于色，那不正是白天见到的那只火狐狸吗？李后生看准亮点，拉满弓弧，"嗖"的一声射了出去。可是，不知为什么箭头射出后转了个圈钉在了旁边的树上，这下可把李后生吓坏了，他转身便跑，却不知被什么绊了一脚，"扑通"一声摔出一丈多远。他挣扎着刚要爬起来又不知被什么东西死死缠住，他拼命往外挣，但越挣越紧，直累得他动弹不得。就在这时，那个土地爷又出现在眼前，他捡起刚才落地的酒壶，说道："还是物归原主吧，你这不听话的后生，就在这睡上一夜吧。"李后生闻听便苦苦哀求："老人家把我放了吧，以后再也不干了。"土地爷摇摇头转身就走。这下李后生可急了，哭着喊道："你别走，你走后狐狸会吃了我的。"土地爷微微一笑："不会的，你放心，它不会伤害你的。"说完一转身消失在树林中。

李后生在地上躺了整整一夜，眼都没敢眨一下，生怕被野兽吃了，直到天光大亮他才放了心。这时，从村里走来十几个人。原来，李后生一夜未归，家里的人发现后忙召集左邻右舍的乡亲们帮助四处寻找，等他们来到土疙瘩前这才发现李后生在树林中被什么东西缠着，躺在地上一动也不能动。走近一看，才知被些树根树枝捆绑着，人们赶忙帮他解开，问清了事情原因。

从那以后，村里再也没有人敢到这个土疙瘩上打猎了，树林中的各种动物重新过上了安定的生活。

太公钓台的传说

讲述：吕益明 农民
记录：李玉川
1982年7月采录于大城县旺村镇子牙村

"钓台烟水"是大城的八景之一，地点坐落在城北四十里的西子牙村东北二华里、子牙河西岸。这里有一块高不足五尺，方圆不过五丈，突出地面的土台子。上面有倾倒的碑石，堆积的瓦砾，这就是周太师姜子牙曾在此垂钓的地方。如今这一代还流传着不少有关姜太公的故事。

姜太公，《史记》载"太公望吕尚也，东海上人。其先祖尝为四岳，佐禹平水土甚有功。虞夏之际封于吕，或封于申，姓姜氏。夏商之时，申、吕或封枝庶子孙，或为庶人，尚其后苗裔也。本姓姜氏，从其封姓，故曰吕尚"。

传说，子牙村就是吕尚的故乡。

吕望自幼沉默寡言，酷爱读书。长大成人娶了媳妇，仍在博览群书。他对天文、地理、阴阳五行，兵法、国策等各门学科无不研究，是个学识渊博，很有韬略的人。而他的妻子呢？却是个心胸狭窄，目光短浅，专打小算盘的女人，而且说三道四，为一件小事就喋喋不休地叨叨起来没个完。因此，两口子情不投，意不合。后来，母亲和养父双双去世，自己顶家过日子，两口子的矛盾就更加突出了。

当时商纣王暴虐无道，民不聊生。吕望虽有满腹才华，宏图大略，却不能为国效力，只好隐居下来，埋头读书，等待时机，以大展宏图。妻子见丈夫因读书常常耽误活计，家庭越来越贫寒起来，就骂他是"书呆子""窝囊废""穷酸臭"，逼着丈夫去谋生。吕望没法，只好做起了卖白面的买卖。谁知他的运气很不好，叫卖了一天，连个人理也没有。刚挑起担子要回去，这时来了一个老太太，说要买一个铜钱的白面打糨子。吕望自我解嘲地说："总算开张了！"于是就放下担子给老太太称面。一个铜钱的面还未称好，不知从哪里跑来一匹马，一个蹶子把满笸箩白面都踢翻了。他赶忙去收，哪知又来了一阵旋风，把撒在地上的白面全都卷走了。吕望仰天长叹："好命苦啊！"恰好这时飞来一只乌鸦，又拉了他一脸屎。他一怒之下顺手拾起一块砖头要打乌鸦，哪知砖头底下有一只大青蝎子，又把他的手蜇得疼痛难忍……吕望回到家后少不得又挨了妻子一顿臭骂。这就是"姜太公卖白面倒了霉"。

卖白面赔了本钱，但吕望毫不沮丧，他又想起钓鱼这个生计来。他拿着鱼竿，背着鱼篓，在村东水边上，转来转去，选择了一个二水合抱的高台，就在这里安稳地坐下，把钓钩放在水中，开始钓鱼。当时这里是东海之滨，水上云雾蒙蒙，远处天水相连，岸上林木茂盛，风景秀丽，却是个幽静的地方。更为奇特的是，这个钓鱼台随水涨落，波涛汹涌也无所忧，所以有"任凭风浪起，稳坐钓鱼台"的谚语。

水里大鱼、小鱼成群游弋。吕望每天在钓鱼台垂钓，他的妻子每天给他送饭，可是他忧国忧民并不把钓鱼多少放在心上。一天，他的妻子又给他送了饭来，就在他吃饭的时候，妻子来到钓鱼台上，掀开鱼篓一看，钓的鱼寥寥无几，再看水里大鱼、小鱼游来游去。心想：水里这么多鱼为什么没钓上几条呢？顺着钓竿一看，唉！原来钓线系的是个直钩，她暗暗骂道："蠢货，哪有你这么钓法？"于是，她偷偷地把丈夫的钓钩搣弯了。这一搣不要紧，吕望再钓鱼的时候，一下把鱼钓了一大串，几乎把所有的鱼都钓上来了，甚至把小白龙都钓上来了。他这才发现是妻子背着他干的事。于是，他又放走了生灵，又把鱼钩直了过来。原来吕望这是用的韬晦之计，他唯恐权贵们找他的麻烦，故意装痴作傻。这就是俗语说的"姜太公钓鱼愿者上钩"。

第二天，吕望的妻子送饭时见鱼篓的鱼还不见多，这才发现鱼钩又被丈夫直了过来，一下和丈夫吵翻了天。她想到和这个没出息的蠢货过下去没个熬头，就一扭屁股一阵风儿似的走了。吕望望着妻子的背影，指望她能够回心转意，可是她头也不回地消失在山雾云海之中了。吕望见妻子如此薄情，也就只好任她去了。

贫困生活的磨炼，刻苦攻读，使吕望终于成了一个学识渊博，很有韬略的政治家。后来文王把他请去辅佐周治理天下，作出很大贡献。到了姜太公登台封神的时候，从远处跑来一个婆娘，吵吵闹闹要求加封。他一听这声音很熟，仔细一打量，才知道这人不是别人，正是他的妻子。姜太公心胸开阔，不计前嫌，就根据她的性格、特点封了她个"骂煞神"。意思是不要见人就骂，要分清是非，要骂那些凶恶的煞神。但这个婆娘却听错了，误以为是"蚂蚱神"，这样，她就变了一只大蚂蚱，领着一帮蚂蚱"嗡"的一声飞走了。所以，从前这里一闹蝗灾，人们就说是姜太公的老婆作的孽，遭到人们的唾骂与扑打。而学识渊博、治国安邦的姜太公则受到人们的敬仰。人们为了纪念他，在钓鱼台上修了祠、立了碑，成为当地有名的钓台圣迹。后人有诗咏叹道：

千年怀古已登台，
为忆英雄海上来。
避地不忘匡世界，
垂纶已识济川才。
风烟回合惟林莽，
日月升沉属草莱。
往事尽随流水去，
徘徊独立思难裁。

"土井"的故事

讲述：段振忠
记录：周长锁　段国庆
1991 年采录于大城县旺村镇前孝彩村

　　大城县县城的北面有个前孝彩村，村南有一眼土井。传说这眼井是秦始皇灭六国时修的，井口大，水层深，又坚固又耐用。可是，自从秦始皇灭了六国后，不知为什么这眼井就再也没有人用过。

　　有一年，不知从哪里爬来一条蛇，不小心掉进了井里。掉下后，它东蹿西蹿，在井底乱钻，想爬出来，可始终未能如愿。光阴似箭，日月如梭，也不知过了多少年，这条蛇还在顽强地钻着。这一天，蛇钻着钻着顿觉眼前一亮，呵！钻通了！这眼井和浩瀚的东海相连了。它看到了东海的巨浪，凶猛的海风，这与平静的井水相比真是两个世界。从此，这条蛇每逢在井里感到憋闷了就到东海玩上几日。

　　也不知又过了多少年，这里赶上大旱，村里的井都干了，只有这口井还没干。可是，时间一长这眼井里的水也没多少了。这天早起，村里有个老头到井里挑水，看到井里的水不由自主地叹了口气："唉，想不到这么大的井也要干了。"说着老头弯腰去摆水，无奈水少怎么也摆不满，老头只好将半桶水提上来。再看看井里一点水都没有了。老头很是奇怪，就在这时，从井壁里爬出一条蛇来，老头一见吓坏了，转身就跑。突然，他觉得身后有声音在喊他，便忙又回过身往井里一看，老头高兴得差点跳起来。原来，在蛇爬出的地方，冒出一股泉水眨眼工夫井就满了。只见那条蛇浮在水面上一个劲地叫着："把我救上去吧，求求你了。"老头不由得一愣，心想：蛇怎么会说话呢？蛇看出了老头的心思，便把自己的经历前前后后、一五一十地向老头述说了一遍。老头听后"扑通"一声跪在井台上，用桶把小蛇摆了上来，他一个劲地叨念："你做了一件大好事，救了我们全村人的命，我要告诉大家永远记住你。"蛇爬出桶，冲老头点了点头，然后消失了。村里人们知道这件事后纷纷跑来看究竟，可蛇的身影已经看不到了。人们只好朝着蛇消失的方向跪下，默默地感激着蛇的救命之恩。从此，那眼井的水总是那么满，总是那么清，总是那么甜，人们再也不用为旱时吃水犯愁了。后来，这条蛇将水井和东海钻通的事被玉皇大帝知道了，玉帝很受感动，就嘉封这条蛇为东海小龙王。蛇被封为龙王后，仍念念不忘乡亲们的情义，每逢大旱年月，村里人只要掏一掏那眼井，天上就会降下大雨。

龙亭子的传说

讲述：吕益明 农民
记录：李玉川
1980年8月采录于大城县旺村镇子牙村

大城县城北有个子牙村，村中间有座坍倒的碑亭，人们习惯叫它"龙亭子"。为什么叫"龙亭子"呢？这里有一段传说。

相传某朝有个皇帝，很信奉神佛，故此广建寺院。皇帝的做法正中了这里地方官的下怀。他借子牙村有个"太公钓台"的胜迹，便摇动笔杆，给皇帝写了一纸奏折，请求皇帝拨款营造太公圣祠。不久，整船的银子果真从京城顺河漂流而来。这县官眼见雪山似的银子，恨不能一口吞下肚去，哪里肯花那么多去修圣祠呢？他心里拨着算珠：来个二一添作五置买一处庄园；再来个二一添作五开一个当铺；再来个二一添作五修修祖坟；再来个二一添作五……左一个二一添作五，右一个二一添作五，最后只剩下一点银子，修了个简陋的小庙就算了事。

说来也巧，这年皇帝巡游时，突然想起三年前修太公圣祠的事，说要亲赴圣地游览。这下可把县官吓坏了。那么多银子只修个小庙，怎么向皇上交代呢？他想啊，想啊，脑瓜一转，终于想出了个鬼主意。他叫了几十个棚匠，连夜在钓鱼台上按大寺庙的图样搭起席棚，然后又叫画匠在席上彩绘一番。刚刚忙活完毕，皇帝的御驾龙船就来了。船停在子牙村小桥处，皇帝刚刚登岸，这个县官就慌慌张张地迎面而来，俯伏参拜，口称"万岁，暂缓龙步！"接着他摇唇鼓舌编造了一通谎言，说："前面叫慑龙洼，当年姜太公在此钓鱼时用的是直勾，他老婆送饭时发现他没钓到多少鱼，就把鱼钩撅弯了，结果把东海蛟龙给钓上来了。皇上是真龙天子，恐怕到那里凶多吉少……"他胡诌了一通，把皇帝哄得疑神疑鬼，不敢前进一步，只好登在桥边石碑亭的高台上向东瞭望。只见钓鱼台上巍峨的大殿黄砖绿瓦，金碧辉煌，屏风上一条巨龙张牙舞爪，惊得皇帝后脊梁直冒凉气，只好扫兴而归。

后来，人们就把这座碑亭子叫做"龙亭子"。这与其说是纪念皇帝的光临，还不如说是皇帝的愚蠢和地方官狡猾贪婪的铭证。

千年古刹石佛寺

讲述：李俊亮
记录：刘占山
2009 年 5 月采录于大城县里坦镇大邵村

在大城县城南大邵村西北角，有一荒芜多年、瓦砾遍地、杂草丛生的高台。这里就是曾经晨钟暮鼓、法号声声、香火旺盛、名噪一时的石佛寺遗址。

寺院始建具体朝代年月已无从查考，但按现存石佛寺碑文记载，该寺院正殿大雄宝殿应建于明代以前。据碑文记载该寺院的宏伟壮丽，不失为我国佛教界之瑰宝，建筑界之经典，具有很高的佛教和文物建筑的研究价值。特别是那每尊约20吨重的巨佛，在这远离山区的大平原上，佛像或雕琢佛像的原料是以什么运输工具、以什么运输方式，从几百公里之外山区运送而来，成了后人们百思不得其解之谜。

大城县大邵村石佛寺经历了明清近千年岁月的侵蚀，无数次战乱洗礼，今天石佛寺建筑已荡然无存，但流传下来的神奇故事很多。

其一是关于运送石佛像的。相传建寺院时，大兴土木，四乡村民出财出力，历时三年，一座廊丈秀丽、殿阁庄严的寺院终于建成，但奇怪的是寺院大殿完工后，殿内并无佛像可供奉。整座庙仅有一名白胡子老僧主持。人们非常纳闷，禁不住去寺院打探。盘膝打坐的白胡子老僧总是迷迷糊糊半睁双目，嘴里含糊不清地嘟囔道："心诚净心待，三更佛自来。"说完又闭上那双红赤烂瞎的眼睛，恢复到一副八辈子没睡醒的模样。没过多久，村人均同做一梦，梦中有僧人嘱咐，明天一定要把牲口喂饱，寺院夜间需用。第二天，人们均把牲口喂得饱饱的，以备寺院夜晚之用，但一整夜并未见动静。次日早晨，各家牲口却大汗淋漓，一副刚使用完的样子。人们到寺院一看，三尊大佛和数百尊小佛均矗立于大殿上。白胡子老僧左手释经卷，右手敲木鱼，正跪在佛前高一声、低一声地念经呢。人们这才恍然大悟，佛祖像是三更天运来的。

其二是关于石佛寺佛像有多少。明清时期，石佛寺香火旺盛，每天前来拜佛诵经的善男信女络绎不绝。但来的人仅知有坐佛三尊，至于小佛像有多少却没人注意。清末，大邵村一位靠以粮食换盘碗为生、绰号"铁铃铛王玉山"的人，来到山东临城做生意，住店时与一马姓店主攀谈。店主人得知铁铃铛王玉山是河北大城人时，便高兴地问其知道不知道邵村石佛寺，铁铃铛王玉山说俺就是大邵村人，怎能不知道石佛寺。当马姓店主人狡黠地盘问其可知石佛寺有大小石佛多少尊时，铁铃铛王玉山一时语塞回答不上来，这时，马姓店主人得意地把石佛寺共有大小石佛多少尊，还有一尊断臂佛像立于何处，告诉了铁铃铛王玉山。铁铃铛王玉山回到家里来到寺院一数，果然一尊不多，一尊不少，殿门右侧果有一断臂石佛。此事在当时成为奇谈。后到石佛寺遗址考察时发现，清万历十八年所立的顺天府霸州大城县南邵村石佛寺碑之碑文，正是山东临城石匠马河和其子马登高、马登言镌刻。由此推断山东临城旅店店主极有可能是石匠马河的后人。

石佛寺赑屃蒙冤

采录：张嘉麟 女 40岁 干部 大专
2009年9月采录于大城县里坦镇大邵村

大城城南大邵村曾经建有一座规模浩大的古石佛寺，此寺早年被毁，如今我们能见到的只有当年的一个大石碑了，此碑始终昂然屹立在原地，碑文清晰完整，对原寺庙的修建记载翔实，具有很高的史料价值。

据说"文革"期间，石佛寺里所有的大小石像均被拉倒，被敲成石料运往子牙河，修了涵闸，其中包括大雄宝殿内三尊重达二十吨的大佛像。这石碑也被套上了大撒绳，但无论怎么拉，即便动了东方红大型拖拉机，石碑却像扎了根一样，纹丝未动，无奈的人们不得不放弃。

石碑下到底有什么奥妙呢？谁也不知道。要说这石碑从外观上看不出有什么特别之处，高大威猛，也和我国大多地方的古石碑一样，被驮在一种叫做赑屃的石兽背上，只是这只赑屃的头已不复存在。它的头，在很早以前就已经没有了。这里还有一段充满悬疑的故事。

相传老年间，一天凌晨，一队过路的娶亲队伍抬着花轿来到了此石佛寺门前。大家走得累了，想歇歇脚儿，于是把花轿停在殿前石碑旁，迎亲送亲的男人、女人分别去找地方小解，忽然听见轿中新娘子的尖声惊叫，大家赶紧回来问是怎么回事时，新娘子已战战兢兢吓作一团，原来刚才她正迷迷糊

糊打着盹儿，忽觉一只大手在她身上乱摸一通。人们赶紧四下查看，除了看
见轿子近前的石碑和驮着石碑的"大石龟"，并没有看见别的什么。人们都
认为这事很蹊跷，猜想莫不是这驮石碑的家伙见新娘子俊俏，起了凡心？人
们都知道这驮石碑的可不是一般的乌龟，它是赑屃，是龙的儿子，曾经帮着
大禹治过水，是一个有灵性的神兽。

　　真是这样吗？人们将信将疑。

　　新娘子抽抽搭搭哭了一路，等到了婆家下轿拜天地时，人们发现她竟然
已经疯了。

　　此后不久，新娘子死了。可巧，石佛寺这只驮着石碑的赑屃也在一场雷雨
中被击掉了头，人们由此推断，那天果然是它作了恶，因此遭到了天神的惩罚。

　　这桩悬疑案子从此也就被人们在心里给定了性。

　　传说是过去的事情，现在，聪明、善良的人们已不再这样认为，说那十有
八九是一宗冤假错案。你想，五更天，黎明前的黑暗，停下一顶花轿，左右无
人看护，如果恰巧石佛寺门前正有一个要钱儿路过的浪荡子儿，他不生歹意不
发屉皮才怪！更不消说迎亲送亲的队伍里也会有人垂涎新娘子的美丽姿色。

　　想那可怜的姑娘，估计也就十七八岁年纪，甚至更小，养在深闺，从
没有见过世面，突然间莫名其妙地被色狼摸了，岂能不害怕？又岂能不多思
多虑？一路走去，轿中的她独自经历过何等复杂的心路历程，只有她自己知
晓，人们能看到的只是她凄然崩溃的事实。

　　赑屃蒙冤，而那制造了悲剧的始作俑者却逍遥法外，当初是不是他将赑
屃的头砍了去，做了个圆满的嫁祸呢？天知道！

　　亏得这只宽厚的无头神兽还能恪守岗位，拼力护着自己背上的石碑！

　　也许，那正是它在与不公正的待遇作对抗。

一塔压三县

讲述：孙凤志 66 岁
记录：李玉川
1986 年采录于大城县权村镇后烟村

　　大城县后烟村，村中有一塔，它为一米见方、三米高的石塔，共三层，
中间这一层为"五音石"，用手敲敲发出铜的声响，据说过去点（修）笙的

摸过五音石，笙才有声音。这座塔相传为唐明皇时所造，为"玉皇阁"，也叫"摩天塔"。此塔建在寺庙的院中，所以称"院中有塔"，塔的中间这一层为石刻庙宇，庙内有菩萨三尊，所以又称"塔中有庙"。那么"一塔压三县"是怎么来的呢？说来话长。

后烟村为孙姓大户，这村古为文安的"外寄庄"，即"飞地"，南有河间，北有大城，只有后烟村这一小块属文安。为什么呢？孙姓原为山西平阳府洪洞县乐儿村人，明朝永乐年间大移民，孙氏一家即随移民迁至顺天府文安县土头乡石沟村落户，十几天后，又奉命到烟村耕种这块飞地，因已在文安落了户籍，所以，一直属文安管理。文安在这村有地一百余亩，后来随着人口的繁衍，又置河间地二百多亩，置大城地一千余亩，这文安、大城、河间，三块地的分水岭恰在玉皇阁当中，所以，当时有"一塔压三县"之称。

更有意思的是，过去是按户籍纳粮，这村既属文安县管辖，纳粮也归文安县。所以，每年秋收农忙之后，人们就架着小车，载着粮食，"吱吱呀呀"地到文安交皇粮。那么，这村发生什么事情，大城、河间也无权过问，只有通过文安县才能解决。而文安鞭长莫及，这里成了"天高皇帝远"的特殊村。因此，当时一些赌徒多藏匿在此行赌。

"七七事变"后，战火迭起，区划不断更换，也就打破了传统的管辖，后烟村也就秘而不宣地归属了大城。

大石槽的传说

讲述：陈文斌 78 岁 农民 高中　陈志强 29 岁 公务员 大专
记录：安学锋 60 岁 退休工人 中专　王慧青 女 32 岁 公务员 本科
2009 年 9 月采录于大城县留各庄镇南曹村

在大城县留各庄镇南曹村前街西街口有一石槽，这是一个长约一百一十厘米、宽五十厘米、高五十厘米，厚约十厘米，用粗糙的汉白玉石凿制的普通石槽，估计约有三五百斤重，在一侧有孔。附近一二华里内有六个带"曹"字的自然村，分别是南曹村、西曹村、前北曹村、后北曹村、西东曹村、东东曹村，这六个带"曹"字的自然村村名的来历都与这个养马的石槽有关。

相传宋朝时期，大城一带曾是宋辽战场，今完城村是大宋军营，今南曹一带为养马厂，现存的石槽是军营饮马用的水槽，石槽一侧的孔即为放水之用，后大军开拔，便留下了诸多石槽，由于历史原因，目前仅存南曹村这一个。

在今南曹村早就有严姓人居住，村北有一马家庄，村民为马姓；后有严姓居民迁入，曾出过一位县令；明朝永乐年间，现有家谱可查，陈姓居民自山西省洪洞县迁居至此，当时还有贾、王两姓居民一并迁居此处，在马家庄村南石槽附近安家落户，随取村名石槽。同时迁居到马家庄附近居住的还有赵、郝、杨、吉、刘等姓氏居民，亦以石槽为村名，为便于区分，按照村落方位分别取村名南石槽、西石槽村、北石槽村、东石槽村。后又有别姓移民迁来傍这四个石槽村立村，四个石槽村又分为八个石槽。因此，至今在几个村村民当中留有"四槽八村"之说。至清朝中期，几个移民村居民人丁一直不兴旺，而且经常出现青壮年死亡。南石槽村的严姓居民因无子嗣而消亡，在南石槽村的陈、贾、王三姓居民为了使自己的姓氏在此地不致消亡，达成共识，无论当三姓中哪一姓无子嗣时，可在其他两姓中过继，以使"香火"得以延续，故南曹村至今流传着"王、贾、陈，一家人"之说。这时便有传言：马家庄的人是"马"，吃带"槽"字的村子里的食，一马吃四槽，带"槽"字的村庄岂能生存？于是，受这种谣言的蛊惑，带"槽"字村庄里的移民们盛怒之下，一举捣毁了马家庄，马家庄的土著居民只好抛弃世代久居的家园，背井离乡，被迫迁居到了今河间市境内的马户生，演出了一场移民吞并土著居民的历史悲剧。现今南曹村村北的一块高地，就是当年马家庄的村落遗址。移民们为回避忌讳，自此，便把石槽村的石字去掉，"槽"字也去掉了木字旁儿，而演变成了今天的"曹"字，四槽八村因此保留下来现在的六个村。

20世纪70年代前后，南曹村的生产队曾使用过这个石槽喂牲畜，结果是喂马也死，喂驴也亡，村民只好把这个石槽弃于村街口闲置不用，这便给这个大石槽增添一些神秘色彩。其实，当时的确在这个大石槽吃过草的牲口死了不少，但没在大石槽吃过草的牲口也死了，究其原因可能是当时的牲口患上了一种可怕的传染病。人们把这归咎于石槽其实只是一个臆断而已。这个大石槽现在是个"镇村之宝"，也是该村珍贵的"文物"，应该重点保护起来，岂能和普通的石槽一样用来喂牲口？

赵良村摩天塔

讲述：赵三其
记录：崔楸立 38 岁 大城县公安局民警 本科　张嘉麟
2009 年 10 月采录于大城县大尚屯镇赵良村

在大城县大尚屯镇赵良村村北，有一座高不过两米的汉白玉石塔，此塔地上部分六层，地下一层，人称"摩天塔"。

听村里赵姓老人讲，相传在金代时期，赵姓居民赵元迁至此地，取村名为赵良村。赵元生有三子，长子赵荣，次子赵展，三子赵施。长子赵荣就定居于赵良村，现在村里的赵姓居民，皆为其后人；次子赵展，迁至杨村，现已划归文安县孙氏镇管辖。这都毋庸置疑。

而关于赵施却有着很多的传说。

相传赵施在赵良村村东南崇圣寺里担任都纲，也就是古代寺庙里掌管僧众纪律之类事宜的负责人。战乱中赵施曾屡屡解救和接济周围的老百姓，德行很高。赵施圆寂之后，赵荣的儿子为了纪念深受人们敬仰的三叔，就于村中选址，修建灵塔一座，就是这座被后来人称做"摩天塔"的七层小石塔了。塔的正南方还有八角小石碑一座，上面的确刻有"大金霸州崇圣寺都纲"等字样。

又相传赵施武艺高强，曾为朱元璋打天下立下汗马功劳，深受朱元璋的赏识。后赵施战死，朱元璋心疼不已，想亲自祭奠，瞻仰仪容，不想赶到时，赵施尸体已被入土安葬。在赵施的塔前，朱元璋百感交集，一急之下抽出身上佩剑，朝着石碑就是一下子。八角石碑上至今留有一道模糊的剑痕。

还相传，赵施死后无头，朱元璋下令为他铸了个金头，与尸身一同安葬。"文革"时破除"四旧"，村里有人提议挖开摩天塔一看究竟，当时几个胆大的民兵将摩天塔地基挖开，却只见到一个长约七八十公分、宽尺长的石匣，石匣盖有把手，打开石匣，里面空无一物，众人皆奇。

至于赵施到底是战死还是寿终圆寂，是崇圣寺的都纲，还是朱元璋功臣，莫衷一是。

二十世纪九十年代初期，村里规划街道，摩天塔妨碍出入，就连同石碑一起被移至村北街口。赵良村村北是大祥村，有人传塔碑的棱角冲着哪里哪里就会死人，因此大祥村与赵良村两村之间关系一度紧张。后来，摩天塔奇妙地被盗，只剩下了八角石碑，村人为了妥善保管此石碑，就把它埋于地下。

摩天塔和八角碑带着诸多的疑问，在人们视线里消失了。

无头坟

讲述：张景涛 65 岁 原法院副院长
记录：李玉川
1999 年 3 月采录于大城县南赵扶镇堤北村

在大城县堤北村西一箭之遥，有一座乱坟岗，座座坟冢，掩映在蓬蒿之间，荒凉阴森，令人不寒而栗。人称这里为"无头坟"，里面掩埋着十八个无头的冤鬼，他们似乎向人们倾诉着自己惨遭的不幸，一个离奇的故事，一代一代流传下来。

道光年间，这村张姓大户，是一个本来和和睦睦的村庄，却因无端的猜疑，引起了一场惨无人道的凶杀案。事情是这样引起的：一个胡同里，对门住着两家张姓本家，一天，这一家丢失了一只鸡，找了一天找不到，忽闻对门有炖鸡肉的香味，就怀疑他家把自家的鸡眛起来偷着吃了。这下不要紧，这家怀恨在心，暗地里把这家小孩领到家里放在锅里煮了。小孩的爹叫张红亮，胆大手黑，杀人不眨眼，发现此事后不声不响，算计着进行报复。表面上像没那回事一样，谈笑自如，一起重大谋杀案却在心里酝酿成熟。

冬天没事，邻居们凑到一起斗十胡（纸牌），四家斗牌，一家做醒（一家歇着）。张红亮也在这里斗牌，他利用做醒的机会，出的门来拿起一把牛耳尖刀，闯进对门家里，不容分说见人就杀，上至五六十岁的老人，下至七八岁的娃娃，杀了个鸡犬不留，干得干净利索，身上一个血点也没留下。之后就又到牌场，接着斗牌，该吃该斗，手不抖，心不跳，旁若无事，谁也没发现破绽。

这起凶杀案发生后，族长立即报了官。人命关天，知县闻讯后，立即带领差役、仵作赶到现场检验，只见尸横遍地，血流成河，惨不忍睹。查了一会儿，找不出确凿证据，无法定案，知县就决定在关老爷（关羽）庙前审理此案，要求全村人都来参加。

审案开始，知县毕恭毕敬给关老爷烧上三炷香，然后之乎者也地祷念，请关老爷显灵，大发慈悲，协助本县抓凶手归案。据说三炷香未烧完，只见关老爷张了张嘴，知县立即附耳上去，连连点头，只见天红了一阵，亮了一阵，知县顿时醒悟，张一红一亮。立即把惊堂木一拍："把张红亮带上来！"差役们一拥而上，将张红亮五花大绑捆押上来，经过审问，张红亮只好认罪服法。

故事是这样讲的，原来事情并非这样复杂，什么关老爷张嘴、天红啦、天亮啦，这都是后人在流传中杜撰的结果。实际情况是知县经过调查，见凶手连杀十八口人，旁若无事，就断定此人心狠手辣非等闲之辈，如果贸然抓捕，必然遭到奋力反抗，其后果不堪设想，就决定以精神战术攻破他，于是想出了在庙前审理此案的办法，借当时人们迷信的思想，在大庭广众之下，点出张红亮的名字，使他误认为神灵的作用，在众目睽睽之下，使他的精神全部崩溃，失掉了反抗的勇气，只好乖乖认罪服法。

知县了结了这一大案，民众无不拍手称快，乡亲们齐动手帮忙把十八口棺材抬到村西掩埋起来，这就是"无头坟"的由来。

"不怕一万，就怕万一"的由来

采录：姜海旺 60 岁 退休教师 大专
1965 年采录于大城县广安乡大孟桥村

大城县有一个大孟桥村，村名虽有"大"字，但是村子并不太大，在明代也就十几户人家。当时属河间府管辖。您别看村子小，这里可是风景优美、人杰地灵。大孟桥村南有条小河叫朱家河，河水清澈明净，鱼翔浅底，岸柳成行，舟楫帆影随时可见，不是江南胜似江南。

大孟桥村北行里余，有一个名曰正村的大村镇，此村建于唐朝末期某年正月初一，因而得名。说来也巧，村北有座坟茔叫朱家坟，坟地古柏参天，枝干如虬龙。虽然没有石人、石马、石牌坊，但石碑林立，很有些气派。本就相邻的两个村庄，因为这朱家河与朱家坟，都以"朱家"冠名。

在明朝某年某日，星相官朝中奏本，奏折呈上，皇上一阅龙颜大惊。原来星相官言说，近日观星相看出河间府所辖东北面村庄将有帝王星出现，怕是大明江山不稳。这还了得？当今皇上看罢立即传旨，派资深的十几位风水先生前去勘察。有风水先生来到大孟桥、正村一带看出了南有朱家河、北有朱家坟，这中间是一方风水宝地，帝王将出现在这两个村庄，尤其是朱家河那是一条龙脉，大孟桥村出帝王的可能性大，但是当时是朱家掌管天下，那朱家坟对当朝也甚是不利。风水先生上奏朝廷后，皇上召集众臣商议破解此风水的办法。有臣奏本，须在这两个村各修一座大寺方能压住龙脉风水，皇上准奏，立即发帑银修建大寺。经勘测两座大寺建立在一条中轴线上，一座压住龙头，一座压住运根。

花开两朵，各表一枝，只说孟桥大寺的传说。孟桥大寺建立在孟桥村西南面，要堵上朱家河，压住龙头。此庙要比正村大寺大得多，方圆几十里的村庄都要派民夫、壮丁高筑庙台，修建大寺，工期定为两年。在大庙即将竣工时，工程师发现偏殿的檩条少一百根。一般的木料是不行的，必须用上好的圆松木，从远处运是来不及了，急得工头儿束手无策。这时从东边来了一位云游僧人，蓬头垢面，破衣烂衫。施礼后，便招呼工头儿和一群工人跟他走，大家莫名其妙地跟着游僧来到孟桥村南一里多远的一个小村落，这小村仅有几户人家。紧挨村西头有一口水井，众人随游僧来到井旁，只见游僧念动咒语，用手往井里一指，"噌"的一下从井里蹿出一棵圆松木，吓得众人躲闪老远。"噌噌噌"……接连不断正好蹿出了一百棵圆松木。大家再看僧人，竟然踪影皆无。后来，这个小村庄取名"刘木庄"。是否以此故事得名？尚需地名学家考证，在此不再赘言。

经过两年的时间，大孟桥寺庙如期竣工，青砖蓝瓦、气宇轩昂，占地百亩。几年、几十年过去了，孟桥大寺香火日盛，几任方丈、住持治寺有方。不光靠化缘为生，且开荒种粮、种菜，自给自足，寺僧们过着无忧无虑的生活。因此大孟桥寺庙闻名遐迩，和尚已达万人，方丈为第一万个和尚取法号为"一万"。不久又一青年风尘仆仆自远方而来，进庙见到方丈，五体投地，大礼参拜，口称师父，要求落发为僧。方丈佛门大开、欢喜接纳，为其取法名为"万一"，表示这是第一万〇一个和尚。然而万一来后时间不长，一把天火把个"万人大寺"烧得片瓦不留，和尚们死伤无数，活下来的也如鸟兽散。老方丈涕泪横流，掐指一算，哀叹一声："不怕一万，就怕万一呀。"

几百年过去了，孟桥大寺的庙台遗址还在，砖头、碎瓦还有，"七七事变"后，侵华日军在此庙遗址上也曾建起过岗楼。"不怕一万，就怕万一"这句话也随着残砖碎瓦流传下来，并且妇孺皆知，成为当地的俗语。

大孟桥村卧龙岗的来历

采录：姜海旺
1965 年采录于大城县广安乡大孟桥村

　　大孟桥村是母亲的娘家，我的姥姥家。村南边有一条东西走向，高一米多、长几十米的大土岗子，我小的时候就知道这个不起眼的高土岗叫"卧龙岗"，这么神圣的名字是怎么来的呢？母亲给我讲述了这个故事。

　　相传在二百多年前，一个寒冷的冬天，有那么一个傍晚，小北风飕飕地刮着，时而还夹杂着几片雪花。大孟桥村的光棍汉、赌棍刘玉朋（另一说刘妹朋）裹着破棉袄，从前村要钱回来，顶着北风，一路小跑回家吃饭，常言道：腊月的花子赛过马。刘玉朋急急忙忙地向前奔走，来到村南的土岗子时，一脚踩上个软绵绵的东西，低头一看，原来是一个人在那里蜷缩着。刘玉朋不敢怠慢，赶紧俯下身子看个究竟，一探鼻息，还出气，一摸前额滚烫。刘玉朋知道这个人病得不轻，他摇晃着这个人，紧呼慢唤，好大一会儿，那个人从嘴里发出了轻微的哼哼声，刘玉朋虽然是个贫困潦倒之人，倒也是个豪爽义气的汉子，他并不多想，连扶带背、连拖带拉，总算把病汉弄到家中。刘玉朋的家可真是冰房冷屋、家徒四壁，可毕竟是个家，他把病汉放到冰凉的炕头上，扒掉病汉的鞋子、扯掉病汉身上潮湿的大袍子，拽过仅有的一条破被子给病汉盖上，然后点上豆油灯，抱来柴火烧水热炕，半锅水烧开了，屋子里有了热气儿，炕头就热起来了，老刘舀了半碗开水，把病人扶坐起来，一小口一小口地饮着，足足半顿饭的工夫，病汉苏醒了过来，微微睁开了双眼，呻吟着问："哎呀，我……我这是在哪儿呀？打扰了。"刘玉朋简单地叙述了搭救他的经过。这时，刘玉朋借着微弱的灯光，上下打量了一番病人，这个人虽然衣着褴褛，但衣料的质地很好，人虽然在病态中，但是气度不凡。刘玉朋虽是村野粗夫，但走南闯北、交结广泛，很有些阅历，一看此人便知有些来历，看他似家有良田百亩、瓦房数间的大财主。于是忙扶他躺下，赶紧在面盆里舀了半瓢白面，和好，擀了面条下锅煮熟，盛了两碗，每人一碗，放在炕桌上，病人闻到面条的香味儿，挣扎着坐了起来，刘玉朋把热气腾腾的面条端到病汉面前。病汉真是饥不择食，不用服侍，眨眼之间吃了个干干净净，老刘又给他端上一碗，就这样不大工夫小半锅面汤被他俩吃喝得一干二净，二人吃得汗流浃背，嘿，这一出汗，他的病好了一大半儿，眼也睁大了，精神也来了，俩人就聊开了天，一论年纪，病汉三十八岁，刘玉朋四十岁，年长为大哥，刘玉朋说："兄弟，别管我家多穷，你来到我家，就是客人，咱俩也算有缘，你就在这儿好好养病，多住几天，有我吃的就饿不着你，在这里放心养着吧。可是敢问兄弟，你是哪里的人，从哪来到哪去呢？"病汉回答说："哥呀，我叫黄五，打南边来，要到北边去，路过此地，跟伙计们走散了，连冷带饿，受了风寒，才在岗子下边避风休息，这一躺下，就起不来了，要不是大哥相救，恐怕我这命就没了。"二人躺一个被窝，聊了半宿，这个黄五知天文识地理，见多识广，刘玉朋听着顺耳，也知道了不少新鲜事。

第二天早晨，天晴了，风和日丽还挺暖和。俩人吃了早饭，黄五就要启程，刘玉朋真情挽留，可是怎么也拦不住，刘玉朋一看黄五执意要走，就从牲口棚里把自己的小毛驴牵了出来，对黄五说："兄弟，哥是拦不住你了，你这身子还没好利索，这挺远个道，我也不放心，这头小毛驴跟我好几年了，也是我唯一值钱的家当了，你骑着走吧，当个脚力。"

这黄五也没有推辞，临出村拉着刘玉朋说："大哥，你记住了，兄弟住在北京城，哪个门口最大，哪个就是兄弟的家，你一定来找我，到北京后，我就把这毛驴拴在我门口旁边，你见着毛驴就找到我家了，大哥，你可一定得来呀。"说完黄五骑上毛驴，往北走了。你还别说，刘玉朋看着黄五远去的背影，心里还真是酸溜溜的。

冬去春来，草长莺飞，大地复苏，转眼到了春耕春种的时候，刘玉朋祖坟上的二亩薄碱地也该下种了，这时候，刘玉朋想起了被黄五骑走的小毛驴。一冬一春没喂牲口，倒也很清闲，又省草又省料，更有足够的时间要钱，可是眼看到了春耕春种的时候，这没有毛驴子可怎么办呢？邻居们也都操持他快到北京大门口把驴子找回来，老刘一个光棍，没什么牵挂，说走就走，他贴上一锅谷面饼子当干粮，揣上仅有的几个大钱当盘缠，就动了身，晓行夜宿，一路无话，这一走就是十来天，刘玉朋总算到了北京城，干粮吃光了，盘缠花光了，本来很旧的一双布鞋也走开了花，潦倒梆子成了叫花子。

刘玉朋顾不上观赏京城的繁荣景象，不知道问了多少人"北京谁家的门口最大""北京最大的门口在哪里"。人家都说"大门口多得很，不知道你找的哪一家？"后来有聪明的人告诉他，皇上住的紫禁城门口最大。这句话真惊醒了梦中人，哎哟！难道我所救之人是当今的皇上？乾隆爷？刘玉朋不敢多想，也顾不上多日的劳累，一路打听，来到了午门之外，嗬！红墙黄瓦，金碧辉煌，雄伟壮观，气宇轩昂。守门的兵勇一个个虎背熊腰、精神抖擞，手持大枪，神态威严。离着老远吓得老刘脚沉腿软，不敢近前。正在他踌躇不前时，一眼看见了拴在午门内的小毛驴，现在的小毛驴大变模样了，膘肥毛亮，但是不管多大变化和他做伴多年的毛驴他也认得出来。老刘看到了小毛驴就像看到了救星，三步并作两步跑，想冲进去牵他心爱的伙伴，守门的兵勇一看，一个叫花子冲了上来，大刀一横挡住了去路，刘玉朋这才醒过神儿来，赶紧抱拳作揖说："兵爷，我是来认我这小毛驴的，放我进去吧！"守门的一听，是认驴的，高声向里传话："禀万岁爷，认驴的人来了。"只见一个士兵向里跑去，约半个时辰，一乘八抬大轿前呼后拥来到午门，落轿后，一个身穿龙衣蟒袍、头戴红缨皇冠的人龙行虎步向刘玉朋走来。站岗的士兵、游勇、跟随人员"呼啦"跪倒一大片，高呼："万岁！万万岁！"刘玉朋当时吓傻了眼，他定了定神向前紧走了几步，刚要磕头，被皇上一把抓住，连称"大哥免礼"。刘玉鹏定睛一看，此人正是所救之人，

原来正是皇上。乾隆皇帝与刘玉朋手拉手上了大轿，一直被抬到后宫。皇上命人给刘玉朋沐浴更衣，设宴席款待。二人共叙离别之情。

原来，去年冬天乾隆到民间私访，病倒在大孟桥村南土岗子上，后被刘玉朋所救，又赠毛驴，才顺利回到京城，到京城后传旨，把毛驴精心饲养，白天拴在午门外，不论哪一天，如果有人来认领毛驴，速禀皇上。这样，今天刘玉朋来了，皇上听报后，这才出来迎接。

刘玉朋对皇上有救命之恩，皇上极为感激，每天有宫女、太监精心侍候，皇上有时间就陪着说话，天天肉山酒海、山珍海味，一连住了四五天。老刘一个穷农民出身，哪经得起这样的好生活，很不习惯，还不如在家粗茶淡饭吃着有味道，执意回家，说是怕误了农时，庄稼种不上了。皇上的意思是把他留在宫中，给他一官半职，让他享享清福。刘玉朋说："我一个潦倒之人，斗大的字认不了半升，不是当官的料子，我的本事就是要钱，没有别的能耐。"乾隆一看实在挽留不住，只好给了他一些银两，送刘玉朋回家，毛驴却留在了宫中，继续由专人饲养，因为有功，封为驮龙兽，并封赏刘玉朋为赌官，掌管天下所有赌徒，同时钦赐牌匾一块，钦点"卧龙岗"。这才又引出了一段《张玉朋大闹大尚屯十月庙》的故事。

马神庙的传说

讲述：贾树轩 66 岁 村党支部副书记
记录：张守鹏
2009 年 10 月采录于大城县广安乡王香屯村

　　传说东北沈阳一官员（不知名姓），因犯案需要证人，一时又找不到，开庭肯定输，决定逃跑，他牵出自己心爱的枣红马说："老朋友，全依靠你保我了，出关往西南方向跑，不管你跑到那儿，只要一宿马不停蹄地到天亮，如果死不了，我和你结拜为兄弟；如果你累死了，我给你建座马神庙。"结果这匹马一晚上跑了一千多里地，跑到了王香屯村东南角"裤衩子地"处，再也跑不动了，活活给累死了。沈阳这一官员痛哭不已，于是就地修了座马神庙。

人物传说

鲁班修庙

讲述：景寿明 老瓦匠
记录：李玉川 75岁 退休干部 大专
1988年10月采录于大城县平舒镇南关村

　　过去修建的庙宇、殿堂，飞檐翘壁，一招一式都有说法，盘龙、走兽个个都有来头。就拿庙脊上的那些小人、小兽之类的玩意儿来说吧：正中立的叫"坐脊佛"，据说是姜太公的老婆子；"坐脊佛"两边各有一小人，用螺旋状的拉线拉着她。他们一个叫"东拉"，一个叫"西扯"，据说是姜太公的小舅子，是"保驾将军"。因为姜太公的老婆子东撞西跑爱管闲事，没个稳当劲儿，所以就派他们俩把持着她，明是保驾，实则不让她乱说乱动；庙脊两端各盘着龙状的动物，嘴巴咬住庙脊，身上插着一把宝剑，通常称他为"吞脊兽"，正名应叫"螭吻"，也叫"大吻"，据说他是龙的儿子。那么他的身上为什么插着宝剑呢？这里有个有趣的来历。

　　传说，有一次鲁班带领他的一班徒弟——瓦匠、木匠、石匠等修建一座庙宇。经过精心的砌石、垒砖、立柱、安梁、起脊、挂瓦，一座古朴壮观的寺庙就要竣工了。在安装庙脊上那些人物、走兽的时候，鲁班师傅突然皱起眉头，嘱咐徒弟们："手头麻利点，安好赶紧下来，要闹天气啦！"徒弟们仰脸向上望望，响晴的天，连个风丝都没有，怎么说要闹天气呢？可也不敢多嘴，就齐帮动手安上"坐脊佛"，又安上"东拉""西扯"，当刚刚把"吞脊兽"安上，只见西北天上浓云滚滚，铺天盖地而来。接着，狂风大作，飞

沙走石。幸亏人们下来得快，未遭到什么损害，因此，人们都佩服鲁班师傅
有先见之明。

为什么突然闹了天气呢？原来这天正是王母娘娘举行蟠桃会，各路大仙
应约赴会，著名的"八仙"也应邀前往。他们驾起云头，正路过这里呢！

姜太公的老婆子望着这朵朵彩云，不由得怒气涌心头："你们赴个臭会，
耍什么威风？折腾得四邻不安！"起身就要拦挡，哪知"东拉"和"西扯"
把她拽住不放，使她干生气不能动弹。

一朵朵云彩飘飘摇摇过去了，各路大仙也都过去了。这"八仙"已过去
六位，还剩两朵云彩在这里盘旋，不时传来嬉笑打闹的声音。这又是怎么回
事呢？原来吕洞宾拖住何仙姑正调情呢？这下惹恼了守在庙脊上的螭吻，他
一个蹽凌飞上天空拦住吕洞宾，说："好你个吕洞宾！身为仙人竟干出这种
伤风败俗的事来！"吕洞宾定睛一看，原来是小小的螭吻。心里骂道：真
是狗咬吕洞宾不识真假人！但吕洞宾为了追逐何仙姑，顾不得和他纠缠，就
说："你守你的庙脊，少管闲事！"顺手一指庙脊："你看！"螭吻回头一看，
只见庙脊裂开一个大缝，忽忽悠悠就要塌下来。螭吻一见不好，就急忙回身
用嘴把庙脊咬住，裂缝这才合上。吕洞宾呢？再找何仙姑已经踪影不见了，
他大为扫兴，于是，拔出宝剑狠狠地把螭吻插在庙脊上，可怜的螭吻不能动
弹，成了固定不变的"吞脊兽"。鲁班大师呢，眼看着可怜的螭吻却无可奈
何，螭吻身上插着宝剑，就这样千百年来流传下来。

李士魁借粮

讲述：孙广
记录：李玉川
1986 年 11 月采录

从前，有个叫李士魁的穷书生，金榜未中，做官无门，整日闲着，坐
吃山空。他有个老婆和三个孩子，五张嘴加起来有小簸箕那么大，没有进钱
之道儿怎能过得了？别看李士魁人穷，可心眼好，有个耿直劲。车三勾引他
去做贼，他说："缺德的事咱不干！"王二勾引他去劫道，他说："缺德的事
别找俺。"眼看冬天到了，他家还没穿上棉衣，老婆免不了唠叨几句；眼看
年关到了，他家还没米面包饺子，老婆更为心焦。俗话说，"嫁汉嫁汉穿衣

吃饭"，李士魁没处捞钱，只好忍气吞声。他老婆无法，只好手摇纺车，没黑没白地纺线，眼熬红了，手磨出茧子，好不容易纺了十几个线穗子，打点了一个小包袱，让李士魁去赶年集，嘱咐他换了钱买上二升麦子，买上几尺布，扯上二尺红头绳，好凑合着过个年。

李士魁到了集上把线卖掉，肩膀上搭着两吊钱，转着要籴粮买布，买年货，正碰上车三、王二："嗬！李老兄今儿趁钱啦！还不碰碰运气？"说着拉拉扯扯进了宝局。李士魁看着赌棍们押宝，看着看着，手心发痒，心也动了，于是他伸手押了一宝，指望闹个红，结果黑了。再捞一捞吧，又黑了。押一宝，输一宝，三七两晃把卖线的两吊钱输得一干二净，好不扫兴。赶了趟集两手空空回去，怎向老婆交代呢？李士魁蹲在一旁，抽了一袋烟又一袋烟，直到太阳西沉，把一荷包烟抽光了也没想出好办法，只好硬着头皮慢慢地向家走来。

李士魁进了自家的篱笆门，就听到"嗡嗡"的纺线声，他后悔万分，更觉得无脸见老婆孩子，两脚沉得迈不开步，只好蹲在灶坑上烤起烟叶来。

李士魁的老婆见丈夫这么晚了还不回来，盼星星盼月亮等得好不心焦，纺一阵线就到外边看看，摇一阵纺车就到外边瞧瞧。忽然一股呛鼻的烟味，又是一阵窸窸窣窣的响动，把她惊起，撩开破门帘一看，只见一个人正蹲在灶膛跟前烤烟呢，仔细一瞅，原来不是别人，正是自己的丈夫。又一打量，见丈夫浑身打浑身，也没买来粮，也没买来布，更没买来红头绳。仔细一问，李士魁只好说了实话。

老婆见自己辛辛苦苦好不容易赶活换来的钱被丈夫输了个精光，不由得心里一酸，"哇"的一声哭了起来。她边哭边数落着："你没能耐挣，可有能耐糟，我跟着你还有什么熬头？不如自己死了吧！"说着就往外走。

李士魁见妻子真的动了气，更觉自己对不起她，急忙拉住她说："别！别！还是我死吧！你留下还能拉扯着孩子过日子，我活着也拖累人，要死还是我死吧！"说罢，把老婆推进屋里，自己一个人向村外走去。

上哪去死呢？他想投井，又怕把井弄臭，害得一村人不能吃水；他想在树上吊死，又怕给树的主家招来官司。想来想去，想到不远有个松林岗，那是块官地，在那里死定不会惹麻烦的。主意一定，他就踏着月光来到松林岗。

这松林岗有一块块竖立着的石碑，一棵棵古老的松柏，惨淡的星光一照，又荒凉又瘆人。他在一棵歪脖树下停下来，解下腰带，挂在树上，拴了一个套子，正要上吊，一摸烟袋荷包里还有一点烟，心想：抽完这点烟再死也不迟。于是坐在歪脖树下"吧嗒吧嗒"地抽起烟来。

李士魁抽着烟免不了对天叹息：想不到我一个堂堂书生竟落到这般地步。他正叹息自己的不幸，忽见天上飘来一朵白云，飘飘摇摇由远而近，从云彩里跳下一个梳着两个发髻的童子。只见这童子走到一个石碑前面用手敲了三下喊道："老师傅！老师傅！我借粮来啦！"只听"当啷"一声石碑开了两扇大门，小童子迈步进去，不多一会儿背着一口袋粮食出来，又上了云头，飘飘摇摇离去。

李士魁看得一清二楚，心里一亮，也走到石碑前学着小童子的做法，敲了三下喊道："老师傅！老师傅！我借粮来啦！"门"当啷"一声开了，他迈步进去一看，只见两个白发苍苍的老翁正在聚精会神地下棋。李士魁作了个揖说："老师傅，我借粮来啦！"只见一个老头儿指了指身旁一小口袋粮食，头也不抬继续下棋。李士魁就把这一小口袋粮食背了出去。

李士魁背着粮食从原路回了村，进了自家的篱笆门，听到老婆、孩子抽抽搭搭的哭泣声。原来李士魁走后，老婆也后悔起来，不知丈夫死在什么地方。李士魁兴冲冲地大喊："孩子妈，别哭啦，这回有办法啦！"老婆惊奇地把他让进来，拨灯一看，立刻又火了，骂道："我说你舍不得死呢，原来偷人去啦，咱穷要有个穷志气，决不能吃那偷来的昧心粮，你快给人家送回去！"李士魁连忙把情况从头到尾一五一十地讲了一遍，老婆这才相信了。一家人高兴地盘算着推点面包饺子，再卖点粮食买布买头绳，说着说着也就睡了。这口袋粮食呢，却越涨越多，顺着口袋往外流，流得满院子都是。

第二天一早，一个拾大粪的老头见李士魁家满院子都是粮食，还顺着篱笆门往外流呢，非常奇怪，就把他家喊醒了。李士魁和老婆睁眼一看，果然满屋满院的粮食赛金山，又高兴又纳闷。他一面装了一口袋粮食去还粮，一面叫老婆说给邻里八家的穷乡亲们，都来背粮食过年。

李士魁背了满满的一袋粮食又来到松林岗，他用手敲敲那块石碑，叫道："老师傅！老师傅！我还粮来啦！"门"当啷"一声又开了。他进门一看，两个老头儿还在下棋。他轻轻地把粮食放在原来的地方，也凑过去观起棋来。两个老头儿来了一局又一局，真是棋逢对手，难解难分，李士魁看得津津有味。

过了一会儿，一个小童子端上两只血红可爱的大蜜桃来，给两位老人放在棋盘边上，两个老头儿顺手拿起啃了两口就扔掉了，这时李士魁才觉腹内空空。于是趁老人不备，捡起这两个半拉桃子把它啃得精光，顺手把桃核扔掉了。

说也奇怪，只见这两个桃核生根、发芽、抽叶、开花，霎时长成两棵大桃树，这桃树花开花落反复了几次，李士魁才想起家来。他辞别了两个老头儿，顺原路而回，来到自家村里一看，一切都变了样子，自己的篱笆门、土坯房不见了，村里人也不认识，打听李士魁，谁也不知道。他见高房底下有个年近八旬的白胡子老者，就作揖行礼问道："请问老先生，李士魁家在哪？"这老头儿思摸半晌猛然想起来说："唔！听我曾祖说，早先有那么一位爷叫李士魁，上松林岗还粮一去未回来，至今有好几辈了。"李士魁恍然大悟，这正是：洞中才一日，世上已千年。原来自己已成神仙了。

张二狗骂财神

采录：张树华
1990年采录

河东张家庄有个财神庙香火很盛。那时，从做官为宦的到平民百姓谁不想发财？所以大家小户都敬财神。这个村的张老汉特别信财神，过初一、十五、大节、小令，到集上买点儿、卖点儿，都得到财神庙上供。财神庙修上十年，张老汉供了十年，最后却穷死了，死后连条裤子都没穿上。

张老汉的儿子叫张二狗，父亲生前他就反对供财神，说富的不供也富，穷的上供也穷，何必拿扛活讨饭钱去供那些没有心的泥胎？张老汉听了这话就骂二狗："人不敬神，当世丢人！对神仙要恭恭敬敬，以秉诚心。"儿子拗不过父亲，只能依着。

张老汉一死，二狗可怜爹爹，一辈子吃糠咽菜，最后穷死，便折腾了房子卖了地，把家业花了个精光，给爹爹买了条裤子，做了个薄皮子棺材，叫了几个吹打的，把爹埋葬。

出殡回来，张二狗就奔了财神庙，一见财神爷和财神奶奶那两尊泥胎，就气得肺炸肺骂。手指头戳着财神爷的鼻子破口大骂："你糟老头子不办好事！狼心狗肺！我爹敬你一辈子却让我爹穷死！你是有钱有势人的狗腿子！你享用人间的香火不亏心吗？"

　　张二狗越骂越有气，脱了裤子就在财神爷的脸上、身上撒尿。撒完了尿，又蹲在财神的脚下拉了一堆屎。"我要臊气你、臭你！让你不办好事！"

　　这一天，财神爷和财神奶奶云游四方正到这里归位，把个财神奶奶臊气得龇牙咧嘴，捂鼻子攥眼。财神爷本是个文明人儿，张二狗对他又撒又拉，弄得他嗡儿哇儿好吐。

　　张二狗折腾了一阵子走了。财神奶奶可对财神爷不干了，说："生让你死老头子闹的！办事不公道，惹出这些麻烦，普天之下，不知多少百姓骂你呢？"

　　财神爷说："咱干的是这个脚差儿，不干行吗？妇道人家别看事那么短见。"

　　财神奶奶说："什么短见长见！无论是什么样的人，欺侮咱不干！你给我去治治那个叫张二狗的！"

　　财神爷说："不可！我看这小孩子年轻气盛，有志气，将来有好日子过。"

　　财神奶奶说："黄金遍地走，单等有福人，二狗穷相儿！"

　　财神爷说："不对，是黄金遍地走，单等有志人！"

　　两口子叽巴了一会儿，也没分出子丑寅卯来。

　　河西万家庄有个姓万的大户，地有十顷，骡马成群，后来万家出了几个浪荡公子儿，吃喝嫖偷，不过两辈，坐吃山空，家破人亡，最后只剩一子，叫万年。万年也好吃懒做，三十岁上还没寻上媳妇，乡亲们都认为这小子也乌蛋了，就不称他万年，而叫"万年穷"了。万年穷这名叫响了，他日子混着更泄了气。后来他想：财神、财神，管财的，乡亲们都去求财神、烧香上供，我何不去求他一求呢？上好供，烧好香，趴在地上给财神爷"梆梆"磕响头，磕罢，放声痛哭，诉说受穷的难处，求财神爷赐福。财神爷、财神奶奶这天正在这里，见万年穷敬神敬得诚心诚意，财神奶奶对财神爷说："你看这人多好，你何不把银钱给他点儿，救救穷。"

　　财神爷说："不可。"

　　财神奶奶说："为什么不可？在咱脸上撒尿的你不治，敬咱的你不给，日后更没人怕咱了！"

　　财神爷说："我看这人没志气。"

　　财神奶奶说："我看他有福。"

　　财神爷说："我不是跟你说过吗？黄金遍地走，单等有志人！"

　　两口子又叽巴起来。最后，财神爷说："咱俩也别遇事就打嘴架了，我依着你，给他两罐银子！可是给也白给，他守不住。"

财神奶奶说："我不信，没嫌银子扎手的！"

财神爷说："你不信，咱十年以后再来看。"

万年穷敬了神，回了河西万家庄，一进门绊了个前趴虎，爬起来回头一看，门槛边放着两个罐子，抱起来一掂挺沉，打开盖一看，满满两罐子白银。万年穷乐龇了牙，啊，供财神真灵！万年穷发了财。他盖了五正三厢大四合院，买了十亩好地，雇了个长工。这回更懒了，横草不拈，竖草不拿，每天两夹一抱就知道吃嘴儿，热天树荫下凉快，冬天向阳处躺着，年下就去要钱。

河东张家庄张二狗，一股劲地过日子。开了一亩多荒地，别人耪两遍地，他耪三遍；别人上一车肥，他上两车；春秋两闲，给人家打坯盖房。他日子不富，但也够吃够花的，村里人给他介绍了个姑娘，成家立业了。过几年生了一子，攒了钱，又在村中开了个饭铺。饭铺开得挺活，钱少能吃，没钱白吃，手头不方便赊着。后来又雇了俩伙计，有打里的，有打外的，不多几年，日子发了。可是钱没在手下，他为人大巴掌，钱都借出去了，有的还是天天吃饭，天天欠账，欠得最多的就是河西万年穷。万年穷馋了就到这里来吃嘴儿，再后来，干脆就住在了铺子里，家也不管了。在这里吃饱一歇有多舒服！一晃吃了这么十年，吃得万年穷贼肥傻胖。

这时，张家庄二狗的邻居们劝二狗："万年穷在你这里吃了十年，他那账还得起吗？"

张二狗说："还不起我不要了。"

邻居们说："都说万年穷是供财神发了财，才到你这里吃喝的，他一吃十年，要账没有，你挖他个眼去吗？"

张二狗一听说财神，气儿不打一处来，问："他真供过财神？"

"那还有假？"

张二狗一拍桌子，万年穷的账非要不可！一文小钱儿不能少！他让伙计翻开账簿一合算，这笔钱可就大发了，把早些年吃的欠账加利息，利儿隔一年变成本儿，万年穷交出一座四合院、十亩好地都不够。

万年穷只得把全部家产给了张二狗。张二狗想，自己住在河东，要是把河西的四合院、十亩好地变卖了弄往河东，需要车马人伕，造消挺大；河西万家庄村大人多，不如把家搬到河西，占用那四合院开铺子，这样更方便。张二狗就去了河西。万年穷暴了鼓，白天拉拉着棍子讨饭，晚上回家没处住。张二狗又可怜他，给了他河东爹留下的半间土屋让他遮风挡雨。

这年财神爷和财神奶奶又回来了，从云头向下一望，见搬到河西的张二狗日子兴旺；河东的万年穷越来越穷。财神奶奶服了，不由得叹道："真是十年河东，十年河西呀！"

据说，"十年河东，十年河西"这句俗话就是这个故事留下的。

斩蟒英雄马怀德

讲述：马忠儒 65 岁
记录：李玉川
1997 年 10 月采录于大城县平舒镇大王都村

郝庄原名好儿庄，为什么呢？这得从马怀德斩蟒说起：马怀德之父马立，马立之父马光显。马光显原是元朝时的一员战将，奉命镇守卢沟桥。明太祖朱元璋派刘伯温、李文忠征北，马光显抵挡不住，城破阵亡，所遗三子逃往紫荆关，欲出关回山西洪洞县故乡。哪知守关大将张机盘查甚紧，难以通过。无奈，哥儿仨只好各奔东西。其长子马立随同乡人郝、刘二人隐姓埋名，一路风尘，逃遁大荒之野，隐居于郝家疙瘩，这就是现在大城县城东北的郝庄村。

在明朝初年，郝家疙瘩本是九河汇流、蔓草丛生、人迹罕至之地，马立一家在这里筑室造屋，安家立业，所生四子：怀德、怀玉、孟发、孟祯已长大成人。一家人日出而作，日落而息，过得倒也安然。

这日，忽闻临近有哭泣之声，马怀德这个将门虎子本是个胆大心细之人，循声找来，一打听才知其详：原来这里村东不远有一苇塘，浓密的苇塘里潜伏着一条大蟒，昼伏夜出，经常伤人。自元代官府就悬赏壮士，消灭此蟒，但无人敢于轻动，因此，已被蟒咬伤、吃掉的有一百余人，今之哭声是其亲人遥祭无辜被害之英灵的。

马怀德闻之心动，他想：巨蟒不除，百姓难过安定日子，遂立下除蟒之志。于是，他深入巨蟒经常出没的"东营"地方，细心观察蟒的活动规律：这蟒平时盘踞在苇塘，苇塘西边有一干沟，沟尽处土坡上有一千年古槐，古槐下有一古井，每当红日西沉，巨蟒即从苇塘爬出，沿沟西行，行至古槐，将尾缠在树上，探身下井饮水，喝足后即口吐红信，寻觅猎物，凡走不及的下地农民，往往遭其所害。马怀德蹑手蹑脚在暗处，把它的行踪看得一清二楚，心里有了谱，更增强了消灭这孽障的信心。

这日，马怀德掘地，偶得一月牙板斧，在磨刀石上磨去斑斑锈迹，即寒光四射，确是一把宝斧。怀德喜出望外，真是天助我也！不久，他又寻觅到一匹得心应手的骏马，之后，他每日早早起来，骑马飞奔，舞斧砍树，朝朝如此。日月如梭转眼十年，怀德已练得武艺娴熟，他也长成了身高五尺的彪形大汉。

艺高人胆大，马怀德认为与巨蟒决战的时刻到了，即背地里对其妻说："蟒为害已久，我虽无除害之权，却有除害之力；我有弟兄三人，上可侍奉父母，有儿子六人，可耕可读为国效力。我消灭巨蟒的夙愿，即可实现了！"妻子知道这是最后的诀别，不禁泪如雨下。

是日，黄昏时分，马怀德手持月牙板斧，飞身跃马，直奔东营而来。尚未临近，忽闻一阵腥风扑来，知巨蟒已出动了。当临近古槐时，但见树身上金麟缠绕，蟒首深入井中，沙沙汲水。巨蟒忽闻响动，跷起头来，口吐红信，目光如炬，令人不寒而栗。马怀德沉着冷静，拍马向前，看准蟒首挥斧劈去，只听"扑哧"一声，蟒头鲜血飞溅。巨蟒疼痛难忍，奋力拼搏，一阵蜷曲，折尾打来，怀德躲闪不及，正中其背。他"哎呀"一声跌下马来，骏马飞奔至家。全家知亲人遇害，急忙赶来抢救。但见一洼污血，一条巨蟒已死在井边，马怀德也昏死在井旁。人们见他尚有呼吸，急忙抬到家里，掐人中，灌姜汤，忙活了好大一阵儿，斩蟒义士才慢慢苏醒过来，全家无不欣喜异常。知县金铸闻之也前来该村慰问，并到现场验证，确实巨蟒已被砍死。他跷起拇指对其父马立说："你儿子真是大丈夫啊！"并表示要上报朝廷，对马怀德为民除害之义举进行表彰。马怀德说："为民除害，匹夫有责，斩蟒是我之夙愿，怎敢当县太爷如此厚爱呢！"

次日，马怀德忽觉后背疼痛难忍，方知毒性发作，难以治愈了。临终前，他将弟兄、子侄叫到床前，嘱咐他们说："蟒之巢穴左右必有余孽，余孽不除仍将酿成大祸。入冬后，你们要把苇塘之芦苇割净，放火焚烧，以防余孽蔓延……"众弟兄、子侄连连称是，马怀德这才咽下最后一口气。

不久，朝廷旌表下来了，称"郝家疙瘩"为"好儿庄"，并在马家门前挂匾，上书"义勇所居"四个大字。后来有人将此事作诗吟诵，刊刻在老县志上，其诗道：

> 燕王定鼎黄图广，平舒尚有元朝蟒；
> 掉舌威如紫电光，吞人日见金鳞长；

腥风毒雾断人行，芦荻村多鬼哭声；

那得韩文驱怪鲑，漫云壮士斩长鲸。

天生豪杰类马武，膂力跷腾白额虎；

立誓生擒十丈蛇，掘地忽得千金斧。

欲将此事禀高堂，柢恐双亲痛断肠；

佯说行围驰猎骑，谁知扫穴要擒王。

一朝蟒在林端现，势若长虹低饮涧；

此际除凶神鬼惊，大呼跃马风雷变；

怪蟒昂头人已来，巨灵一斧大蛇摧；

神龙掉尾谁能御？落马英雄信可哀。

人生自古谁无死？博虎屠龙世有几？

周出斩蛟激使然，高祖斩蛇醉能使；

岂若斯人义勇全，御灾捍患气无前；

欲观神钺①过祠庙，已遂龙渊上九天。

钢筋铁骨的商有余

讲述：商棠林 50 岁　　商姓林 47 岁
记录：李玉川
1986 年采录于大城县权村镇苦水务村

大城县子牙河东、南部有条狭长的河套，河埝低矮，河套外另有一堤，北起白洋桥，南到沈房子，弯弯曲曲与河埝并行，河套内四十八村为溢洪区，涉及河间、大城两县。每当汛期，河水涨发，庄稼被淹，村庄被围，严重时村民无处栖身，只好爬到屋顶上度日。官府不管人民的死活，对水患毫不关心，从光绪元年到十七年，河套之内就闹过十八次水灾，苦不堪言。

这一年，河套上游漫溢，洪水由南往北而来，河套内二十个村庄的居民联合起来，在"八里横"（地名）处打一横埝，拦截南来之水。这样一来，洪水对堤东、埝南的村庄构成巨大的威胁，他们自然不肯相让，于是联合起来，企图扒埝排水，这二十个村的村民众志成城，共同护埝，于是双方形成

---

① 钺斧曾供马氏家祠中，后遗失。

了僵持局面。

苦水务村南有个村民叫商有余，此人侠肝义胆，精明干练，多年来为本地水利奔走呼号。他亲率精壮青年，日夜守护堤埝。堤东有个周财主，是当地的头面人物，他率一班打手，手持十三响的洋枪和自制的牛皮炸弹，企图一举将横埝铲平。情况十分危急，一旦横埝被扒开，二十个村的父老乡亲就要葬身鱼腹了。

事情到这份上，商有余当然也不示弱。他们从当地王老公那里借来了护院的大抬杠三杆，连夜筹集火药，铸造弹丸，做了充分准备。小伙子们有了火器这东西，如虎添翼，枪助人胆，胆大生威，他们扛着大抬杠，呼啸而上。有个打毛儿①的能手薛天为，早装足了火药，手心正发痒，对方刚刚叩响十三响，他就叩响了大抬杠，一下撂倒一大片，殷红的鲜血洒在地上，一幕人间悲剧就此酿成。

横埝保住了，娄子也捅大了，堤东死伤十一人，周财主怎肯善罢甘休？官司打到河间县，商有余不推不诿，一人承担被告。审讯那天受害家属披麻戴孝跪了一堂，牛知县把惊堂木拍得乒乓作响，叫商有余供出主谋、帮凶。商有余慷慨陈词，大谈这一事件是官府不组织人民抗洪，形成一盘散沙所造成的。他说："我商有余好汉做事好汉当，与别人无关！"虽多次用刑也无甚效果，气得牛知县吹胡子瞪眼，无计可施。

河间县解决不了，官司又打到顺天府，府官要用"十二连桥"的酷刑，逼商有余就范。所谓"十二连桥"，就是将十二个烙饼锅子烧红，令被告人在上面走。乡亲们听说后，人人为他担心。在京的王老公知道后，也为他担心不已。于是，他买通了狱卒到牢内探监。只见商有余蓬头垢面，一夜之间，须发皆白，王老公暗暗为他叫苦。他俯在他耳边如此这般地低语了几句，商有余连连点头。

行刑那天，十二个烙饼锅子烧得通红，商有余从容不迫，由两个差役架着，光着脚踩在上面，尽管脚上的油"哧拉拉"地响，但他眉头不皱，面不改色，场面极其壮烈，大堂之上所有的人都被惊呆了。"十二连桥"走完，商有余一个鹞子翻身说："我再来一趟！"原来王老公暗地告诉他，把脚提前用醋泡上三天三宿，可以减少其痛苦，加之一股为民请命的浩然正气鼓励着他，使他忘掉自身的安危，演出了威武壮观的一幕。府官从来未见过这样

———————————

① 打毛儿：方言，打猎。

的钢筋铁骨的硬汉，惊得瞠目结舌，不知所措，只好把手一摆说："得了！我没办法你了……"一场人命官司就此了结。

后来，官府拨银，以河埝为堤，重新修筑，废掉老堤，使河套人民解除了水患之苦。商有余活了七十七岁，死后人们不忘他的功德，河套二十个村的村民自动捐款，为商公立了纪念碑，戏班子还编演了《大闹西沙河》的戏，歌颂商有余为民请命的义举行为。

陶洲池传奇

采录：张守鹏
2008 年 6 月采录于大城县大广安乡张家屯村

在河北大城西七里许（夏屯桥西三百米处），有块开阔地叫"陶地"，约有几百亩。分别归属于张家屯、郝家屯、关家屯、夏家屯村，这几个村的村民世代在此耕种。传说陶地原来是一个自然村落叫"陶家村"。但是谁也说不清这个村落是在多少年前毁灭的；是毁于战乱还是大规模移民，人们猜测着、探讨着……此地只留有些青砖瓦块，没有其他痕迹。但是长期以来却流传着"陶洲池"的民间故事，人们赋予它传奇色彩，描绘的有声有色。

传说元末明初时期，陶家村便是远近闻名的陶姓大户自然村落。此时有个隐士名叫陶洲池，据说是朝廷命官，大将军职务。因年老而解甲归田，隐居村庄，在家颐养天年，享受天伦之乐。

但是好景不长，一日早饭后，家奴慌慌张张进来报告，"老爷，朝廷来人了。"陶洲池忙说："快请。"只见一位钦差大臣随音而至，高声道："圣旨到！"陶洲池慌忙撩衣而跪："臣接旨。"原来皇宫大印被盗，皇帝正发愁让谁去破案，这盗贼能入这戒备森严的皇宫大内盗印，武功绝非平庸之辈。如想破案非得有超人武功和智慧才能的人才能担此重任。是丞相提醒万岁，"臣保举一人定能担此重任"。皇帝急道："爱卿快讲。"丞相道："就是退休在家的陶洲池大将军。"皇帝立即下圣旨，并限令陶洲池即日启程，两个月内破案。陶洲池接旨后，送走钦差大人。他可犯了难，怎么也捉摸不透，是什么人如此大胆敢进皇宫盗宝？这往哪儿去找。陶洲池回想，想当初自己是响当当的大将军，会过全国无数知名高手，号称"打到天边无对手"，威震八方，谁敢太岁头上动土。我刚一退休就出事了，是欺我天朝无能人，看来是冲着我来的，是什么人如此大胆。他把全国的侠客逐一排队，最后都一一排除。他想啊想，心中烦闷，决意出去走一走，散散心。出走不远，望见一村庄中有一茶舍，顿觉有些口渴，就到茶摊上打坐，叫小二上茶。刚喝两口，忽然听到对面茶桌边坐着的两位老者在品茶闲聊。一位老者问："你看这武林中人，什么地方能人多？"另一老者说："听说东海有个无名岛，岛上有座寺庙，里面的和尚个个武功高强。别说是方丈，就连烧火的和尚也了不得。"说者无心听者有意，陶洲池记在心里。一向傲慢的大将军，从不把别人放在眼里，他想，中国南七北六十三省，哪个不知俺陶洲池的厉害。什么无名岛，俺不曾听说过。可是心中在想，这盗印之人，很可能与无名岛的和尚有关，决心去会会这帮和尚。陶洲池喝完茶起身面向老者，抱腕打揖道："两位老伯请了，我想打听一下去无名岛的路线，望老伯明示。"两位老者听到如洪钟般的声音，抬头一看，认识陶将军。陶大将军是"打到天边无对手"的大英雄，如雷贯耳，哪个不知谁人不晓，就连小孩哭都用陶洲池来吓唬小孩："还哭，陶洲池来了。"两位老者很客气地给指出了去东海无名岛的路。陶洲池谢了老者，急忙赶回家。

陶洲池跟夫人说，这么长时间在家，有些闷得慌，想去南方走走会会朋友，也好散散心，没说破案之事，省得夫人惦记。夫人说："带上两个侍卫吧，也好照应。""不用了，自己随心所欲，更好。"陶洲池说着，家人已经给他准备好了行囊。辞别了夫人，打点上路。陶洲池一边走一边查访，不放过一点蛛丝马迹。踏上南行路，江南美景陶洲池也无心观赏。几天的时间，晓行夜宿，走出了很远。这天住进一家客店，和店小二闲聊，不敢说是破案，谎说是走访高人拜师学艺。听说无名岛的师父武功高强，想去打扰，但不知还有多远，在哪个方位，店小二说："你算问着了，我知道，离此地还有三十里，东南方位。等你望见到处是水，中间有寺庙的岛屿就到了。""好，谢谢小二。"陶洲池马上来了精神，只见他脚下生风工夫不大就到了。但是一看，岛周围都是水，一眼望不到边的湖泊，并无船只，方圆几十里的水泊，人烟稀少，想找个人打听，忽见一担柴的樵夫路过，陶洲池忙向前打探，"麻烦您不知能否给找一只船用，进无名岛。"樵夫说："我每天从这里过，就没见过有一只船。"陶洲池问："你没见过岛上和尚出入吗？""见过，他们出入不是坐船，而是在水皮上飞行，连伙夫买菜也是在水皮上走。"樵夫的话令陶洲池大吃一惊。心想，一个普通伙夫功夫都这么好，那老方丈的武功一定是深不可测了。沉思片刻犯了愁。忽然眼前一亮，有了主意。他拿出一根绳子，绳子两头各拴一枚铜钱，两手把绳子两头晃起来，保持身体平衡提气丹田，施展轻功绝艺，从水皮踏向无名岛。只听到飕飕的风声，脚掌踏水无痕。约摸有十几分钟时间就到达无名岛。陶洲池果然名不虚传，水上的功夫活像位神奇的杂技演员，又像八仙过海的神仙。

到了岛上，有一条山路直通寺庙。路两边种的是苍松翠柏，第二行是倒垂杨柳，第三行是竹林。可见树木布局都相当有讲究。在庙舍旁边有一小和尚在劈柴。陶洲池一看大吃一惊。这小和尚才怪呢！大堆的柴原料都是竹子，不是用刀劈，而是用手，只见他先把竹子捏瘪了，从一头捏到另一头只听发出"嘎巴嘎巴"的响声。捏裂了用手一摸就开了，再用手捏吧捏吧就成劈柴了。陶洲池倒吸一口凉气，呀！这小和尚功夫都这么好，那护院武僧就更了不得了。

小和尚抬头望见来了生人，也先是一惊，心里说在这岛上我长这么大也未见生人来过。能在水面上过来，说明此人不一般，厉害！我得问问他的来历。实际这叫甘蔗打狼两头害怕。小和尚走向前先是一乐，客气地问："请问施主你有什么事？从哪里来？"陶洲池说："小师傅，我是从京城来的，专程来拜访你家师父。""施主稍候，我去禀报一声。"不大工夫，老和尚出来迎接。迎进客厅，互相客套几句，分宾主落座。方丈对小和尚说："看茶伺候。"一会儿，小和尚端上上等的好茶，顿时满屋茶香扑鼻，喝一口六神通畅。喝着茶老和尚开始问："施主贵姓？""再下免贵姓陶。"老方丈上下打量着陶洲池，身高丈二，膀大腰圆，浓眉大眼，稍有花白的胡须飘于胸前，两眼闪着咄咄逼人的寒光，坐姿像尊黑铁塔，一看就不同凡响。陶洲池也不由地打量了一下方丈，鹤发童颜，发白的胡须，长眼眉，两眼发光。一看此人武功深不可测。"陶施主这次到寒寺恐怕有事吧？"陶洲池接道："师父不要见笑，再下喜好武术，但学艺不精，武艺平庸，听说无名岛师父武艺高强，特来打扰，想拜您为师，没别的意思，学武是为一用。"老方丈没等他说完，脑袋晃得如同拨浪鼓似的，"不行，不行，万万不能，老衲武功平常，陶施主不要取笑老衲。"陶一见只好作罢。他当然不是真心学艺，只不过是逢场作戏。一晃午饭时间已到，老方丈说："今天贵客临门，必然带来好运气。今天午饭咱们破例吃一回肉，来款待陶施主。"陶洲池说："多谢了。"一会儿工夫，午饭端上，先是两盘牛肉，盘内是四大块牛肉一把尖刀。陶洲池格外小心，他听绿林之中有这种吃法。方丈说："咱是文吃还是武吃。"陶洲池说："客随主便吧。"只见方丈拿起尖刀剜了块肉说："陶施主，我敬你一块肉。"话音刚落肉已送到陶洲池的嘴边，只见陶洲池不慌不忙张开嘴，刀尖和肉刚进嘴的一瞬间，用牙咬住刀尖，然后用特别快的动作，即用牙把刀尖咬断迅速吐出，把肉留在口中，陶洲池慢慢地吃着牛肉，露出得意的笑容。然后也用同一方法对老和尚说："来而无往非礼也，我回敬你一块肉。"当然人家很轻松地接住了肉用同样的办法吃了。旁人看着险，但是在高人手里，这不过是雕虫小技。这叫"文吃"。"武吃"更有意思，是用筷子夹着肉，你想吃，给你打掉，如果肉掉在地上那就栽了，必须准确快速地用筷子夹住，并迅速将肉扔向嘴中，用筷子马上去抵挡对方的袭击，总之以吃到肉为胜利。看似很难，不过分谁，以陶大侠和老方丈的武功，这种武吃不算难题。两位大师把肉吃完，小和尚马上端上两碗人参汤。端起来就喝，那是外行人。喝汤的功夫可谓高深莫测。你端汤要喝，人家把你的碗打掉，然后你再接住，接碗的动作不难，难的是不准洒一滴汤。在武学上是最难的一招。你看陶大侠和方丈端着碗，在桌子上打拳，桌子底下踢腿，汤碗扔来扔去汤是一点不见洒，令人眼花缭乱，简直到了登峰造极之程度。二人喝完汤后，稍休息了片刻。

老方丈说："陶施主，可有兴趣游览我的寺院。"陶洲池说："在下正有此意。"两位大师并行漫步在寺院。高大的寺院红墙蓝瓦，非常气派，院两边树木茂密，柳荫成行，花红柳绿，气候宜人。陶洲池顿觉心旷神怡，不由叹道，真是神仙修炼的好去处。连陶洲池这样的大人物都赞扬寺庙的美丽，可见不一般。说着逛着，不知不觉地来到了后花园，有百十亩地，金黄的稻谷，各种菜蔬，可供几百口的僧众给养。并种花草供欣赏。周围种满了倒垂柳杨树，有的树枝垂地，树叶特别美丽，正如古诗人赞曰："碧玉妆成一树高，万条垂下绿丝绦，不知细叶谁裁出，二月春风似剪刀。"所谓漫步欣赏，不像咱们走马观花。人家大人物有讲究，叫雅赏，触景生情，或赏或诗，互相对考，找历史典故，有人问一介武夫还会作诗，当然了，这两位是高人，并非平庸之辈。一位是得道的高僧，一位是当朝大将军。当然是文武兼备。虽然陶洲池心中有事，但还是耐着性子认真逛完寺庙，这就是将军的胸怀。一晃日落西山，晚上接着用斋饭，晚饭毕用茶，方丈说一声："用茶、用好茶。"小和尚慌忙上茶。陶洲池正觉口渴，端起茶杯喝了口，觉得清爽舒适，便说："我在北方还没喝过这么好的茶。"方丈说："此茶是我岛稀有的珍贵茶叶，是一棵几百年的茶树，经过日精月华、采天地之灵气，快成仙树了，是我的徒儿专门早晨带露珠采摘的嫩叶，用我岛之仙水，特制的茶壶，微弱竹火煮成，当然茶味与众不同了。常喝此茶能延年益寿，因此树产量低，显得弥足珍贵，特奉送陶施主一斤，请笑纳。"陶洲池万分感谢。之后又交流了一会儿武学知识，两位真有一种相见恨晚的感觉。

方丈说："该休息了。"领着陶洲池到了一间休息室，陶洲池一扫屋里四角旮旯，哪有床铺，难道睡在地上，怎么也没被子，这怎么睡觉。和尚好像看出了陶洲池的心思，用手一指东西墙上钉的一个单橛、一个双橛。问陶洲池："施主是睡单床还是睡双床？"陶洲池明白了，单床就是单橛，双床就是双橛。心想单橛怎么睡，"我睡双床吧。"方丈说声，"好，陶施主请。"话音刚落，一个鲤鱼打挺，"嗖"的一声就上去了。陶洲池一看老方丈的腰在橛子中间，头和脚悬着。暗暗佩服老和尚的功夫。而睡双橛是头枕一橛，脚枕一橛，腰要绷劲，还不能动，腰一弯就掉下去。陶洲池学着老和尚的样子，"嗖"的一声也上去了。但是怎么也不舒服，心里这个后悔，还不如睡单床呢，单床起码可以活动。但是不能说换，说换不就栽了吗？这时老和尚说："陶施主躺好了吗？""躺好了。""好，徒儿拉床。"吱呀呀铺拉上来了。陶洲池偷眼一看，可了不得，原来拉进来的床上面是盖，小和尚一推上盖，盖向一边，露出密密麻麻的一座刀山。吓得陶洲池直冒冷汗，这要是掉下去，老命就没了。他不敢大意，腰直挺了一夜，没敢合眼。再看老和尚，已鼾声如雷进入梦乡。好不容易熬到天明，鸡一叫老和尚醒了，第一句是"陶施主睡好了吗？"陶洲池装着伸了伸懒腰，打了个哈欠，"好睡好睡真舒服。""好，下去吧。"老和尚说着，头一抬脚一伸就下去了，只见他脚尖一点床铺一角，铺盖"喳"的一下就被推过来了，盖上了刀山，再下来没事了。陶洲池也学着老和尚的样子下来了。

方丈和陶大侠洗漱完毕，先进早餐。老和尚开门见山地说："陶大侠，你这朝廷大员，到我的小岛到底有什么事？亮出身份吧。"陶一看瞒不住了，也佩服老方丈的眼力和人品说："实不相瞒，我本是朝廷将军之职。因皇宫大印被盗，我奉旨限期破案。我怀疑只有贵岛和尚有如此本领盗印，还望师父明察。"老方丈一听，"啊！有这等事，我查查看。"老和尚通知值班僧人全寺集合。老方丈首先当着大家的面亮明陶洲池的身份和来意，然后说："是谁偷的皇宫大印，赶快自首，交出大印我保你无事，如若不然，一旦查出，按寺规严惩，我决不轻饶。"沉默了一会儿无人应声，老和尚急了，又重复一遍。这时一位脚有点跛的小和尚站了出来，说："师父，是我偷的，我是想试一试我的武艺能否盗得大印，能否打得过北方人，不过是好玩而已。实际我盗大印也没有用。"小和尚说着献出大印。小和尚说："我犯了寺规，坏了名声，甘愿受罚。"老方丈说："我给你一次戴罪立功的机会，你陪同陶大人，护送大印回京交旨。"小和尚有些不情愿。陶洲池说："你陪我进京，我好交旨，我保你无事。"小和尚说："行，那就走吧。"陶洲池双手合十冲着老和尚道："多谢师父相助，咱们后会有期。"老和尚一摆手，说："欢迎下次再来。"陶洲池心里说，赶快走吧，多会儿也不想到你这鬼地方来。

陶洲池和跛子和尚施展陆地轻功术，出了无名岛，踏上回京路。因二人的功夫高深莫测，不到二千公里，三天时间就到达京城。

陶洲池对小和尚说："因我是奉旨办案，你得先委屈一下，把你捆起来，在皇帝面前我好交差，然后我再求情放你回去。"小和尚说："好吧。"双手一背就被捆上了。等皇帝上朝，陶洲池磕地口呼："万岁，臣破案交旨。"皇帝很高兴："爱卿辛苦了，提前一个多月破案，功不可没，下去休息吧。""谢万岁！"陶洲池走了，可苦了小和尚。皇帝可不管那些个，喝道："把秃驴压下去，交大理寺审案斩首。"陶洲池哪里敢求情，心里也恨这小和尚如此大胆，害得我偌大年纪奔波劳累，真该杀，但又一想，江湖中人说话算数，想法再救他吧！谁知陶洲池一到家，见到家人光顾高兴了，把这事给忘了。

谁知小和尚武艺高强，解索很容易，在夜深人静的时候，趁狱卒打瞌睡之机逃了出来。直奔陶府大骂："好你个陶洲池，不讲信用，是什么东西，你盯着点，不出三天我一定取你的项上人头。"家人听到后慌忙向陶洲池报告，陶洲池一听坏了，这小和尚是说到做到的。打吧不一定是他的对手，忽然想出一计，叫家人赶紧安排。

第二天，陶洲池嘱咐家人找来高粱秸扎成人形把子，弄个大西瓜安上当脑袋，叫画师画出陶洲池的头像，画像很逼真，再穿上寿衣戴上寿帽，灵前供桌上摆上供品，点上长明灯，全院上下都穿重孝，都要真哭，不要露出半点破绽。

第三天，小和尚果然来了，一打听是陶大侠死了。小和尚心想，死了我也要带走你的脑袋。于是他在等待时机，子夜时分，守灵人正打瞌睡的时候，小和尚抽出单刀照准陶洲池的头砍下去，用布把头一包就跑了。他慌不择路施展陆地轻功术，连夜赶回岛上向老和尚交差，说把陶洲池的头砍下了，老方丈哪里肯信："胡说，你那点本事十个也顶不住陶大侠一个，怎么会死在你手？"小和尚把经过讲了一遍，老和尚一听气得浑身发抖，"你这混账东西，人家死了还要砍人家的脑袋，你缺了八辈子德了。"小和尚说：

"已经这么做了，后悔也没用了，这是陶洲池的头，你看怎么办？"老和尚一想不对，武功盖世的陶大侠是铁打的汉子，绝不会死，一定是不愿理你才装死，这一定是个假人头。一查看果然是一颗假人头，砍下的是半个西瓜人头像，把西瓜一翻有张字条，上写着：好你个不仁不义的贼秃驴，不出三天我一定踏平你的无名岛。老和尚一看吓得出了一身冷汗，小和尚也吓傻了，老和尚气得浑身发抖："好你个畜生，你闯下大祸了，没想到无名岛这几百年的基业，竟毁在你的手上。"上去打了小和尚两嘴巴子，小和尚嘴角顿时鲜血直流。小和尚说："现在说什么也没用了，快想法吧。"老和尚说："想什么办法，陶大侠说到会做到的。不能等死快跑吧。"两天时间无名岛成了一座空岛——无人岛了。

自从小和尚砍了陶洲池的假人头包走后，陶府上下大乱，这个说："可吓死我了。"那个说："哎哟吓得我腿肚子都转筋了。"小和尚的野蛮行为，也着实令陶洲池吃了一惊，忙召集全院人员在一起商议：这次幸免一劫，但是小和尚发现上当后会不会再来呢！谁也说不准。陶洲池说："按我的脾气我怕过谁，在千军万马中我取敌人上将首级如探囊取物，区区一个小和尚算得了什么！不过年纪大了，不愿惹事，怕连累大家。看来陶家村是待不下去了，咱们赶紧搬家吧。"不超三天，陶家村人迹皆无。

正应了一句老话：南方人怕北方人；反过来北方人怕南方人。这就叫秫秸秆打狼两头害怕。或许这句谚语就出于此……

刘朝廷

讲述：贾树轩 66 岁 村党支部副书记　邵书贵 80 岁 农民　刘来生 58 岁 农民
　　　李连春 85 岁 退休教师
记录：张守鹏
2009 年 10 月采录于大城县广安乡王香屯村

清嘉庆年间，传说王香屯村出了一个刘朝廷，说他是金牛星转世，身高一丈二尺，膀宽三尺，吃斗米斗面，力大无穷，此人心眼特别好，常干些抱打不平、助人为乐之事，深受人们喜欢。传说因他生来使命是保八方村未成形皇帝的，人们俗称为"刘朝廷"。时间一长，人们把他的名字给忘了，单称"朝廷"了，一直流传至今。

　　王香屯村有一段姓人家，弟兄五人，人称段家五虎，不太讲理。一日在街头上盖了处房，很碍事，但无人敢惹，可朝廷不怕他们，看不过去，和他们理论："很宽的街道，你们为什么在街上盖房，妨碍交通，哪有这么不讲理的？"为此争吵起来，在人们的劝说下，才算了事，但是从此却结下了仇。段家五虎寻机报仇。一日，朝廷正挖红薯窖，约有三米多深，段家五虎一看报仇的机会到了，就滚动一个碌碡下去，想砸死朝廷，碌碡刚一下去，哪知朝廷用手一托，"嗖"的一声，把碌碡推了出去，吓得段家五虎撒丫子跑了。

　　有一次，朝廷去城里卖茄子，特制的大筐，一筐是二百五十多斤重，两筐足有五百多斤，一般的扁担经不住，朝廷找了个房檩（木头），挑着去城里摆摊位卖茄子。有一位员外打扮的人看到后，感到吃惊好奇，问："你怎么这么大劲儿？"刘朝廷说："这算什么，我挑着它，围城走十圈也没事。"员外说："我才不信呢，咱俩打赌，你如果能围城走十圈，条件你随便提。"刘朝廷说："如果我赢了，管我一顿包子吃就行，必须管饱。如我输了，这些茄子白送给你。"员外说："好！一言为定。"刘朝廷挑起大筐就走，一口气转了十圈，面不改色心不跳。员外一见可了不得，真是神力，说了要算数，回家蒸了两笼屉大包子。刘朝廷咧开腮帮子吃了起来，一口一个，两口一个的，像风卷残云一样，不大会儿工夫，两大屉包子一扫而光。刘朝廷一吧嗒嘴说："还有吗？"员外一咋舌说："没有了。"我的天啊，这哪是凡人啊？员外问道："要不我再蒸一锅？"刘朝廷说："算了，凑合着吧。"起身挑着担子去卖茄子了。

　　某年二月二龙抬头这天，人们有起早挑水引龙的习俗，但是一口井，人们得排队挑水，朝廷怕挨不上个，提前两胳膊夹着两个碌碡横在井口上，把碾盘盖在了上面。他心里说：反正你们谁也弄不动，还得等着我。等第二天早晨，人们来到井边一看都傻眼了，知道是朝廷干的，别人弄不动。一个上岁数的老人说，准是他干的，快去叫朝廷吧，要不谁也挑不成水，去的人把朝廷叫来后，他两手一扒拉就开了，真是神力，不过人们还是很喜欢他。

　　一日，外村来了一个也叫"朝廷"的，找刘朝廷来玩。一见面，外村的朝廷说："咱俩玩会儿小球吧！"顺手拿起一个碌碡扔向刘朝廷，刘朝廷接住，又扔了过去，外村朝廷接住又往回扔的一瞬间，刘朝廷在旁边拿起另一个碌碡两人同时扔了出去，两个碌碡在空中撞在一起，只听到"轰隆"一声巨响，结果两个碌碡都撞碎了。两个朝廷从来没有像今天这样玩得开心，不由得两人对视，放声大笑起来。附近有人听到巨响跑来，看到两个朝廷和两个碎碌碡，惊得人们舌头伸老长："哎哟，我的妈呀，真是神人呀。"此消息一传出，便轰动了整个村庄，来看的人一下子都围了起来，围得里三层外三层，风雨不透……

以前种地，有牲畜的户不算多，没牲畜的户就去请朝廷帮忙。他是热心肠，有求必应。他一人拉耧子，拉脚蹬耙，一天二十多亩地没问题，只要中午管顿饭吃就行。那时粮食少，管不起饭，有的几家合着管他一顿饭。

有一年秋后，地方官吏征粮屯仓廒①，现在话说就是征集公粮。刘朝廷和乡亲们都去交公粮，但是发现官吏用的是大斗收，小斗记，就和征粮官争吵起来。一位官吏冲着村民怒吼："大胆刁民，要造反啊，给我打！"并指着刘朝廷说："先打那个大个子。"五六个当差的上去就打朝廷。朝廷一见急了，"你们欺负人啊"，用大手一挥，把几个打手甩出老远去。吓得贪官跪地求饶。一位老者出面拦住朝廷对贪官说："老百姓虽说种粮不易，但也晓得征粮法度，你们太不应该欺上骗下，坑害百姓。"贪官吓得跪地向村民认错，并表示一定改正错误。刘朝廷给村民出了口气，得到大伙儿的称赞。

有一次去城里上庙，人们说套牲口去，朝廷却说："那多麻烦，我拉着就行。"拉着就跑，坐了一车人，妇女居多。由于太快，晃下好几个妇女，人们有的哭，有的笑，乱作一团。人们重新坐好后，说："能不能走慢点？"

逛完庙会，中午，大家伙儿凑钱管了朝廷一顿包子吃。虽说小笼包子小点，刘朝廷吃了十二屉，还说没吃饱，最后说凑合着吧。

一日，朝廷和他父亲去耙地，十来亩地一会儿就耙完了。耙地时他爹在耙上压了根小木棍，朝廷一看，太轻了，就让他爹蹬脚蹬耙，把小木棍拿掉。朝廷拉着脚蹬耙，开始还可以，快中午时分，朝廷饿得眼冒金花，跟他爹说："歇会吧，我太饿了。"休息时躺在地头上睡着了。他爹坐着听到打呼噜如雷的响声，回头一看，儿子现了原形——一头大黄牛。这就是保皇帝的金牛星。因日子不行，不久，刘朝廷便饿死了。他去世时，天气骤变，阴而无雨，天空有闷雷声，传说是天鼓之声，在召唤金牛星归位。

刘朝廷是南刘的后人。在刘长发他父亲扒房时还发现了刘朝廷的一只鞋，足有一尺半长。二百多年来，人们在茶余饭后津津乐道地讲述着刘朝廷的有趣故事。

---

① 仓廒即粮库。元马端临《文献通考·市籴·社仓》："得息米造成仓廒。"宋袁文《瓮牖闲评》卷六："敖乃地名。秦以敖地为仓，故尔。"

秉笔太监王承恩

讲述：王树兰　王树林　王国瑞 农民
记录：李玉川
1992 年采录于大城县留各庄镇大九宫村

　　明代大太监王承恩是大城县大九宫村人，这村姓王的分五支，王承恩属第三支。这里早先还保存着王承恩的影像，后来族人拿此影像到河间王家马坊认当家，被那村留下了，从此影像失落，老人们都知道此事，王承恩是这村的毋庸置疑，有关王承恩的传说，也尽人皆知。

　　王承恩是明朝末年的大太监，他曾抱着九岁的崇祯登基，此后就成了崇祯皇帝的秉笔太监，他忠心耿耿侍奉崇祯，很得信任。

　　崇祯十七年，李自成农民起义军包围了北京城，明朝文武大臣众叛亲离。四大元帅（周玉吉、唐英、吴三桂、李国桢）就剩下李国桢，文臣就剩下王承恩。崇祯皇帝面对大势已去的败局，还不服输，想让星象家测测明朝命运的吉凶，王承恩就帮他化装，领他来到附近的三宫庙求签，以卜吉凶。

　　崇祯头一签抽了个"友"字。老和尚解释道："友字为反字出头，造反出头于大明朝大大不利。"

　　崇祯不相信，伸手又抽了第二支签，签上是个"有"字。老和尚又摇摇头说："此字更不吉利。"崇祯问："这是为何？"老和尚说："有字拆开为广月，正是大字少一捺，明字少了一个日字，故应为'大明江山少了一半'。"

　　崇祯听了脸色煞白，但还不服气，颤抖着手又抽了第三支签，签上出现了个"酉"字。老和尚此时似乎已看出他们的身份，再也不敢说话了，只把一纸条装进信封里，叫他回去拆开看，自然明白。崇祯和王承恩回到皇宫拆开一看，只见上面写道："酉字本是尊字的斩头去尾。"崇祯看到这里不禁大怒，原来过去皇帝称为"至尊"，尊字斩头去尾，不就等于把皇帝大卸八块了吗？急命王承恩去杀了那个老和尚，待王承恩赶到三宫庙，那老和尚早已逃之夭夭了。

　　这时李自成攻城更紧，忽报守将曹纪淳打开彰化门迎闯王，又报杜子敬打开平厎门迎闯王，率领京营的大元帅李国桢也不见了，崇祯才知末日已经来临，他心急火燎地写了一封信放在御案上，就跑到皇宫后面的煤山，上吊死了。王承恩回来不见崇祯，急忙到处寻找，找到煤山，才见皇上吊死在一棵歪脖松树上。这个忠于明王朝的大太监王承恩，自觉没有保护好圣驾，罪恶深重，即一头撞在这棵松树上，随驾归阴了。老北京有句老话，叫做"这回学了王承恩了！"意思是走投无路，死路一条。

李自成攻破紫禁城，见金銮殿上空无一人，只有御案上留有一封信，信上写道：

> 拜上拜上多拜上，
> 拜上皇兄李自成。
> 要杀杀我文和武，
> 千万别杀老百姓。
> 我给你留下金銮殿，
> 你给我留下十三陵。

李自成见崇祯尚有爱民之意，赶紧去找，但为时已晚了，即决定厚葬崇祯。王承恩忠君殉国值得褒扬，也予以厚葬，并给他修了庙，立了碑，流传后世。

据说，北京东大王庄、西大王庄尚有王承恩的后代，可能是王承恩的养子留下的后人，那么，大城的大九宫王姓，才是王承恩的正根。

王恩与石义

讲述：窦继环 64 岁 教师
记录：白静 女 39 岁 大城县文联副主席 本科
　　　王红梅 女 24 岁 大城县文联妇委会主任 本科
2009 年 9 月采录于大城县城

传说很久以前，在一座山脚下，住着姓石的娘儿俩，儿子叫石义，刚刚十岁。这石义年纪虽小，但乖巧懂事，言行举止颇有男子汉大丈夫的气概，和小伙伴们讲交情，重义气，很有人缘。

这年时令虽然已出了伏，立了秋，可天气还是热得像蒸笼一样。一天晌午，娘儿俩在村头树下乘凉，忽然来了一位卜卦的道士，他走到石义娘儿俩跟前，连说带唱："洪水来，做竹排，救物别救人，救了惹杀身……"娘儿俩听得真真切切，可又听不懂道士的意思。这个时候了洪水还能说来就来？闹洪水时见死不救？这是哪门子的道理呢！娘儿俩好是纳闷，再看那道士已没了影子。

石义和小伙伴们玩耍时就把这个怪事告诉了他们，伙伴们又告诉了各家的大人，大人们也都觉得这事有些蹊跷，但宁可信其有，不可信其无，都急急忙忙做了竹排。

几天后，山洪真的来了，来势汹涌，好在人们早有准备，坐着竹排转移到了安全的地方，同时还救了不少被洪水冲来的禽类、畜类。而石义娘儿俩却救了一个叫王恩的男孩儿，当时那男孩儿在水中扑腾着喊救命，娘儿俩谁也没含糊，早已把道士的话丢在了脑后。被救的王恩比石义小一岁，石义娘对他像对自己亲生的一样，平时吃东西，都是哥俩平半分，有时善良厚道的石义见东西少了，宁愿自己不吃也得给弟弟吃，石义娘总是把王恩的棉衣做得比石义的厚，因为王恩身体单薄，石义娘总怕他受冻。时间一长，王恩就养成了处处拔尖儿、事事占先儿的毛病，就拿上山砍柴来说吧，每次都是石义砍得多，自己砍满筐，还要给弟弟砍，回来时还帮弟弟扛着；王恩呢，不是追兔子、打鸟儿，就是在山坡上睡觉，总之石义一个人常常干俩人的活儿。

一晃十年过去了，两个孩子都长成了壮小伙子，石义浓眉大眼，英俊魁梧，王恩膀宽腰圆，一看也是结实汉子。石义娘看在眼里，喜在心上，苦日子总算是熬到头了，她开始四处托媒人张罗两个孩子的婚事——老太太想抱孙子了，她不在乎谁先娶媳妇，觉得谁先娶都一样，双喜临门更好！可石义总是见了东家姑娘说不行，见了西家姑娘说不愿意，王恩也随着哥哥起哄，一个也看不上。

直到有天晚上，石义娘知道了其中的秘密。那天夜里已经很晚了，石义娘见儿子屋里还亮着灯，就好奇地凑了过去，隔着门帘，石义娘看见石义从脖子上摘下一条玉佩对王恩说："弟弟，你知道为啥娘找的姑娘我一个也看不中吗？那是因为你哥早有意中人了，不信看这玉佩，这是玉花送我的定情之物，这可是她家祖传的东西，一共两个，玉花还有一个，我明天就去跟娘说……"

这田家的玉花也是个苦命的孩子，从小没娘，拉扯她，玉花爹是又当爹又当妈。在童伴中，玉花和石义青梅竹马，两小无猜，是两家大人看着长大的，如今石义成了帅小伙儿，玉花也长成水灵秀气的大姑娘，俩人竟私订了终身，真是孩子大了不由爹娘啊！石义娘暗暗高兴，想那玉花，确实是个好姑娘，她心眼好，人品正，会过日子，会孝敬老人。能嫁石义也算是石家有福气了。

这一夜，石义娘高兴得一宿没睡。其实，这一宿没睡的可不止石义娘一个，还有一个人他也没睡，他就是王恩。他自从见到玉花给哥哥的玉佩，心里就像打翻了五味瓶，说不清是啥滋味，因为他也喜欢着玉花，还试着甜言蜜语地讨好过，可玉花根本就不领他的情。玉花的态度反而更激起了王恩的欲望，他想：越是难得到的东西我非要弄到手！

一颗阴险的种子在王恩心里萌芽了。

时间不长，石田两家就商量着给孩子们操办喜事。男方这边当然就显得事情多一些，这天，石义娘操扒两个孩子去买些结婚用的东西，哥俩儿匆匆来到县城，采买衣料儿、被面儿和小零碎儿，挺费时间，眼看着太阳就要下山了才买齐，石义装好东西说："弟弟，我们得快些走，天黑之前必须赶回家，要不然娘和玉花会着急的。"王恩说："成，那就快走吧。"话音未落，哥俩儿就甩开了大步。路过崖边的时候，不知是累了，还是不小心，石义脚下被什么东西绊了一下，趔趄着就要摔倒，偏在这个节骨眼儿上，紧跟在后面的王恩蹿上来一把将石义推下了山崖……

王恩气喘吁吁地跑回了家，一进家门就"扑通"一声跪倒在老娘跟前，哭诉起哥俩儿回来路上遭遇狼群追赶，石义不幸掉下山崖丧命的经过。石义娘一听如晴空霹雳，当场晕了过去，这时玉花和她爹也听到噩耗赶了过来，醒过来的石义娘和玉花俩人抱头痛哭，一个是白发人送黑发人，一个是生死相许的连理，娘俩儿直哭得昏天黑地。哭够了，玉花擦干眼泪对娘说："俺相信石义哥这么好的人不会死，他一定还活着。咱活要见人，死要见尸。如果石义哥真的不在了，俺给您养老送终……"

乡亲们举着火把连夜上山寻找石义，找到天亮也没找到有关石义的任何线索，人们都觉得石义凶多吉少，恐怕真的被狼群吃掉了。这一来，乐坏了一旁的王恩，他想：还是老天有眼啊！按当地的习俗，哥哥死后，小叔子娶嫂天经地义，玉花不嫁也得嫁！

再说玉花，自打石义出事后，终日以泪洗面，不吃不喝，人比黄花瘦。这天石义娘过来和田家商量：不能再让玉花等了，还是让她嫁过去吧，让王恩娶了她——这是王恩死皮赖脸托娘来跟田家说的。可玉花是铁了心等石义，就是不同意，石义娘和玉花爹左劝右劝，玉花还是不点头。石义娘知道强扭的瓜不甜，就盘算着等过段时间玉花心情好些了再提此事。

这天夜里，玉花做了个奇怪的梦，冥冥之中，她看见石义哥骑着一条青龙回来了，梦醒之后，玉花既高兴又害怕，不知是福还是祸。

回过头来再说石义，他没有掉下山崖，而是掉进了一个深深的山洞，山洞里黑咕隆咚的，什么也看不见，石义落到地上的时候，身上一点也没有感觉出疼来，只觉得身下软软的、绵绵的，用手一摸，地上铺满了树叶草根儿这类东西，石义又着急地摸了摸脖子，还好，玉佩还在身上，他要快快回家，要见到娘、见到玉花，要和她们一起质问王恩，可他摸爬了半天怎么也爬不出去。想到自己平日里把蛇蝎心肠的王恩视为手足，想起当初道士的话，石义追悔莫及。娘和玉花啊！你们千万不要再遭遇什么不测……

半夜里，石义听到一个声音说："想出去吗？跟我来。"他睁开眼睛看到的是一个高有一米八九，长着大长脸的黑大个子，黑大个子说自己原来是条青龙，在这个洞里已住了五百年，如今修炼成了人，明年二月二龙抬头时，他就可以带石义出去。石义听了又惊又喜，惊的是能遇到仙人的福佑，逢凶化吉，喜的是总算有了和家人团圆的盼头，于是，他就和仙人一五一十地诉说了自己的遭遇。仙人听后又气又急，他对石义说："千万别让王恩这种人得逞，否则后患无穷。"

石义和仙人住在了山洞里，饿了吃些野果、鸟蛋，渴了喝些山泉，一晃半年多过去了，转眼到了农历二月初二，早晨忽然一个晴天霹雳，洞口大开，仙人让石义闭上眼睛，趴在自己身上，不大工夫他们就飞到了石义家门口，待石义双脚着地后，再一睁眼，仙人早已不见了。石义的母亲见儿子从天而降，像做梦一样，不知石义是人是鬼。玉花父女和乡亲们也来了，石义就将自己的神奇经历告诉了大家。

人们知道了真相，急忙去找王恩算账，可是王恩早已从人群中溜走了。

人们愤恨王恩，就给王恩改了名字，叫"忘恩负义"（王恩负了石义母子对他的恩情），后来，听人们传说，王恩出家当了和尚，也有人说，他当了要饭花子。

石义娶了玉花，一年后，他们生了一个胖小子，从此祖孙三代过上了安乐祥和的太平日子。

王二小卧鱼

讲述：李忠英 女 65 岁 退休工人
记录：赵金荣 74 岁 退休干部 高中
2009 年 9 月采录于大城县东建民里家属院

　　王二小是个很精明懂事的孩子，但命很苦。在他刚刚出生不久，父亲就因生活所迫，日夜操劳，积劳成疾离开了人世。祸不单行，时隔不久，哥哥王大小也因身染重病，英年早逝，一家四口人，只剩下王二小和他憨厚的母亲。当时王二小年仅八岁，既没有亲戚，又没有当家族门，母子相依为命，过着孤苦伶仃的生活。母亲特别关爱孩子王二小，二小也特别恭听母亲的教诲，所以母子俩虽然日子过得很艰苦，但生活还很快活。

　　一天，母亲忽然病倒了，躺在炕上，不吃不喝，不言不语，精神萎靡，像丢了魂似的。这可急坏了王二小，怎么办呢？街坊邻居听说后，也纷纷前来看望，可是二小的母亲就是不说话。王二小感觉自己很无助，光是掉眼泪。他慢慢地俯下身子凑到母亲面前哭泣地问："妈呀，你怎么啦？你哪里不舒服呀？我去给你找先生。"妈妈微微地睁了一下朦朦胧胧的眼说："不管用了，先生治不了我的病，吃药也没有用。"但是，妈妈清楚地知道，孩子刚刚八岁，这件事我不能告诉他，不然会把他吓坏的。她瞅瞅可怜的孩子，巡视了一下屋子四周，太多的想要说的话瞬时间又咽了回去，将勉强睁开的双眼又慢慢地闭上了。

　　妈妈的心病，精明的王二小早已猜透了几分，便"咕咚"一声跪倒在妈妈面前，紧紧地抱住妈妈的头，央求着说："好妈妈，好妈妈，你说吧，你有什么事情，都告诉我，我办得了，我顶得住，你别总把我看成小孩子啦，你就快点告诉我，我一定办得到。"王二小眼泪不停地滴在妈妈脸上。妈妈静静地听着孩子心痛的话。暗想：反正也没有别的办法，更别把孩子愁闷坏了，干脆我把实情告诉他吧。这时，母亲推开二小说出了心里话："有一天，我做了一个梦，把我惊醒了。梦见一个鲤鱼大仙来到咱们家，恶狠狠朝我扑来，硬要把我吞吃掉，还说把我的魂勾走。后来，在我拼命挣扎下把鲤鱼大仙赶到村东大水坑，从那天起我就什么也不吃了。孩子，要想救我的命，只有去村东大水坑找这条鲤鱼大仙啦！"二小听完妈妈的一番话，心里凉了半截。觉得数九寒天，这么大的一个水坑，冰冻得厚厚的，如何破冰呢？又从哪里去找鲤鱼大仙呢？

为了救妈妈的命，王二小一夜没有合眼。天不亮，王二小穿好衣服就直奔村东大水坑去了。坑里结满了冰，他围着水坑转了几个圈，没有找到一个缝隙，心想，怎么办？索性就躺在冰上，想用自己的身子焐化寒冰找到鲤鱼大仙。一天、两天、三天过去了，厚厚的冰仍不见开化，但王二小仍不灰心，为了挽救妈妈，饭不吃，觉不睡，夜以继日，卧在冰上，但他觉着心里总是暖乎乎的，没有感到一点寒冷，心里火热，勇气十足，他哪里知道，这种精神真的感动了上天，感动了鲤鱼大仙。一天深夜，水坑里发出了一声"嘎"的巨响，厚厚的冰，裂开一道长长的大缝，顿时从冰缝里蹦出来一条金光闪闪的大鲤鱼。王二小立刻意识到这个就是鲤鱼大仙，没等二小开口，鲤鱼大仙先开口了："好了，好了，快起来吧，好孩子，看在你年幼对母亲的一片真诚孝心份上，就依从了你吧。"王二小听了鲤鱼大仙的话后，欣喜若狂，就什么也没说，毫不犹豫地用自己的棉袄裹了鲤鱼大仙跑回了家。

王二小一进门，就高兴地大喊："妈，妈，我回来了。"没等妈妈回话，再一看妈妈已经迎出门来了。这时，王二小急忙解开用棉袄裹着的大鲤鱼，大鲤鱼不见了。妈妈笑容满面地对二小说："你不用细说了，我全知道了，你真是妈妈的好孩子，你是大孝子，是你救了妈妈的命。"

从此，"王二小卧鱼救母"的故事，成为十里八村的美谈，慢慢地传遍了大江南北。王二小受到了全村老老少少的敬慕，已经成为今天倡导的尊老敬老爱老的楷模。

好基地不如好心地

采录：张树华
1990 年采录

一个南方人会看风水。这一年，他来到北方，正是麦熟天儿，走得挺热，又累又渴，嗓子眼儿里直冒烟，漫洼野地没个喝水的地方。他喘着气，紧赶慢赶，来到一个村边的打麦场上。正晌午头，一位大嫂从村里提了一罐子凉水走来。他向那位大嫂讨水喝。那位大嫂上下看了看他，便把水罐子递了过去。那位风水先生捧起罐子正要喝，那大嫂猫腰抓了把麦糠摔在水罐子里。风水先生很生气，嘴里又不好说出别的，心里想：这娘儿们！我渴得要命，借你点水喝，你还使坏。他就一边吹着水浮头的麦糠，一边喝水。

水喝饱了，他向那位大嫂说了几句道谢的话。这时他感到身上舒服多了，精神头也打了起来，便和这位大嫂搭讪了几句闲话儿，问了问今年年景好坏。那位大嫂问他这么大热天出远门干什么？风水先生说自己是看风水的，能逢凶化吉。

那大嫂便把他领到自己家去，和自己的男人一学说，她男人热情招待他，说自己种着十几亩地，一头牛，日子混得还可以，就是有一愁，两口子年近四十，膝下无儿，请先生给看看阴阳宅。

风水先生满口答应，但他生这位大嫂一把麦糠的气，就给这家看了个鬼地，让他们秋后盖房。夫妻二人都挺实诚，秋后按这位先生说的一一去办。

风水先生走了五六年，一次又路过这村，见到这位大嫂家的宅院修起了青堂瓦舍，喜气盈门。一打听，村里人说："五六年前，一位过路的南方人会看风水，给他家指点了指点。他家改建房屋以后，走了好运，日子越过越红火，第二年又生了贵子，如今成了村里的首富。"

这位风水先生很疑心，便进了这家院门。这家夫妻见是风水先生登门，接进屋去用茶。中午摆了一桌酒席，热情款待。席间，风水先生问："听说你家得了贵子？"

女主人说："还不是先生给看了宅基地，才得的嘛！"

"小公子叫什么？"

"咳，就甭提叫什么了！生下来长得难看，庄稼人又没有学问，就叫了他个'阎王'！"

风水先生暗想，真是巧合了！他家盖房的地方是鬼地，而小主人却叫阎王，岂有不发财的道理？

酒过三巡，菜过五味，风水先生就把自己的心里话如实说了出来："你家得子发财，也别感谢我！当初我给你家看的这个宅院是个鬼地，本是断子绝孙、受穷讨饭吃的基地。你家儿子叫阎王，一福压了百祸。"

女主人说："你实话实说了，我不怪你。我和你无冤无仇，为什么这样办呢？"

风水先生把那位大嫂向水罐子里摔麦糠的事说了一遍。

女主人说："那就是你错怪我了！当时我看你又累又热，渴得带喘，我要不撑那把麦糠，你会一口气儿把罐子里的水喝完，那就要生病了。我撑上一把麦糠，你就喝得慢，不会得病。”

风水先生恍然大悟，真是好基地不如好心地！他回家后就洗了手，不再当风水先生骗人了。

刘自新

采录：张树华
1990年采录

过去有一个学生，姓刘名高攀，自幼心高，想娶俊媳妇，想生胖小子，想发大财，想做高官。他刘家是村里的首富，为人却不忠厚。刘高攀受父母娇惯，吃好的，穿好的，同学当中能享受富贵的他算是拔了尖儿。

教他的老师却不喜爱他，说来事出有因。

老师做饭用的油经常少。一次少了，老师不说；两次少了，老师还不说。他留心盯着，发现每次刘高攀早来晚归的时候，他的油就少了。师生一隔心，老师对他的态度也就变了。抓贼要抓赃，老师没抓住刘高攀的手腕子，不能指名说他偷。刘高攀也觉出老师是怀疑他偷油了，可自己没偷，这个冤朝谁去诉？哼！我得设法抓住偷油的，好把自己洗白出来。

他一连抓了几天，也没抓住一个贼影。有一天，他上学非常早，老师还在被窝里睡觉，他发觉有只大花猫在老师的面板子上吃油。刘高攀不由得气从心中起，火从胆边升，猫腰抄起烧火棍，照猫就打！烧火棍举到半空，那猫不动不跑，却冲着刘高攀说：“刘高攀，你别闹！我不是大花猫，我原是月下姥。”

刘高攀一听，猫说话了，吓得睁眼张嘴，倒退三步，烧火棍也从手中滑落地下。他定了定神，才壮着胆子问道：“你是月下姥？月下姥是干什么的？”

“月下姥是专管牵红绳的。我把红绳在一男一女身上一拴，他们就结为夫妻。”

刘高攀听了，觉得月下姥不是妖魔鬼怪，是专为人们办好事的，胆就大了，说：“月下姥，这油是你偷去啦？好你，因为老师丢油，我为你背了黑锅。”

"我这么办，才能和你见面哪！"

"你见面是给我提亲吗？"

"是啊！"

"你看我和哪个俊小姐成夫妻呀？"

"你和前街上贺小兰是夫妻。"

说了这句话，那大花猫转眼就不见了。

从那以后，刘高攀就打听前街上谁叫贺小兰。后来真还打听着了。贺小兰的父亲是个穷庄稼人，有三亩"种一葫芦打一瓢"的条道地（挨着道边儿的地）；住着一间半用柴火棍子搭的破坯房；一条炕上只有半领席。贺小兰的妈是个病病腔子，天热了，能拄着棍子下炕；天一凉，就出不来被窝。再看那贺小兰，穿一身蓝布破褂子；一头秃疮疙瘩上流脓打水，热天蝇子嗡嗡；一脸黑癍子，像块烤煳了的山芋；十六岁了，长得个子不大，夯头夯脑的。

刘高攀知道后，真比吃了蝇子还腻歪。月下姥为什么给我拴了这么丑的一个媳妇？这媳妇又生在这么穷的人家！就是我将来学好了，高官得做，骏马任骑，日子混着也没意思。

前街后街中间有一口吃水井，两街上的人都吃这口井的水。一天早晨，刘高攀起来去担水，在井边上遇到了也去担水的贺小兰。刘高攀一看她那样子，自己的脑瓜皮子就发麻，浑身起了鸡皮疙瘩。他想，月下姥说我和这女子是夫妻，我今天把她打下井去，日后我另找一个好的！他见贺小兰正弯着身子往井里摆水，就一咬牙，抢起扁担，一下子打在贺小兰的头上。贺小兰没有提防，一头栽下井去。

刘高攀一见出了人命，脑瓜子"轰"地一响，也后悔了：自己不该对一个无辜的女子下这种毒手啊！可是再后悔也晚了！杀人者偿命，逃命要紧。他把担子一扔，撒腿跑了。

早晨井台上担水的人挺多，有人见贺小兰落井，有竖梯子拿绳的，有脱了褂子下去救人的，一会儿把贺小兰打捞上来了。贺小兰下去之后喝了几口水，脑袋被打得血流不止，不省人事。人们把贺小兰抬回家去，贺老汉一边请医调治，一边到县衙告状。

刘贺两家打开了官司。刘家没理，朝县官手里捅黑钱；贺家没钱，就是黏着不放，官司不打个水落石出不拉倒。县官可得了手，就是不说这官司谁赢谁输，光图着刘家送钱来。不过二年的时间，刘家的日子给折腾完了，也住上了一间半土坯房，过着一条炕上半领席、种着三亩条道地的穷日子。

贺家呢？贺小兰被这一打，脑袋上的毒气打飞了：治好伤，秃疮疙瘩不见了，脸也脱了一层皮，模样变俊了。她母亲心疼女儿，一哭一闹，吐出一口痰，痨病渐渐好了，能下炕走道儿了。贺老汉觉得在村里过日子受气，带着全家远走高飞。

再说刘高攀打了贺小兰一扁担，老是怕给人抓住抵命，心想：好死不如赖活着，宁可在外面睡破庙，讨饭吃，也不能回家。他在外流落，冬天没有棉，讨饭遭狗欺，狂风无遮挡，大雨没蓑衣，吃尽了人家对他的白眼。不过三年，折腾得人不人、鬼不鬼，抠腮无肉，皮里见骨，头发长得像猫猴，身上虱子滚成球，即使爹娘迎面碰上也不会认识，叫人一见就恶心。他尝尽了人间疾苦，多么盼望天下都能人心向善、扶困怜贫、济人苦难！可是，鸟向高处飞，水向低处流，官总敬富，狗总咬穷，他的命运一步比一步糟糕。

这年冬天，北风呼啸，天降大雪。刘高攀被困在前不着村、后不着店的漫洼野地里。老话说，胖怕热，瘦怕冷，刘高攀瘦得像个猴，冷得他只好在道上奔跑取暖。冬天的花子赛过马，他跑慢了就冷得不行。跑着跑着，身上没有向外发热的东西了，一个趔趄倒在地上。风雪在他身上打几个旋儿，一会儿就把他埋在白雪中了。

不知过了多长时间，这条道上跑来一辆马车。赶车的是位老汉，车上坐着一个姑娘。这姑娘十八九岁，长得身强体壮，面目清秀。这是父女二人，他们把车赶得飞快，好尽快赶回家去，少在路上受罪。跑着跑着，那马突然停下，不管老汉怎么用鞭子抽打，只是扬着脖子咴咴叫，向后使劲掖屁股。老汉没办法，跳下车来，看见马蹄前挡着一道雪垅，他走过去，用脚踢了踢——啊！雪垅下躺着个人！老汉急忙把女儿从车上叫下来，爷儿俩扒去那人身上的雪，摸了摸心口，还有救。爷儿俩便搭头的搭头，抱腰的抱腰，把这个冻成冰疙瘩的刘高攀搭到车上去。

这回，那匹马不用鞭子抽，撒开四蹄自己跑起来。不多会儿，车子进了一个小村。爷儿俩把刘高攀从车上搭下来，抬到屋子里。老伴儿也是个大慈大悲的人，她叫父女俩帮着给刘高攀铺好被褥，让他先在炕头里暖和着，这才让爷儿俩出去卸车。

过了两顿饭工夫，刘高攀苏醒过来了。老伴儿特意为他做了两碗白面汤，碗里多滴了几滴香油。刘高攀吃下两碗热面，精神头提上来了。他对这一家三口千恩万谢，称老汉是他的再生父母，说着爬下炕来给一家人"哪当哪当"磕响头。老汉反觉过意不去，说："我也从很艰难的时候过过，穷人帮穷人应该，你还年轻，等雪停了，给你打点些干粮、盘缠，赶快回家去。大冬天，不要在外面受苦了。"

刘高攀就害怕提"回家"二字，他编瞎话说："我叫刘自新，是个孤儿，从小没爹没娘，没家没业。"

这一家人听了，更可怜起他来了。没娘的孩儿，这是世界上最苦的人了。这一晚，一家人吃了饭，烧了一锅热水让他洗擦，老汉又找了一身衣裳让他换上，叫他好生调养。

刘高攀在这家吃住，一晃两个月过去了。他本来是个读书人，身材有几分，穿上老汉给他的新棉衣，真是人配衣裳马配鞍，也不那么丑了。一天，他趴下给老汉磕头，要求认老汉做干爹。老汉不依说："我只是救人，不想别的。"刘高攀说："你不认我是干儿子，我也要认你是干爹。"这下弄得老汉没法子，跟老伴、女儿一合计，认就认下吧，家里正缺这么一个角儿呢。刘高攀先给干爹磕了头，又给干妈磕头；那姑娘大他一岁，他又给干姐磕了头。一家三口变四口，吃了一顿团圆饭，小日子过得更兴旺了。

不到三年的时间，刘高攀尝尽了人间的甘苦。穷富不同，人心有别，刘高攀决定在这里重新做人。

这里不是别处，正是贺小兰家。贺老汉带着妻子、女儿离开家乡，来到这个小村。这里是大洼地，遍地长着柳条子，老汉刚好有祖传的编织手艺，就在这里安了家。他们拿现成的柳条子编成笸箩、簸箕，到集上能卖很多钱。不消二年，小日子发起来，盖了三间正房、两间厢房，还买了一辆马车。贺老汉尝过人间酸楚，有钱多为人，少为己，谁家越穷他越帮，在这小村里，闹得人缘挺重。

刘高攀在贺家过了二年，没敢吐露自己的真名实姓，也不去打听干爹的身世家底。只是那位干姐也叫贺小兰，经常使他想起被自己打死的女子，心里一阵阵后悔。贺老汉看着这刘自新干事勤快，为人忠厚，又无家无业，心想，我何不把他招为门婿，自己老了也有个依靠？

他把这意思一念叨，刘高攀哪有不同意的道理！干爹是他的恩人，况且那干姐要人品有人品，要力气有力气，要好心有好心，对自己比亲弟还亲。

贺老汉又对女儿一念叨，贺小兰说："爹妈同意就成！"

贺老汉的老伴儿早就有这个心意，只是没说出口。

于是，老两口子择了良辰吉日，为这对亲女、干儿成了亲。

小夫妻恩恩爱爱，日子一长，无话不说了。一天，贺小兰问："我怎么看着你像过去俺村的刘高攀呢？"

"是呀！我就是刘高攀哪！"刘高攀心里一含糊，把实话捅出来了。

贺小兰一听，又惊又喜，涌出了眼泪，说："你呀，你呀！你怎么不早说呢？我就是当年那个贺小兰呀！"

刘高攀听了，立即吓得浑身颤抖起来，问："你是吓唬我玩儿吧？"

贺小兰说："是真的。你不用怕，我不怪你。"

刘高攀这时才在妻子身上回忆起当年贺小兰的身影，赶紧趴下身子给贺小兰磕头。

贺小兰把他扶起来，说："那一扁担是毒，可是又救了我呢！"

刘高攀问："怎么救了你？"

贺小兰把当初的事一说：她的模样怎么变的，母亲的病怎么好的，那官司怎么打的，一家三口又怎么来到这里。

刘高攀听着，眼泪"吧嗒吧嗒"地滴了下来。从此以后，他把姓名正式改为"刘自新"，再也不去惦念"高攀"二字了。

叫花子的祖师爷

采录：刘守安　薛维峰

社会上的三教九流，五行八作，都各有祖师爷。你知道叫花子的祖师爷是谁吗？说起来，这里面还有段有趣的故事呢。

春秋战国时代，孔子带着他的一帮弟子周游列国。因为孔子是出了名的大圣人。所以每到一国，无不远接近迎，恭恭敬敬，待若上宾。

这天，孔子一行来到陈国，陈国国君不光不接不迎，还派了一群官兵把他们赶了出来。他们被困在了荒郊野外，一没米，二没面，到了饭时都饥肠辘辘，怎么办呢？孔子想了想，就打发他的弟子子路去找一个叫范丹的人借粮。

子路是个急性子，办事毛躁。打听到范丹的住处，见是一间又旧又破的茅屋，别说是院墙，茅屋连个门都没安，只是在门口横七竖八地搭着几棵秫秸。像这样的人家怎么会有余粮借给别人呢？可老师既让来，就试试看吧。子路这么想着，把秫秸用脚蹬开，连个招呼都没打就闯到了屋里。

屋子又阴又暗，半截子土炕上盘腿坐着个老头儿正闭目养神。老头儿穿得又脏又破，油垢老厚，简直就是个要饭的花子。

子路赶忙问："这是范先生的家吗？您是范丹先生吗？我是孔子的弟子，我们困在了陈国，先生派我借粮来了。"

任凭子路怎么问怎么说，老头儿一点表示也没有，连眼睛都没有睁一下。子路以为他是聋子，再说是不是范丹还不一定，非常扫兴，空着两手就回去了。

其实，这老者正是范丹。他耳也不聋，眼也不花，只是责怪子路没有叫门就闯进屋里，太鲁莽，太没礼节了。

孔子见子路回来，问："借来粮食了吗？"

子路说："没有，那个糟老头子耳聋眼花，我怎么说他也听不见。"说着就把借粮的事情说了一遍。

孔子没听完就笑了："你太毛躁了，你还找他去，记住，先叫门，再进屋。"

子路又来到范丹茅屋前，见那被他蹚开的秫秸又摆好了，便按先生的话办，客客气气地叫道："先生开门呀。"

范丹闻听，急忙下炕出来，就像真的开门一样，把秫秸郑重其事地一棵一棵地抽开："请进吧。"

子路又把上回的话说了一遍。

范丹小心地取出两根鸡翎管递给他，嘱咐道："这两个里一个装的米，一个装的面。记住，等你们吃剩下千万别忘了送回来。"

子路接过鸡翎管就又犯嘀咕：两根鸡翎管，能装下几口米面？可当着范丹的面，不好开口问，只好客客气气地告辞。路上他越琢磨越不对劲，借不回粮食去，老师吃什么呢？干脆开开看看。心里这么想着，就真的拔开了鸡翎管上的塞。这下可了不得了，平地一下子起了两座大山，一座米山，一座面山，这下饭是有的了，可怎么把这两座大山装进细细的鸡翎管呢？孔子也没了办法。

范丹来了，找到孔子，非叫他还米还面不可。孔子和弟子们，你看看我，我看看你，都没了办法。还是孔子想出了办法，我不是弟子多吗，干脆就叫我的弟子还。一辈还不清，就一辈一辈还下去。

范丹说："天下之众，我知道哪是你的弟子呢？"

孔子说："凡是天下念书识字的都是我的弟子。"

"我知道谁念书识字呀？"

孔子想了想说："好了，我叫弟子们把字贴在门上，你看见门口有字的就进去吃饭。"

从那以后，儒家子弟春节贴对联成了习俗，一直流传至今。

范丹呢，没了米和面，就和徒弟们走到哪里吃到哪里。凡是门上贴春联的人家，他们进门就吃，一点也不客气。相反，倒是被吃的人家还得远接近迎。

千百年之后，天下读书人忘了老师孔子欠的那笔账，见要饭的花子理直气壮，不求爷爷告奶奶的，总对人家说："我该你的？"

其实这话说对了，正是该人家的。

大刀王怀女的传说

讲述：周兆明 已故
记录：周长锁
1971年采录于大城县旺村镇郭底村

老辈子人说，大城县大王都村是大刀王怀女的故乡。她和杨六郎早先订下娃娃亲，等长大成人后，杨六郎嫌人家长得寒碜，就与如花似玉的柴郡主结了婚，把王怀女的鼻子都气歪了。

北宋年间，辽兵入侵，杨六郎奉旨领兵打仗，就在北大洼这一带屯兵抗辽。王怀女得着这个准信，心想：找他去！问问他那码娃娃亲还算不算数。他要是说算数，什么正宫偏房的，爱他，稀罕他，就和他过一辈子；那个昧良心的要说不算数了，就当着我的面让他说出个一二三来。这个火暴脾气急性人，说走就走，骑上大马，挎上大刀，日夜兼程，不几天就到了大城。她在大城招夫找六郎，曾给大城留下不少传说和民谣，因此得名的村子也不少，今天咱就从南往北说。

　　　　难招夫——南赵扶

　　　　王怀女，真威武，

　　　　骑马挎刀来招夫。

　　　　六郎嫌丑不愿招，

子牙河边来比武。
六郎比输还不应，
怀女气得刀飞舞。
刀尖指着鼻子嚷，
你真是个难招的夫。

这是第一站。王怀女见着杨六郎，开门见山，说明来意，杨六郎心想，都说"女大十八变，越变越好看"，你是越变越难看。王怀女见他不应，就说："咱到漫洼比武，你输了，你应；我输了，我走人。"比武的这个村子，当时就叫"难招夫"，后改为"南赵扶"，现在是镇政府所在地，在子牙河西堤旁，大城以东十四里。

爱奴——爱农
比武输了不应招，
追到村北又比武。
怀女用刀刀虚砍，
六郎用枪枪又输。
刀压脖子逼着问，
问你爱奴不爱奴，
六郎来个缓兵计，
北走一程再答复。

在南赵扶比武，统领千军万马的主帅，败给了一个无名女子，杨六郎又憋气，又不服气。二人争争吵吵，向北走出七八里路。王怀女说："胜败是兵家常事，输了就是输了，别不认账！要是不服输，咱在这儿再较量一次。"杨六郎不示弱地说："再较量三年，我也不怵你。这次我可动真格的啦！你输了，快走人，别老缠着我！"王怀女"嘿嘿"一笑，问道："你姓杨的输了怎么办？"杨六郎一言不发，催马，抖枪，杀了过来，结果还是输了。第二次比武的地方，根据王怀女"问你爱奴不爱奴"那话，就取名"爱奴"村，意为六郎应该爱怀女。新中国成立后，爱奴的"奴"字改为"农"字，爱农村现属南赵扶镇，在镇北八里处。

是要——四岳
听答复，催马跑，

一路都是泥水道。
六郎停马她停马，
问话就像连珠炮。
是成是不成？
是要是不要？
一句一句认真答，
再也不能耍花招。

　　杨六郎那吃饭的家什眼看就要挪地方搬家，急中生智，来了个"北走一程再答复"的缓兵之计，这可是计中之计的花招。杨六郎在这一带屯兵打仗，地理特熟。从爱农村往北走，就进入了北大洼，这里与文安洼连洼，十年九涝，道上连泥带水。杨六郎心想：王怀女人地两生，马不习惯走泥水道，马怵人也怵，自然就调转马头回家转，我也就甩掉这个腻歪。哪想到，王怀女人马一心，这一场跑马赛王怀女又胜了，她对蔫头耷脑的杨六郎说："姓杨的，这就是你北走一程的损招儿啊！姑奶奶领教够了，你说北走一程再答复，你可答复啊！咱俩是成，是不成？王家姑奶奶你是要，是不要？你就不会放个响屁？男子汉大丈夫，扎一锥子流黄水，你不怕给你们杨家丢人现眼？"杨六郎让人家抢白得干张嘴，说不出一句话。王怀女问"是要，是不要"的地方，就定村名"是要"村，人们还是向着王怀女。当地人把"是"读成"四"，"要"读成"岳"，这个村尹姓多，后来就叫尹四岳，属旺村镇，在大城以北三十多里。

骂六郎——马六郎
杨六郎，三摇头，
摇得怀女心里凉。
心里骂，气难出，
站在高台骂六郎。
骂六郎，挨千刀，
无情无义狠心肠。
别看今天死臭硬，
早晚你得请老娘。

　　杨六郎一问三摇头，摇得王怀女心灰意冷。她想：强扭的瓜不甜，他是王八吃秤砣——铁了心，和他再说三千六好话，也是白费唾沫！话虽这么说，摊上这么档子不顺心的事，憋得那口气在拱嗓子眼。从四岳往北走，地势更凹了，泥水道就更难走了，加上天色已晚，怀女越想越觉得该骂骂杨六郎，出出这口气！于是她勒住马，走上一个高台，大刀插在地，两手掐着腰，迎风面向南，骂起杨六郎：别人是一刀之罪，无情无义的杨六郎千刀万剐……王怀女骂六郎的地方，村名就定为"骂六郎"村。后来，人们觉得村名有个骂字不好听，就改成"马六郎"，距尹四岳六里地，在大城的最北边儿，也属旺村镇。

名 人 传 说

秦始皇为幼子选墓地

讲述：周兆明
记录：周长锁
1991年采录于大城县旺村镇郭底村

据说，秦始皇有打猎的嗜好。相传，有一年冬天他外出打猎，途中他的幼子因身染瘟疫病亡。秦始皇为了给幼子选一个合适的墓地，当下便召集随行的文武大臣商议。有的提出将尸体带回后再找合适的地方，有的主张就地选择。其中有一位大臣却认为，墓地落在何处适宜，应该由天意去决定，秦始皇点头称是。

就这样，这位皇幼子的尸体每天便由士兵们轮流抬着行走。走来走去，这天走到大城县城西北十里处一个小村的村东，突然，四个士兵抬着的前后两根杠绳同时断落，秦始皇见状不由一阵欣喜，看来此地区正是安葬皇儿的风水宝地。想到此，他当即下令："就地掩埋。"于是，从文武大臣到士兵每人一把黄土，便堆成一座高出地面一米多的坟墓。

诸葛亮外传

采录：张树华
1990年采录

诸葛亮是三国时代杰出的军事家和政治家，无论史书上还是在罗贯中笔下，都是这样写的。

但也有另一种说法。

诸葛亮未出山之前，在卧龙岗下一个小村过着一边读书一边躬耕的生活。

那时，他有一位劁猪的和一位修脚的街坊就非常不服气，骂他酸臭。

一日，那位劁猪的捉住一口小猪，气冲冲地找到诸葛亮，说："我对世界上的事就爱打抱不平！你居隆中，抱膝危坐，笑傲风月，自比管乐，说有济世之才！今天我要考考你的才能！来，你把这个小猪劁了！"

诸葛亮哭笑不得，忙拜道："亮不会劁猪。"

劁猪人大笑，说："以后不要瞎吹了！连猪都不会劁，怎么会知安邦定国之策！"

从此，劁猪人逢人便说诸葛亮是呆子。人们不相信。

那个修脚的也很鄙视诸葛亮。一日，他也找到诸葛亮，说："人说，卧龙、凤雏得一可安天下，看来你很有能耐了。你给我修修脚吧！"说着脱了鞋，把大脚伸向诸葛亮。

诸葛亮又忙拜道："亮不会修脚。"

修脚人挖苦他说："你连修脚这么个小技术都不会，还怎么能率众攻打城池，争夺天下？说你聪明真是大错特错呀！"

修脚人到处说，诸葛亮是笨蛋。人们听了半信半疑。

诸葛亮自然常生闷气，很少与街坊们来往。

又一日，诸葛亮在家中，朗读天文地理。一位算卦的盲人从茅庐边走过，止步细听。听罢，耻笑道："都言诸葛亮聪明，我不信了！我从没见过天上有日月星辰，地上有关隘大路，这不是瞎说吗？"

他到处说，诸葛亮无知识。乡里人听了，再不信诸葛亮是聪明人了。

汉末，天下大乱，群雄蜂起，刘备三顾茅庐，诸葛亮大展其才，帮刘备三分天下，建立了蜀国。

他的两个街坊和算卦的盲人有一次相遇了，劁猪的非常感慨地说："一个呆子、笨蛋、无知识的人也能建功立业，看来我们就是时机不遇啊！"

修脚人和算卦的盲人也为自己一生不得志而相对落泪。

杜康造酒刘伶醉

采录：张树华
1990 年采录

传说中国最早造酒的人是杜康。他把粮食或果品，加温酿造，造出来的酒芳香四溢，劲头儿大。

刘伶喝酒是海量，从来不知道什么叫醉，他不信杜康酿造的酒有那么大的劲儿。一天，他找到杜康造酒的作坊里。二人见面施礼后，刘伶说："都说你造的酒劲儿大，我就不信。"

杜康说："多大酒量的人喝我造的酒不能超过三两，超过了必醉。"

刘伶说："我愿尝尝你的酒！别说三两就醉，要是我喝上一斤醉了，加倍给钱！"

杜康说："如果超过三两不醉，我这作坊里的酒任你喝，分文不取！"

说完，二人击掌约定。

杜康命人拿酒来，放在桌上，刚好三两。刘伶一闻这酒醇香扑鼻，还没进口，人就有了三分醉意，果然名不虚传！刘伶端起桌上那三两酒，一仰脖子，就灌到肚子里去了。他把酒杯往桌上一放，说了一声"好酒"，脸不改色，和没喝酒一样。杜康见了大吃一惊，不由得暗赞刘伶的酒量。他命人再端三两来，刘伶又一口气儿喝下。这样刘伶喝到了九两，杜康劝他不要再喝了，酒钱也不要了。

刘伶说："君子一言，驷马难追！我要喝上一斤，再见分晓。"

杜康又命人端上一两酒来，刘伶喝下就走了。

刘伶出了村，被凉风一吹，酒劲儿上来了！他摇摇晃晃走到家里，就感到体力不支，躺在炕上，一会儿就觉得地转天旋。他后悔自己逞强，多饮了杜康酒，一醉不起。七八天后，刘伶一命呜呼！

家里人见刘伶好端端忽然死了，大哭小叫。街坊邻居都来帮助料理丧事，问刘伶得什么病死的，刘伶的妻子也糊里糊涂，说不出子丑寅卯来。入殓那天，刘伶的儿子打着幡儿，乡邻们抬着棺材，在祖坟地里下了葬。一家人的悲痛自不必说。

过了三年，杜康来到刘伶家要酒钱。刘伶的妻子说："我丈夫已经死了三年，什么时候欠了你的酒钱？"

杜康说："三年前的今天，你丈夫和我打赌，喝了我一斤酒。我算他回家就醉，今天该是醒酒的时候了！"

刘伶妻子说："我丈夫喝酒海量，天下闻名，怎么会醉呢？他是死了。"

杜康说："没有死，他是醉了。"

刘伶妻子见杜康不信，就领他去看刘伶的墓地。

刘伶的坟上野草丛生，由于杜康酒已经从刘伶身上挥发出来，坟上的土都喷散出酒的醇香。杜康和刘伶妻子把坟刨开，又打开了棺材盖，见刘伶跟生前一样，好像沉睡不醒。过了一会儿，听刘伶长出了一口气，说："好大的酒力！"

刘伶的酒儿虽是醒过来了，但还是感到身体疲倦，睁不开两眼。杜康和刘伶的妻子把他从棺材里扶出来，请了几位邻居抬回家。

到了家，刘伶睁开双眼见妻子脸上增了皱纹，几个孩子也长高了，问这是怎么回事。听杜康说明原委，才知道自己躺在坟头里，已醉卧了三年。

唐太宗扎营赵良村

采录：缴世忠

大城县城西北九公里处的赵良村原有的一座金代"都纲大德广摄寿"石塔碑文，和清朝乾隆四十六年赵良村《赵氏家谱》，都记载了唐太宗征高丽，扎营赵家荒，千军饮不尽北洼水，故封为孝顺洼；万马食不完荒滩草，因此赐村名为赵家良村的史话。

唐朝贞观十六年，朝鲜半岛上高丽变乱，与百济联合侵扰新罗，唐太宗李世民谕示高丽停止攻击新罗，高丽不听，太宗决定发兵征讨高丽。于是，在贞观十七、十八两年，频繁集粮、调兵，建造木船。备战两年，于贞观十九年二月，李世民御驾亲征，率兵自洛阳东进。三月，兵至平舒县（今大城县），扎下营盘，调集河北诸军随征。李世民御帐扎在赵家荒村南，村北是青草茂密的十里荒滩，再往北是一望无际的淀洼。

千军万马驻扎下来，人、马甜甜地饮用着大洼洁净、澄清的净水，战马香香地嚼食着翠绿、鲜嫩的青草。驻扎数日，军队兵强马壮，精神抖擞，李世民"龙心大悦"。拔营进发前，他遥望水天相连的大洼和荒草滩，兴致勃勃地对李世勣、张亮等随征将领说："朕此行东征，师出有名，天、地、人共助，这大洼水也孝敬朝廷，孝敬军队，助我东征，赐名'孝军洼'吧；那赵家荒水好、草好、人善良，就改叫'赵家良村'吧。"皇上口谕传知地方，洼名、村名即遵谕更改。此后一千三百六十多年，孝军洼、赵家良村的名称一直沿用下来。到了现代，为书写、会话方便，在不违原意的前提下，省去了"家"字，称"赵良村"了，"孝军洼"也就随口语演变成"孝顺洼"了。

老包与完城的传说

讲述：杜瑞强 77岁 干部 初中
记录：安学锋
1980年采录于大城县留各庄镇完城村

在距大城县县城约二十余公里的西南方向，大城与河间毗邻处，坐落着一个五百余户的大村，这就是完（方言读团）城村。在这个村及附近村的人们中间，世代流传着老包与完城的传说。

相传北宋年间，包拯奉旨督筑二城，并有言在先：先完工者为赢，取名完城；后完成者为输，取名输城，完城由此而得名（据传输城改名束城，距完城九公里，今属河间市管辖）。筑城后包公在此供职，心爱至宝照妖镜遗失于完城南洼水淀中，因此才有"老包坐完城"之说。更有甚者云：在完城南洼，逢天气晴朗，晨曦微明，薄雾如纱，便有一座城池再现，城楼巍峨壮观，城门大开，百姓、军士进进出出，熙熙攘攘，呈现出歌舞升平、太平盛世的景象。人们称之为"显城"，现在村人中还流传着"咕咕唛儿（公鸡啼声）——天明咧，快看老包显城咧"的儿歌。

还有人说，城内有金碾子、金磨、金马驹，每逢早晨显城时，金光灿烂的金马驹便驰出城外，到村子池塘边饮水……

世世代代，这些美丽的传说给完城披上了一层神秘的面纱。被传为经常显城的城址，是方圆一华里的高岗地，位于今完城村南约四百米洼淀中，村民叫"南台"，台上瓦砾成堆，陶器碎片俯拾即是。在这里还常有不同规格的三棱形铜箭镞和古币散于地面和土中，雨后经常有人偶遇捡拾到。二十世纪五十年代末，有人在此捡到一枚铜制方寸大小的官印，被县文化馆征集，现在正在廊坊市文博馆展厅展出。印上铸有篆字"别部司马"字样，查《后汉书·百官志》载："……其不置校尉部，但军司马一人，又有'军假司长、假侯'皆为副贰。其别营领属为'别部司马'。其兵多少各随时宜。"文化部门也曾多次到此考察，确认这里为战国至秦汉时代的古兵营遗址。一九八三年大城县地名资料汇编中载："战国时期，此地与束城、陵城一同建城，除此城建成外，其他二城未建成，故此得名完城。"一九四〇年以前，完城村一带属河间管辖，河间古称瀛洲。据《河间县志》记载："庆历八年置高阳关路安抚使，治河间，统瀛、莫、雄、霸、冀、沧、永静、保定、乾宁、信安十州军。一〇五三年包拯任之，并兼任瀛洲知州，在任期间上疏《论瀛洲公用》。"一九八二并确定此地为县级文物保护单位，二〇〇三年又被确定为市级文物保护单位。

完城古城究竟建于何年代，毁于何因，在历史上起过什么作用？一直是个谜团。近几年，经过有关学者查阅资料考证：完城古遗址为西汉高祖所置的参户县城，东汉裁撤降为亭。村人把古城与历史上的包公联系起来，并以口头文字形式世代传诵而感到自豪，这只能认为是一种崇尚清官的良好愿望。当年曾在河间任知州的包拯来完城巡视、驻跸也是大有可能的。至于"显城"用现代科学观点来解释，那很可能是"海市蜃楼"现象了，使人们费解的是完城的"完"字，在此历代人们都读做"团"，而不读"完"，这可能是对古城毁灭的一种回避忌讳吧。

康熙三巡子牙河

采录：缴世忠

据史、志典籍记载，康熙皇帝曾三次到大城县境巡视子牙河堤河工程。康熙三十八年二月初三，康熙帝自京城取道天津，阅兵后循子牙河乘船南下七十里，至大城、静海交界处，两县绅民夹岸迎驾，公推邓系、吴亮、南斗三位乡绅向皇上禀奏近年的堤河洪涝灾害情况：河堤，虽经康熙十四年修筑，但因子牙河"水势深广湍悍，而河间、献县上流之堤不修，大城、静海下流堤岸久坏，故夏秋之间，水发淹漫。不独四县之民受害，而水势所注青县、文安、霸州、保定各州县，俱一片汪洋，人民失业。"

十年前，康熙南巡途经此地，河间、献县百姓把穗大籽实的禾谷献给他；而今却耳闻臣民痛陈，目睹两岸灾荒惨景，深感堤损水患严重，因此当即决定再次拨帑银修堤，命直隶巡抚李光地"将静海、大城、献县、河间一带堤岸进行修筑。盖西堤以护河、献、文、大、霸、保六州县田庐；而东堤以拯静海、青县两处淹没。"他虑及两岸竞相护堤，若对迫相斗，必有一伤，因此复命于子牙河东堤之广福楼村南开新河一道，分水入淀，以减缓水势。

这次筑堤、开河工程完竣后，畿南"八州县田土尽涸，收成丰倍。"康熙帝此举颇得民心，子牙河畔民间至今还流传着康熙皇帝察访民情，诏修子牙河堤的佳话。

康熙三十九年春天，康熙皇帝第二次专程巡视子牙河。当时，堤河工程告竣，岸畔河套已现生机，但堤外灾景依旧，虑及百姓生计，他心情沉重，在船中即兴吟出了一首酸楚楚苦丝丝，又满怀憧憬的七律：

> 暂别宫槐幸子牙，
> 近村处处少人家。
> 清和微暑浮畦麦，
> 绿树初荫接岸沙。
> 堤外草荒艰籽粒，
> 淀中水浅捕鱼虾。
> 黄童白叟望霖雨，
> 霖雨先施莫自赊。

巡视途中，虽然身在气候宜人的春夏之交，堤内呈现畦麦、绿树、初荫、岸沙，风和日丽，田青水秀的景象，但是康熙帝没有为近旁景象陶醉，而是放眼堤外土地荒芜、村户凋零的灾后未苏情景。且时时萦绕心头，这就是他第三次巡视子牙河的缘由。

时过两年，子牙河两岸完全灾后复苏，康熙四十一年二月十五日，康熙帝自京都启行，第三次专程巡视子牙河。他乘船巡察了沿河两岸的堤防和百姓生计状况。当看到坚固的河堤屹立左右，碧水岸畔野花竞放，绿树微荫，田畴有序，麦苗青青；尤其堤外水患已除，人烟渐稠，良田栉栉，布谷声声，一片盎然生机时，不由诗兴大发，船至大城县即赋诗《大城、文安等处堤修完舟中驻跸王家口》一首：

积水频萦虑，
长堤幸已成。
桑麻连井邑，
花柳近清明。
渐惬勤民意，
还深问俗情。
兰桡经过处，
布谷唤春耕。

大城县知县火速采石造碑，将御制诗镌刻于上，在王家口镇鱼市街中心建造碑亭，立诗碑于亭内。直到"中华民国"年间，诗碑字迹仍依稀可辨，后毁于战火。

动植物传说

小张庄古槐

讲述：李沛云 62 岁
记录：李玉川
1964 年采录于大城县南赵扶镇小张庄村

县城东北小张庄，位于子牙河西堤。村东口河堤处，有两株明朝的古槐，古树虽年老中空，树洞多处，但枝繁叶茂，形如伞盖，郁郁葱葱。

传说，清咸丰年间，太平天国北伐军从南京出发北伐，攻无不克，战无不胜，直到十月，占领北部重镇独流，直逼京城。听说是"独流"，以为是"独卢"，犯了地名，这可不行，钻了"独卢"还能出得来呀！急忙撤出。清军乘势左堵右击，大肆围攻。太平军都是南方人，对北方气候不适应，当时又值冬季，没有发下棉衣，一战一退，兵力损伤大半，坚持数月，仍接济不上，只好沿子牙河堤南撤。北伐军行至小张村古槐处，已疲惫不堪，清军杀害太平军十二名。这时太平军前队，闻听杀声，立刻复回，在这里展开一场激战，弹丸如雨点打来，打得僧格林沁抬不起头来，只好依古槐作掩护，丝毫不敢动弹。后来清军大队人马赶来，才杀退太平军，僧格林沁才得以解救，吓得大汗淋漓。

后来，每当雨季到来，古槐树上十二名勇士留下的血迹，模糊可见，腥味依稀，如一场大战刚刚过去，厮杀呐喊，刀光剑影仿佛就在眼前。"千年松，万年柏，不如槐树一歪歪。"现在两株树依然存在，枝繁叶茂不减当年，它是清军镇压北伐军的历史铭证，它垂首肃立仿佛告慰烈士的英灵。

枣树的传说

讲述：柴丽 34 岁 职员 中专
记录：崔楸立
2009 年 9 月采录

    每年腊月初八，在中国都有喝腊八粥的习俗。在我们老家，熬出来的腊八粥第一碗是给枣树喝的，首先在枣树上用刀子割出一个口。刚出锅的腊八粥晾凉以后，用筷子搅起黏黏的腊八粥轻轻抹在枣树上刚割开的口子上，再用油布紧紧缠好，一滴也不能洒出树外，据说这样枣树明年结出的枣才又大又甜，还不招虫儿。

    传说以前在村东口有一棵很高很粗的枣树，附近村里的人都吃这棵树的枣，渐渐的村里种枣树的人越来越多，村前屋后都是枣树，人们吃不了就拿到市场去卖。说来奇怪，无论年景是旱是涝，这棵树的叶子总是绿油油的，结的枣也是又大又甜，还不招虫儿。时间长了，这棵树渐渐地有了灵性，沾上了仙气，幻化成一位亭亭玉立的仙子。每年秋后，当树上的枣开始变红的时候，村里的老人们都会从家里拿些好吃的放在树边，让仙子沾上人间的五谷饭香，祈祷明年枣的收成更好。

    这事被村北河里的鲤鱼精看到了，他看到人们对仙子的敬仰很不服气，就悄悄地到龙王那告了枣仙子一状，说枣仙子迷惑百姓，人们不种庄稼都种枣树，是枣仙子施了魔法让虫子都长到庄稼上，枣树上从来不长虫子。龙王听信了谗言，趁着王母娘娘过生日，进言道："传说人间有一种果子，名字叫枣，比人参果和蟠桃还要好吃，又脆又甜，真乃人间美味啊"王母娘娘一听，很高兴地说："人间还有此等美味，快快摘来尝尝。"仙女们下到凡间，果然就看到了那棵枣树，树上的枣有红有绿，像珍珠玛瑙般，惹人喜爱。枣仙子看到仙女们下凡分外高兴。它听说是娘娘想吃枣，赶忙晃动身躯，那些最大最好的枣就掉到了仙女们的果篮里，而且装得满满的。

    仙女们拎着摘回的枣，呈给王母娘娘。王母娘娘顺手拿起一个放到嘴里，一尝脆中带甜，的确很好吃。她说，龙王荐枣有功，要封赏他和枣仙子。龙王听后跟王母娘娘说："您知道枣为啥这么大这么甜吗，枣本是爱长虫子的东西，可枣仙子施了法术，虫子不敢靠近它。虫子没有了枣吃，只好投奔庄稼，因此庄稼遭了殃，枣却长得又大又甜。农民们也因此不种庄稼，竟种枣树了。"王母娘娘一听，大怒："小小的枣树精竟敢如此胡来，扰乱凡间秩序，这还了得，派天兵把它的凡身砍了。"

天兵奉王母娘娘旨意来到凡间，正巧赶上腊八前夕。第二天一大早，老人们就端着熬好的腊八粥习惯的来到村口，不料，枣仙子已伤痕累累，只剩下光秃秃的树干了。被刀锯过的口子上结了薄薄的冰，像是枣仙子的眼泪。老人们见了，心疼极了，就把腊八粥抹在了枣树的树干上，撕下衣袖紧紧地将树干包了起来。从此，每年腊八这天，村里的人们都会沿袭这一习俗，纪念这位枣仙子。

蚯蚓和虾米

采录：张树华
1990 年采录

据说，过去蚯蚓叫"地龙"；虾米叫"瞎迷"，是瞎子迷糊的意思。它们同住在水边草地里。地龙长得活泼伶俐，两只眼睛透亮透亮的，抬头能看到天空飞着的蚊子是公是母，低头能看到水里的鱼能孵出多少子儿。瞎迷没眼睛，吃穿住用，出门入户都靠地龙帮助。瞎迷无论到哪里玩儿，都求地龙引路。后来地龙的名字就改成了"求引"，不过年长日久，人们把"求引"写成了"蚯蚓"。

有一次，有人给瞎迷介绍了个对象。女方要求相看相看，说说话儿。瞎迷想，我没眼睛相看什么。要是人家见我是瞎子，这门亲事肯定会吹灯，我不如找蚯蚓老弟借对眼睛使使，把媳妇骗来再说。

它把借眼睛的事一说，蚯蚓说："那就借给大哥使使吧。不过你把媳妇娶来后，那眼睛可要还我。"

瞎迷说："你借给我使使，我就感谢不尽了，能不还你吗？"

瞎迷把蚯蚓的眼睛借走了。它有了眼睛，一看到这个光明的世界，有花有草，有青山绿水、蓝天白云，有鸟儿飞翔、兔儿奔跑，高兴得蹦起来了。

它和那女的一见面就相中了，不久女方过了门，小两口儿日子过得挺美满。瞎迷吃喝玩乐，载歌载舞，早把还眼睛的事给忘了。

蚯蚓没有了眼睛，分不出白天和夜里，平时不敢出门，怕走岔道回不了

家。可是一连过了十几天，没有一点音信，没有办法，只得一步步爬着来到
瞎迷家："瞎迷哥，在家吗？"

"在。"瞎迷开了门，一看蚯蚓没眼睛的那个难受的样子，不禁倒吸了一
口凉气。

瞎迷把蚯蚓领到屋里，对妻子说，蚯蚓是它最要好的朋友。瞎迷大嫂为
蚯蚓让座端茶，做了酒菜款待。

蚯蚓吃完了饭，要走的时候，提出要回自己的眼睛。瞎迷口头应着，心
里不愿归还，再三苦留蚯蚓喝杯茶。正当蚯蚓喝茶的时候，瞎迷戴着蚯蚓的
眼睛，领着它的爱妻跳进水中，藏入水底，再也不出来了。

瞎迷有了眼睛，见了光明，年长日久，人们把"瞎迷"二字忘了，写成
了虾米。

蚯蚓喝了一杯水，再喊瞎迷大哥，再无应声了。蚯蚓知道瞎迷戴着它的
眼睛逃跑了，一气之下，钻入地里，再也不出来了。它没有眼睛，娶不到妻
子，光棍子过日子。上天念它忠诚，不愿绝了这个种族，让它们自身就可以
产生后代。

"齉鼻子"蛤蟆不会叫

讲述：张守云 82 岁 农民
记录：张守鹏
2007 年采录于大城县广安乡张家屯村

在大城县城西八里许的张屯村北，有个五亩大的水坑。坑边，柳树成
荫。每年夏天，周边的雨水都汇集到这里，任水性再好的汉子，也摸不到
底。于是这儿成了当地一道风景：白天，大人们用它洗去一天辛苦、孩童们
嬉戏打水仗；夜晚，则是蛤蟆的天下，满坑的呜哇声吵翻坑。那背面绿中带
灰、带棕色的长条形的蛤蟆是青蛙，雄性的，嘴角两边还有一对外声囊，叫
起来声音清脆而悠扬；癞蛤蟆个头一般比青蛙大些，背土灰色，疙疙瘩瘩长
着黄点，形象不佳，叫唤声也不如青蛙悦耳："齉鼻子"蛤蟆个头较小，形
象接近癞蛤蟆，但皮肤光滑，虽没有青蛙的大气囊，可鼓鼓的肚子，越拍打
它，它的肚子越大，发出的声音也特别，总是"嗯呐"，要是下大雨，发大
水的年景，它叫唤的声音单调得如"涝了"的谐音，就像人说话捂住了鼻

子，不好听，所以人们给它起了个"齆鼻子"的名称，讨厌它。

张屯村北大坑的"齆鼻子"蛤蟆为什么不会叫唤？说起来还有段故事呢。

相传明朝初期，原本人丁兴旺、百业兴旺的大城一带，因为燕王朱棣和皇侄儿争地位，从北京打到南京，所过之处人口剧减，连墓上的碑也不放过，就是民间传说的"燕王扫碑"或"燕王扫北"的典故。张屯村也和其他地方一样，成了废墟。后来，燕王当上了永乐皇帝，一看发祥地人员稀少，便从全国各地迁来了好多移民。张屯村的张氏就是从山西洪洞大槐树下迁此的。到此后，见原本村落可利用，便叫了张屯地名。开始时人口少，古村落北的大水坑上坡一座三亩大的老宅基地没人要，荒凉了。只是有一年雨水大，平地的庄稼都浸了水，人们才想起了，可被村中一户种瓜的老汉抢先了一步。这种瓜老汉一看雨水大的年头，既不种西瓜，也不种面瓜，这两种瓜都怕雨水大；只有种甜瓜，才好卖，还适合生长。于是，三亩老宅基地种了一千一百一十一棵甜瓜秧。别说，一进夏天，甜瓜秧都长疯了，棵棵一丈长，一尺一结果，整是九千九百九十九颗甜瓜，个个都有拳头大，还没熟，就已金斑灿灿，香飘十里，美得老汉整天围着瓜园子转，怕人偷摘了，还在园子北边搭了个看瓜棚，没黑没白地守护着，只等再过一二天再熟些摘了，盘算着如何卖个好价钱。

这天上午，从瓜园子西北的路上，来了个年纪轻轻的南方人。传说，南方人大多会"憋宝"，用今天的话就是鉴宝。那南方人一见这园子、这黄灿灿的甜瓜，眼睛都绿了，但还装得什么都不懂的样子，上前施礼："老人家，您种的土豆好大哟，发大财啦。"种瓜老汉一看是个南方人，回答道："这是甜瓜，不过今天不卖，口渴我这有白开水。"种瓜老汉怕心眼斗不过南方人，先用话语挡了回去。南方人一见此道不通，便又绕行，递过从西洋进口的烟叶，和种瓜老汉摆开了"龙门阵"，后来，双方拉近了距离。南方人以为"瓜熟蒂落"了，就和种瓜老汉说："老人家，我想租您的瓜棚，租金吗，自然要比种瓜还多啦。"他这一"啦"，惊醒了老汉，心想南方人都有九个心眼，于是表示不同意。任那南方人巧舌如簧，就是不吐口。这老汉真是"你有千条妙计，我有一定之规"，把个南方人讲得口干舌燥，最后还是干鼓眼，如同北大坑的青蛙，缺少了声音。

种瓜老汉见南方人没话了，便开了口，道："小伙子，你说个实话，我这园子有什么宝贝，你要实话实说，咱还有个商量；要是有星点虚的，这桩买卖白了。咱还是老话，买卖不成仁义在，就送几个甜瓜蛋子。大路朝天各走一边，咱井水不犯河水。"南方人一听，心想这老汉谈吐不俗，不如实话实说，或许换来大富贵。于是，便告诉种瓜老汉，这片园子地下有架天神用的金碾子，每月十五子夜时分，就有一匹金马驹来拉磨，满园的甜瓜也是金元宝……把这个种瓜老汉说得头都大了，心花怒放，问："这么多的财富，乖乖，咱二人怎么分啊？"南方人说："只要逮住金马驹，找到金碾子，金元宝归您，我只要金马驹和金碾子。"种瓜老汉一听，不乐意了，愤愤道："你当我是傻瓜了。这分法，我不干！"南方人知道老汉是个驴脾气，便征求他的意见。种瓜老汉说："二一添作五，一人一半。"南方人一听，只好如此了。

接着南方人告诉了如何逮住金马驹的办法：在十五月圆的子夜时分，金马驹就会从天上下凡，它先在瓜地上打上三个滚，尥三个蹶子，然后套上金碾子笼头，这时再用瓜田第十一行第九棵秧上的甜瓜投击金马驹的头，这样才能逮住金马驹，才能找到金碾子，才能让满地的甜瓜变成金元宝……听得种瓜老汉合不上嘴。南方人一掐手指，说还有三天是十五的日子，他先去县城会会朋友，待那天子夜时再赶回来，一起逮金马驹。种瓜老汉一听，这个南方人不是逗我穷开心吧，于是想了个测试办法。他说："那行，不过我人老耳背，这满坑的蛤蟆呜哇乱叫，金马驹来了听不清怎么办？"南方人：说"咱把满坑的蛤蟆全轰了，要不金马驹发现咱算计它，就不下来了，咱也就一无所获。"他问老汉最烦的是哪种蛤蟆，种瓜老汉说"齉鼻子"老是嚷嚷"涝了"，不好听，那南方人马上书了一道朱砂符，往水坑里一扔，立即所有的"齉鼻子"蛤蟆哑口无言。"齉鼻子"蛤蟆爬到村东的水坑或村西的水坑，便又恢复"嗯呐"的叫唤，这下，种瓜老汉听了南方人的话，临分手时，南方人千叮咛，万嘱咐：一定等他回来再抓金马驹。那种瓜老汉也是满口应承。

果然十五这天皓月当空。临近子夜时，只见天空飘下一朵云，直落在瓜田里，那朵云一落地，就变成了一匹光闪闪的金马驹。这金马驹多半人高，半丈多长，昂首"咴咴"嘶叫，与水坑里的癞蛤蟆遥相呼应。种瓜老汉一看，与南方人说的一点不差，高兴地不等南方人回来，便蹑手蹑脚地往前摸爬。这一爬，他的内心起了变化。他想：要是我一个人逮住了金马驹，别说这辈子，就是子孙也享不尽荣华富贵了。于是，不知不觉顺手摘了个甜瓜，忘记了金碾子还没有出现，忘记了金马驹还未打滚尥蹶上笼头，总想着怎么独享富贵了，也是心情急切，一扬手，扔出了甜瓜。那金马驹是何等的神兽，见有了异常，一个龙腾，踢飞了甜瓜，又一个龙腾，上了天界，把个种瓜老汉惊傻了。就在这时，南方人赶回来了，一看种瓜老汉变成了傻子，明白了，长叹了一声，扭头就走了。据说从此以后金马驹再也不来了，所以金碾子也就不见了。

南方人走了，没撒下那道朱砂符，因此张屯村北坑的"齉鼻子"蛤蟆从此不会叫唤了。其实，张屯北大坑的"齉鼻子"蛤蟆不会叫，恐怕另有原因，但这则故事告诉人们这么一个道理：为人要诚实，少些贪心，更不能排挤外地人，他山之石，可以攻玉，说的就是这个道理。

鸡狗的生日

采录：张树华
1990 年采录

旧历的正月二十五，家家户户在院子里用谷粒或高粱粒撒成一个大圆圈，圆圈中间放一个爆竹，点响以后，那些粮食粒便让鸡吃掉。这一天，人们早晨都吃米饭，还端上一碗去喂狗。

据老人们讲，在老远老远的年代，年年是风调雨顺，五谷丰登，各种庄稼都是叶小叶少，穗多穗大。就说麦子吧，它一个叶根上长一个穗；高粱、谷子都和麦子一样；棉花长得像大树，去地里摘棉花都要搬着梯子，害虫更是没有。

庄稼人种田简单多了，下了种，出了苗，就在地里来回走着喊："草死苗活地发暄！草死苗活地发暄！"一喊，草死了，苗活了，地也暄腾了。由种到收，喊这么几次，就万事大吉了。

嘴越吃越馋，人越学越懒。人们都富得汗毛孔里向外流油，却光知道在地里喊："草死苗活地发暄！"在地头上喊觉得累，就坐在村边上喊；到村边上还得走啊，吃了饭就坐在炕头上喊。

粮食收得成山成垛，所有的屋子都盛不下了。

到了夏天，屋子里热，妇女们都抱着孩子找通风的树荫去玩儿，男人们下地的一个也没有了。

那时，天上的张玉皇正年富力强，还能惩恶扬善。他化装成一个老头儿到下界走了一趟，看到这个样子，不由得心中火起。回到天上，下了一道命令：把地上所有的庄稼穗子都揪掉，豆虫神、黏虫神、蚂蚱神轮流到下界去闹虫灾；火神爷、龙王爷隔三差五去布旱灾和涝灾。

这下庄稼人可苦了！

这天众神仙正揪庄稼穗子，鸡狗跪在地头上向神仙们求情："懒人有罪，我们没罪呀！也该给我们鸡狗留下一点儿吃的呀！"

众神仙见鸡狗可怜，便把这件事报告给张玉皇。张玉皇又传令，"庄稼都留一穗给鸡狗吃，其他的照罚不免！"

从那以后，庄稼都成了单穗，棉花棵也变小了。懒人为了求生，不得不春耕夏耪，还要防旱防涝，除治虫灾。要五谷丰登，不通过辛勤的劳动是不行了。

庄稼长一个穗，是鸡狗求情求下的。人们不忘鸡狗对人的恩德，千百年来和睦相处。每年正月二十五添囤，人们就要为鸡狗过生日。还在灶王爷下面贴上鸡狗的图像，让它们和灶王爷一起享受人间的香火供祭。

猫狗耕地

采录：刘福生

传说有这么一家，老两口儿有三个儿子，大儿子、二儿子都娶了媳妇，后来老两口儿前后去世了。他们哥儿仨分开了家，大哥分的骡子和马，二哥分的驴和牛，小三分的猫和狗。有一天，小三套上猫和狗去耕地，有个富人从那儿路过，觉得很奇怪，就说："稀奇、稀奇，从小没见过猫和狗耕地。"小三说："你别看我这猫狗，打一鞭，向前蹿；打一棍，更有劲。"富人说："要是这样，我送你十两银子。"小三朝猫和狗打了一鞭，猫和狗立刻向前一蹿拉起来，富人看了哈哈大笑，马上从怀里掏出十两白银送给了小三，小三高高兴兴拿回家。

老大看见小三拿着银子，就问："小三，你从哪儿弄来的银子？"小三把富人看猫和狗耕地的事说了一遍，老大一听，觉得这事挺便宜，就眼红了。马上说："小三，把猫和狗借给我耕耕地。"小三答应了。老大套上猫和狗刚到地头，来了个骑马的官人，他说："官人经常过此地，未见过猫和狗来耕地。"老大学着小三的话说："你别看我这猫和狗，打一鞭，向前蹿；打一棍，更有劲。"官人听了觉得有趣，就说："猫和狗真能耕地，我赏你十两银子。"老大一听官人给银子，朝猫和狗打了一鞭，可是猫和狗不动，紧跟着又是一鞭，猫和狗照样不动。这下可把他气坏了，不管头尾一连打了十几鞭，猫和狗躺下不动了，仔细一看，猫和狗被打死了。官人看猫和狗耕地没看成，当然不会赏银子，老大赌气回了家。小三见大哥回来不见猫和狗，忙问："大哥，我那猫和狗呢？"老大没好气地说："打死了！"小三一听，当时心疼得掉下一串串眼泪。他一溜烟跑到地头儿，趴在猫和狗身上大哭起来。哭了一会儿，小三把猫和狗埋好，后来在坟头旁栽了一棵小柳树。没几年就长成了大树，大雁、天鹅和各种雀鸟，在树上搭满了窝。这天，小三爬上树一看，各个窝里都有好几个蛋，他一下拾了一大筐头。第二天，他在树下高兴地喊着：

东来的雁，西来的雁，
快到窝里下个蛋；
东来的鹅，西来的鹅，
快到窝里卧一卧；
东来的雀，西来的雀，
快到窝里落一落。

这时大雁、天鹅和各种雀鸟一下子落了一树，都争着到窝里下蛋。这回他拾了半天，用筐子背了好几趟，老大看见又问："小三，你在哪弄来这么多雀蛋？"小三如实地告诉了他。老大一听，又眼红了，背起筐跑到树下，学着小三的话喊起来：

东来的雁，西来的雁，
快到窝里下个蛋；
东来的鹅，西来的鹅，
快到窝里卧一卧；
东来的雀，西来的雀，
快到窝里落一落。

大雁、天鹅和各种雀鸟又落了一树，老大一看可乐坏了。心想落的越多，下蛋越多。他正仰面朝天看着，各种雀鸟都撅起尾巴拉开了屎，一下子拉了老大一脸，老大又羞又气，回家拿来一把斧子把树砍倒了。

小三知道了，在猫和狗坟上哭了一场，把树弄回家，过了几天，小三用树枝烧饭，"啪"的一声，从灶火膛里蹦出一个料豆，小三放在嘴里，越嚼越香。小三心想，我给富人家熏衣裳，说不定能挣他个钱。第二天，小三一大早起来，来到一个村子喊起来：“香喷喷，喷喷香，谁家用我熏衣裳。”没喊几声，有一个官太太从深宅大院走出来，“掌柜的，多少钱熏一箱？”小三一看这位太太戴着首饰，头发油黑，身上穿着大红袍，心想准是有钱人家。忙说：“看着赏吧。”

官太太把小三领到屋里，打开箱，都是绫罗绸缎，小三脱了鞋，钻进箱里就吹开了气，不一会儿，官太太打开箱，香味像开锅里的热气喷出来，满屋都香，箱里的衣裳更是香得不得了，官太太忙打开柜取出十两银子送给了小三。

小三回家后，老大看见小三挣来的银子，更红眼了。他问小三：“你在哪儿弄来的银子？”小三又把吃料豆给人家熏衣裳，从头到尾说了一遍。老大一听急忙跑到家里，冲着他老婆大声嚷着：“快给我炒料豆吃。”他老婆只好收了一簸箕黄豆炒开了，不大工夫，黄豆炒熟了，老大“嘎巴嘎巴”地吃起来，他一家伙吃了一大碗，又“咕嘟咕嘟”喝了两碗凉水就走了。他挣银子心盛，不大工夫走到一个叫高庄子的村子，学着小三的话喊起来：“香喷喷，喷喷香，谁家用我熏衣裳。”这村有家大财主，是四里八村有名的富户，老财主听见喊声，走出门来问：“多少钱熏一箱？”“熏好了看着赏吧。”于是老财主把他领到家中，老大按小三的办法，钻进箱里，老财主怕跑了味，把箱盖得严严的，还上了锁，就出去了。待了一会儿，老大在箱里就觉得憋得慌，他一来吃料豆多，二来又喝了不少凉水，肚里“咕噜咕噜”直响，像娄了的瓜，哪能憋得住，再说箱盖上了锁，一时出不来，就跑开了肚，一些绫罗绸缎拉上了薄屎。这会儿老大在箱里可急坏了，他正在发愁，老财主把锁打开了，一掀箱盖，喷出一股子臭气，连说：“好臭！好臭！”老财主被熏得好几口气喘不上来。“他妈的，你敢在我箱里拉屎！”拉出来又打又骂。有个家丁心眼最坏，他给老财主出主意说：“老爷，这小子在箱里拉屎，咱们把他屁股眼子揳上木头橛子，看他还拉不拉。”这老财主也够损，听家丁这么一说，冷笑着说：“就这么治治他！”家丁不管三七二十一把老大裤子脱下来，找了一个不大不小的木棍儿，就往老大屁股眼儿里插，老大痛得直哎哟。

事毕老财主说：“快滚蛋！”老大爬起来，好不容易走到家门口，一进门就把裤子脱下来，撅起屁股：“快着吧，把我屁股眼儿的橛子拔出来。”他老婆顾不得问怎么回事，赶紧蹲在屁股后面，使劲往外拔橛子，只听“扑哧”一声，蹿出一股子薄屎，正好喷了他老婆一脸。

其 他 传 说

黎明前的黑暗

讲述：刘金池 65岁 农民
记录：张树华
1985年采录于大城县北魏乡魏吉村

李铁拐身子后头背着个药葫芦，都说那里面的药能医百病，可就是治不好他那条拐腿。他站着金鸡独立，躺下长短不齐，走起路来总是忽高忽低，连丑八戒见了都觉得寒碜。别看李铁拐样子难看，心地还是不坏的。

这一年春天，李铁拐走出他的仙人窟，飘飘来到人间，他想知道这些年来，人心的好恶都有哪些变化。

他在人间有时卖药，有时讨饭，逢集就赶，遇庙就上，天天游来串去。人们见他那副模样，不恶心的少。有的也可怜他，过河时扶他一把，要饭时给他一碗饭。

这一日天将黎明，他来到这么一个雀鼻子大的小村，见到村前有一位年轻媳妇，长得水灵灵、白滋滋，个头不高也不矮，眼中含着泪珠在村头喂猪。

她心中有什么苦楚呢？李铁拐要打听个真切。他走上前去，对那媳妇说："大嫂，你为什么天不亮就起来喂猪？"

那媳妇 回头，吓了一跳，说道："你问我有什么用呢，你管得了俺家的事吗？"

李铁拐说："我要问，就能管。"

那媳妇上下左右打量了李铁拐一番，瞧他那样子虽难看，却不像个坏人，便说："我婆婆歹毒，张口骂，动手打！一天让织三匹布、做三顿饭，还要喂猪喂鸡；我丈夫年幼，不通事理。这不，我喂了猪，就得回去上机织布。"说着，她的泪珠又刷刷地滚下来。

李铁拐说："多少年的大道踩成河，等到你有了孩子，孩子长大了，婆婆去世了，这不就好了吗？"

那媳妇说："这就是你管的办法吗？"

李铁拐说："对、对。"

那媳妇一扭身就走了。

李铁拐在后面一瘸一拐地追着喊："大嫂慢走！你的事儿我给你办妥了，我还得求你给我办点事呢！"

那媳妇拎着喂猪的潲筒子又站下了，回过头来问道："我能帮你办什么事呢？"

李铁拐跟上去说："我是个要饭的残废人，三天没吃东西了，求大嫂施舍块饽饽，救我一救。"

那媳妇面有难色，说："怕我不能救你！我婆婆从来不让打发讨饭的；给我吃的饭都有数，给了你，我就挨饿了。"

李铁拐说："你要不给，我就活不到明天了！"说得那媳妇没法，就把李铁拐带到自己的家门前，说："你在门口等着，我给你去拿。"

媳妇进了屋，李铁拐也跟着进了屋。那媳妇见了挺生气，说："我丈夫出门打短工，家中只有婆婆和我，你一个男人跟到我屋里来，让婆婆看见那还了得，快快出去。"

李铁拐说："可怜可怜我吧，你没见外面天黑风冷，我肚里无食，就让我进屋暖和暖和吧！"

那媳妇只好让他待在屋子里。李铁拐分食了那媳妇的一块饽饽，又要吃热的，让那媳妇给他去做。

那媳妇见他是个胶皮囊，得寸进尺，责怪道："哪有你这样要饭的？吃鸡蛋还得给你剥了皮儿。"

李铁拐又再三地哀求，那媳妇推托不了，只好给他去做热饭。那媳妇一边做着饭一边掉泪儿。李铁拐问她为什么，她说："给你做了饭，婆婆发现面少了，我轻着要挨打，重着就会被休了，我怎么不哭呢？"

李铁拐说："你这么个好心人，受这种气还行！"

那媳妇说："不受气，我一个女人家又有什么法儿呢？"

"你不会出家修行去吗？"

"上哪里去出家修行呢？"

"你跟我走，我给你找个地方。"

"天就要亮了，婆婆知道会不让我走的。"

"这个我倒有办法，暂时不让天亮，让你婆婆多睡一会儿，我就领你走。"

听到这里，那媳妇才知道李铁拐不是凡人。李铁拐把那媳妇做熟的饭吃了，就把那口黑锅背在后脊梁上，领着那媳妇腾云驾雾，飞向天空。天下都被李铁拐背的黑锅挡住了星光，到天该亮的时候反而黑了一阵子。

那媳妇的婆婆醒来天还黑着，又多睡了一会儿，等到天大亮了起来，媳妇已经无影无踪。

这位跟李铁拐走的大嫂，就是八仙中的何仙姑。据说，黎明前总要黑那么一阵子，是那次李铁拐背的黑锅闹的。

"酒菜"的来历

讲述：段克来 47 岁 大城县旺村镇前孝彩村
记录：周长锁 54 岁 退休干部 大专　段国庆
1989 年 3 月采录于大城县旺村镇前孝彩村

人世间的事都有个来历，提起酒菜的来历，还有段有趣的故事呢。

相传玉皇大帝在天庭里待腻了，这天他让太白金星和几位大臣陪他到外面走走。当来到一片桃林里，玉皇命身边宫女摘几个桃子吃。他一边吃一边考问随行的大臣们："你们说咱们天庭中什么最好吃？"太白金星忙躬身答道："当然要数王母娘娘的仙桃最好吃。"玉皇点了点头，说："那么凡间什么最好吃，什么最难吃呢？"众位大臣听罢一个个张口结舌，谁也答不上来。太白金星见状忙说："我们都没去过凡间，怎么会知道什么好吃，什么不好吃呢？不如让我到凡间看个究竟。"玉皇听后，觉得有道理，便当即下旨命太白金星到凡间去考察。

一天，太白金星来到一个小镇，只见大街上人来人往，热闹非常。他一抖手中拂尘，变成一位年轻的后生，直奔农家小院。他悄悄舔破窗纸往屋里窥看。只见一个小女孩端着碗走到躺在炕上的老者跟前说道："爷爷，该吃

药了。"老人吃力地坐起来，接过碗一饮而尽。太白金星看罢这一幕忙转过
身子，朝大街上走去。他边走边想：药是什么，一准是凡间最好吃的东西，
要不然那老者怎么能一碗药张口就喝了呢？他想得着迷，不小心撞在了一块
牌子上。他定了定神，只见牌子上写着"仙气酒家"的字样。往里一看，好
家伙，还真够热闹的。原来人们正在那喝酒呢。其中一人端起一碗酒，抿了
一点，咧咧嘴，喊着："好辣呀！"太白金星见那人满脸痛苦相，顿时高兴
得不得了。心想，这下清楚了，肯定酒是凡间最难吃的东西。想到这里，他
驾起一朵祥云，急急忙忙地赶回天庭去了。

玉帝一见他，便急忙问道："考察得如何？"太白金星高兴地答道："原
来凡间药最好吃，酒最难吃。""为什么？"玉帝问道。"我亲眼看见人们在
喝酒时边喝边咧嘴，还一个劲儿喊'辣'，那痛苦的样子，真不知这酒有多
难吃呢。"玉帝听后沉思片刻，便下了一道圣旨，给凡间喝酒的人加上一点
东西。这东西就是我们现在说的"酒菜"。

小人儿

采录：张树华
1990 年采录

老年间有一对穷苦的夫妻，四十多岁了还无儿无女。两口子盼儿女心
切，饭吃着没味，觉睡着不香，整天唉声叹气，愁眉不展。

男人对女人说："你要是只草鸡，至今也该下个蛋！你别说给我生个面
白体胖的大小子，生个小不点儿也好啊！"

女人掉着眼泪说："别说是小不点儿，生个小蹦豆，咱也敲着鞋帮子念
佛了！"

说来也怪，没过两个月，女人真的身怀有孕了！两口子高兴得连东西南
北都忘了。

女人早早地把孩子的衣裳做成了，襁子备齐了，玩具买好了。

九月临盆，女人生下的小孩不到一寸高，一落生就会说话叫爹娘，能在
人的手心里站着；要是掉在地下，一时半会儿找不着，他爹扫院子时，还常
常把他扫到砖缝里去。

老夫妻俩又都皱了眉头：咳！生这么个小人儿，还不如不生呢！要他有什么用呢？两口子又腻歪得吃不下饭，睡不好觉了！

有一天，小人儿跳到他爹的手心里，说："爹！你甭腻歪我，我能办的事，你不能办。"

他爹嘴一咧，长叹一声，说："你这么一丁点儿个人能办什么事？人家不小心把你踩到脚底下，就把你踩死了。"

小人儿说："我能把前街上财主家的大牛轰到咱家来。"

他爹说："你瞎说八道些个什么？去你的吧！"他爹一撒手，把小人扔到了当屋。

下午，财主家的一头大牛出了槽，又走出门，从街上直奔小人儿家来，街上的人拦不住，财主家的把式轰不回，全村人都纳闷儿：这牛是疯了，还是村里出了什么邪魔气儿？

原来是小人儿跳进了牛耳朵里，呼喊着："哦！吁！"别人再喊什么，这大牛也听不见了。

小人儿把牛轰到了自己家，从牛耳朵里蹦出来，走到爹面前，说："我办到的事，你办得到吗？"

他爹说："好好，我办不到。"

前街上那位财主有五男二女，男的有文有武，女的都是结的官亲，村里人都受他家的气。小人儿的爹常常给他家干活，不敢说要工钱，财主家更是从来不提。穷汉家里，一个大钱掰开当两个花，没那几个钱儿就没法过日子，爹爹常为这个拧眉头子。

小人儿又问了："爹爹，你有什么愁事呀？"

他爹说："我有愁事说给你，你能治吗？"

小人儿又说："你说给我，我就有可能治得了。"

他爹就把心里的愁事对小人儿说了。小人儿说："就这么点小事儿呀，今儿个我就去要账！"

他爹忙说："使不得，使不得！人家有权有势，得罪不起！"

小人儿说："爹放心！我不光让他还了咱的账，还让他把所有该穷人的账都还了！我去治了他，还不能让他给咱小鞋儿穿。"说完，小人儿就来到前街上找到那个老财主说："你用人要给工钱，我爹给你家干的活不能白干哪！"财主听到有人说话，转着身子找了半天，才找到地上的小人儿，大笑说："你小小个人儿，口气倒挺大！你打听打听，谁敢向我要过账？我念你好赖是条性命，不然的话，我吐口唾沫就把你淹死了。"

小人儿一听就急了！一纵身子，借老财主张嘴说话的工夫，钻进了他的嘴里，蹲在一个牙窟窿里，抱着他的一颗牙齿晃动起来。老财主牙痛得直跳，就用舌头拱他；他左躲右闪，反正不让拱着。小人儿扳歪了这颗牙，又去扳那颗，痛得老财主大叫："小人儿爷爷饶命！你怎么说，我就怎么办！"

小人儿说："你把该俺家的账和该别人家的账都还上！"

老财主说："是！小人儿爷爷，你出来吧！"

小人儿说："我不见兔子不撒鹰，我就蹲在这里，你带我一块去，多会儿你把该的账都还清了，我才出去呢！"

老财主没有办法，把儿子们召集到一起，又让他们分头去还账。老财主还怕小人儿不信，自己拿着钱给小人儿的爹送去了。

账还完回来，小人儿才说："从此以后，让你的儿子们不得欺侮穷人，不得横行霸道，你要是不听我的话，我还要回来摆治你！"说完，他冷不防地蹦了出来。

小人儿一出来，老财主就翻了脸，召集他的儿子们拿铁锹、扫帚扑打小人儿。小人儿早有防备，在地上东躲西闪，后来一家人扑打着，谁也找不见小人儿了。正在一家人猫腰四处寻找小人儿的时候，小人儿却趴在老财主的鼻梁上说话了："你老小子敢不听我的话，我就要你的老命！"

小人儿一说话，老财主才觉得鼻梁子上发痒，一生气，照自己的鼻梁子打去。小人儿打了个周圈，骑在了老财主的耳郭上，老财主又一拳照自己的耳朵打去，小人儿又一闪身子，钻进老财主的耳朵眼儿。小人儿在他的耳朵眼儿里拿着錾子、锤子"哪当哪当"凿开了他的耳壁，这下痛得老财主又打开了磨磨，哭喊着求小人儿爷爷饶命。

小人儿在耳朵眼儿里给老财主立了三条规矩：一是从今以后要平等待人；二是村里谁家穷了，他都得帮；三是老财主胆敢报复，小人儿就去挖他的心。

老财主一一答应。小人儿出了老财主的耳朵，自己回家去了。

老财主知道小人儿的厉害，不敢不按小人儿的话办事。

村里的乡亲们，没有一个不感谢小人儿的。

老夫妻俩再不腻歪小人儿了。

蟒

讲述：王灿 女 64 岁
记录：张树华
1985 年采录于大城县北魏乡北魏村

一

老年间，太行山东十年九旱，更有官家横征暴敛，如狼似虎，加上乡绅地痞搜刮地皮，弄得饿殍遍野，民不聊生。山下有一个小村，住着母子两人，孤儿寡母，生活挺是艰难。

母子俩得不到人间的一点温暖，却有一副慈悲善良的心肠。小孩叫男男，十二岁那年，一天在洼里打草回家时，感觉筐子越背越重，放下筐子一看，在草底下筐头里有条一尺多长的蛇，蛇身白如玉，两眼眨着，闪着光亮，头顶上长着两个血色犄角，犄角一边有一块刀伤。男男喜爱它，想把它放走。这时蛇眼中流出泪来，说："你救救我吧！我在东海龙王帐下当听差，得罪了龙王，龙王要杀我，派了许多的虾兵蟹将，到处追拿我，我寡不敌众，打不过它们，受了重伤，海上无寸水容身，我带着伤到岸上，他们追到岸上，我藏在草下，受了伤，又怕他们搜寻，就跟你来了。"说完掉下两滴眼泪，摇摇尾巴，恳求男男可怜它。

男男把它背回家，和母亲学说了蛇的话，母亲对蛇更加怜恤。她把蛇藏在柜里，每天给它敷药。尽管母子俩每天肠子空着半截，总是剩出吃食来喂蛇。蛇得到母子俩的细心照料，伤渐渐好了，身子越长越大，母子俩却渐渐消瘦下来。

每天晚上，母亲做些针线，男男在月下练些拳棒。一日，屋中突然出现了一位面白如玉的美男子，母子很是惊奇。那男子说话了："不用害怕，我就是那条蛇变化的，你们救了我，我感恩不尽，要是你们允许，我愿和男男结为兄弟。我见男男月下练拳棒，我愿把我学的武艺传授给他。"

母子俩非常欢喜。母亲接受两人的跪拜，还给蛇取了个名叫贝贝，男男年长为兄，贝贝年幼为弟。从此，每天晚上，蛇变成美男子教男男各种武艺，白天还原形藏于柜中。一晃五年，男男练得武艺超群，挥臂能擒虎，力大能倒牛。村中人请他看村护院，各处盗贼不进这村，乡绅、地痞不敢胡闹，官府也退让三分。

贝贝这年已过凶期，身体有一丈多长，身材更加健美，白得如雪，亮得如银，两个犄角像两朵通红的火苗。它对母亲说："凶期已过，我该走了。"

"你上哪里去？"

"四海为家。"

"你走后，谁管你吃喝穿住？"

"儿自会料理。"

男男苦留，贝贝说："我不是人间之物，遇到你们才有我的今天，日后有什么难处，就呼唤贝贝。"说罢一阵大风刮过，贝贝眨眼不见了。

母子俩思念贝贝，一连痛哭好几天。

二

日月如梭，又是九年过去了。皇帝性情凶残，对他没有益处的一概斩尽杀绝。他下了诏：除人和受人使唤的牛马骡驴，猪羊鹅鸡外，一概斩尽杀绝。这下天下大乱了。狗、猫、兔、虎、狼、蛇、雁、鹰、燕、鸳鸯、布谷……乱跑惊飞，杀了个无计其数。后来，在大海边上有一座蟒山，蟒山上有一条巨蟒不能捕杀，皇帝派去的一批批武士都不敢近蟒身，皇帝又把乡间调来的武士驱赶上蟒山，没打斗，就被蟒吞食。皇帝暴怒，骂武士不忠心，便下令：凡去的不能斩蟒，回来的都应杀头。

一年多的时间，被吃、被杀的武士成千上万，一时间普天之下缺爹少子的，哭声连着哭声。男男在家为这些被吃、被杀的人难过，和母亲商量，他去斩蟒，为民除害，这一去九死一生，打不过大蟒，不被蟒吃了，就会被皇上杀头。母子挥泪告别。

男男进了京城，上了金殿，说明是来斩蟒的。皇帝赏千金，男男不受，他说："我来为民除害，不是来领赏的。"说完，出金殿，上马手持宝剑在前面走，后面跟着皇帝派去助战的兵士。

这一日，男男到了大海边，进入蟒山，勒马横剑，向前一望：好一派青山碧水，林木丛丛，奇石峻岩，瀑泻泉飞，风和日丽，百鸟争鸣，祥云流逸，果栗飘香，景色迷人。男男心里一动，蟒山竟是这番令人神往！

后面官兵催逼。男男大吼一声，挥剑率众冲入蟒山深处。一刹那，只听怪风呼啸，山中云雾骤起，接着天昏地暗，飞沙走石，弄得人睁不开眼，挪不动步。突然一声嘶叫，如石破天惊，男男闪目一看，见一巨蟒扑下山来，他向手中的双剑说声"长"，那剑立即长得横山遮海，一挥宝剑向巨蟒杀去。那把宝剑快如闪电，越打越勇，那巨蟒喷云吐雾，横冲直撞，刀枪不入。打了一个时辰，男男觉得力不从心，那蟒却在他的身前身后，眼看巨蟒就要把他吞食了，他忽然想起贝贝，长叹一声："贝贝若在，能救我！"一句话落地，云雾消散了，巨蟒翻身落在面前，男男勒马横剑，定睛细看，那巨蟒有九丈多长，两角如血，身白如玉，男男惊叫道："你是贝贝！"

那蟒说："兄弟一时愤怒，不知是哥哥来了，望哥哥饶恕贝贝。"

男男抓住宝剑，下马来，他回头一看，后面助战的所有人都在山下，动弹不了。男男手按宝剑，生气地说："你吞食了很多人！一别九年，瞧你做的好事！"

贝贝流着泪说："哥哥差了！人说皇帝比龙王还凶，我本来不伤害百姓，皇帝心狠手毒，剿杀我，我知道杀我的武士斩不了我，回去也得处斩，我就把他们暂存在这里了。"

男男说："那些武士在什么地方？"

贝贝变成美男子，领男男走进一座青堂瓦舍的大宅院。只见成千的武士都在那里。男男对众人说："你们怎么来到这个地方？"

众武士说："我们来斩蟒，还没开战就被蟒吸住了，就是这位大哥，又把我们领到这里来，每天端茶送饭，百般照顾。"

男男这才转怒为喜。贝贝领他进入一间偏房，男男坐下说："贝贝！你要想法把这些武士送回家去。"

贝贝说："听哥哥吩咐。"

男男说："我死以后，望你经常回家照顾老母！"说着自己流下泪来。贝贝想到：哥哥斩不了我，回去必受死，它"扑通"跪在男男面前，说："我不是母亲的亲生儿，愿哥哥斩我头，留哥哥回家孝养母亲！"男男哪能依从呢！贝贝夺剑自残，男男手疾眼快，夺回剑。二人争死不能，抱头痛哭，住了几日，贝贝放这些武士秘密回家，二人商量，回去一起面见皇帝。

三

皇帝驾坐金殿，两边美女相伴着，殿旁武士拿剑侍立。男男领贝贝进宫，贝贝还原形，两旁武士见九丈多长的巨蟒，吓得早已魂不附体，皇帝倒在龙座下，昏了过去。经太医调治，皇帝苏醒过来，他见巨蟒在殿下低头落目，面目和善，作请罪之状。武士过去摸脑袋，摸尾巴，大蟒动也不动。皇帝这时才问男男："你已制服了大蟒，为什么不把它杀了？"

"巨蟒住在海边蟒山上，不伤人命，愿求皇上恕它不死！"

"寡人令下，不能斩巨蟒的，回来杀头，你知道不？"

"知道。"

皇帝不等男男再说话，喝令殿旁武士，把男男和巨蟒捆起来。巨蟒面露怒色。皇帝见男男、巨蟒被捆起来了，大笑说："男男抓住巨蟒不杀，应当杀头。后杀大蟒，取出蟒身的冰片和蟒皮以备寡人使用！"

男男说："我死而无恨，还望皇上开恩，留蟒不死。"

皇帝不允，命武士立即行刑。武士们正要上前，只见巨蟒一翻身子，蟒尾扫倒了不少武士，它用牙咬断捆绳，说："哥哥，反了！皇帝无德，服从他也是无德！何必这么低三下四？我们委曲求全也免不了一死！"

男男心想：自己和贝贝都死了，老母在家谁来奉养！贝贝说的是。

贝贝化作美男，与男男在金殿上和众武士大战起来。那些武士，哪是他们的对手，一会儿工夫把武士杀死无数。贝贝作法，刮起狂风，刮得大殿摇摇晃晃。皇帝见势不好，自己早已逃跑。贝贝说："皇帝不杀，百姓遭殃！"二人在宫中搜遍了，也不见皇帝的影子。

过了两天，皇帝又忽然驾坐金殿上。男男和贝贝又杀上金殿，皇帝一动不动，笑道："两个孽种，敢抗人皇之法，我看你今天还能不孝！"说着，数名武士把男男的母亲推了上来。原来，皇帝不能制服男男、贝贝，便偷偷地把他母亲抓进京城，来降男男、贝贝。男男、贝贝一见母亲，伏地跪倒。皇帝让他们远在殿下，稍近前则斩其母，他们如果能受死，就放他母亲回去。母亲讲情，只斩儿子，放大蟒回山。皇帝心想，不斩男男，自己令下有违，失去了皇帝的尊严；不杀大蟒，怎显出人皇的威风？于是又下令：先斩男男，后斩大蟒。

贝贝见不能两全，先拔剑自刎。男男哭倒在地。蟒头落地，蟒身化作一团乌云飞向北方，走前说："从此我不得生！我的两眼是宝贝，请母亲带回家去。"

大蟒死了，皇帝受了惊吓，头痛，腿拐，不敢再斩男男。几天后也死了。

母子俩悲痛万分，回家来连日啼哭。

村里人都想念贝贝，在村的最高处修一蟒庙，把蟒头供在庙中。从此，蟒的两只眼睛是两盏千里明灯，每晚为过往商客、行人照路。

这里每到旱灾一来，母亲便想念贝贝，并在村头向北方呼喊："贝贝！贝贝！"这时北方便飞来一片乌云，降一场透雨。

百家姓

讲述：孙广 女 农民
记录：李玉川
1985 年 11 月采录

从前，有一户人家，老两口守着一个小子、一个闺女过日子。虽然他家很穷，但一家人都很爱读书。没钱买书，就把他家传了几辈的一本《百家姓》横念了竖念，读得滚瓜烂熟。

这年四月庙会，天气响晴，柳条弯弯，四乡男女争先恐后的进城赶庙。这一家四口也收拾了一下活计，喂好鸡、关好猪、锁好门赶庙去了。

走在半路上，只见一对富户男女穿得滑滑溜溜，大模大样一步三摇地也去赶庙。人们一看不好惹，纷纷避开。这一家四口看到这一情形，不禁诗兴大发。

儿子首先道："那边来了一男一女！"

闺女接口道："身上穿的绫罗绸缎。"

老婆说："一步三摇多么神气！"

老头说："不知她姓赵钱孙李？"

这一家四口虽然轻声地吟诵，恰恰被这富家男女听见。这一下不要紧，他们一口咬定，他家是编诗骂人，不依不饶归了官司。

县官升堂后，惊堂木一拍，问清了原告、被告。原告姓韩，被告姓杨，他们各自"底理情由"诉说了一遍。县官听说一个穷人家竟出口成章，有些不大相信。说："既然如此，你们用诗的形式把你们各自的身份报出来！而且每首都要引《百家姓》上的一句话。"

儿子思忖了一下，首先报道：

八仙桌子四角四方，

文房四宝摆在中央；

> 竹管羊毫一来一往，
> 书写的是周吴郑王。

闺女接着道：

> 土坯火炕四角四方，
> 针线簸箩放在中央；
> 绣花针儿一来一往，
> 扎绣的是苗凤花方。

老婆信口说道：

> 砖砌锅台四角四方，
> 锅碗瓢盆放在中央；
> 小铁勺儿一来一往，
> 我做的是奚范彭郎。

老头也不怠慢说道：

> 我那猪圈四角四方，
> 大肥母猪养在中央；
> 小猪娃子一来一往，
> 他吃的是皮卞齐康。

那姓韩的富户男女把嘴张了几张，却蹦不出半个字来。县官一见，大出所料，刚想判决，又一转念对他一家四口道："你们一家出口成章，何不赠老夫一首？"

这一家四口连忙叩头说："那就献丑了。"

儿子首先道："公堂桌儿四角四方，"

闺女道："状纸文书放在中央；"

老婆道："惊堂木一拍乒乓响，"

老头道："署理的是蒋沈韩杨。"

说来也巧，这县官正好姓蒋，县官不禁哈哈大笑。然后把惊堂木一拍，对姓韩的喝道："大胆刁民，身着绫罗，满肚粪土，不懂诗文，无理取闹，还不给我滚！"

说罢，令左右把那一对富户男女赶跑了，而对这一家四口大加赞扬。当他听到他一家只有一本《百家姓》时，于是就送给他们一套《千家诗》。

华瑞

讲述：郭福芝 83 岁
记录：李玉川
1998 年采录于大城县广安乡郝屯村

过去，大城县城里有个孔聋药铺，经营中草药已有多年历史。药铺柜台上放着一只硬木雕刻的小狮子狗，玲珑剔透，令人喜爱。顾客到这里买药，把药方子递过去，伙计接过，用小狮子狗将药方一压，即用戥子一样一样地抓药了。这小狮子狗是用来专压药方用的，按药业的行话，称它为"华瑞"。提起华瑞来，这里还有个美妙的传说呢。

东汉时期，和帝刘肇有一个正值妙龄的公主，这公主面似满月，眉似秋山，朱唇桃腮，袅袅婷婷，天生丽质。只因选婿过于挑剔，年过二八尚未婚配，每日空守宫闱，好不寂寞难耐。和帝爱怜女儿，尽力设法排解她的苦闷。这日，有一大臣给皇帝进呈一只小狮子狗，这小狗毛色细腻，小巧玲珑，善解人意，伶俐无比，很讨人喜欢。和帝收下这一宠物，就把它赐给了公主。公主自然喜不自胜，每日牵着小狗出入宫闱琼阁，玩耍于御花园林，形影不离，增添了许多乐趣，甚至闺房睡觉也不叫它离开自己。

数月后，公主渐渐花容憔悴，四肢乏力，肚子也渐渐鼓胀起来。和帝见女儿病了，即令具有高超医术的御医为其诊治。御医诊脉后，不禁大吃一惊，公主明明是未出阁的皇家闺秀，却为何滑脉搏动如珠？他怕忙中有错，又认真地诊了一遍，进一步断定公主确实身怀有孕了。但老奸巨猾的御医矢口不谈怀孕之事，只开了一些不关痛痒的药方，敷衍了事。

和帝见女儿的病不见好转，甚为着急，便传天下名医，为女儿看病。各名医都怕道出真情惹恼了皇帝，人人守口如瓶，敷衍搪塞了事，结果公主的"病"日甚一日。后来和帝请了一位坐堂郎中为其诊治，郎中摸了脉，又细细地了解了公主的日常行踪，即直言不讳地对和帝说："公主没什么大病，只是身怀有孕了！"

和帝闻听如凉水浇头，勃然大怒道："大胆！纯粹一派胡言！"即要将其推出斩首。

然而，这郎中面不改色，口若悬河道："万岁切勿动怒，这是喜兆！"

"喜从何来？"

"公主身怀一天赐麒麟，麒麟乃上天吉祥之兽，这不是喜兆吗？"

"更是胡言乱语，她怎么怀上麒麟的？你说，你说！"

"万岁有所不知，麒麟非同小可，乃奉天命而来，御花园栏杆上的石狮受了日月之精华，成为麒麟的化身，公主常去御花园游玩，岂不珠联璧合吗！"

一席话说得和帝半信半疑。数日后，公主果然分娩了，生了一只周身无毛的小狮子狗。原来这郎中摸脉，了解公主的行踪后，就断定与那只小狮子狗有关系，他编造了一套神话，是为和帝和公主下台阶的。

且说这生下来的小狗，不但周身无毛，而且皮肤透明，可见五脏六腑，更为惊奇的是此狗生下来就不拉屎。和帝又请郎中为其诊治，郎中施了百方为其排便，均不奏效，最后施以巴豆，不料剂量过大，小狗支撑不住，竟然一命呜呼了，幸亏和帝未治罪于他。

聪明的郎中由这件事联想到：世上有多少女子因私通怀孕，不敢买药诊治，而导致自杀身亡呢？她们冲破封建束缚，追求幸福是无辜的，应该受到保护。他想来想去，想出了两全其美的办法。于是，他找了一块硬木精雕细刻，雕成一只小狮子狗，放在柜台上，有买打胎药的妇女，即可一声不响地把药方和钱放在狮子狗底下，药铺伙计即可不闻不问地照方抓药，将药包好放在狮子狗旁，买药人即可悄悄地将药取走，这样免去了许多麻烦。

药铺柜台放狮子狗——华瑞，自古以来成为药铺不宣自明的一个规矩、习俗。这一习俗一直沿袭到民国年间。时至今日，知道底细的已寥寥无几了。

光棍儿与"美女"（一）

讲述：王秀峰 80 岁 退休干部 大专
记录：白静 王红梅
2009 年 9 月采录于大城县城

俗话说，"一人吃饱，全家不饿"，说的就是光棍儿。下面就从这个光棍儿说起吧。

　　从前，有个光棍儿，过够了一个人的生活，很希望讨个老婆，找个说话的人。但是由于他的家境贫寒，没有哪家的姑娘愿意许配与他。

　　一个偶然的机会，他在集市上看到一个摆地摊卖字画的。他停下来瞅了瞅，突然被一张画有美女的画惊呆了。画上的美女容貌端庄，皮肤白嫩，身材苗条，婀娜多姿。他心想：这也许就是人们所说的"闭月羞花之貌，沉鱼落雁之容"吧。他一阵儿欣喜，决定买回家贴在墙上。他这样想着，也就这样做了。

　　每天，这个光棍儿都对着画上的美女说话聊天。画上的美女便成了他忠实的听众。吃饭的时候，他总是盛上两碗，自己一碗，"美女"一碗。时间一长，他也就习惯了这样的生活。显然，他已将画上的美女当成了自家的一员。他每次出门前，总要和画上的美女说声："老婆，我出去干活了。"才肯离开。

　　这天，光棍儿干活回家，刚进门，就闻到了一股饭菜的香味。他闻着味走进屋，桌子上已经摆好了饭菜。他很是惊奇，但却不知是谁这样好心。接下来的几天里，他每天都能吃到这样的饭菜。他越发疑惑了，想要探个究竟。

　　这天早上，光棍儿照常吃完早饭，和"老婆"打了个招呼，转身藏在了门旮旯后边。等到中午时分，他发现画上的美女从墙上飞了下来，洗手、洗菜、和面……不大工夫儿，饭菜就做好了。美女随之悄悄地又回到了画上。光棍儿看到这一幕，他感动得掉下了眼泪。一连几天，光棍儿都躲在门旮旯后面观察着……

　　光棍儿很希望这个画上的"媳妇"能够和他相依为命，天长地久。怎样才能留住这个"媳妇"呢？他琢磨着，现在只要把这张画纸从墙上揭下来，那她就回不去了。光棍儿这样想着。

　　这天中午，他同样躲在门旮旯后面看着"媳妇"从画上飞下来，走到外屋准备做饭。他偷偷地打开窗户，爬进屋里，把墙上的画纸揭下来藏了起来。等美女做完饭，正准备回到画上去，才知道自己再也回不去了。

　　最后，这位美女只好和光棍儿成了亲，俩人过着恩爱幸福的生活。

光棍儿与"美女"（二）

讲述：王秀峰
记录：白静　王红梅
2009 年 9 月采录于大城县城内

一天，有个光棍儿下地干活。路遇一只老鼠咬住一条小白蛇的尾巴，他喳喝了一声，老鼠立即松口跑了。小白蛇的尾巴被老鼠咬伤了，眼巴巴地望着光棍儿。光棍儿瞅了瞅，把小白蛇带回了家，放在小盒里喂养着，每天悉心照料，小白蛇渐渐地康复了。光棍儿开始喂它点鱼肉类的腥物，它越长越水灵。光棍儿很喜欢它，每次出门，总是给它准备好吃的、喝的，才肯离开。小白蛇慢慢地长得大些了，他就在自家炕上喂养它。时间一长，小白蛇长成了两米来长的大蛇了。它的食欲也逐渐大增，光棍儿为了养活这条白蛇，省吃俭用地喂养它。

有一天，光棍儿外出回到家，一进门，看见一位漂亮的女子在屋里梳妆打扮。他愣住了：她是谁？怎么会在我的家里呢？难道是我走错家门了吗？他不敢相信自己的眼睛，猜疑着，转头便往外走。那女子招呼他进屋。他看了看家门，这就是自己的家，并没有走错门口。进屋一看，那条白蛇不见了，才知道是那条白蛇已成了"气候"，变成了眼前这个大美女。

再后来，这个白蛇美女为了报答光棍儿的救命和养育之恩，和这个光棍儿结了婚，过着衣食无忧的生活。这个美女不仅貌似天仙，而且心灵手巧，善解人意，能织会纺。光棍儿带着美女织的缎子，拿到外地去卖，每次都能卖个好价钱。日子一长，他们不仅置办了新房，买了大片田地，还积攒了不少钱财。

三村五里都知道了这事。一传十，十传百……一天，县令也闻听了此事，心想：如果有这么一位美女在身边，那多体面啊！于是他萌生了用银子去买那位美女的想法。

县令先是叫衙役把光棍儿带到县衙，接着将自己的想法和光棍儿叙说了一番。光棍儿想了想说："等我回去，和老婆说说吧！"光棍儿回家后，便将此事告诉了美女。美女一听，立即答应了。

县令即召唤当差的把准备好的金银财宝送到了光棍儿的家中，美女也上了花轿。路上，美女将头上的发簪拔了下来，向外一扔，只见白茫茫一片。接着，远方就传来了潮水的声响。当差的还没来得及将美女抬到县衙，洪水就涌来了，淹没了县衙，县令也被淹死了。

"黄金塔"的来历

采录：王慧青

光绪末年的一天，慈禧太后偶染小恙，尽管御膳房的大厨百般用心做了各种山珍海味呈上，也没有调动她的胃口。宫女们知道老佛爷吃腻了御膳，可又没办法，只有战战兢兢地在一旁侍奉着。这事被大太监李莲英看在眼里，他灵机一动计上心头。这一日，他躬身走到慈禧太后面前说："老佛爷，您看看这个！"这个李莲英果然不凡，用红色托盘呈上四个黄灿灿香喷喷、玲珑精致如工艺品一般的小窝头。这东西慈禧太后可是没见过，她多日的不适不见了，看得慈禧口舌生津，龙颜大悦。"老佛爷，您尝上一口！"李莲英不失时机地说着。慈禧太后也不顾礼仪了，拿起一个就吃，只觉清香四溢，绵甜可口，这一发不可收拾，慈禧越吃越爱吃，一口气吃了四个。

李莲英看慈禧高兴，趁着她吃的时候，也如数家珍地介绍着："这是由精磨细碾的糜子面、大黄豆面制成的，必须用新磨的面蒸制，磨成的面不能超过一天，而且火候也要恰到好处，吃了可以延年益寿，老佛爷您就长生不老了……"

"好个李莲英，就你懂得朕的心思，就你最乖巧，这是哪里进贡的吃食？"

"启禀老佛爷，这窝头是奴才的家乡大城县里坦镇的薛家特意给老佛爷做的……"

"金黄的颜色，形状像个塔儿，好吃！让他们进贡些，让大臣们都尝尝……"这李莲英就是聪明，跪在地上就磕头："谢老佛爷赐名'黄金塔'！"

"好你个奴才，还让我赐名，好，念你有这个孝心，笔墨伺候！"

李莲英这个高兴呀，乐颠颠地给慈禧太后取来笔墨纸砚，这老佛爷根本不像有什么病，"刷刷刷"手书三个熠熠生辉的大字——"黄金塔"。后来，这三个字制成匾额赐予了薛家，从此薛家窝头名声大振，生意兴隆，一代代流传下来。此事在大城一带广为流传并有史记载，遗憾的是那块儿匾额在

1963年闹洪水时丢失了。

薛家窝头制作技术，已经祖传七代。同样的面，别人掌握不了恰当的火候，怎么也做不出薛家窝头的味道。传说，一位天津老师傅慕名找到薛家师傅，说要蒸几个试试。薛师傅欣然同意。剂子做好后，两人在众人观视下同时在同一个锅里蒸。十多分钟后，窝头熟了。只见薛师傅蒸的窝头一律是金黄色，外面好像包了一层透明的膜，光亮滑润；而那位老师傅蒸的窝头却是青色的，而且外表粗糙，没有光泽，众人看后惊叹不已。

如今，薛家窝头作为富有大城农家风味的传统美食，成了当地人招待宾朋、馈赠亲友的上乘礼品，并且得到了国家领导人及海内外友人的赞许。

拨灯

讲述：关树香 78 岁 大广安乡关屯村人
记录：张守鹏
2009 年 9 月采录于大城县广安乡王屯村

一个叫二麻子的人，是王香屯人氏。因他小时患天花，落下大麻子套小麻子的麻脸，又因排行老二，所以人们都管他叫二麻子。慢慢随着年代的久远，却忘了他原来的名字，"二麻子"就成了他的大号了。二麻子父母早亡，自己好吃懒做，所以三十岁了也未成家。

闲来无事，一日，二麻子去大和尚屯村赶庙会（现在的大尚屯村，原来村西头有座和尚庙，故村名叫大和尚屯，后改为大尚屯）。庙会上有挑担卖菜的，打把式卖艺的，说书的、唱戏的，热闹非凡，二麻子逛了一会儿庙会，一看近中午时分，肚子也有些饿了，就近在一家小饭店坐下，要了一盘牛肉，一盘花生米，热了一壶酒。他一口酒，一口肉，慢慢喝，慢慢吃。吃喝了约半个时辰，他一抬头，巧了，正看见宫村一位老熟人王五，二麻子忙打招呼："老弟多日不见怪想你的，来来来，快坐下，喝一杯。"这下二人可找到知己了。喝完一壶又要一壶，二人越喝感情越深，而且喝多了自己还不承认，反而笑话对方："你……你，看你喝多了，舌，舌头都短。""还说我呢，你看你，老晃荡什么，怎么变成四个人了。"二人一直喝到日落西山，还不肯罢休。直到店小二把这俩醉鬼撵出了饭店，二人这才恋恋不舍地各奔东西。

二麻子一路上晃晃悠悠的，大路不走走小路，迷路了，当走到大会罗村东南方向约四华里路半道口处，有一灯亮，他就直奔灯亮处而去。

话说半道口，是地名，处于王香屯村距大会罗村八华里地的中间位置，所以称半道口。原来有两个村落，一个叫柳家村，一个叫寇家村。约在一四〇四年左右，这俩村庄就搬迁了。传说是因为战乱而走，还有一种传说是村中流行一种虫子，专钻人心，死了不少人才搬走的。此处地势很凹，长年积水，一到雨季，就有房倒屋塌的。后一种情况很可能是该村迁民的主要原因。据说，这俩村庄搬迁至任丘长丰西头住。

柳家村、寇家村虽然没有了，却流传着很多美丽的故事。传说半道口是块宝地，晚上常出现村庄，金碧辉煌，据郭王只堡村老人说，在六月天，雨水连绵的时候，半道口处一片汪洋，出现的房屋像是海市蜃楼，特别漂亮。有时灯火时隐时现，正像人们传说中的鬼火，还常出现金子搬家的故事，还有金马驹从半道口跑到张屯村拉金碾子的传说，等等。

话说这二麻子，一溜歪斜地直奔这柳家村而来，走了大半宿，一看还是柳家村。原来他围着村子转圈了，就是走不出这村子，这是怎么回事？在困境中，他听见有两个人说话，是一男一女的声音，女的说："把咱那金缸银窖盖上了吗？"男的答："还没盖。"他顺着声音走去，一看有灯亮，这家的门半掩着，他急忙推开门，一看是座庭院，屋里桌子上一盏老式麻油灯，灯芯微弱的火花快熄灭了，他赶紧过去拨了拨，灯光顿时亮了起来。他借着灯光四下一望，啊！到处都在闪闪发光，仔细一瞧是金子发出的光，这儿一缸金子，那儿一缸金子，他数了数，整整是九缸十八窖金子。他看着看着，眼睛都直了，天哪，这一辈子哪见过这么多金子。他定了定神，忽然哈哈大笑——我终于时来运转了，别人不知道这儿有金子，只有我知道，我有金子啦，这回我可发了。他心想，有了金子，我可以盖高楼建府院，养家奴，三妻四妾，衣来伸手，饭来张口，吃香的，喝辣的，尽享荣华，下半辈子再也不用干活了，还会荫及子孙富贵。他想得头脑发胀，飘飘然起来。

二麻子伸手拿了几块金子揣在怀里，算计着回家套驴车拉金子。谁知他这一想不要紧，门窗口都没有了，他想：我喝多了吧，怎么看不见门窗口。顺手放下金子，说来也怪，金子刚一落地，门窗口马上就现了出来。他又重新装金子，门窗口马上又没了。他想：邪门了，我就不信找不着门口。他用手摸了一圈墙也没有门口。再次把金子扔下，门窗口立时又露了出来。他一想：怪了，看来这金子不是属于我的，是留给有福之人享用的，不是属于我的就拿不走，罢了，干脆空手走吧。刚一迈出门槛，背上像是被人推了一下似的，向前倒去，他听到一声金属敲击声，一摸，是两串铜钱，此时村庄上已响起鸡鸣声，东方已经发白。二麻子回头一看，哪里有什么村庄，都是些砖头瓦块的，分明是村落废墟，一低头，看见手上有张纸条，上书："二麻子拨灯赏钱二百"。他看了心里又气又恨，回到家里，日夜思念金子，心说：金子，你怎么就不属于我？金子得不到，美好的梦幻落空了。从此，他茶饭不思，萎靡不振，不久就离开了人世。

梅葛二仙

讲述：郑锡恩 82 岁 染房师傅
记录：李玉川
1991 年 10 月采录于大城县平舒镇裴庄村

过去，有柜台的为买卖，没柜台的为作坊，染房就属作坊的一种。从前染房这一行，每到农历九月初九这一天，都要烧香摆供，祭祀"梅、葛二位仙翁"，据说他们是染房行的祖师爷。师徒们都要向书有"梅、葛二位仙翁"的牌位烧香磕头，然后大家吃喝一番以示纪念。

"梅、葛二仙"是何许人呢？传说很久很久以前的上古时候，人们穿兽皮和树叶，后来才学会纺线织布，穿布做成的衣裳。可是当时不会染布，白乎拉蹋的挺难看，这时有人制造出颜料，想把布染成各种颜色，这个人就是葛大仙翁。可是，刚织成的布竹棱棱的，外面好似有一层浆，不吃色，染了几次都染不匀，花花搭搭的很不顺眼。葛大仙翁就动开了脑筋。他倚在一棵梅树下，琢磨着怎样把布染好，琢磨来琢磨去，晕晕乎乎睡着了。这时不知从哪里来了一个慈眉善目的白胡子老头儿，给了他一棵梅树枝子，告诉他："你把它用水煮一煮，用这水把布泡一泡就能染上色了。"他正要问老头姓甚名谁？一眨眼老头儿不见了。葛大仙翁醒来才知做了一梦。咦！你说梦吧，可是手里却拿着老头儿给的那颗梅枝。于是又弄来一些梅枝，截成一段段的，用水煮了起来，然后用它把布泡软，再放进颜料一染，果然色泽均匀，鲜艳无比。

葛大仙翁琢磨为什么用煮梅树枝的水能把布染好呢？他用手捧了点水尝了尝，涩涩的蜇舌头，从此，才知道染布得加酸。后来人们研究着用明矾代替梅枝。

葛大仙翁为了纪念梦中传艺的仙人，就把梅尊为祖师爷。葛大仙翁死后，徒弟们就把梅、葛二位仙翁奉为祖师爷，染布加酸的办法，一直流传下来。

染布的最后一道工序是轧光，做法是：把染好、晾干的布缠在一个木头圆滚子上，再把滚子放在两头翘起的案板上，然后在上面放一块上大底小的"元宝石"，由一人手扶木架，脚蹬其上，一松一蹬，使滚子来回滚动，直到把布轧出光泽来为止。据说这一做法也是梅、葛二仙留下来的。所以，染房业有"脚蹬元宝石，手扶上天梯"之说。

鹦哥儿

讲述：苏满 女 78岁 农民
记录：张树华
采录于大城县北魏乡北良村

有俩邻居，挺合得来。前邻有位姑娘，十八九岁了，经常到后邻家去，和后邻的婶、妹子一起做针线活儿。这天她又去同婶和妹子一起做被子，她走后，婶发现一绺白线找不到了。炕头炕尾，翻箱倒柜，墙旮旯里都找了，找不到。婶就想了，这绺白线明明放在炕上，我和闺女又没出门，怎么神不知鬼不觉地就没了呢？除了前邻的侄女在这里，再也没有一个外人来。难道是她走时带走这绺线了？不可能。可是，不是她又是谁呢？她把想法和闺女说了，闺女说："不是她，没别人来，她再来问问她。"

姑娘这天又到后邻家去，邻居婶就问："你从俺这拿了一绺线去吗？"

姑娘听了这话立即闹了个大红脸。她是个好姑娘啊，让人问出这种话来，说明人怀疑她偷了线了。她说："俺没拿你家线，俺不是那种小眼子薄皮的人。"婶说："拿去也不要紧，不过你得和我说句话儿，省得我到处找。"

姑娘说："俺没拿和你说什么呢？"

"你没拿，俺家又没人来，里屋外屋找遍了，都没有，不是你拿去是谁拿去呢？"

姑娘心里受不住，说："要是我拿走你家的线，我死在三十晚上！"

妹子听了，说："你拿走说了就成，俺也不向你要回，你发誓有何用！"

婶这时也恼火了，说："就是你拿去了！"

姑娘说："要是我没拿去呢？"

婶说："要不是你，我说屈了人，我挨五雷劈！"

她们声音越来越大，话越说越难听，吵起来了。一家有事四邻不安，左邻右舍听到吵架了，都过来看，惹了一院子、半胡同子人。

婶一见人多，嚷得更欢了。她向人们摆理儿，说线是姑娘拿的；姑娘一口咬定不是自己，又哭又闹。劝架人说："无论拿了还是没拿，不就那么一绺线嘛，算了，算了，有它没它也显不出穷富来。"也有的说："远亲还不如近邻呢，为这点事不值得伤和气。"

姑娘见洗不清自己，捂着脸哭着回家了。

一个闺女家落了小偷的名声，是块挖不掉的心病！姑娘到家就一病不起。

这是年根子底下的事，姑娘的病越来越重，哪里的先生也治不好。要真是小偷的话，她脸皮厚，这算不上事。她脸皮薄，爱名声，人家屎盆子愣扣到自己头上拿不掉，她受不了。到了年三十晚上，她病死了。

婶一听说姑娘死在了三十晚上，心说：应了她自己发的誓了！这线就是她偷走了，要不她为啥死了呢！村里的一些人也说："偷了人家的线发誓，老天爷有眼。"

这样你也说，我也说，好像这线就是那姑娘偷去的，姑娘死了反而臭名更大。人间地下有冤无处诉，她死后变成了鹦哥儿，天天在村上飞，大声鸣叫，声音很悲凉："拆被里，看被襟，找出线来明明心。"

村里人赶它，赶不走它；抓，抓不着它。细听它那啼叫的声音，明明是"拆被里，看被襟，找出线来明明心。"这句话，人们也就纳了闷。后来，这只鹦哥儿飞到婶子院里那棵枣树上，对着婶的窗户，连声叫道："拆被里，看被襟，找出线来明明心。"

婶一家轰赶鹦哥儿，刚走，它又飞回到那棵树上，还是叫那句话。

过了好几天，婶子听了心神不宁，就想：我真冤枉了这姑娘吗？凡事也有个万一呀，拆被看看。

娘儿俩便动手拆被。一拆，那绺线果然从被里掉出来了。原来就她娘俩翻被襟时把线裹在了里面。婶冤枉了姑娘，放声痛哭，闺女也哭了。左邻右舍听到这娘俩在屋里哭，不知她家里发生了什么事，都过来看。听说这事，左邻右舍心里火辣辣的，没有人不心酸的。

那只鹦哥儿还是成天在树上飞，哭哭啼啼，嘴上还是那句话。飞一会儿又落到婶家那棵枣树上。婶子和闺女看看鹦哥儿，心里实在受不了。婶拿着那绺线，闺女跟在身后，走出屋子，在院里冲树上的鹦哥儿一跪，说："姑娘，姑娘，别哭啼，婶子糊涂，冤了你。"

那鹦哥儿听了，飞起来，围着她家的房子飞了三圈后，便飞走了，从此，人们再也没见过那只鹦哥儿飞回村来。

秃尾巴老李的传说

采录：姜海旺
1965 年采录于大城县北魏乡正村

我们这一带每到夏天，特别是农历六七月，每年总有一两天这样的天气：霎时黑云压顶，雷电交加，狂风大作，暴雨倾盆。老人们都说："是秃尾巴老李来了，给他妈妈上坟来了。""秃尾巴老李"是何方人氏，来历怎讲？这里有一个鲜为人知的传说。

相传公元906年，统治中国三百多年的大唐王朝，正处在风雨飘摇之中。当时战争频繁，灾荒连年，饿殍遍野，民不聊生。当年农历正月初一，不知从哪里来了一伙饥民，便在瀛洲与平舒交界处一片美丽的地方落了脚。这伙人是姜、班、霍三姓人家，他们靠着一双双勤劳的手在这里搭房造屋，开荒垦田，生息繁衍，逐渐发展为一个小村落。由于是正月初一来此建村落户，所以人们给小村起名为"正村"。他们待人宽厚，性格和善，和睦周边乡里，不久又迁来贾、李、袁三姓来正村落户。

话说有户李姓人家住在村西，父女俩相依为命，老父亲勤劳朴实，靠种菜为生，女儿每天在家做饭、做针线活儿，有时也帮父亲浇园、割菜，过着日出而作、日落而息的生活，日子倒也平静。但是好景不长，想不到的事情发生了。女儿的肚子忽然一天天大起来，父女俩不知得的什么怪病，托族人请来郎中把脉诊查，郎中对族人说："姑娘有喜了。"族人听后大吃一惊：在那样的封建社会，这怎么得了！老父亲每天唉声叹气、愁眉不展，女儿不思茶饭、以泪洗面、寻死觅活。多亏众人都知道姑娘贤淑稳重，不可能做出偷人养汉的下流之事，更没发现姑娘平时与哪一家男人来往。老父亲怕女儿发生意外，每天好言相劝，严加看管，大门不出二门不迈。说来也怪，一般人十月怀胎，一朝分娩，但是李家姑娘挺着大肚子整整一年。这一天姑娘肚子疼痛难忍，请来接生婆，折腾得死去活来，一连生下五个又白又胖的大小子。这五个男孩一生下来就会说话走路，一会儿工夫五个孩子成了半大小子，齐刷刷跪在母亲面前谢恩、辞别，把那个接生婆吓得目瞪口呆。五个孩子拜别母亲后鱼贯而出，母亲在炕上大喊："不许他们走啊！拦住他们。"接生婆这才醒悟过来，赶紧关门，已经晚了，只有老五在最后，被门掩下一块脚后跟。等追到院外，他们早已踪影皆无，只有点点血迹。等老父亲回来一看，有一截蛇尾巴留在屋内，哪有什么脚后跟。这时大家才明白，一年怀胎生下的是五个妖孽，但是也证明了李姑娘的清白和贞节。

话说一阵，花开一盏。光阴荏苒，一晃十几年过去了，李姑娘生了五个蛇精的事儿渐渐被人们淡忘了，可是她再也嫁不出去了，只好过着独守闺房的日子了。

忽有一日，大清早人们起床后，聚在街头巷尾，谈论着夜里做的怪梦，梦的内容都一样，说是李家姑娘生的那五个儿子是五条龙，玉皇大帝派他们分别镇守黄河的五个段落，老五，也就是秃尾巴老李，被分配到上游内蒙古包头一段。在那里平安无恙十几年，但是前几日来了一条恶龙要抢占他的地盘，打了两次仗，由于五龙少了一截尾巴趋于下风。恶龙和五龙定于某日某时某刻决一死战。五龙怕战不过，才托梦来给家乡的青壮年，让他们某日每人蒸上一锅馒头赶到黄河上梢某地前去助阵，到时每人拿一把斧头，关键时刻往河里扔馒头、扔斧头，如见到河水黑了就是胜利了，如见到河水一红，就说明五龙战败而死。全村几十名青壮年传开的梦都是一模一样，这说明五龙真是遇到麻烦了。大家统一口径，按照梦中所说备足一切，日夜兼程。这一日，正村几十名青壮年及时来到黄河边梦中约定的地点。等到某时某刻，果然波涛翻滚、浪花冲天，并传来如雷的吼声，岸上的人们也摇旗呐喊："五龙必胜！五龙必胜！"，大战了半个时辰，波涛见小，领头人大喊："扔馒头！"每人把馒头一齐扔到河里。大约一顿饭工夫，波浪又翻滚起来，这时领头人又喊："扔斧头！"，大伙又一齐把斧头扔到河里。不多时河水渐黑，如同墨般，那是恶龙的黑血染黑了河水，流向下游，黄河水逐渐风平浪静。人们欢呼着、跳跃着，高喊："五龙胜利了！"这时，几十条大红鲤鱼齐刷刷跳上岸来，拍打着身躯来到众人面前，正好每人一条。大家领悟到这是五龙在感谢大家呢！众乡亲带着胜利的喜悦回到家乡，去向李家姑娘报喜。但到了李家一看，几天不见的李姑娘面目全非、骨瘦如柴，已奄奄一息，看到大家到来，才微笑着点点头，闭上了双眼。乡亲们怀着悲痛的心情把李姑娘埋在了村子的西洼。

传说只要遇到"秃尾巴老李上坟的天气",不管下多大雨,李氏的坟头总是干的,那是秃尾巴老李在庇护他母亲的坟。后来人们又在她的住所修了一座小庙,起名"妈妈庙"。据人们传说,这一带有"老爷庙""奶奶庙"等庙宇,但是方圆几百里仅这唯一的一座"妈妈庙"。

"水""火"不融的传说

采录:陈贵莲 女 40 岁 农民
2009 年 9 月采录

从前有夫妻俩,男的姓张,叫太郎,女的姓郭,名丁香,女的勤俭持家,非常贤惠。两人日子过得挺好,后来张太郎学会了赌,还看上了一个赌棍的女儿,这女的能说会道,好吃懒做,俩人一搭上,她就挑唆张太郎休掉郭丁香,善良的丁香看到在张家待不下去了,含泪离开了家门。

她看着自己亲手喂养的鸡鸭,阵阵心酸,轻轻地说道:"是我的鸡鸭跟我走,不是我的跟太郎。"那些鸡鸭都好像听懂了她的话,都纷纷跟了过来,当她路过家院的羊栏时,羊栏里的羊和牛栏那边的牛也冲她叫唤,丁香泪如雨下,啜泣着说:"是我的牛羊跟我走,不是我的跟太郎。"牛羊们也纷纷出栏,和她一起离开了家。

她在外面漂泊了七天。碰见一位好心的年轻人,这个年轻人收留了她,后来两人结成了夫妻,这个年轻人是个勤快人,两人相敬相爱,小日子很快就红火起来。

再说张太郎赶走了郭丁香,娶了赌徒的女儿,一对好吃懒做的人,没多长日子,一个富裕的家很快就败落了。女的嫁了别人,张太郎过上了讨饭度日的生活。他衣衫褴褛地走呀走呀,一天他看见一个高大的宅院,有个仆人正在打扫院子,他赶紧过去,希望能讨口饭吃,由于饥饿过度,到门口没说几句话就晕倒了。

等他醒过来,发现自己躺在一间很温暖的屋里,自己也换了干净的衣服,有丫鬟说:"太太,那个人醒了。""先给他喝点粥吧!"太太的声音传进张太郎的耳朵,好熟悉呀!他不敢正眼看富贵人家的太太,只偷偷地看了一眼,天哪,这不是被自己赶走的妻子丁香吗?他羞愧难当,赶紧低下了头，怕丁香认出他来，其实丁香早就认出他来了。

张太郎用低低的声音对丁香说："太太，感谢给了我这么多的衣服和食物，请问我能替你做点什么呢？"

丁香看他的样子，真是又可怜又可恨，说："那你就给我洗洗脚吧。"

丫鬟端了盆热水过来，太郎便开始给丁香洗脚，她的脚面侧边有个胎痣，这真的是曾经被自己赶出来的妻子，张太郎愧疚得眼泪扑簌簌地落下来，他洗着洗着，一下子扑倒在他们旁边那个腾腾燃烧的火炉上，丁香一看，赶紧到水缸里取水救他，却因为慌张而扑落在水缸里淹死了。

因为丁香是在水缸里淹死的，所以人们称她为水缸娘娘，张太郎被炉火烧死，便成了后来的灶王爷。

十亩地一棵苗

讲述：孙广
记录：李玉川
1952 年采录于大城县旺村镇西子牙河南村

传说很久很久以前，有个老实巴交的庄稼汉叫张三，只种着十亩夹沙地，穷得叮当响。这年春天，播种的时候到了，张三还没有下楼的种子。怎么办呢？只好到当村财主家去借。这财主呢，是个嘴甜心苦的家伙，眼里早就盯上张三那十亩夹沙地。见张三登门借粮种，就皮笑肉不笑地说："亲不亲老乡亲，你有难处我怎能不帮忙呢？可是，我不是信不过你，到秋天还不上，可得以地抵粮，这是咱的规矩。"张三为尽早种上地，只好咬着牙答应了。财主叫他第二天拿口袋来背粮。

张三走后，财主眼珠一转，想出个鬼点子，连夜把半斗高粱放在锅里，点着火，拉起风箱，"呼哒呼哒"地把种子炒熟了。真是棺材铺咬牙，恨人不死。他想张三种不出苗来，收不了粮食，这十亩地何愁不到手呢？第二天，张三来取粮种，他就笑模悠悠地把这炒熟的高粱种，全都灌进张三的口袋里。

张三把这十亩地耩上后，左等右等不见苗出来，用手扒开土一看，种子原封不动地躺在地里，就是不出芽。又等了几天，只有地当中钻出一颗绿丝的小苗来。这是怎么回事呢？原来土财主炒高粱时，有一颗高粱粒掉在锅台上，灌口袋时，就一块把它扫进去了。

　　张三把这十亩地里的一棵苗，看成唯一的指望。拾来一筐筐粪给它煨上，提来一桶桶水给它浇上，天天围着它转，把这棵高粱摆活得又水灵又发旺。绿绿的叶子，粗粗的秸秆，挺挺实实的像一棵小树。秋天到了，鲜红的穗子，长得像斗那么大，高粱粒子颗颗饱满赛珍珠。张三看着好不喜欢。

　　高粱熟了，张三带着口袋来收高粱，忽然发现高粱穗上掉了一些粒子，他正猜测，忽然听"呀"的一声，一只钩嘴利爪的黑色老雕落在高粱穗上，正啄食高粱呢！张三心疼地对老雕说："老雕呀老雕，我春天流大汗，夏天累弯腰，你吃了我的粮，叫我好心焦！"

　　老雕听了张三的话，就说："张三，张三别心焦，我吃了你粮还你宝！"说话间天黑了，老雕就叫张三骑在它的身上，闭上眼睛。张三骑着老雕，只觉轻飘飘的像腾云驾雾一样，耳旁呼呼的风响。不大一会儿，老雕把他带到一个去处，睁眼一看，原来是一个奇妙的山顶，到处是金银财宝，元宝像砖头那么多，珍珠像鸡蛋那么大，金光闪闪，五光十色。张三捡了半口袋宝贝，骑着老雕飞回来了。

　　财主见张三不但把账还上，而且盖了房，娶了媳妇，发了财，心里好不纳闷，就花言巧语地用话去套张三。张三是个实在人，就一股脑儿把事情都告诉了他。

　　第二年春天，又到了播种的季节，财主也学张三的样子，炒了一锅高粱种，故意提前拿出一颗高粱粒放在锅台上，然后扫在一起，也把他播种在十亩地里。

　　过了几天，果然也出了一棵苗苗，这财主就雇人大车、小车地上粪，大桶、小桶地浇水。果然，高粱也长得粗壮高大，红红的穗子籽粒饱满，长得也很好。

　　秋天到了，高粱熟了。财主天天拿着好几个口袋坐在高粱底下，等呀，等呀，果然一只钩嘴利爪的老雕来啄食高粱了。财主也学着张三的话对老雕说了一遍。老雕也叫他骑在身上，闭上眼睛来到那座奇妙的山顶。财主睁眼一看，只见满山的金银财宝光彩夺目，把他的眼都照花了，他恨不能一下都把这些金银财宝吞进肚里。他装了一袋又一袋，装也装不完。老雕一再催他说："快走吧，快走吧！太阳出来就晒死啦！"贪婪的财主哪里肯听，只顾装财宝，老雕没法，赌气自己走了。

　　太阳从山坳里出来了，光芒四射，一下子就把这个舍命不舍财的家伙晒死了。

刘贯

讲述：刘洪吉 60 岁 干部
记录：李玉川
1986 年采录于大城县里坦镇

传说某村有个做小买卖的老头儿，很懂得生意经，日积月累赚了不少的银两，为便于收藏，他就把这些散碎的银子铸成几个白花花的大元宝，又把每个元宝用红头绳捆起来作为印记，然后把它放在一个粗瓷罐里封好，精心的埋在院里。

这天夜里，老人家昏昏入睡，睡梦中忽见八个光腚的小小子在当屋里嬉笑玩耍。这小小子每个都扎着一条红色腰带，白白胖胖惹人喜爱。他们打闹了一会儿就对老头儿说："俺走啦，俺不在你家啦，俺上刘贯家去啦！"说罢，嘻嘻哈哈地走了。老头儿迷迷糊糊一觉醒来，原来做了一个梦。

老头儿琢磨着这梦境，不禁心里犯嘀咕，天一亮就把院里的罐子挖出来，揭开一看，果然空空如也，元宝不知去向。他这才知道那八个胖娃娃就是自己埋下的八个元宝，好不扫兴。

老头儿想：丢财也得丢个明白。于是，吃罢饭背起钱褡子，走街串村四处打听，一心要寻找这个刘贯家。这日，来到大城县里坦村，见人就问，还是问讯不着。正要转身回走，这时有人漫不经心地说："这村刘家新生了一个小孩取名叫刘贯，可不知是也不是？"老头儿有一搭无一搭地找到这个刘家。

刘家是个勤劳人家，但一屋四个旮旯日子并不宽裕。这日媳妇身孕已满十月，一阵肚疼，生了个白胖小子，丈夫好不喜欢。当他去埋胎衣时，忽然铁锹"咯吱"一声，一下掘出个罐子来。掀开罐子一看，里面盛了八个白花花的元宝。于是，就给孩子取名叫"刘贯（罐）"。

老头儿从头至尾一五一十地向刘贯的爹妈说明事情经过及自己的来意。刘家夫妇就毫不迟疑地将掘出来的八个元宝取出来，让老头儿认领，果然个个都扎着红头绳，正是老头儿失掉的元宝，不差分毫。刘家二话没说，就把这元宝如数送还失主。

这老头儿呢，想不到还有这样的厚道人家，自然感激万分。但他想到自己的梦境，认为：财帛不能硬相求，即使取回去，他们再跑也没办法，不如就留在这个勤劳、实诚的人家，自己也就放心了，因此，就把元宝送还刘家。双方推让再三，老头儿执意不要。

刘家见老头儿诚恳、善良，很可人疼，就留他吃饭，饭后又给他掖在钱褡子里八个馒头，当路上干粮，老头儿收下也就告辞了。

老头儿心事重重地走着走着，只觉钱褡子越背越沉。心想：真是远道无轻载，元宝都不要了还要这馒头做甚？刚好碰上一个拉大箅的小伙子，老头儿就把这八个馒头送给了小伙子。

这小伙子欢天喜地地把馒头带回家，刚要放在锅里热热吃，他老娘说："甭热了，你姐新做了'月子'（生小孩），咱穷家累业的也没送'合子'（礼物）的东西，就把这馒头给你姐家送去吧！"

小伙子按老娘的吩咐，就把这八个馒头原封不动的都给姐姐家送去。原来他的姐姐就是刘贯的妈妈。刘家心地善良，把八个元宝蒸在八个馒头里，指望让老头儿带回去，哪知转了一圈又回来了。从此，刘贯家发了财，都说刘贯是有福的。

中国民间故事丛书

河北 廊坊

大城卷

故事

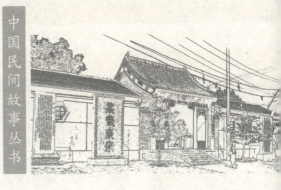

人 物 故 事

明代战将李松

采录：李玉川
1991 年采录

二十世纪五十年代，在大城中心大街西侧有一座汉白玉牌坊，上刻"少司马坊"四个大字，下有"兵部左侍郎李松"字样，龙、麟雕刻的玲珑剔透，蔚为壮观。这座牌坊是明代朝廷为表彰著名战将李松而建的。因此，李松的名字在大城几乎无人不知，无人不晓，有关李松的故事也是有口皆碑。

才思敏捷

李松是大城县东陈村人，传说他在少年时代就才思敏捷，聪明过人。有一天，他和他的同窗好友刘大受（后任吏部尚书）漫步在子牙河畔，吟诗作对，赏景抒怀。此时，河水清清，鱼翔浅底，绿柳低垂，槐花飘香。刘大受也是才气非凡，见此情景即出一上联道：

柳影横河鱼上树

婆娑的柳树影子映在河里，河里游鱼如同上了树一般，这确是妙句。李松正琢磨如何对仗，忽然从河堤上跑过来一匹马，他灵机一动，立刻对出下联：

槐荫铺地马登枝

上下对仗和谐，诗意盎然，刘大受暗暗叫好。

下面该李松出题了。这时河里轻轻泛起一朵浪花，一只乌龟翘首而起。李松早想和他的同学开个玩笑，于是即指着乌龟出上联道：

河水滔滔流大兽

流是刘的谐音，兽是受的谐音。刘大受知道被捉弄了，也想词儿回敬他。于是往前走了几步，忽见堤上有两个人拉大锯伐树，立即答下联道：

伐木丁丁截李松

这对联一时传为佳话，李松、刘大受都被人们誉为神童。大城县令知道了此事，即令人邀李松到县署赋诗面试。李松躬身请县令大人出题，县令抬头看见大堂外栏杆下有小松一株，与李松身高不相上下，就指着小松说："你就以此为题吧！"李松看看这小小的松树，枝叶挺拔，傲然而生，即口诵七绝一首：

小小松树护玉栏，

枝枝叶叶长周全；

时人不识凌云树，

他日参天仰面难。

以此抒发了他的壮志豪情，使县令赞叹不已。

严束权贵

嘉靖四十一年，李松考中了进士，派到浙江归安县（今吴兴县）当了县令。归安这地方土豪劣绅势力强大，他们与官府勾结在一起，侵吞财产，欺压良民，草菅人命。穷苦百姓有怨无处诉，有理无处申。李松上任后，权贵们的一张张请柬，一份份厚礼接踵而来。他们妄图用请客送礼的惯用手法，拉拢李松听从他们的摆布。可是李松不为金钱所动，一一拒收。接着一封封恫吓信投向县衙，李松不听那一套，他执法如山，惩办邪恶，平反冤案，以酷令严束权贵，使归安地面上安定下来。

这年，浙江巡按考察浙江所属官吏，官吏们聚在大堂准备接受考察。这巡按倒也奇怪，一不出题考试，二不当堂问话，而在大堂上立了四个牌子，上写"清、廉、贪、酷"四字，叫各官自己审查自己政绩，站在符合的字牌下面。巡按一言未了，各官齐奔"清、廉"两个字牌，唯独李松一人站在

"酷"牌之下。巡按非常诧异，问李松为什么站在这个牌之下？李松从容地回答说："卑职读过圣贤书，贪赃枉法之事断不敢为；清廉二字本是做官的起码条件，不在话下。惟归安地方豪绅势力强大，非严加惩处不可，否则清廉二字则成为一句空话。因此，对于我来说，'酷'字是有的。"巡按听了非常赞赏李松的见解和作为，支持他惩办邪恶，严束权贵的做法。从此，李松更加大刀阔斧的为民除害，百姓们称赞他是铁面无私的清官。

巡抚辽东

李松由于为官清廉，严于职守，不断得到朝廷的擢升和重用，后来出任了辽东兵备金事，巡抚辽东。当时女真族不断进犯骚扰，辽东很不安宁。李松和辽宁总兵李成梁共同抗敌，配合默契，不断挫败故军。

万历十年，李松镇守贡市。女真兵两千余人在佳碧、吉碧的率领下，前来攻城。李松得知后，提前将兵马埋伏在城外大道两旁的松林中。然后紧闭城门，迎候敌军的到来。佳碧、吉碧率军杀气腾腾地来到城下，李松泰然自若地登上城楼，义正词严的劝他们投降。佳碧、吉碧人多势众哪里肯听，只听铜锣一响，忽然松林中伏兵四起，炮声震地，杀声震天，把敌军打了个措手不及。一时敌军阵容大乱，佳碧、吉碧左冲右撞冲不出重围，死于乱军之中。李成梁听到炮声也率军队赶来，两军会合一起，奋力追杀，敌军首尾不能相顾，互相践踏，死伤一千五百多人，明军大获全胜。

李松在辽东十二年，与敌军交战百十次，斩敌首级千余。由于战功显赫，朝廷加封他为"通议大夫兵部左侍郎"之职。汉白玉牌坊就是朝廷为表彰他的战功建立的。

李督堂的故事

讲述：刘双路 52岁 农民
记录：杨馨远
2007年采录于大城县臧屯乡望帆长村

在古郡平舒，如提起明万历年间的辽东巡抚李松，鲜为人知；如说到镇守辽阳的"李督堂"，则是家喻户晓，广为人知。李督堂的传奇故事，四百年来民间一直盛传不衰。

李家祖茔点穴

明嘉靖的某一年,那年夏季炎炎。一天中午,一个江南的堪舆先生,风尘仆仆地来到大城县城西南八里许的东陈村。当他走到村中时被一座五开间的四合院所吸引,他好奇地围着这家宅院转了一圈。这位风水先生很奇怪,如按风水学说,这家宅院大门最吉的位置应在西南方位,差些,也要安在正南方位,可眼前这家宅院大门却设在安宅最忌讳的"五鬼门"的东南方位。他不理解,望望这个宅院,一股股紫气直冲云霄,虽有些杂云但无大碍。他信步朝着这家院落走来,正要叩门,只见大门"哗啦"一声打开了,随即一匹高头大马冲了出来,后面一个十五六岁的少年,一个飞身,扬鞭而去,速度之快,竟把风水先生带了个跟头。这时,又走出一个六十多岁的老者,见状急忙上前将他扶起,连连说:"对不起先生,都是犬子李松年少不更事,冲撞了先生。"那风水先生见老者穿着一件赤色罗袍,慈眉善目,不但没有怪罪,反而脱口说道:"令公子好俊才!"李松的父亲见风水先生着一袭青法服饰,年纪五十开外,满头是汗,便让进宅院喝水。风水先生就势说道:"也好。我正渴了,主家赏碗凉水就可。"待他进了宅子一看,这是一个分前后院落的宅子,尤其中间腰房有三开间的大厅,心中便了然许多。李松的父亲亲自端来一壶热水,又用两个海碗来回倒着,风水先生明白了,这是主家怕他喝凉水激炸了肺;又怕他口渴难耐,尽快地把烫嘴的热水降降温。风水先生很感动,掏出了心里话:"主家先生,我略相了你家宅子。有一事不明,你家大门为何设在东南方位?那是大凶的地方啊!始才一见贵公子,才明白了你家为何压住'五鬼门'的原因了。"李松父亲听此,暗吃一惊,道:"你能看出我家风水?"风水先生一脸得意,答道:"贵公子眉宇不凡,天资英敏,日后富贵远在主家之上。"这句话,说得李松父亲心花怒放,可嘴上还说"犬子能有什么大富贵。"风水先生继续问道:"主家先生曾在何处居官。"这下,更让李松父亲惊奇了,不知他从何处看出来的。其实他哪知道,按大明帝国的规定,六品至九官的官员才能建筑五间的住房,且中间有三开间的客厅房屋。一般百姓人家,只许建三间的房舍。纵有万贯家财、地有千顷,房舍虽一二十所,可每处宅子都不许超过三间;明正统年后虽有变通,但也是房屋架多而间量不能超越;李松家的房梁饰以粉青色,表明了主家是个官吏的身份。李松父亲见此,便如实相告:"余名李淮,曾在河南开封鄢陵县为官,上年年届六十而致仕。家父略通风水,主持盖了这个宅院。安门时，工匠也说不可，可家父却言如此之设子孙必出达官贵人。我见家父年事已高，不好拗着。今早上，家父曾言有识我家富贵人来！看来先生就是家父所言的贵人了。"说毕，趋步上前行了鞠躬礼，把个风水先生美得差点蹦起来，道："原来老太爷是堪舆前辈，理当拜会。"李淮听此，眉目收缩，道："家父已卧床多日了，请了多少郎中看了，起色不大。适才犬子就是去县城抓药，才鲁莽险撞了先生，还请勿怪。""哦，原来如此。那就更不是贵公子错了。学生不才，也略知医术，能否为老太爷把把脉？"李淮见他也是真情实意，便领着到了后院的东上房。病人膏肓的李老太爷一见风水先生，竟坐了起来，一把握住他的手说道："先生是我家的贵人。往后的诸事就托付先生了！"说完，竟驾鹤西游了。

李家宅院上下哀声一片，风水先生却不慌不忙地把李淮架到前厅，正色道："主家，老太爷所托，不知你意如何？"李淮思忖了一下，还是以子孙富贵为要，便倒头叩首，领着风水先生来到村东里许的祖茔上。风水先生一看，仰天长叹了一声："想不到我的归宿竟在这里。"李淮不明白，问何缘故，他便如实相告：李家祖茔到李淮父亲时已是四辈，其祖上当初点的穴是亥山已向，虽属佳茔，但子孙求官者贵不过七品，富不过三代。这次李老太爷驾鹤西游，是用自己的阳寿重为后人祈福，也就是乞请风水先生重点个上佳穴位；如点了上佳穴位，风水先生则要双目失明，再也吃不上堪舆这碗饭了。李淮听了，连忙问："如点上佳穴位，子孙可授为何职？"风水先生告之道："文官者，封疆大吏；武官者，大将军。"那李淮一听如此大富贵，急忙叩首连连，说道："如果先生能为我家点此佳穴，从今以后，你我就是结义兄弟。虽不说三日一小宴、五日一大宴，但是餐，你我同席；穿，你我同衣。如我先走了，李家子孙就是先生的子孙，待你不能差了……"一席话，感动了风水先生，于是他为李老太爷点了个癸山丁的上佳穴位。果然，待点正穴位后，那风水先生的双眼立时失了明，这下更让李淮感动不已，兄弟二人抱头而泣。最后还是风水先生劝道："你我兄弟都别哭了，咱还需守墓三夜，以防阴曹小鬼作祟。"果然第一天、第二天的子夜时分，都有小鬼来捣乱，李淮心惊肉跳，不知如何是好，风水先生安慰道："不怕，派松儿去就解决了。"果然第三天夜里，李松独自为祖父守墓，不一会儿，一群小鬼来了，待到了李家祖茔地界上，一见李松在，打头的小鬼说："不好了，原来是李督堂家的坟茔，咱快撤了，别叫他抓着又弹脑袋瓜了……"于是，这群小鬼一哄而散，从此再也不敢来了，李家茔宅佳穴便立住了。

督堂戏小鬼

李松自幼不仅聪慧，还很顽皮。相传他七八岁时在县城求学时，就常常把同学分成两拨人马，指挥双方"舞枪弄棍"的演习兵法。教李松的薛老师对他是又喜又恨。喜的是他聪明、好学，什么课文一学就会，还能举一反三，领悟深刻；恨的是他太顽皮了，常常招惹的其他同学家长前来告状，每每都是老师替他赔礼道歉。

一次，李松又惹了"祸"："交战"的同学双方衣衫不整，个个成了土人，有的同学还流了鼻血"挂了彩"，十几个家长找来了，非要老师严惩"祸首"李松不可。薛老师为息事宁人，表面上很严厉，把个李松叫在院中间罚了站，打了几下戒尺，还当着那些家长的面训斥他，说他是"玩物丧志"……说着说着，发现家长和学生们都齐刷刷仰首望天，老师侧眼一看，李松还抿着嘴偷着乐，知道那些家长和学生又被李松小把戏要了，不由得吼了起来："小小年纪，不求上进，来日能有什么出息？"李松一听，也拉下脸来，立眉环眼的和老师争辩开来。这下激火了薛老师，"你有大志！现在就给我做首言志诗来。"老师本是吓唬他，心想才读两年书的小孩子，懂得什么言志诗。可李松却认了真，仰着小脸问："老师，以什么题材作诗？"薛老师一听，乐了，"好个李松，竟叫板。"于是叫他以自己名字中的"松"字为题作诗。小李松略一沉思，开口诵道：

> 小小青松未出栏，
> 枝枝叶叶耐霜寒。
> 时人不识凌云树，
> 待到苍天仰面难。

这下，可把老师和那些找他麻烦的家长惊呆了。

李松幼时，他父亲李淮在河南为官，常年不能回来，母亲在家要侍奉公婆，故他上学时没人接送。他家离县城八里，有时做完作业天就黑了，可任薛老师再三挽留，却都留不住，因而老师常常提前给他布置作业，照顾他在天黑前赶回家。可天有季节管着，昼夜长短不一，故有时未做完作业，天就黑了。

有一年初冬的一天，李松做完作业时，天又暗了。如往常，向薛老师行鞠躬礼后夹起书包就往外奔。薛老师见他走得急，以为他人小胆小，便尾随其后护着他。只见李松一出南门，便有两盏灯笼在他的左右照着亮，李松走得快时，那灯笼也跟得快，李松走得慢时，那灯笼也跟着慢了下来。可老师只见李松和两盏灯笼在行走，并不见其他人，以为眼花了，揉了又揉，可还是看不到其他人影，便好奇地跟了二里地。一过凤凰庄，就见李松挥舞两臂，谈笑风生："小鬼，小鬼，好大的头！"有人应答道："督堂，督堂，好大的胆！"老师不明白李松和谁说话，何人又跟李松说话，正想着，又听李松说："小鬼，你要不听本督堂的话，本督堂开你到辽阳。辽阳不留，再回本处。"就听小鬼哀求道："好督堂，我们何时不听话了，只是督堂再弹小的头时轻些点，小的脑袋都被弹肿了。"老师这才明白李松左右的灯笼是小鬼们为他提着的，怪不得看不到他们的身影呢。这下把薛老师吓了个半死，打此再不用护送李松回家了，由于提前知道了学生的前途，因此对李松更是另眼相看，着力培养。可李松不是"省油灯"，常常让老师为他担惊受怕，处理许多难平之事。这不，第二年初夏一个夜晚，薛老师做了个梦。梦里，县城北的城隍庙神可怜兮兮地找来了，诉苦道："小神请求先生，别再叫小神照看您学生的雪球了。"老师梦中醒来，心想，城隍庙神是本邑最大的神仙，负责全城的百姓安危，何人竟敢耍笑他？一琢磨，准是李松干的"好事"。第二天询问李松，开始时李松说最近没干什么调皮的事呀，哪有什么错啊……可一听城隍庙和雪球，便明白了，"呀！是这事啊！我还真忘了。"马上向老师承认了错误，并从城隍庙神那里取回了一个拳头大小的雪球。原来，上年冬里一个雪天，李松邀了刘大受几个同学一块到城隍庙里玩耍，他们打雪仗、堆雪人，玩的不亦乐乎。当他们来到城隍庙大殿时，只见城隍庙神威严的面孔正看着他们，唬的几个同学直往后躲，刘大受说："李松，你胆子大，敢上去摸摸吗？"李松说这有什么不敢的，便带着一个雪球爬了上去，不但摸了城隍神的脸，还把雪球放在城隍神齐胸微合的手掌上。李松对城隍神说道："本督堂命你好生看着，要是化了，罚你到辽阳为神。辽阳不住，再回本处。"结果，城隍神便日夜小心看护着。冬季过去了，李松没来，春季过去了，李松还没来，这下可苦了城隍神，"这雪球要是化了，自己真的要去冰天雪地的辽阳了。"为不让雪球化了，从春季就请来若干小鬼帮着扇扇子降温，可夏季到了，天气一天比一天热，小鬼都累趴下了，把个城隍神急出了眼泪，于是只好给李松的老师托梦求情了。

镇守辽阳

万历朝时，李松出任辽阳督堂。辽阳是东北地区进出中原和东北地区的军事战略要地，所以东北的女真军队常常来犯，烧杀抢掳，无恶不作，可回回都被李督堂指挥的千军万马围追堵截，打了回去，女真军队总是迈不过辽阳这道关口，因此很怕李松。见明的不行，便派出好多勇士，搞暗杀。李督堂很机敏，一日三五个地方转移，居无定所，挫败了敌军的一次次阴谋。

传说李督堂坐镇辽阳时，威风凛凛，每天都要杀个人，否则他就吃不下饭、睡不好觉。还传说李松杀人，只是轻轻哼一声，手下人便心领神会，马上取来被砍的项上人头。

有一年，李松的老师从大城千里迢迢到辽阳找他。薛老师是因为家里受了灾，房子倒了架，生活无着落才来的，本以为一报名号，学生还不派人八抬大轿抬进督堂府去。结果，到了辽阳虽也找到督堂府了，可就是进不了。别说没人抬大轿，就是往大门跟前靠靠，马上被卫兵用刀枪挡了回去，任你哀求，可没一个将士进去通报，一个个一言不发，没人理会。薛老师到辽阳半个月了，钱都花光，急得在衙门街上哭了起来。俗话说男儿有泪不轻弹，这事让李松的专司剃头修发的师傅看见了，问清原因，一时动了恻隐之心，悄悄指了个能见到李松的办法。第二天，老师按剃头师傅所指点，在三更天就隐藏在去督堂府路旁的水坑里，待到李松过时，急忙高喊李督堂的乳名"小峰！小峰！"李松一听，知道老师来了，下了轿，还真是用大轿抬进府去，不过不是八抬轿子，而是十六人抬的大轿。李松问老师怎么藏在此？薛老师也是直肠子，实话实说，他见学生变了脸，又赶紧替剃头师傅求情。李松说："既然是为老师犯了规，就饶了他的小命好了。送他回关内老家去。"于是那个指路的剃头师傅变成了哑巴，回了老家。这是李松怕他以后还会泄了密，给灌了哑水。传说那些把守督堂府的将士也都灌了哑水，任你花样再多，他们也不会为你传一句话。

在招待老师时，薛老师的菜肴里有根头发，老师怕学生对厨师发脾气，悄悄拨在一旁，但还是被学生看到了，只见李督堂轻轻哼了一声，片刻，厨师的头被提了进来，把老师吓得七魂丢了三魂，可学生依然谈笑风生，一副开心的样子。薛老师在辽阳住了三个月，李督堂每天都是十个盘八个碗的招待，就是不提老师家的事。后来薛老师忍不住了，但还不敢明说，婉转道："你这公务繁忙，为师就不打扰了，准备明天回去了。"李督堂答道："好"，于是备车送老师回家。途中，薛老师这个气呀，最后忍不住对送他回家的车把式唠叨道："哪有这样的学生，简直是杀人魔头，连个小钱也舍不得……"赶车人既不劝，也不恼，平平安安地送他回了家。等薛老师到家一看，房舍变成青砖大瓦房了，一家人正往里搬新家具，一问才知是李松派人盖的，脸红了，这时那个车把式也开了口，道："在下是李督堂的参将，奉命送老师回家。车上还有督堂送的两箱钱财，连这车、马一并送您了。"这下，薛老师的脸更红了。

李松之死

相传，李松镇守辽阳时，曾剿灭努尔哈赤的祖父、父亲以及他外祖父等武装组织，抓了不少女真俘虏，其中一个长相出众又机灵的小兵被李督堂看中，挑到自己身边。这个俘虏小兵就是日后大清国的开国皇帝努尔哈赤。努尔哈赤六七岁时开始习射，年龄稍长又骑马弯弓，驰射山林，练了一身本领，因此在李督堂帐下每有征战总是勇猛冲杀，屡立战功。李松对他非常赏识，让他作了自己随从和侍卫。两人形影不离，关系密切，情同父子。在李松指教下，努尔哈赤对汉文化有了了解和学习。经常参战的实践，又使他的军事才能得以提高和发挥。李松还带着他进京见了皇帝。沿途风光，繁华的大都市，辉煌的宫殿，使努尔哈赤的眼界大开。其实，努尔哈赤对李松的恭顺和效忠，都是假装的，内心里早就有了反意，只是慑于他的威名，不敢轻举妄动。

一天晚上，努尔哈赤为李督堂洗脚。擦脚时，发现李松左脚心有五颗红痣，每颗都有豆粒大，便好奇地问："大人，您脚下有五颗红痣咧。"李松笑笑，说："老爷我就仗着他吃饭啰。"努尔哈赤也是年轻，脱口道："我这脚上有七颗红痣咧。"李松一听，立眉一跳，但马上镇静下来，待努尔哈赤退下后，便叫随军的侧室夫人罗氏铺纸研墨，亲自向朝廷写了密报，请钦天官看看东北方位是否出了什么异常的星；如有，他则马上除掉努尔哈赤。李松用八百里加急，送往京城皇宫。果然，钦天官往东北方位一看，发现有颗新出的帝王星时隐时现，忽明忽暗，于是，万历皇上也是八百里加急指示李松立即灭了努尔哈赤。

人算不如天算。就在皇差飞马刚进辽阳的西城门时，心地慈善的罗夫人看出苗头，悄悄告诉努尔哈赤："孩子，赶紧逃吧，晚一刻你人头就没了。"

于是，努尔哈赤骑上大青马，落荒而逃。李松见圣旨后，再找努尔哈赤，没了，又少了大青马，知道坏了事，便率一队将士策马飞追，一口气追出上百里，追的努尔哈赤大青马都累死了，努尔哈赤只好藏在大青马下，这时一群乌鸦齐刷刷地落在大青马身上，才骗过李督堂一班人马。

努尔哈赤躲过一劫，保住了性命，却要了李松的性命。

故事是这样的：原来，李松见走脱了努尔哈赤，便添了心痛，整日闷闷不乐，生怕哪天皇上怪罪下来自己吃不了兜着走。说来也巧，这天晚上，万历皇帝也是闲来无事，围着大殿瞎转悠。走着走着，忽听后边有"吧嗒吧嗒"的脚步声，回头看，却无一人；再走，又似有"吧嗒吧嗒"的脚步声。万历皇帝奇怪和心虚了，壮了壮胆，问道："何人朝靴响亮？"就听有人应答："二弟云长"。万历皇帝一听，乐了，心想：他是关云长，那我就是"桃园三结义"的大哥刘备了。想此，又跟了一句"三弟何在？""镇守辽阳。"万历皇上一想辽阳的督堂是李松，更乐了：我朝中有关云长神灵保佑，东北边境有张飞转世的李松把关，大明帝国不是铁桶一个了吗。又一想，"三弟"李松也是多年没进京相见了，何不叫他来在京为官，朝夕一块痛痛快快吃酒、叙情，也不枉"桃园三结义"之情……于是马上传旨调李督堂进京。

有句俗语：文官怕选，武官怕调。被选的文官，被调的武官，往往以为是皇家借机除掉功高震主的臣子的手段方式。李松一听皇上半夜调他进京，也没有说为什么，便联想到走脱的努尔哈赤事情来，惴惴不安起来。他想，进京被皇帝弄死，何不自我了断性命，也能保住一大群跟随自己多年出生入死的将士和家人……越想，心越窄，也是一时心窄，便把个金元宝吞进肚中。皇上一听"三弟"吞金而亡，叹息了一句，"唉，三弟是没福之人。"念其镇守辽阳功劳甚大，便破例厚葬了李松。按大明制度，督堂是正三品大员，墓葬可享受石虎、石羊、石马各一对，而李督堂的石像生都是各二对；尤超规格的是给他配享了超过一品大员的文、武石像生。为什么说超过一品大员规格呢？按规章，就是宰相墓葬也不过两个石像生，即一文一武，可李松墓葬却是两个文官、两个武官的石像生。还亲自书写了"司马宁园"刻在牌坊上，让百官羡慕不已。

相传，每到夜晚李督堂墓地里的石虎、石羊、石马以及石人都活了，他们相互撕咬，还袭击路过的行人。还相传，每到初一、十五夜间，那些驮石碑的王八便跟着石虎、石马、石人一块到墓南的大坑里找水喝，其中有一个王八爬得慢，因此黎明鸡一叫，它便趴着不走了。有关李督堂的传说太多太多了，举不胜举，说不胜说……

说起李督堂之死，在民间还有这么一个传说：李松做高官后，李家财大气大，好不风光，然而天有不测风云——李松之父李淮仙逝了。李督堂风风光光的为父亲发了丧，临走时，叮嘱家人对有恩李家的老风水先生好好服侍，一定按对李淮老爷那样对待。家人连连称是，可送走李松后，家人对又老又瞎的风水先生变了脸，虽没轰出家门，却将老先生被褥搬到扛年灶的房里，和长工们吃一样的伙食，弄得风水先生终日以泪洗面。

一日，又一个风水先生经过李府宅第，闻听一老者抽泣，觉得这声音耳熟，仔细一听，"这不是老师的声音吗？"于是走进了李府，一看，还真是老师。师徒二人抱头痛哭一番，学生问老师这是怎么了？老师便一五一十地诉说了原委。最后说："唉，都怪老师轻信了当日'若点正了李家墓茔，虽不能三日一小宴、五日一大宴，也是有福同享、有难同当'的诺言了，才落了个双眼瞎啊。"学生听了，也是义愤填膺，但气愤归气愤，也知道凭他一人是斗不过李府的，便问老师是否有回天之法。老师说："我有办法让他兴家，就有办法让他败家。"于是师生二人便给李府设了一个败家之套。

这日东陈村来了一个江南风水先生，围着李府转了三转，叩开大门，恭贺道："好宅子！好宅子！你家老爷现在一定官居二品巡疆大吏。"李府下人一听，奇了！迎了进来，向李府管家禀报。管家一听，也是脸放光彩，问道："你看我家老爷还能高升吗？"那个风水先生说："这可要看看贵府阴宅再说。"于是便引到李府祖茔，这个风水先生一边看，一边说："好个癸山丁向的宝地，如要再升，只是欠些风水呀。"这下吊起了李家人的胃口，连忙问："何谓'只是欠些风水呀'？"风水先生说："如若再升官衔，要改为壬山丙向的向口。"李家人忙问如何改之，那风水先生便从李氏祖茔的寅地到午地再到戌地画了一条线，说是这是"'寅午戌，合成焗'的绝佳风水宝地了，那时你家老爷不仅能官居一品，说不定还有帝王之福。"这下，更是把个李府上上下下乐得合不拢嘴，为了邀功，也没禀报李督堂，便在李氏茔前按照风水先生划的线，开挖了一条一米宽深的水沟，直通到李氏墓地的"消纳"之水坑。还按照那个风水先生指点，从西山（太行山）上运来"福土"，掺上白灰，将水坑填死了。其实，中国风水学说讲究得是风水汇聚的地方就是好地方。可李府轻信了这个风水先生之言，将原本好好的"风水"全破坏了。其实，这个风水先生正是老风水先生的学生，破解李督堂家风水的伎俩也是老先生指示的。老先生的双眼用李督堂祖茔前新开之沟的一指之粗的芦草根之汁水洗了洗，竟又复明了。在一个黑夜里，师徒二人悄悄地走了。走时，老先生轻轻地说了句："李督堂呀，不要怪我狠心，是你家对我不义。我也没把事做绝，还是给你家孙子留了个举人功名。"事情还真如他所说，风水先生走后，李督堂就出事了，后来，李府在明清两朝中仅出了个武举人李培贞，虽官至五品，可终究没有超过他爷爷李督堂的职衔，倒是李督堂的长女嫁给北赵扶村的刘灏后，所生之子刘汉儒在明崇祯年间做了四川巡抚、在清顺治年间做了都察院左副都御史，再后来，刘汉儒之子刘楗官至刑部尚书……

刘天官的故事

讲述：刘瑞棋 67 岁 农民 刘家后人 　李连春 85 岁 教师 　关树香 78 岁 农民
　　　刘来生 58 岁 农民
记录：张守鹏
2009 年 10 月采录于大城县广安乡王香屯村

平舒古郡西十二华里的王香屯村，是一个人文荟萃的地方。过去，从中原到东北的官道就经过该村。北宋徽宗、钦宗被北国鞑子北掳之时，就经过这里。当时，村民听说二皇落了难，不顾金兵的镇压，设香案跪接迎送二位皇帝，因此此村得名"王香屯"。明万历年间，这村出了一个"刘天官"刘大受，四百多年来，有关刘天官的故事在民间广为流传。

刘家选祖坟

明正德嘉靖年间，王香屯村有个刘大善人（刘天官祖父）。在当地，因刘家地多人旺，勤俭持家，算得上是富裕家庭。又因长期接济穷人，干些修桥补路的善事。据传说，他颇懂堪舆知识，常给人们看宅建院，有求必应，不计报酬。正德九年他还捐资建了一座关帝庙（据传王香屯村过去建有十四个庙，除一县仅有一个文庙、一个城隍庙外，重要庙宇当地都有），因而受到人们的尊敬而得名。这个刘大善人在村北官道边开了个车马客店，每日都要烧上两桶热茶为过往的旅客饮用，分文不取。

这年秋后，来了两个南方"人"住店，这俩人每天在村西的一片开阔地上转悠。刘大善人多了个心眼，因他听说南方人会"憋宝"，心想他俩老在这块地转，肯定是在寻宝。待这俩人前边走，刘大善人就尾随在暗处观看。天刚黑，就看见两个南方人拿着一尺多长的木橛子往地下钉。早晨天刚发白，就去看木橛子的变化。刘善人比他们起得早，去了一看，木橛子往上长了一半。刘善人一看明白了：原来这是一块风水宝地，马上把木橛子按了下去，并迅速离开。一会儿工夫，两个南方人也来了，一看没变化，心中纳闷。傍晚又下了橛子，第二天又被刘大善人给按下去了。第三天还是这样，南方人摇着头无可奈何地走了。

南方人走后，刘善人仔细勘察了这块地的地形，啊！颇懂风水知识的刘大善人惊喜万分，原来这是一块"沙龙"风水宝地。什么叫"沙龙"，说白了，就是像龙形似的深层沙土地，约有四五里路长。南方人勘察的此处正是龙头，龙尾直通今天的广安干渠，刘大善人知道如把坟地建在龙头上，后代会出大官；建在龙尾上，会发大财。如果建在龙腰上，龙一发怒，摇晃起来，就会家败人亡。所以刘大善人心里一盘算：自家已经颇为富裕了，不如给子孙求个功名。果然刘家坟建在龙头上，以后出了个"刘天官"；本村的贾家坟建在龙尾上，出了个大财主。

回了家，刘大善人跟儿子刘钺（时任震泽巡检，位九品）讲了西洼发现的"风水宝地"。于是，父子俩决定在此建坟，要让刘家出一代名人。

没多长时间，刘大善人去世了，就安葬在这块风水宝地上。古代，老人去世，儿子在坟旁搭窝棚，要守孝三年，吃住都在坟地。头天晚上子夜时分，刘钺就听天上有人说话："这是哪里来的猫骨头、狗骨头，敢埋在兴隆宝地上，给他扔出去！"刘钺虽也算个武官出身，会些武术，却也吓得哆哆嗦嗦。熬到天亮，一看，父亲的棺材真的在地面上了。刘钺吓个半死，回村请人将父亲重新安葬，这天晚上，叫来大夫人陪同守坟，可是天神还是来了，又将棺材抛出地面。这可怎么好？这时，刘钺的二夫人前来送饭。二夫人看罢，说道："今晚上，我来守坟。"二夫人此时正有身孕，刘钺忙说："夫人呀，万万不可，千万别动了胎气。"是夜，二夫人来了，刚刚睡下，公婆托梦"在此地太难受了，天神不让埋在此处，不行咱换个地方吧。"二夫人答道："爹妈不用害怕，有儿在此守候，他们不敢怎么样。"果然子时分天神又出现了，还在天空中大喊道："这贱骨头怎么还不搬走？"刘钺二夫人大肚子趴在坟上，对天神说："这是我家的风水宝地，你们真是岂有此理！"众神一看，啊！原来这位夫人怀着一位"天官"，她趴在坟上，如同"天官盖印"了。众天神惶惶而去，从此以后相安无事。刘家祖坟便立住了。

刘天官戏小鬼

第二年的正月十五，刘天官降世了。传说他出生时满堂红光，啼哭声也与众不同，人们说，这孩子是"天官"的命。正月十五是上元节，也是民间传说的"天官赐福"的日子，这天刘钺喜得贵子，自然和民间传说有了联系，因而给新生儿取名刘大受。大受，《论语·卫灵公》中解释："君子不可小知，而可大受也。"表示可委以重任。也别说，这个刘大受后来真的当上了天官。

"天官"，《周礼》上讲：以天官冢宰居首，总御百官。唐代武则天称帝时，曾改吏部为天官。因而后世人们往往把吏部的官员也称为天官。

刘大受自幼聪明绝顶，老师授课，一听就会，而且是读书过目不忘，因此深受老师的喜欢。刘大受和东陈村的李松是同年生的同学，而且都特别调皮捣蛋，常常跟同学们打仗，不是把人家鼻子打破，就是把人家衣服撕破，家长们常找上门来。因为孩子，刘二夫人没少跟人家说好话。因刘夫人知道孩子的前程，虽然特别疼爱，但家教很严。刘天官也特别听他娘的话，娘一生气，孩子马上就认错，但是好玩却是孩子的天性，不时难免惹出一些事端。

刘家为接送孩子上学方便，专门置办了一辆马车，可刘大受不让父母接送，说我大了又有同学做伴，可以锻炼胆量和智慧，刘钺也无可奈何，只好由着他了。实际上刘大受是贪玩。和谁玩呢？原来是和小鬼玩。

传说李松上学是小鬼接送，刘大受上学也是小鬼接送。据说一次放学后，因写作业天黑了，老师不放心，跟在两个孩子后边送。一出校门，看见有四只灯笼伴随俩孩子左右，有说有笑，不时还戏耍一阵子。只见两个小鬼把李松抬起来，摇晃了几下又放下，说："督堂太轻了"。又抬起刘大受，刘大受心生一计，使了个千斤坠，小鬼说："好重啊！够天官的资格。"刘大受顺手狠狠弹了一下小鬼的头说："好你个调皮的小鬼。"疼的小鬼说："疼死我了，天官轻点。"后边的老师一听是小鬼，吓得赶紧回屋了，从此知道了这俩孩子的前程，不敢小视，更加喜欢这俩学生，处处护着他俩。

传说以前过年节时有拜祭天神的习俗，就是在路边隔不远竖一根二丈多高的杆子，上面挂着长明油灯，夜晚照耀的如同白日，叫点天灯。敬神用的灯油是香油，一日，刘大受的母亲炒菜，发现家里没油了，叫刘大受赶紧打油去。好个调皮的刘"天官"，端着碗要爬上杆去"偷油"，因人个小够不着，便叫来两个小鬼帮忙，他命令小鬼："快扶我上去。"刘大受脚蹬着小鬼的肩，手摸着小鬼的头，说："小鬼，小鬼，你好大头。"小鬼说："天官，天官，你好大胆。"刘"天官"戏小鬼的故事，至今还在大城成为人们茶余饭后的趣谈。

吏部"天官"刘大受

明嘉靖三十七年，三十二岁的刘大受和李松参加了乡试，同中举。第二年，又同参加了会试。刘大受因学习扎实，中了进士，名列二甲第五十名。李松因大意，未能考上，拉长了脸，刘大受戏笑道："'督堂'年弟，你这个'督堂'的官何时做呀。"他这是用另一种办法激励这位比他小十个月的同学。李松也不是省油的灯，答道："先放你一箭地的路程，到时咱俩再比试。"果然，三年后李松也中了进士，可考了个三甲。此时，刘大受已在户部为官，他暗中帮助李松谋了个上等县的地方官，可见二人的同窗之谊。

初时，刘大受在户部为湖广司主事（正六品），后又调任礼部仪制司主事。此时，正是奸臣严嵩当道，官场尔虞我诈，小人得志，君子被欺。后来，严嵩倒了，刘大受被重用，调到吏部任考功司主事，真的做了"天官"，可因为内阁大臣徐阶、高拱争权夺利，刘大受处处受夹板气。隆庆元年三月初四，在新的权贵张居正提议下，刘大受担任了吏部最为重要的部门文选司主事。文选司主事虽与其他司主事一样是正六品官，但权力大，负责选派全国府州县文官。后来，他又任清验封司员外郎（从五品）、文选司郎中（正五品）。刘大受，旧志上说他是"正直立朝，铨署风清，百辟肃雍……以重仪型。"刘大受是个清官，难免得罪了比他官大的人，尤其一人之下、万人之上的张居正，他也敢得罪。曾几次，张居正为他人谋官，他一考察，不合格，退了回去，因而得罪了权贵。张居正把他明升暗降，让他担任太常寺的少卿（正四品），刘天官看透了官场的腐败，急流勇退，以身体欠佳为由，"乞养"回乡。刘天官回乡后不摆排场，俨然一个百姓，受到地方官员和乡亲们的尊敬，一直活到天启年间九十多岁才仙逝。

"滚蛋"游戏拒贪官

刘大受到吏部任职，那些奉承的人也多了。可刘天官却是贱命，愣不开窍。话说一年是考官的年头，各省的府州县官们一些贪官污吏心里没底，就打起了歪主意。一打听，原来今年的考官主事是"刘天官"，一个个都笑开了颜。心想，这是个新上任的官，没见过什么油水，好打点，于是一个个像逐臭的苍蝇，瞪大了眼睛——找缝钻。也别说，功夫不负有心人，这帮人还真找到了"缝隙"，原来刘大受的一个公子要过生日。原来刘大受的小儿子刚满五周岁，过了这一天，就要拜师求学了，因此，刘大受要为儿子第二天拜师求学的人生大事好好庆贺一番。殊不知，一些人早就瞄上了他。

刘大受这个官当的也不容易，虽不是家贫如洗，却也是身无长物。这天，刘大受回家后叫夫人煮了一锅面，另外为过生日的儿子煮了一个鸡蛋。这是刘大受对儿子的一个疼爱。

这时早已瞄好的那些官员，一起拥了进来，一个个大盒小盒堆满了刘天官家的院子。刘大受明白了，可装糊涂，问这是何意？那些官员连忙说："这是为小少爷准备的，不关刘大人的事。"刘大受一听，也不多说，便让夫人多煮面，一人一碗。这些人一听，这刘大人哪是坊间传说的不食人间烟火的"天官"，一个个口流涎水。心想，不知刘天官要给他们做什么样的山珍海味的菜卤招待了。待端上来后，却傻了眼——原来一人一碗素面。这些官员心想，这不是捉弄人吗，可又敢怒不敢言，闹了个想走不成，不走也不成。只见刘天官让小儿子手捧着煮熟的鸡蛋，来回倒腾，又让儿子放在桌上，用小手来回轱辘着玩，这些官员一个个伸长了脖子围观。刘大受一乐，说："各位，你们用饭呀！"那些官员异口同声地说："请令公子先吃。"刘大受一笑，说："小孩子不懂事，他这是玩滚蛋游戏呀。"一句话，说的那些官员心里像打翻了五味瓶，真不是滋味，一个个灰溜溜地走了，可刘天官叫住了他们："别忘了，谁拿来的东西谁拿走。"

卫辉的大门为啥是黑色的

有一年，刘大受受派到河南巡视官员。这天，他到了卫辉府。当地知府也是好意，请来了住在卫辉府的潞王陪酒。一个王爷陪酒，是很大的面子了，可刘大受却不让这个王爷有面子。

原来，这个王爷来的路上，看上了一家贫民的女儿，是个绝代佳人，便让手下人打听好了，好回去路上顺便"捎"上。潞王问："看好是哪家人吗？"

手下人忙回答："认得，刚漆过的红门，锃明瓦亮。"

恰好，这话被佯装醉酒的刘大受听到了，便找来了自己的随从，如此这般吩咐了下去。

等到酒席散了，那个潞王爷急急的先走了，沿街挨个儿找红色的大门，却发现满街的大门都是黑色的，以为遇见了"鬼"，吓得连滚带爬地回了王府，惊慌失措，不知这是怎么回事。

原来，是刘天官吩咐手下人提前把个沿街的各户大门都漆成了黑色的。第二天，卫辉地方知道了潞王要强抢民女的事，于是，家家都把大门漆成了黑色。至今，卫辉这个地方的风俗，大门还是黑色的。

刘天官巧戏李督堂

退了休的刘天官，有一天正在子牙河的十里湾处游玩，真是无巧不成书，碰上正下船的辽东督堂李松（巡抚）回乡省亲，二人见面，有说不出的高兴，寒暄之后，边走边聊，交流各自的情况。忽然，李松看到河面上飘着一个肚子已经发胀的死猪，想起了刘大受当年曾戏要自己的事情来，便要起了小聪明，他手指河中的死猪，说："年兄，我出个上联，请年兄指教了。"他眯缝着眼，手捋长须，说道："河水泱泱飘大兽（受）。"刘天官一听，心想：好你个李松，居然敢要我，看我怎么回敬你。他环视一下，看到一棵松树上有只啄木鸟正在找虫子吃，随口答道："好，我就接你这个下联，看看是否合年弟的心意。"于是朗声吟道："啄木声声凿里（李）松。"说完二人对视，大笑了起来。

刘家"白果树"

刘天官的三子刘衡玉，十七岁时病故了，已订婚的姚马渡村的马氏姑娘，却遵循"好女不嫁二夫郎"的传统观念，绝食七日，奄奄一息，刘天官怕耽误了马氏姑娘的青春，请来了县官劝说。县官被马氏姑娘的大义深深感动，亲自端来一碗水，劝马氏姑娘。马氏姑娘喝了三口水，结果又多活了三天。刘家见马氏姑娘如此贞烈，便将其与三子合葬。

据当地人说，马氏姑娘坟头旁的杜树约有三丈高，一搂多粗，结满的树果压得树枝下垂，树冠呈圆形状，树冠庇荫好大一块地方，一般的雨，坟头没湿过。此树开白花，花特别漂亮，鸟不在上落；不管什么鸟，在树上空飞过，从不在树上拉屎。人们说，这棵树像一位亭亭玉立的纯洁少女，是马氏姑娘的化身。人们称它"白果树"或"白果松"。这株白果树成为远近闻名

的一大奇观，据说传到了关外，都知道"白果树"是大城的三大奇闻奇景之
一（另两个奇闻是凤凰庄里落过凤凰；城北的一家牛生了麒麟）。

刘天官的坟上立有石人、石马、石羊、石虎、三通石碑。碑上，刻有皇
帝所赐的碑文。过去，百官到此，要"文官下轿，武官下马"。

传驮石碑的赑屃（民间俗称王八），晚上常去河边喝水，一日碰上一个
推小车的，那个推小车的也是不知死活，伤着了石王八，破了风水，这个石
王八回不到刘家坟地里了，那个推车人也暴病身亡。

传说刘家府第，深宅大院，很有气魄。大门左右有一对镇宅的石狮子，
每个石狮子嘴里含有一颗宝珠，一到晚上，两个狮子面对面的练起球来，互
相吐入口中，鸡一叫就停止。此球是刘家的宝物，球在，表示刘家日子过得
兴旺。后来，这个宝物被那两个南方蛮子的后生把一个狮子的嘴唇打下了一
块，盗走了一个宝球。

李莲英的故事

讲述：李瑞一 70 岁　邢汉章　李保恒　王志民
记录：李玉川
1986 年采录于大城县臧屯乡李贯村、九间房、平舒镇北关村

一封密诏

一八六〇年，英法联军攻陷北京，火烧圆明园，咸丰帝携后妃逃往热河
避暑山庄。一八六一年，在内忧外患的情况下，咸丰帝竟体力不支驾崩了。
一个国家没有了国君，如大厦将倾，美丽的避暑山庄空气异常紧张。肃顺、
载恒、端华等八大臣，以为时机已到，欺负两宫孤儿寡母势单力薄，展开了
一场争权斗争。他们一方面假传圣旨命留守在京的恭亲王奕忻和大臣荣禄等
守卫京城不必奔丧，一方面把行宫团团围住，封锁消息，企图伺机干掉慈
禧，驾空慈安，擅权掌政。

慈安太后老成厚道，无意参政，而权欲熏心的慈禧并不善罢甘休。咸丰
一死，她就暗地把玉玺收藏起来，拉着慈安与肃顺等进行较量。她感到八大
臣力量强大，急需求助在京的恭亲王奕忻，她就和慈安写了一纸密诏，急于
送出去。但肃顺等将行宫团团围住，戒备森严，派谁送出去呢？想来想去想

到李莲英身上，于是把这一至关重要的密诏亲手藏在李莲英的辫梢里。

李莲英这时已进宫五年，仅仅十三岁，就接受了这一重任。他思忖着如何把密诏送到京城，假装若无其事的来到院中，只见肃顺正在驯一匹烈马。肃顺刚一骑上，它一个蹶子就把他摔下来。李莲英认得出这是咸丰皇帝的御马，灵机一动，计上心来，故意哈哈笑出声来。肃顺涨红着脸冲他喝道："放肆！小兔崽子，莫非你能骑？"李莲英见时机已到，躬身施礼道："谢大人赏脸！"说着接过缰绳，用手抚摸一下马脖子，拍马背，那马就服服帖帖的站在跟前。原来咸丰皇帝打围时，他经常拉马坠镫，与马混得厮熟。于是他飞身上马冲出宫禁。等禁卒醒过味来，那马已扬起一道烟尘，像箭离弦一般迅速消失在莽莽苍苍的林海之中。

这时正是农历八月中秋之夜，李莲英昼夜兼程，但他毫不懈怠，振作精神快马加鞭，终于把密诏送到恭亲王手中。奕䜣和荣禄看了密诏，知道情况紧急，不敢怠慢，立即带兵前往热河，护送两宫回銮。回北京后，即将肃顺、载垣、端华等革职处死，这就是历史上的"辛酉政变"。从此，两太后稳操权柄，小小的李莲英也奠定了他的政治基础。

两颗宝珠

张荫桓是晚清时期的外交官，曾出使美、英、西班牙、秘鲁等国。此人精明干练，才高气傲，尤其对阉官的作为不满，免不了在言谈话语中流露出来。这话传到李莲英耳朵里，自然对它产生了芥蒂。

一次，张荫桓从英国回来，带来红、绿两颗宝石，一为"红披霞"，一为"祖母绿"，都是当时的贵重珍品。按价值来说"祖母绿"要比"红披霞"更贵重一些，他打算把红的送给光绪皇帝，绿的送给慈禧太后。哪知这两颗宝珠几乎招来杀身之祸。

按照惯例，京外大臣进奉的礼品必须得经总管太监李莲英之手。这样一些大臣为了讨得李总管在太后面前的美言，只好再备一份礼品贿赂于他。而这张荫桓呢，平日就没把李莲英放在眼里，因此，只把进奉太后、皇上的这两颗宝珠交他呈上，而对他则毫无馈赠。这对李莲英来说，又增加了一层对他的不满。

这日，李莲英把这两颗宝珠呈上，慈禧太后从他手中接过这颗"祖母绿"宝珠细细赏玩，只见绿光闪闪，精巧玲珑，新奇可爱，她阴森的脸上透出一丝快意。但李莲英在一旁阴阳怪气地说："这宝珠错是不错，可难得这位张大人分得如此清楚，这红的嘛，给皇上，这绿的嘛，给太后，难道太后就不配要这'乌兰'（蒙语红色）的吗？"原来清宫祖制，正室与偏妃的衣饰以红、绿为区别，正室穿红裙，西宫穿绿裙。因而，一句话激怒了西太后，她勃然变色，两眼放出凶狠的光，立命将两份贡物一律发还。

不久，戊戌变法失败，张荫桓落个通维新派的嫌疑，祸从天降。这日，他正在家闷坐，忽有恶煞似的四名武士手按腰刀，杀气腾腾地冲进他的宅邸，不容分说即把他带走，推推搡搡带至慈禧面前。慈禧大发雷霆，声色俱厉。只吓得这个堂堂的外交官失魂落魄，忐忑不安，只有磕头求饶。幸亏有大臣刚毅的开脱，才免遭一死，被流放新疆，服役赎罪。张荫桓有什么罪呢？只不过是两颗宝珠引起的祸端罢了，真是舌头片子压死人哪！

三晒银子

在离李莲英的家乡——李贾村五里地有个叫"九间房"的小村，村里有个叫崔葫芦的小伙子。这小伙子生来憨直，家贫如洗。在家里混不下去了，就到北京卖包子。卖了些日子，有吃的无赚的，还是两个膀子扛着嘴，他一狠心就净身进宫，投奔李莲英当了太监。

崔葫芦开始的差事，是在慈禧写字的时候，为她研墨按纸。因他粗手笨脚，又没眼力，说话结结巴巴，常常受到呵斥与打骂。李莲英念在老乡的情分上，就给他调换了个看金库的美差。这看金库可是个肥缺，每天守着白花花的银子，何愁无钱花呢？可这崔葫芦生来心实性直，只知尽职尽责的看管，从来不想搂摸分毫银子。因此，家中照样受穷。李莲英见这个实心眼的乡亲，又可笑又可怜。

一天，李莲英叫崔葫芦把库里的银子弄出来晒一晒，称一称免得生虫。银子怎么还生虫呢？崔葫芦好生纳闷，但也不敢多问，就小心翼翼地把千百万两白花花的银子，整箱的抬出来，放在太阳底下暴晒。出库时数了又数，入库时称了又称，确认不差分毫后，才向李莲英回报。李莲英问：

"伤了分量没有？"

"没，没伤分量！"

"不行！哪里有不伤分量的？还得晒！"李莲英故意嗔怪地说。

第二天，崔葫芦又把银子鼓捣出来，晒完又向李莲英回报。李莲英说：

"这回伤了分量了吧！"崔葫芦仍答："没，没伤分量！"李莲英故意板起面孔说："你真笨！连银子都晒不好！"

第三天，崔葫芦再次把银子鼓捣出来，面对银子不伤分量好生着急。只好用手磕，用牙咬，希望能伤点分量。这样把一些光溜溜的元宝咬得一道道麻麻拉拉的印子。李莲英来了一看说："哦！这回晒得还不错！"就指着这麻麻拉拉的印子说："这个进不了库啦！都归你吧！"于是，崔葫芦得了几个大元宝。他这才恍然大悟："原来李总管这是有意叫我发财呢！"后来，这个诚实厚道的崔葫芦也学精了，能搂则搂，能偷则偷。把银子源源不断地捎到家里置了地，盖了房，发了财。崔葫芦三晒银子的故事，在这村几乎家喻户晓，人人皆知。

四次送礼

李莲英善于揣摩慈禧的心理，她喜好什么，不喜好什么，他都要琢磨，就拿送礼来说吧！一年一个"万寿节"（十月十日慈禧的生日），左右的官员都要送她礼品，李莲英也不例外。但是礼品不见得花钱越多，越讨人喜欢，而是就地取材，加之三寸不烂之舌，准保太后喜欢。

第一次，李莲英回家乡李贾村，心想老佛爷的"万寿节"到了，给她捎点什么好呢？他见家乡的小枣很好，就把小枣给她捎去。口称"老佛爷，我给您捎点金丝小枣，请您尝尝鲜。"慈禧常年在宫中，哪里尝过什么金丝小枣，就说："怎么个金丝小枣呢？"李莲英就把小枣弄开，果然抻出缕缕金丝，咬一口鲜绵甘甜，果然是好，就说："好哇！这小枣就是好！"从此大城县金丝小枣出了名。

第二次，李莲英回家，头走才想起来，老佛爷的"万寿节"到了，该给她带点什么好呢？他见李贾村东园子井水好，就叫人灌了两瓶捎去，一见慈禧就把瓶子的水献上了。他说："我们村东园子井好，那是药王爷用他熬药，济困救民的水。都说好人喝了不得病，病人喝了去病灾，年轻的喝了长得俊，老年人喝了长生不老呢！"几句话说得慈禧笑了："你个猴崽子，什么话到你嘴里就好听。"说罢，扬起脖饮了一口，果然沁人心脾，连说："不错，不错！"剩下的一瓶，他给皇帝送去，还得了一笔赏银呢。

第三次，李莲英回家，他想慈禧终日吃山珍海味，吃惯了，也得换换食嗓了，他叫做饭的李成玉、李毛寿等研究做一种窝头。李成玉为此亲自跑到京东遵化一带买来一包栗子。其配方是：糜子、黍子、栗子、黄豆磨成面，然后用黄豆做的豆浆合成面，发好蒸熟就成了。慈禧吃上这种窝头，笑嘴又咧开道："真想不到农村还有这样好吃的东西！"从此，大城窝头也出了名。

第四次，颐和园刚刚竣工，可慈禧手下缺少个心灵手巧的人侍奉，李莲英投其所好，向慈禧道："奴才有一胞妹，粗通文墨，办事细致、认真，不知侍奉老佛爷如何？"慈禧急不可耐地道："还不把她召进宫来。"次日清晨，李莲英把二姐带到颐和园乐寿堂候旨。慈禧听说满心欢喜，吩咐快快进来。只见这二姐移动金莲姗姗进得门来，手扶膝盖，右腿向后一弯，行了个请安礼。口称"老佛爷吉祥如意！"慈禧太后赐了平身。她抬头一看，只见这女子长得如花似玉，甚是惹人喜爱。慈禧啧啧赞道："好个美貌超群的姑娘！"从此，就把她留在身边，过着锦衣玉食的生活，人们都称赞她为"大姑娘"，与李莲英一唱一和，配合默契。

李莲英四次送礼，都是揣摩慈禧的心理而为的。他以不夸耀，不张扬，投其所好而恰到好处。

杨六郎演马破辽兵

采录：黄学通
1982 年 5 月采录于大城县臧屯、广安乡

大城县城南子牙河河北，一拉溜有六个村庄，只有姓氏之别，村名统称"演马"。河南有五村庄，以姓氏为首，村名统称"马策"。提起村名的来历，便引出一段杨六郎演马破辽兵的故事。

北宋年间，宋辽边界就在大城以北的信安、霸州一带。辽将韩昌不断领兵前来进犯，有时以小股偷袭，有时以大兵压境，有时明目张胆讨战、进犯，总想给镇守三关的杨六郎一点儿颜色瞧瞧。可是杨六郎足智多谋，英勇善战。无论辽兵大举进攻，还是小股偷袭，辽将韩昌每每都是乘兴而来，败兴而去，损兵折将，得不偿失。一次次交战，杨六郎把韩昌打得似王八钻灶膛——窝火又憋气。尽管韩昌连吃败仗，可是他从不死心，连做梦都想报复杨六郎。

一次，韩昌经周密策划，派手下将领带兵佯攻西路长城口遂城（今徐水一带），然后亲率十万骁勇善战的骑兵，策马挥刀直向中原东路狼城寨一带进发。

杨六郎闻报辽兵进犯西路长城口，即派边将五万大军星夜赶往长城口迎

敌。谁想此举中了韩昌的奸计。不过一日，东路边将派飞马来报，辽将韩昌率十万骑兵从东路狼城寨逼近中原。

杨六郎一听，气得双眉紧锁，银牙咬得嘎嘣作响，自悔受骗上当。但眼下大兵压境，刻不容缓，便马上带领帐下五万大军沿黄河北流前去迎敌。谁都知道宋辽边境大宋陈兵几十万，为什么六郎帐下才这么点人呢？其实杨六郎镇守三关并非三个关，还设有外八内六十四个寨，三十六座兵营，一百单八处兵站，这些地方都要重兵把守。因此在六郎营下最多不过十万兵马。

杨六郎一路紧催战马，一边暗想计策。他想，辽兵此举进犯中原不同以往，他声东击西，牵制我五万兵马西行，回手又发来倾国的骑兵，而这些士兵个个善骑，马上功夫很硬，眼下敌众我寡，不能强打硬拼。可用什么计策呢？他正着急一时想不出办法，抬头一看，前面已到百家注养马场，只见这里屯养的二万匹战马，虽还不算成马，但个个膘肥体壮。六郎正在观赏之间，忽有探马回报："辽将韩昌来势凶猛，现已跨过拒马河，打开狼城寨，正沿浮池水南进。"杨六郎闻报，急忙勒住战马，心想，韩昌现已带兵破边而入，我为何不来个顺手牵羊，故意让其看出我营中之计，无兵力应战的样子，把他引进来，然后集聚兵力狠狠地收拾他一下。杨六郎主意已定，命随从把此地养马官叫到面前，如此这般地吩咐一番。然后留下部分兵将操练马匹。他便带领其余兵将，日夜兼程，火速赶往边寨迎敌。

再说辽将韩昌率领十万骑兵，闯过拒马河，打开狼城寨，杀气腾腾地向中原挺进。宋营兵马虽前来迎战，但兵力不足，且战且退，不到一日竟攻进百余里。辽营兵将看杨六郎果然中计，一个个喜得叽哩哇啦乱叫，韩昌也认为此举大灭了宋营的威风，伤了杨六郎的锐气，你杨六郎本事再大，我已攻进你百里疆土，看你还用什么高招。于是韩昌得意忘形，率领辽兵辽将不分昼夜乘胜追击，宋营兵将节节败退。正追杀之间，辽兵见前边一条大河挡住去路，登高一望，前面宋营兵马早已过河逃走。韩昌本想带兵一鼓作气乘胜追击，却不由狐疑起来，心想此次攻宋破边而入，现已攻进百里之遥，为何不见宋营大批兵马呢？看这里地势险要，杨六郎可能有重兵埋伏，我不得不防。想到这儿，他急忙传下将令，就地安营扎寨，埋锅造饭，犒赏全军。辽兵本来善食好吃，加之连夜征战，一个个吃得酒足饭饱，撑圆了肚皮。

是夜，秋风瑟瑟，月明星稀，大地一片宁静。辽将韩昌吃饱喝足躺在营寨里，心里总觉得不踏实，生怕杨六郎趁夜带兵来偷袭营寨，兵贵于防范，于是马上传令全军，今夜刀不入鞘，马不卸鞍，严阵以待，准备应战。

刚传罢将令，忽有探马报："河南出现大批宋营兵马，现正由东往西行进。"韩昌见果然不出所料，急问："宋营兵马距此多远？"探子报："相距我营不过五里，但有一河相隔。"

韩昌一听可害了怕，命全军将士披挂整齐，准备出阵应战。然后急忙带领左右出营观阵。当他走出营寨登高一看，只见明亮的月光下，"杨"字帅旗迎风招展，百里长堤上千军万马奔腾咆哮，势如天兵天将锐不可当。韩昌一见"杨"字帅旗，才知自己中了杨六郎的诱军计，难怪宋营大将不出战，士兵且战且退，原来……此时韩昌这个气，战吧，他弄不清杨六郎到底有多少兵马，所以不敢轻易出战；退吧，多年好不容易打了这么个大胜仗，又攻进一百多里，真不忍心退兵。因此左右为难，举棋不定。看着宋营兵马整整过了一夜，辽营全军将士提心吊胆地白熬了一夜。有的士兵困得从马背上掉下来，被当官的发现还招来一顿臭揍。转天清晨，宋营兵马照样源源不断地从东往西进发。辽营的兵将因连日鞍马劳顿，又累又困实在支持不了，韩昌只好传令拔营起寨，退兵四十里，他们一口气跑到浮池水北岸才敢安营。

杨六郎率领部分兵将把辽兵引至养马场以北，他来了个金蝉脱壳，便带兵跨黑河、绕浮池水，很快转移到辽营后面。这里留下的兵将，赶着二万匹战马来回转着圈演马操练，这一手果然把韩昌闹糊涂了，不得不宣布退兵。此间，杨六郎又调回派往长城口的五万大军，还集聚了部分边寨将士，很快在指定的地点汇集了十五万兵马，严阵以待，准备大战韩昌。

说来也巧，就在辽将韩昌退兵四十里，在浮池水北岸扎下大营的当晚，天空忽然阴云密布，霎时狂风骤起，雷鸣电闪，暴雨"哗哗"下个不停。辽兵一看这个乐呦，几天几夜没合眼了，今日苍天作美，美美睡上一夜吧。于是没等当官的下令，就都七倒八歪的睡了过去。

杨六郎看到大雨下个不停，认为时机已到，便带领十五万大军趁雨夜袭击辽营。深夜伸手不见五指，他们很快逼近辽军营寨。先行将士敏捷迅速地把辽营巡哨收拾停当，然后杨六郎一声令下，全军将士如猛虎下山、蛟龙出海，一个个精神抖擞，挥戈上阵。"冲啊！""杀啊！"势如排山倒海，杀声伴着雷声铺天盖地而来。

短兵相接，这些骁勇的骑兵也无法发挥作用，只好伸着脖子挨刀，有的辽兵还没醒过盹来，脑袋早已搬了家。你再看，整个辽营被杀的血肉横飞，削人头比削西瓜还容易。没死的辽兵一个劲地哭爹喊娘，不顾一切抱头鼠窜，韩昌大将也丢盔弃甲，无法指挥战斗，只顾骑着马仓皇逃命。

不过一个时辰，战斗胜利结束，辽营兵将死伤大半。那些骁勇善战的骑兵未及备马鞍，就慌忙逃命。当地民众为永远纪念杨六郎的战功，把当时杨六郎的养马场称做刘、鲍、杜、田、李五个"马策"村；把演马退辽兵的场地刘、朱、张、毛、王、毕六村，均称为"演马"村。至今一提起这些村名，人们自然想起当年杨六郎演马退辽兵的故事。

吴淑度

讲述：李瑞贤
记录：李玉川
1996年采录

吴淑度，乃大城县五台村人，乾隆年间，考中补博子弟子员。但他看破红尘，不愿进取，只在八方村教馆潜心教书，名利皆忘怀，有超凡脱俗之概。吴淑度中年娶妻早丧，后继娶一妻室，性情慓悍，不能以礼服之，二人情不投，意不合。吴乃自认命，思念前妻。因此，他经常独居教馆，不回家门。

这天，一夜大雪封门，平地积雪半尺余深。弟子们早早上学，见老师不开门，即敲门招呼，里面不应，即扒墙入内。但见院中雪迹如一圆形，足迹遍布其中，细看乃一太极图形，中有阴阳鱼，四周八卦，而吴老师却不知去何处了，众人皆惊讶不已。

数年后，其弟子胡某，去外地籴麦子归来，于大城北门外，忽见吴淑度身穿道袍，头戴道帽，风尘仆仆，像在赶路。胡某见后即呼之曰："吴老师，您哪去？"吴淑度停下脚步说："白云观有急事，我得即刻赶到！"胡某见太阳即将落下西山，便道："天这么晚了，这儿距京少说也有三百里，您怎能赶回去哪？还是留住一宿，明天上路不迟。"吴淑度再三拒绝道："这点道不算什么，顷刻而至，不打扰了。"并嘱道："你以后如找我，可到白云观找我。"说罢，行走如飞，驰云而去。

又过了几天，胡某备了一些土特产品，亲到白云观访之。询问诸道士，可有此人？诸道士皆云有吴铁腿在此，不过昨日傍晚已赴广东化缘去了，约七天后才能回来。胡某未见老师，怅然若有所失，才知吴淑度是个大忙人。

八年后，在一个伏天暑热季节，吴淑度忽然纶巾羽扇飘然回家，大有仙风道骨之态，再不是儒生时的模样了。他命人将儿子叫来，将家中地契、文

书及墓穴——示明，交代完毕，即曰："我的大事已交代完了。"然后即与
族人开怀畅饮，酒至酣畅，以扇扑屎壳郎，变成嘉粟于碗中，又在空中钓以
鲈鱼，以作下酒佳肴。饮至天明，他仰天叹道："吾将从此逝矣！"族人苦
留不住，及至送出门，只见他袖中出一白驴，骑上此驴，一跃而升，倏忽不
见，人们始知他已成仙了。

三十年后，吴淑度曾回家扫墓，在村西与老人谈了一夜，临行留诗一
首，书两卷。诗曰：

> 半在灵山半在都，
> 周游四海遍江湖；
> 不拘行止随吾意，
> 道号人称铁腿吴。

书有《十二功篇》：一存忠孝心，二存好善心，三存去恶心，四存广大
慈悲心，五存平善心，六存普济心，七存教化心，八存忠恕心，九存和蔼
心，十存忍辱心，十一存勇猛心，十二存坚固心。还留有《吴真人授门人作
法五养秘诀》一书，书中有诗道：

> 日月穿梭不住抛，
> 时光即是斩人刀；
> 贪花溺柳迷魂阵，
> 好气图财受狱牢；
> 红炉炼尽金银宝，
> 盖世英雄亦莫逃。

从此，吴淑度不知去向，亦神亦幻，令人猜测不已。

秋香

讲述：马桂芬 女 59 岁
记录：周长锁
1988 年 7 月采录于大城县旺村镇

子牙河畔有个郭家庄，庄里住着一个老太太，老太太身边有三个儿子，

三个儿子都娶了媳妇，大儿媳、二儿媳能说会道，深得老太太宠爱。只是三儿媳秋香为人善良，不言不语，平时虽然活计干得多，却并不得老太太喜欢。

有一天，老太太病了，一病就是几个月不见好转。晚上，她将三个儿子叫到床前对他们说："听人家讲，我的病只有喝人肉汤才能好转。"孝顺的儿子们听后，第二天一天从早跑到了晚，无奈集市上都是卖猪肉、羊肉的，哪有卖人肉的！没办法，他们只好愁眉苦脸地回了家。

老三回到自己屋里，对媳妇秋香说："妈的病要喝人肉汤才能好，我们哥儿仨跑了一整天也没跑着，你能想个法子不？"秋香沉思了一下说："你去干活吧，我有办法。"老三知道媳妇向来是说到做到，也就放心地下地了。老三走后，秋香忍痛在自己腿上拉了一块肉，隔墙喊过大嫂，将肉递给她说："我现在动不了，你用它给妈做碗汤。"老大媳妇接过肉便去找老二的媳妇，俩人一商量，觉得不能让老太太知道肉是老三家从身上拉下来的，那样对自己不利。于是，老大媳妇找来白布将自己的腿裹上，装着一瘸一瘸的，和老二媳妇一起，端着做熟的人肉汤给老太太送去。说来也怪，老太太喝下这碗人肉汤，病竟奇迹般地好了。

这天老太太无意中想起，这几天怎么一直不见老三家里的，便问两个儿媳妇："秋香哪去了？"老二媳妇忙说："别提她了，提起她我心里就长气，她见您老的病总不好，自己也躺在炕上装起病来，要不是大嫂在腿上拉下肉，我给您做成汤，恐怕现在您……"没等老二媳妇将话说完，老太太便抄起鞭子直奔秋香的屋子。进门后，二话没说照准秋香就是一鞭子。这一下正好打在伤口上，只见秋香"哎呀"一声便晕了过去。老太太这才发现秋香的一条腿血肉模糊。顿时，她什么都明白了，老太太扶起秋香说："孩子，你怎么不早说呢，都是那两个造孽的骗了我，我去找她们！"老太太怒冲冲地找到了大儿媳，指着她的腿说："解开，让我看看。"大儿媳只好将缠在腿上的白布解下，只见白嫩嫩的肉皮根本没一点伤口。老太太见状，举鞭就打，直打得大儿媳求饶不止，自然这顿打老二媳妇也没逃过。

打这以后，大儿媳、二儿媳的花言巧语再也骗不了老太太了。倒是秋香一如既往，每天仍旧是不言不语，做她该做的事情。不同的是，她在老太太心目中的地位变了。

皮匠得妻

讲述：蔡长远 干部
记录：李玉川
1985 年 10 月采录

从前有个修补破鞋的皮匠，虽然长得模样不孬，手艺不错，心里也满灵活，可就是因为穷，二十好几了还没寻上媳妇。

一天，他外出做营生。半路上，忽然一阵黄风卷来，黄沙弥漫，"刷刷"下起了小雨，把他浑身上下淋了个透湿。只好扫兴地住进了小店，脱下湿淋淋的衣服，换上仅有的一件准备相亲用的衣衫。

这时天已放晴，皮匠没有营生，饥肠辘辘地在街上闲逛。走到一个大户门口，忽见墙上贴着一张招亲的告示，要招一个人有人才、文有文才的女婿，有应招者请到内宅面试。皮匠看了一会儿，伸手把这张告示揭了下来，立即被这家人请到了内宅。

原来，这家员外是个目不识丁的土财主，家趁万贯，有一个如花似玉的姑娘，不称心的是全家没有一个读书人。为了改换门庭，向上巴结，他要选一个才华出众的女婿，于是请了当地一位学问很深的老和尚出题面试。

这皮匠随着家人来到内宅正厅，见过老员外和老和尚。老和尚打量了一下，见这年轻人长得还不错，这才开言问道："请问这位相公，都念过什么经卷呢？"

皮匠思索了一下，猛然想起方才发生的事情，即从容答道："黄风沙土卷。"

老和尚大感不解，又问道："读过什么诗呢？"

皮匠顺口答道："雨打衣裳湿！"

这两个答案弄得老和尚是丈二和尚摸不着头脑。心想，我念了这么些经卷，也没念过"黄风沙土卷"；读过那么多诗篇，也没读过"雨打衣裳湿"呀！这相公不比寻常，恐怕用口试、笔试都难不住他。最后决定用手势来考他。

只见和尚伸出一个手指头，那皮匠立即伸出两个手指头，和尚点头赞佩。接着和尚伸出三个手指头，皮匠毫不含糊地伸出五个手指头，和尚连连点头。随后和尚又拍拍胸膛，皮匠甩甩袖子；和尚指指南，皮匠指指西……

和尚点头咂嘴，赞叹不已，忙向老员外说："老员外，这相公对答如流，妙不可言哪！绝不是凡夫俗子，一定是贵人来到，赶紧定亲，别错主意！"

老员外看他们俩比比划划，莫名其妙，但又不好意思追问，怕人家嫌自己见识浅瞧不起。于是就糊里糊涂地依了和尚的主意，招了这个女婿。事不宜迟，在和尚撺掇下，急忙安排，摆上香烛，吹吹打打让自己的女儿与这个皮匠拜堂成了亲。

成亲后，老员外心满意足地摆上酒宴，款待乘龙快婿和出题的老和尚。三人推杯换盏，酒过三巡，老员外再也耐不住了，就问道："咱们已成了亲戚，不是外人了。那天你俩比比划划，都是什么意思？说说也叫俺见识见识。"

老和尚一直脖喝了一盅酒，夸耀说："这姑爷文才可高哩！我出一个手指头是'当朝一品'，他出两个手指头是'二郎神尊'；我出三个手指头是'三皇治世'，他出五个手指头是'五帝为君'；我拍拍胸膛是'怀揣日月'，他甩甩袖子是'袖吞乾坤'；我指指南是'南海观音'，他指指西是'西天如来'……他每一步都胜我一筹，真乃才华横溢，出'手'成章哪！"

皮匠心里暗自好笑，喝口酒，吃口菜，慢条斯理地说："老丈人，你别听他瞎白话，我指的满不是那回事。"

老员外惊问道："那你指的是什么呢？"

皮匠笑模悠悠地说："他出一个手指头说：'要补一只鞋'，俺出两个手指头说：'你给两块大洋'；他出三个手指头说：'给你三个铜板'，俺出五个手指头说：'得给五个'；他拍拍胸膛想以势压人，俺甩甩袖子说：'少了不干'；他指指南是叫晌午交活，俺指指西是太阳偏西才能交活……"

老员外一听不对头，忙问："你到底是干什么的？"

皮匠不慌不忙地说："挑担皮屑坐街头，千针万线缝不休……"

老员外懊悔不及，一脚向皮匠踢来，皮匠一把将员外的脚抓住："岳父修鞋莫上火，是打后掌还是包头？"

这个妄想向上爬的土财主被捉弄得啼笑皆非，但木已成舟，也就无可奈何了。那皮匠呢，白白得了个俊媳妇。

小七儿追驴

采录：张树华
1990 年采录

河间、任丘、大城三县交界的地方，有一个田各庄。村中住着这么一户人家：父亲早年丧妻，只留下一子，取名小七儿。他们房有三间，地有二亩，养着一头毛驴，日子混得挺寒苦。

儿子十六岁那年，盗匪横行乡里，明出暗进，无人敢惹！

一天，天刚蒙蒙亮时，父子俩从窗纸的窟窿眼儿里看见他家的驴被五六个持刀动斧的盗匪牵走了，可就是不敢喊，不敢追。父子俩年年是僵皮裹肉地熬日子，一头驴就是他家的半拉家当！驴没了，地可怎么种呢？

小七儿从小机灵，他想：我不喊不嚷，悄悄儿跟着，瞧他们把驴牵到什么地方去。

兔子不吃窝边草，做贼的大都不在近处偷东西。这伙儿盗匪牵着驴在前头走，小七儿远远地在后面跟着，跟了有三、四十里地，见他们正从一个大村的村边路过。眼下正是麦子上场的时候，道路两边全是打麦场，打场的人挺多。小七儿灵机一动，我何不如此这般？小七儿紧走几步，看到前边道上迎面走来一位二十上下的年轻妇女，他便迎着走去。那妇女向西躲，小七向西去；她向东闪，小七儿向东去；那妇女躲不开了，小七儿向那妇女的怀里撞去。

那妇女责问小七儿："道路这么宽，为什么朝人身上撞呢？"

小七儿瞪着眼说瞎话："我没撞你！"

那妇女说："你这个出门人，撞着人了，说句好话就算过去了！你要说胡话，姑奶奶就不让你了！"

小七儿就说没撞，还一劲儿朝那妇女的身边凑。附近的人看不公了，认定这小子是个歹人，大家伙儿一起说："揍他！"

小七儿一听这话，就顺大道向前跑。大家伙儿一看他跑，更觉得他是歹人了，都纷纷呼喊起来："抓住这小子，揍他！"

"他跑不了！"

"前头的截着他！"

这一呼喊，把各个打麦场上的人都惊动了，个个直起身子，拔着脖子朝这边看。有的年轻人不知底细，手提着木杈也向大道上跑来，看是出了什么事。这下可乱了！

再说那群盗匪正牵着驴向前走，忽听后面喊声震天，回头一看，可不得了！足有几百人向他们追了过来。这几个盗匪虽说人人都有两下子，可也怕寡不敌众，何况自己是偷东西的，终不是正气，他们放下驴就跑。

小七儿追了上去，把自己的驴牵住，对追上来的人搭躬施礼，千恩万谢，说是众人帮他把驴追下了，又找到他撞着的那位妇女，倒地就拜，说明只有撞上她，又说胡话，才能激起众怒，大家伙儿才能帮他去追驴。人们一听是这么一回事，都消了气，反而夸小七儿年纪轻轻，却足智多谋。

巧炉匠

讲述：吕同富 70 岁　　吕同彬 61 岁
记录：李玉川
1993 年 4 月采录于大城县旺村镇北四岳村

小炉匠号称好巧匠，他心灵手巧，无所不能，无所不会，经营项目无所不包。诸如铜盆铜碗，修锁配钥匙，修火镰、包算盘，修钟表、眼镜，甚至灯泡子破了，他都能把它修好。北四岳村的吕长河就是人所共知的巧炉匠。

吕长河原籍山东省陵县人，陵县是个出小炉匠的地方。光绪三十三年，他随父吕占元来大城谋生，在北四岳落了户。长河自幼心灵手巧，好钻研，手艺达到炉火纯青的地步。他的挑子的前后两个柜子上，用铜叶钉制了两副精美的对联，一联为："进宝村千万接众，出宝村赫赫扬名"。另一联为："逢君子成人之美，遇小人打破黄金"。有一绅士的鼻烟壶摔裂了，要他修理。要求是：既要锔上，表面上还不能落半个锔子。长河立即应承下来，他用最小的金刚钻从正面把眼打透，再用镊子将细小的铜锔，送入鼻烟壶里面，从内壁将其锔好，再用石灰泥将孔抹平，使鼻烟壶恢复如初，主家一见钦佩不已。

有一次，长河到清河北做生意，叮叮当当一进村，一个阔少停住了脚步，见他的挑子如此华丽，柜子上对联口气如此之大，即有意刁难他。阔少拿出一个鸡蛋，要他做一个烟荷包档头，如做成愿出一块银元的价钱；如做不成，休想在此做生意。长河见来者不善，为了保住饭碗，毅然接过这一生意。他用剪刀剪下一段铜丝，煨成一个几字形的小鼻儿，再将小鼻儿的两个铜丝头用火烧红，趁热将它插入鸡蛋壳内，瞬间蛋清因热将铜丝头凝固住，外面只留一个铜环，荷包档头做成了。那阔少接过来看了又看，见无可挑剔，只好交出了一块银元。这事一传十、十传百，人人赞不绝口，长河的生意更加红火了。

智审侯三

讲述：李洁 农民
记录：李玉川
1959 年采录

光绪二十六年，大城、文安一带闹起了义和团，到处设"坛口"，烧教堂，杀洋人，大长了中国人的志气。可是官府胳膊肘往外拐，跟洋人勾结起来，共同对付义和团，义和团也就和官府干上了。

攻打文安县的揭帖，像一阵风似的传到各村各滩，传到西子牙这个古镇。这里处在大城、文安、王口镇三足鼎立的中心，是王口镇到大城县城的必经之路，这里的义和团在方圆几十里也是挺有声望的。当他们接到这个攻城的揭帖，团民们心里乐开了花。个个摩拳擦掌，都说要助文安兄弟义和团一臂之力。

这日夜晚，天晴气朗，月明星稀。一个个腰系红褡包，头扎红包头的团民们聚集在村东的观音庙院里，准备第二天一早去文安会师攻城，进行一场厮杀。人们计议了一会儿，刚要安歇，不知谁喊了一嗓子："有奸细！"随着喊声，团民们一同朝门洞方向聚拢来，一看，只见二师兄黄羊子一手提着刀，一手揪着一个陌生人的脖领，跟斗趔趄地推了进来。嘴里呵斥着："他妈的！想跑，我宰了你！"那人吓得直缩脖。

原来黄羊子磨好刀，回家拿干粮，刚出了大门，就见村东口悄悄来了一个陌生人。趁月光一打量，这人瘦瘦的身材，水蛇腰，身穿灰布长衫，头戴瓜皮小帽，肩上背着一个半新的钱褡子。再看那模样：这人约摸四十来岁，白净面皮，淡淡的眉毛，耷拉眼角，老公嘴下面有一个黑痣，脑后垂着一条猪尾巴辫子，走起路来晃晃悠悠，好像个幽灵。

那幽灵探头探脑向庙里瞄来瞄去，黄羊子见他不地道，就大声问道："干吗的？"哪知这家伙不问倒罢，一问他却脚底抹了油，头也不回，快步如风。黄羊子更断定他不是好人，就三步并作两步像老鹰抓小鸡一样，把他擒了来。

这家伙见团民们把他围了个水泄不通，一面拱手，一面满脸赔笑道："弟兄们不要误会！咱们是一家人，我在家也是义和团哪！"

经盘问得知，这人叫侯三，大城城里人，到北乡串亲，回来晚了。这家伙伶牙俐齿，对答如流，倒叫黄羊子无可奈何。义和团的李师爷见此情形，走上前来，把那人肩上的钱褡子一把抻过来，把前后口袋翻了又翻，除了几块银元外，一无所获，顺手把钱褡子交给了黄羊子。接着转话题问道："你说你是义和团，那么就请你向佛祖焚香，表白你的诚心吧！"

这时，"吱呀"一声观音庙门开了。闪闪烁烁的蜡烛，照得出金面金身的赤足观音威严端坐在龙首狮身的神兽上，两旁青面獠牙的哼哈二将更是凶气吓人。侯三一见不禁汗毛发直，腿肚子发软，趔趔趄趄地进了庙门，哆哆嗦嗦地点着一炷香，胡乱插在香炉里，然后腿一松跪了下来。他偷眼一瞧，又朝后一看，门口被人们堵得严严实实，钱褡子也不知去向，顿时豆大的汗珠滴了下来。

"你发誓吧！"李师爷命令说。

"小人刚才说的都是实情，若有半句假话，天……打……五雷轰……"

"阿弥陀佛！"突然观音发出瓮声瓮气的声音："心诚则明，心黑则灭，本神以慈悲为怀，说实话免祸灾，否则粉身碎骨就在眼前。阿弥陀佛！"这声音如一串沉雷，只吓得那个侯三立刻瘫软在地上，脸色由黄变绿，由绿变紫，成了中瘟疫的外国鸡。嘴里嘟囔着："小人有罪，小人有罪……"

"佛祖显圣，还不快说实话！"李师爷进一步逼迫着。

"我说，我说……我从王口来，神甫叫我，不，洋毛子叫我去，去大城……"

"说！叫你干吗去？"人们催促着。

"叫我去……"他把眼一翻又不说了。

"师爷看，这是什么？"黄羊子把一件东西交给李师爷。李师爷接过借烛光一看，是一封信，信封上写着"知县大人亲启"。原来黄羊子接过侯三的钱褡子，仔细翻了又翻，发现这钱褡子有个二层口袋，他伸手向里一摸，就把这封信掏了出来。

李师爷仔细地拆开信封，在烛光下一看，把手在香案上"砰"地一拍："给我把这个奸细捆起来！"这个家伙早已吓得浑身筛糠，叩头像捣蒜一样，直喊"饶命"。

事情是这样：义和团攻打文安的消息传开来，教堂的神甫和官府串通一起，狼狈为奸，千方百计破坏义和团攻城的这一重大行动。这封信就是王口的天主教神甫写给大城县官的，叫他连夜派洋枪队埋伏在通向文安的要道口，截击去文安参战的义和团。这一阴谋如果得逞，一方面可以煞灭大城境内义和团的威风，另一方面也可牵制攻打文安的力量。这一手不算不狠毒，但万万没料到，这个机密情报被这里神通广大的义和团所截获。

黄羊子一把抓住侯三的脖领子喝道："我看你这心是红的，还是黑的！"说着扬起刀就砍。

"慢，叫他给我祭刀！""砰"的一声，从香案上跳下一个大汉，把人们吓了一跳。这人不是别人，正是大师兄李如皋。原来足智多谋的李师爷见侯三躲躲闪闪不肯说实话，就暗地让大师兄藏在神像后面。这个粗中有细的李如皋就装腔拿调，装神弄鬼地演出了这场好戏。

李如皋、黄羊子双刀并举，这个出卖灵魂投靠洋人的奸细——侯三肮脏的血溅到佛案上，为攻打文安城祭了刀。

第二天一早，义和团全体弟兄精神百倍地上路，去攻打文安城。

韩秀才妙手回春

讲述：韩兴垣 82岁 农民
采录：杜占水 大城县医院副院长 本科　张嘉麟
2009年9月采录于大城县里坦镇李大木桥村

民国年间，大城及周边市县民间流传这样一种说法："南有韩筱村，北有胡家春"，此话是赞扬韩、胡二人的医术。韩筱村字树萱，出生在大城县李大木桥村一个书香门第。他生逢乱世，早年悉心研修文字，科举废除以后，满腹才学的他办起了私塾，以教书育人为乐。

清末，社会动荡，民不聊生。几年之内，韩筱村先后有四位家人因病救治不及而亡，有感于此，他毅然弃教从医。

　　韩筱村苦读医书，广采诸家，尤其对张仲景的《伤寒论》有所偏爱，并推崇清代名医陈修园所著《陈修园四十种》，临床诊治，奉为龟鉴。他行医伊始，细心谨慎，精心辨证，酌情用药，遇有较难诊者，则虚心向同行请教。由于他勤奋好学，医术不断提高，求诊者日渐增多，不久便声名大振，被本村普济堂药局聘为坐堂医生。

　　韩筱村擅长内科、妇科两科，至今，韩筱村的不少医案轶闻仍在民间广泛流传。

　　有一年秋天，韩筱村出诊路过邻村，见一熟人正在泥房，他搭讪了几句，对熟人讲："你有病了！"熟人若无其事："我身体一向健壮，从来没有得过病。"韩筱村很郑重地对熟人说："我可不是诈唬你啊！"并为熟人诊了三脉："哎呀，你这病还不轻啊！"熟人嗔怪韩筱村太唐突，抽手愤然离去。不久后的一个深夜，韩筱村正在睡梦之中，忽听急促的敲门声，开门方知是那日那个壮汉突然口鼻出血，家人前来请医。韩筱村急急赶到病人家，已听到一片哭号之声。

　　韩筱村从此被人刮目相看。

　　又有一年，一县内男子出外做工突患中风，遍访各地名医，病况皆无大的起色，无奈只得回老家休养，后慕名来找韩筱村。韩筱村诊脉后，先开了一张方子，又让人取来真羚羊角和野人参。他说："非真羚羊角不能熄此风，非野人参不能固其本。"用药三剂，针灸几天，病人已能下地，十剂后，他竟行走自如。

　　同行皆对韩筱村倍加钦佩。

　　某日，韩筱村去河间出诊归来，途中经过一个小村子，见几个村民抬着一个用苇席裹着的人出村去埋。韩筱村低头看见路上的血滴，急忙回身将他们拦住，盘问是怎么回事。原来席子里是一位患产后风的妇人，已断了声息。韩筱村观其血色，推断此人还有生还可能。村民将妇人抬回家中，请韩筱村诊治，韩筱村开方熬药灌入妇人口中，一个时辰后，妇人面色微润，已小有喘息，连服数剂，妇人喘息平和，神志清醒。

　　此事被传为神话。

　　韩筱村既是名医，也是秀才。他自幼酷爱文学，遍读经典儒书，有很深的文化素养，在家自设书斋"芸香馆"，常为十里八村的乡亲修家谱、撰词、序文，代写书信、门联和婚丧礼帖，被乡里奉为秀才，他能书善诗，把平生所见所感以诗词歌赋形式记录下来，著成《杂体鄙言》《诗集》两本书。

诗一：

> 屈指行医六十年，毫无把握叹茫然。
>
> 欲辞虚誉还良策，佚到盖棺算散焉。

诗二：

> 偶遇寻芳罢课功，相携童子过桥东。
>
> 桃花渡口溶溶水，杨柳堤边习习风。
>
> 云集平原挑菜女，声传曲巷卖花翁。
>
> 兰亭修禊心同赏，咏而归来明月中。

邱家六少

采录：张嘉麟
2009 年 10 月采录

话说清朝末年，大城城外数里之遥有个小村子，村中有一户人家，家境富庶，人丁兴旺。

这家老员外姓邱，性格开朗，崇尚武术，时常要把家里的刀枪剑戟各种兵器拿出来挥要舞动一通，真是威风八面。邱老员外膝下六个儿子，都聪颖活泼，除了上学识字之外，还都多多少少受些父亲的影响，也喜欢舞枪弄棒。邱老员外眼看着虎羔子一样的儿子们渐渐长大，心里实在是欢喜。

可天有不测之风云，这话不假。民国初年，邱家出事了，邱老员外四个儿子，二十岁左右年纪，先后感染瘟疫，相即而亡。六个儿子转眼间还剩俩，把个邱老员外心疼得也差点赔上老命，从此心灰意冷，无力经营，家境逐渐衰败。真是人无千日好，花无百日红。

家里穷了，邱老员外打发剩下的俩儿子里头大点儿的那个出外做了小生意。

却说他这个小儿子。邱家六少，天资聪颖，禀赋颇高，是老员外最喜欢的一个，一直想好好调教，指望他将来能够成大器。邱六少看哥哥离家，心也浮腾了，没等爹妈开口，自己就说了，要当兵，要参加队伍，拯救国家。这可难坏了邱老员外。要说这个儿子确是魁梧健壮，一脸蒸蒸之气，对刀枪的喜爱也超过父亲，是个从戎的好坯子，可时值战乱，刀枪不长眼，老员外不想儿子去冒这个险，百般相劝，怎奈邱六少铁了心，就认准这条路。儿大不由爹，老员外只得做出让步，含着眼泪千叮咛，万嘱咐，送儿子出了家门。

这参了军的邱六少也真是了不得，一进队伍便如同鱼见到了水，一来少年不知愁滋味，早忘了家里为他担心的爹娘，一门儿心思专心致志打仗演练，进步很快；另一方面他既能文又能武，是少有的人才，加之相貌堂堂，又聪敏机灵，深得上下喜爱。

几年工夫，邱六少已经混成了营长。

一次激烈的战斗过后，邱六少所在的队伍要进行长时间的休整，几个兵士向营里告假要回乡看爹娘，邱六少这才猛然想起了自己的爹娘，顿觉万分惭愧，当即也向上司请了假，交代完公务，匆匆忙忙往家里赶。

音讯皆无的邱六少突然风风光光地回来了，这可乐坏了邱老员外老两口儿，脸上愁云拨去，笑逐颜开。老两口儿上上下下一遍又一遍打量着儿子，恨不能把儿子身上衣服扒下来看，看什么？看儿子有没有被刀枪伤着。说也奇怪，邱六少当兵几年，经历大小战斗无数，身上却从没有伤过半根毫毛，还是那个白净、魁梧、完完整整的邱六少，所不同的是多了一身的英气和几分成熟。

是邱六少懂得躲藏、投机取巧、消极避战？不是，邱六少每次参战都亲临亲至，身先士卒，九死一生，历经艰险。有一次渡江作战，战斗胜利在握，邱六少骁勇异常，杀红了眼的时候，从一条小船上飞身跃起，跳到另一只小船上去指挥，脚刚一着地，一个恶浪打来，邱六少应声而落，眨眼间被吞没在波涛之中，没了人影，吓得邱六少的手下们大呼小叫。邱六少憋住一口气，等重新从水里冒出头，已经被冲出去数十米远，风紧浪大，邱六少头在水里，拼命把胳膊举出水面，以寻求救援……正这时，后面一支小船还真发现了他，紧紧尾随而来，几次伺机相救，都没有成功，眼看邱六少性命休矣，突然又一个巨浪打来，把个邱六少推到了船边，船上兵士赶紧伸手，邱六少一把抓住那人的手腕，终于爬上了小船。

邱六少上得船来，好一阵喘息、咳嗽才缓过气来，再看那位救了他的兄弟，手上已是鲜血淋漓，深深五个陷入肉中的指痕，历历在目。邱六少俯身下跪，千恩万谢，把身上所有的财物倾囊相赠，发誓永记大恩。

听儿子讲了这些经历，邱老员外忍不住老泪纵横："儿啊，咱还是退役吧！随便在哪儿做点生意，都能填饱肚子！"

邱六少虽然经过几年的风风雨雨，已经长大许多，理解了爹娘的心中苦楚，怎奈考虑自己在军队混得游刃有余，仕途正顺，正是踌躇满志的时候，哪肯就此休心，于是拿出在外多年练就的能言善辩的本事，什么好男儿志在四方，什么报效国家解救苍生，什么自古忠孝不能两全，什么队伍上还有志同道合的朋友等，如此这般一番劝解，说得老爹没了词，能做的只有赶紧趁着儿子这次省亲的机会，给他娶上了一房媳妇。

说话到了这年春天，邱六少所在部队吃了败仗，奉命东撤到天津蓟县一带驻军，战事不紧。歇了一段时间，邱六少接到演习任务，往东北方向开拔了几十里地，进驻一个叫马兰峪的地方，到了地方，邱六少又接到命令，不让他参加演习了，给了他一个守卫演习区的任务。

邱六少听着演习区里传出的炮响，心里挺别扭。这几年，邱六少感觉有些不如意，一直还是个小营长，而且日子也过得越来越糊涂，自己所在的这个部队一阵子受编于这个军与那个军打，一阵子又被另一个军队收编，换换大旗转身又和另一个厮杀起来，自己把脑袋别在裤腰带上东挡西杀南征北战，究竟为谁打？到底为谁杀？成效在哪？谁是受益者？糊涂！看不出来！自己满怀报国大志，可百姓越来越困苦，政府也像越来越混乱、越昏聩，一点不见好转。

邱六少往远处看，觉得前途茫茫，朝近处想，更是愁大了——军中几个月发不下军饷，囊中羞涩，已经很久不闻酒味了，弟兄们更是叫苦连天。也不知道哪天是这穷日子的尽头……亏得还在河南驻军的时候，一位算卦先生还发誓赌咒地说自己即将有大财临身——真是胡说八道！过去两个月了，财在哪里？邱六少不禁苦笑起来……

又过了两天，邱六少觉得非常郁闷，想到自己的结交挚友就在演习队伍里，好是羡慕。邱六少的这个朋友是个旅长，二人志趣相投，私交很深，朋友说过"你我都该看透，都不过是供人使用的一个小棋子而已，何谈报国大志"这样的话，这话让邱六少听了很有同感，很服气。邱六少打算明天就进演习区去找这个朋友，一来为了哥俩聚聚，相互诉诉怨气，二来也想借机探听时局近况，朋友官大，应该比自己知道得多。

晚上查岗回来，邱六少的这位朋友竟已等在营部。邱六少喜出望外，简直高兴得要命——俩人想一块儿来了，这不是心有灵犀？二人同是感慨不已。

邱六少："哥啊，怎么我听着里面演习的动静不大啊？"

朋友压低声音："不瞒你，兄弟，那根本不是什么演习。"

邱六少疑惑："那还口口声声说演习？还让断绝交通、严加守卫，怕老百姓伤着？"

朋友莞尔一笑："那是掩人耳目，你知道我们在里面干什么？盗墓。"说着用手一指西侧。

邱六少恍然大悟，想起来了，此地正是大清陵区，到处是坟墓。

朋友说："都忙乎好几天了，外面东西全拿光了，现在已经炸开了里面……估计明天就能打开棺材。老慈禧的宝贝肯定少不了！"

邱六少不禁瞠目结舌："这、这叫挖坟掘墓……是盗贼……还了得！"别看邱六少在战场上枪林弹雨，几次都是从死人堆里爬出来的，可这种事还真没有听说过。

朋友不屑一顾："哼，挖坟掘墓不假，可说你是贼你就是贼，说你不是贼你就不是贼，这叫为革命筹备军饷。上面说的，咱奉命执行军务，有什么事？"

邱六少想想也是这个道理，胜者王侯败者贼，谁让你大清不好好干，改了朝换了代啊！

朋友说："我搞到一张通行证，一起去长长见识？"

邱六少年轻，好奇心强，又好掺和个事儿，当然乐意。

二人相视一笑，算是说定了，又做了一些详细安排——彼此心里都明白，这是违反军纪，不是闹着玩。

第二天，一切按计而行。邱六少先进入墓区，在几个大殿里溜达，等着，朋友说了：到时候我来叫你，进去后分头行动，当做不认识，转转，看看，开开眼，也就行了，至于顺手拿点什么出来换俩钱儿花，那得见机行事！人家都拿你就跟着拿，不拿白不拿嘛！关键是你不能久留，不能引起别人注意，不能被认出来……

过了好大工夫，朋友急急的身影出现在大殿门口，邱六少快步迎了上去。走到了朋友身后，邱六少的心"咚咚"一阵阵狂跳，压低了帽檐儿，朋友怎么走他怎么走，很像个随从，朋友下到了深深的墓道里，邱六少也紧跟着钻了下去。二人一前一后，朝前走，越走越低，越走越深。邱六少犹如是在走向另一个世界，眼前漆黑一片，什么也看不清。时值盛夏，这里却有一股阴冷潮湿之气迎面袭来。邱六少稍稍闭了闭眼睛，适应了一下，再借着手电光，看得清楚多了：面前路平了，又经过一间又一间大墓室，一道道打开的大石头门，来到了一个圆顶的巨大墓室里，到了！就是这——放死人棺椁的地方！此时这里已是一片嘈杂，到处是人影在晃。火把"啵啵"地响，映得整个墓室忽明忽暗，几道手电的光束来回交错闪动，邱六少看出这墓室壁上写满曲里拐弯不认识的字，猜想那定是满文，再看地上，横七竖八扔着零散的棺材套、棺材盖，一口大大的棺材就在墓室当中间，一个白石头高台子上，一大堆弟兄围在那里，正从里往外拿东西，下边一个个大木箱子，有人在往里装，红的，绿的，蓝的，亮晶晶，光闪闪，大的，小的，成串的，不成串的，看不清都是什么宝贝。邱六少上前，可棺材周围里一层外一层乱乱腾腾都是人，试了几次，邱六少始终没敢贴到近前去，再看旁边两个小兵儿扯着一个黄乎乎像绣花被子似的东西，正揪上面缀着的东西，另外还有几个也在抢一件什么，也在上面摘，邱六少低头在方砖地面上捡了几粒崩落的白白的、圆圆的、珠子。邱六少看看没人理他——人家抢东西都抢红了眼，哪里还有人理他！连个人看他一眼都没有！邱六少胆子大起来，不敢再慢，慌忙蹲下身子也跟着那些人将了起来，嘿，你将你的，我将我的，还真没人吭声，没人拦！这可是没想到的！邱六少眼快手也麻利，瞅着将得差不多了，站起身又朝棺材那边挪动。他这会儿胆子更大了，刚才一边将着珍珠一边清楚楚地听见人家叽咕："嗨嗨！刚开始还跟活人一样，一会儿工夫就黑了！真悬！"——邱六少就是想亲眼看看在地下埋了二十年的老太婆到底是什么样子……邱六少挤在人群里，好不容易来到棺材近前，黑暗中，前面有人伸过来一只手，手里托着一个小盒子，邱六少顺手一接，没等交到下一个人手里，那边又递出来一件，可巧！那弟兄没来接邱六少手里的东西，却去接了后面的一件。邱六少手擎小盒子，迟疑了一下，悄悄退后，把个小盒子夹到了胳肢窝里……

回到营部，已是傍晚时分。

邱六少虽然表面上不露声色，可心里的极度兴奋，简直无法按捺，一进房间就锁紧房门，把那个小盒子从怀里拿了出来。那小盒子比手掌稍大，黄木头做的，木纹清晰，周身镶嵌金边和红绿各色小石头，还有海贝壳似的闪着五色光的东西，挺好看。邱六少迫不及待地掀动锁扣把个小盒子就打开了：里面黄缎子衬里安安静静躺着一块黑石头。这一看，邱六少的心凉了半截，他原以为这盒里会是一个金灿灿的佛像啊、印章或者上等的翡翠镯子，不成想只是一块黑漆漆扁嘟嘟的石头——不值钱的玩意儿！自己空欢喜一场。邱六少又心急火燎地动手把衣兜里的珠子倒了出来，这些小东西一颗颗光亮洁白，晶莹圆润，大的如小指肚，小的像黄豆粒子大小，差不多有一大捧还要多。邱六少觉得这些像珍珠，其实他根本没见过珍珠，拿起一颗用力一捻，挺硬，没捻碎，找来两块石头，稍稍一碰，碎了，再拿一颗，又试，又碎了，没错儿，是珍珠，听说这东西入食可以美容养颜，入药能够疗伤治病，倒是值钱的东西！邱六少手拿着这些粉末，想想，还真舍不得扔掉，于是，找来一张纸包起来，连同那些好的，还有那块黑石头，一起藏到了床下。

自己这回总算是要有钱了……

晚上，邱六少久久不能入眠，心想哪天去一趟天津，把那些珍珠换成银元，解解穷。想啊想啊，邱六少又想到一件事，也可以说是一个道理：堂堂的皇太后，一个老富婆子，拿那么多的宝贝做陪葬，穿的盖的都缀满珍珠宝石，怎么也不会拿块普普通通的黑石头做陪葬吧？再说，就冲那个精致华美的小盒子，这石头就该不会是平常之物！想至此，邱六少躺不下去了，起身点亮马灯，重新拿出那块石头，举到眼前，这回看清了，这石头不是黑色像是墨绿色的，隐隐的，石头里似有东西。邱六少心里一阵欢喜，把石头对准马灯，更仔细地再看，顿时惊呆了：只见那石头已通体透明，石头里山峦重叠，树影婆娑，山间涧水奔腾，白云朵朵，山下瀚海无边，渔翁畅游，浪涌鸥翔，稍稍变换一下角度，山水灵动，云树微惊，波光粼粼，小船摇曳……邱六少看了一遍，又看一遍，再看一遍，反反复复不知看了多少遍——世上竟有如此灵秀的神奇物件儿……皇天有眼！自己三生有幸！

转天，朋友瞅空子过来了一趟，说上边挨个查了那天进陵墓的人，说拿出来的宝贝里少了一件，那件宝贝是人家账本子上在了数的东西。

邱六少关严房门把小盒子拿了出来，没等打开，朋友赶紧用手按住："傻兄弟！就是它咱也不能拿出去了！拿出去咱俩都没命！……"

邱六少在自己的床底下刨了个坑儿，把小盒子和珍珠一起用牛皮纸包裹严实，埋了起来。

不久，东陵大盗案公之于众，一时国内轰动。听吧，走哪儿哪儿都在说这事儿，走哪儿哪儿都在说宝贝如何如何，老慈禧如何如何，乾隆爷如何如何。

邱六少比任何人都关心事态的进展。

朋友又偷偷过来，说那事弄大了，大清遗老遗少恼了，不干了，有头有脸的也都急了，连报纸记者也跟着掺和，说这回上边对盗陵来了个概不承

认，更不敢提什么筹集军饷了。据说查这事的调查组马上就到，专门负责追
查盗匪，追缴涉案私藏。朋友嘱他务必小心，一旦问到头上，万万不能提进
陵一个字。

时隔不久，队伍里一些当官的、当兵的果真被关押起来了，其中就有邱
六少的朋友。有人说是他们赶走过一群盗墓贼，截获了盗匪盗来的宝贝，虽
然上缴了些，但私藏起来的也不少，他们拒不交代这些宝贝的下落，估计罪
过也跟盗匪差不多。

邱六少心里愤愤不平：自己的朋友明明是奉命执行军务，怎么这说法就
一下子全变了？这真应了朋友那句话，被地地道道地当做一颗小卒子使唤了。

又隔了一阵子，还不见朋友回来，有传那帮被抓的早已被枪毙，邱六少
不敢相信，千方百计去打听真假，也没打听出个所以然，只觉颈根一阵阵发
凉，更加惶惶不可终日。

这一夜，躺在床上的邱六少辗转反侧，忧心着挚友的安危，感叹时事多
变，人生难料，想着和自己这位侠义朋友的一次次交往，想着朋友说过的每
一句话，好不心疼，好不凄凉。唉！这世道，往后怎么接着混呢？越想头越
大，越想越觉得没有前途。如今，宝贝也成了烫手的山芋，说不定哪天也为
自己惹来祸端，真是何苦当初！迷迷糊糊，邱六少睡着了……恍惚间，只觉
一个神秘的声音在耳边清晰响起："赶紧出手吧，留着是祸害！"

邱六少浑身一激灵，冷汗"刷"地冒了出来……

天亮了，邱六少经过一夜的苦思冥想，决定还是把那些东西尽快换成银
钱。他从地下轻轻扒出那个裹着宝贝的包，把宝物从盒子里取出来，连同珍
珠一起包成一个小包裹。

邱六少向上级称事请假，赶到天津，买来一身普通老百姓的衣服穿在身
上，选了一家大点的当铺走进去，大大方方把东西往柜台上一搁。

柜台小伙计把包袱拿进柜台里，打开来，嘴就张大了，眼睛也圆了：
"先、先生，您、您稍等、稍等！"说着兜起包袱转身进到后堂去了。

邱六少的心一下子提了起来，略等片刻，大声喊道："嗨！人呢？不当
了！不当了！"只听见小伙计"哎，哎，来了！来了"的声音，不见人影。

邱六少心里起急，正想该怎么办，小伙计出来了，身后跟来一个老掌
柜，老掌柜客客气气邀请邱六少去后堂喝茶，邱六少哪敢造次，生怕招惹是
非，径直说："不必，谢掌柜好意——能否接当？多少钱？"老掌柜面有难
色："敢问先生，此物从哪里得来？"邱六少早想好了下语："我家祖传。问

这些干什么？你说接当不接当吧，不接我去别家！"老掌柜赶紧赔礼："先生莫怪，是这么回事：如今盗匪猖獗，要案迭起，小当接到政府通知，要对当物严加盘查，您这物件……"不等掌柜说完，邱六少已明白八九，赶紧说："掌柜不要再说，我还有生意，东西先不当了，还我就是。"不想老掌柜却说："这不行，您这东西恐怕先拿不回去，请容我们再斟酌斟酌——您只管放心，东西不会有分毫差错！"邱六少急了："这是什么道理！"老掌柜意味深长："如今没有道理可讲了，先生自便吧。"邱六少哪敢露马脚，故作镇静："要多长时间商量？"老掌柜："两个钟点即可。"邱六少说："好！我到时来拿，不能差毫分！"

邱六少离开当铺已浑身是汗，哪里还敢再回！无计可施，只得换上衣服，匆匆赶回队伍。

此时此刻，宝物离手，邱六少心里反倒踏实了，倍感轻松，能睡个安稳觉了，但回想起天津之行，总还是心有余悸，庆幸自己想得周到，没有穿军装，官家找不到这里来。僻静之时，邱六少拿出那个小盒子——宝物没了，珍珠没了，可盛宝物的盒子还在，这小盒子做得如此精美，也算得上是个稀罕物件！——邱六少想了，好好保存着它吧，等下次回老家，当礼物送给媳妇，媳妇一定喜欢……唉！还真不如在家守着爹娘妻女过日子安稳啊！想着，邱六少嘴角掠过一丝笑意，亲了亲小盒子，轻轻放进自己随身的皮箱。

不久，邱六少被派差前往南京一趟。火车上，一路的颠簸让邱六少困倦难挨，把随身皮箱交给了护兵，自己打起了盹儿。不知过了多久，邱六少醒了，再看，箱子没了，护兵也不见了！

队伍里不少人早有厌战返家之意，逃兵不断，邱六少不是不知道——随他去吧！回家也许能过个安生日子。

就这样，珍珠没了，宝贝没了，装宝的盒子也没能留住。

可惜了邱六少想讨好媳妇的一片美意！

这天，邱六少巡营，看见自己的一个兵士卧床不起，闻到他身上臭气熏天，问了才知道这人后背生了一种叫做"瘩背疮"的恶疮，恐怕没救了。邱六少想起自己还有两颗砸碎的珍珠——早听人说过那东西对此病有疗效，不如拿来一试——死马当活马医吧！不知道是天意还是珍珠果有奇效还是这兄弟命大，恶疮居然好了！人站起来了！邱六少算是救了一条人命，那兵士千恩万谢……邱六少自打稀里糊涂意外地当了一次盗贼，得了宝贝，每天就是提心吊胆，担惊受怕，没有从中得到过半点快乐，没想到今天这最后两颗碎了的珠子却让人受了益，心里也算是得到了一点慰藉，心里觉得值了。

这回可是彻彻底底爪净毛干了。有言道：是自己的东西就是自己的东西，不是自己的东西还就成不了自己的东西，邱六少对此深信不疑。

又混了一年，邱六少始终得不到挚友的确切消息，心情也一直好不起来，再没有了纵横战场的斗志。此时家中又来信说他在外经商的哥哥染病故去……偌大个邱家落得如此凄凉，邱六少黯然神伤，加上思念爹娘妻女，三十几岁的邱六少心里再难安宁，回家的打算如落水的葫芦，一次次浮上脑海，几个月后，邱六少痛下决心，称故退役。

邱六少回到家乡，苦于生计，又不得不供职于县国民政府保安队，但始终不满鱼肉百姓的官僚生活，后来还是毅然与旧军队彻底决裂，从此偃旗息鼓，落足天津，少提身世，谨小慎微，积攒了一些小钱儿后与人相伴入股做起了生意。这正是：

> 投笔从戎寻忠义，
> 反陷迷茫未知途。
> 意外得来东陵宝，
> 波波折折终不属。

齐更生选婿

采录：张树华
1990 年采录

南起臧家桥，北到赵家口，有一条南北走向的小西河子，中间穿过河间、任丘、文安。利用这条河，既可浇地，也可以排水。小西河子两岸都是些拔高的好地，集聚了许许多多的大村镇。

沿河有一个近千户人家的大镇，因为齐姓是大户，所以叫齐官镇。由于地皮子富裕，五行八业在镇上像雨后春笋一般办起来了。要吃好的，镇上有大酒铺；要穿好的，镇上有成衣铺；娶亲，镇上有花轿房；出殡，镇上有裱糊匠。

单说齐官镇上手艺最高的那位裱糊匠，他叫齐更生，五十多岁，有三代家传的技术，什么金童玉女、十八罗汉、梁山一百单八将、孙猴子闹天宫，糊的都跟真的一样，没有人见了不叫好的！还有一绝，他糊的东西比别人卖的都高出三头。就这么着，他赚的钱每天就像流水一样朝家里进，顶得柜盖儿"嗞嗞"地响，就是种几顷地的财主也没有齐更生富裕。

可是齐更生也有发愁的事儿：两口子只有一女，没有儿子。女儿齐赛花生得貌美如花！你说有多俊？镇上有打架的，打了个头破血流，眼看着再打下去要出人命，可是只要齐赛花在人前一站，那打架的光顾着看她，立即停住手。齐更生拿定主意，要给女儿找个才貌双全、称心如意的好女婿。

到了齐赛花十八岁上，那登门求亲的挤折了门框，踢断了门槛，踩洼了当屋。求亲的越多，齐更生就越挑剔，一晃过了三年，还是选不到中意的女婿。可是说媒的有增无减，弄得齐更生手艺也不能耍了。来人说媒，你总得招待，哪有提鞋嫌人手指头粗的呢？可是每日只是送往迎来，别看家中有许多积蓄，也禁不住肉嘴吃倒江山。后来他就想了个办法，糊了一个人子戳在大门口，声称有和这个人长得一样的就选为女婿，达不到这标准的免开尊口。你想，齐更生凭自己的高超手艺，又是办闺女大事，这个人子扎得赛吕布、超潘安，乡下的凡夫俗子哪能相比呢？

事情传出，再有提亲地跑来一看人子，都叹气而归。这事越传越远，百八十里外的都知道了。过了一年多时间，登门提亲的没有了。图了一个清静，却又添了另一层烦恼：齐赛花已经二十一岁，那年间闺女一过十八就是大闺女了！二十岁的男人都娶妻抱子了。你齐赛花长得再好，"妻大五、赛老母"，也没人要了。齐更生老两口子心里暗暗着急，齐赛花自己更是一件心事。她觉得小伙子的模样好点赖点不打紧，只要为人忠诚老实就得了；找女婿又不是画画儿种花，只是供人看的。可是这话心里有，怎么好意思和爹娘说呢？

再说离齐官镇五十里有个小村，村里住着兄弟二人，哥哥叫俊秀，兄弟叫俊卿，他们父母早丧。虽然说是一块地里长出来的苗苗，可是这哥俩却大不一样：俊秀一表人才，聪明过人，为人处世，滴水不漏；娶妻姜氏，也是格外的机灵，比跳蚤子神多俩魂；比老赖神还多三出戏；两口子过的日子，在村中数一数二，四外八乡小有名气。兄弟俊卿却是另一副模样，长得有粗没高，像个碌碡；嘴眼歪斜，一脑袋秃疙瘩，还天天流脓打水；脸上四五块疤瘌，坑坑洼洼，就是猪狗见了他都觉着恶心。要论心眼呢？他比死人多出一口气，扎他一锥子，连黄水都不流。父亲临咽气的时候，对俊秀嘱咐过几句话："我一死什么都不惦记着，就是你这个兄弟俊卿长得丑陋。我死后，哪怕你扒房子卖地，也要给你兄弟张罗个人手，我在九泉之下也就合眼了。"
父母去世以后，一晃九年，任凭俊秀想尽办法，兄弟媳妇就是张罗不来。这
天他听说齐官镇有一家糊纸活儿的找女婿，心想，我何不去一趟，哪怕万里
挑一，或许给兄弟对付成了。

这天，俊秀打扮一新，骑了一匹雪花快马，来到齐官镇上。他顺着路人的
指点，走大街过小巷，到了齐更生门前，果不然见到齐家门口戳着个纸糊的人
子。他坐在马上围着齐家门口转了两圈，忽然心生一计，跳下鞍子，把马拴在
门旁的一根木桩上，大步流星地朝齐家门口那个纸糊的人子走去。他走到人子
跟前，抡起胳膊，冲人子的脑袋就是一巴掌，把人子的脸打得冲了后。

这时齐更生正在院里裱糊纸人纸马，见到门口有人打他糊的人子，立即
走了出来，对俊秀责问道："你这个先生，我与你素不相识，无冤无仇，你
凭什么打我糊的人子呢？"

俊秀见院里出来个人，上下打量了几眼，心想：这位大概就是齐更生
了。他满脸赔笑，抱拳当胸，说："老先生海涵！千错万错我的错！只因我
家中有位兄弟，凭着他过目成诵的才能，无视先生；先生说了他几句，他就
离家出走。这不我已经找了他好几天，今日找到齐官镇，我远远望见你家门
口有个人活脱脱像我兄弟，一怒之下，过来打了他一巴掌！我哪想到这是个
纸糊的人子呢？实在抱歉！抱歉！"

齐更生细听了一遍，说："既然是这么回事，老朽就不责怪你了！你打
坏，我还糊上！请问先生家住哪里？尊姓大名？"

俊秀报了自己的家乡住址和姓名。

齐更生又说："既然你来到我的门前，如不嫌弃，请到屋里喝杯茶再走？"

俊秀早就等着这一句了，谦让几句，跟着齐更生进了院子。

齐更生见俊秀三十多岁年纪，人品出众，谈吐有礼，再看门外拴着的那
匹马龙腾虎跃的样子，更对俊秀增加了几分敬重；俊秀把糊的人子错认为是
他的兄弟，想来他的兄弟的仪表也一定不凡。他把俊秀让到屋里，百般地招
待，捎带着问俊秀兄弟的情况。俊秀瞎话顺嘴流，把兄弟夸了个天花乱坠，
说给兄弟提亲的挺多，就是兄弟眼高，至今还没婚配。

齐更生心中暗喜，看来这是天作之合！说了会儿，就爽快地把女儿的婚
事当面和俊秀说破了。

俊秀听了一口答应。

齐更生为了慎重，要求见见他的兄弟俊卿。俊秀又是一口答应，但是又

说他兄弟脸皮子太薄，可能不愿到女家来，在集上相相看看倒可以。齐更生想，年轻人脸皮子厚了也不好，就说定在齐官镇大集上见面。俊秀说："令爱的才貌早有耳闻，可以不见了！我和弟弟上无父母，一个孝悌人家，无父从兄，兄弟的婚事，我就可以做主了。"

双方都觉这事是喜从天降。

俊秀回到家和妻子姜氏一说，姜氏自然满心欢喜。可是如何让俊卿去齐官镇大集上让齐更生相看呢？姜氏心里转轴多，眼一眨巴就是一个鬼点子，如此这般地说了一遍。

俊秀一听，对！这是个好计。

到了齐官镇集日这天，俊秀雇来了一个戏子，让他打扮得俊俊的，骑着家里那匹雪花马从集上一过，什么不用说。戏子听说这么轻松愉快地走一次，可得白银十两，这种便宜事到哪去找呢？一口应承了。

赶集的这天，俊秀提前到了，对齐更生两口子说，一会儿兄弟骑着白马从集上经过。

齐更生夫妇把眼睛擦了又擦，立在街边一个高粪堆上，打着眼罩专看骑白马的从集上经过。工夫不大，那个打扮得英俊潇洒的戏子骑着白马过来了。戏子见多识广，装什么像什么，哪种阵势没经历过？他毫不怯生，坦坦然然、大大方方地从集上走了一趟。

齐更生夫妇一见，可就开了心花！这么俊的人真是天上难找、地上难寻！事后，他又托人打听了一下俊秀家的日气儿。回报说：日气挺旺的。

这门亲事也没有用媒人，就这么定了。齐更生怕夜长梦多，女儿又这么大了，一切从快，商定一进秋就过门。

这一个坎儿过去了，接着又要过下一个难关：媳妇进了家，得和俊卿一块拜天地，一个屋里睡觉；两口子会了面，媳妇一见受了骗，一使性子非蹬了蛋不可！姜氏说："一不做，二不休，搬倒了葫芦洒了油，这事包在我身上。"

两个村子相隔五十里，单程走一趟就得两个时辰，天明时分娶亲太匆忙，于是两家商定：娶亲的头一天下午，娘家就把齐赛花先送到村里。姜氏还对齐家人说："十里不通风，乡俗大不同！按照这里的风俗，第二天天不亮拜堂成亲，女婿不能见丈人家的人。"

齐家送亲的说："俺们一来，齐老伯就嘱咐了，到了哪儿说哪的话，随风就俗；还嘱咐赛花，出门子了，要到哪儿随哪儿，处处不能只由着自己的性子来。"

　　第二天一大早，天还黑咕隆咚，两口子拜了天地。待到姜氏把齐赛花的
大红头巾揭开，新娘连俊卿的影子都没摸着看。齐赛花循规蹈矩，在家听爹
妈的，到了婆家没有公婆，就得处处听哥嫂的。

　　到了晚上入洞房的时候，姜氏又对齐赛花说："妹子，咱家从老辈子起
就有这么个先例儿！夫妻五天不能见面；黑下可以在一屋睡觉，睡觉时也不
能点灯。要是夫妻俩能白头到老，五天以后见面时，俊的要变丑，丑的要变
俊。我和你哥那时候就是这么过来的，原来你哥丑，我俊，过了五天见面
时，你哥变俊了，我变丑了。"

　　过去的姑娘家，社会上的事知道的少，对这些没影儿的话，齐赛花听得
迷迷糊糊。一篇子鬼话，她也当真话听；嫂子怎么说，她就怎么听。

　　一对新人睡了五宿觉，齐赛花还不知道和她同床的这个男人是聪明，是
呆傻，是俊，是丑。到了第五天晚上，夫妻俩真要见面了，姜氏晚上上了
房，趴在齐赛花的窗外，先吹了一阵子"嗡儿嗡儿"怪叫的鬼笛，吓得屋里
的齐赛花扎在炕头里抖作一团。姜氏又拐声捏调儿地说："你们两口子都长
那么俊！这不行！俊的必须和丑的搭配！你们俩说，谁变丑了吧？你们都不
愿意？不行！我就得让俊卿变丑！"

　　一句话落地，俊卿就在炕上打着滚地哭叫！他说他浑身痛，痛得他在炕
上折跟头打滚。等到俊卿不哭不叫了，姜氏在房檐上怪声怪调地说："这回
你们两口子可以点灯见面了！"

　　这一闹，把个齐赛花吓了个半死。等到姜氏下了房，来到齐赛花的屋子
里，点上灯，齐赛花才苏醒过来；她睁眼一看面前的男人，吓得她大叫，昏
了过去。

　　姜氏把齐赛花折腾了半天，等新娘苏醒过来了，又耍起她的油嘴："说
一千道一万，命该如此；俊卿不变丑，也得让你变丑；姻缘天定，好汉无好
妻，懒汉娶花枝。"姜氏说了一会儿，见齐赛花一直不言语，也就闭上嘴；
反正两口子同床共枕了，就回自己的屋里睡觉去了。

　　那时候的封建规法是"好女不嫁二夫，好马不背双鞍"，"嫁鸡随鸡，嫁
狗随狗，嫁条扁担抱着走"，不许离不许散。齐赛花想，和这么丑的人过一
辈子，恶心也得恶心死了，活着比死了还要受罪。她越想心里越窝火儿，没
到天明，在外屋的门口悬梁自尽了。

　　聪明一世的齐更生，因为择婿过严，适得其反，把一个如花似玉的女儿
断送了性命。

瓦木姻缘

采录：张树华
1990 年采录

一

话说有一个村庄，挺大，这村瓦木匠多，手艺又都好，周围的州城府县、大镇小村，凡是要好儿爱俏儿的活，都请这村人干，因此这村取名瓦木庄。

瓦木庄分东头儿西头儿。西头儿瓦匠多，东头儿木匠多。西头儿姓陈的一位瓦匠是这村瓦匠里的最高手；东头儿姓李的一位木匠是这村木匠里的最高手。每每出去盖房，陈、李二位师傅在一起，投脾气，互敬互助，吃喝不分。二人在一块搭伙搭了几十年。陈瓦匠诚实有余，机巧不足；李木匠处世聪明，手嘴都巧。二人互为补充。就这么个庄稼手艺，春天秋后能挣钱，不吃河南吃河北，不吃河东吃河西，哪儿年头好上哪儿去。两家的日子都过得不错。

岁月不饶人，两位师傅渐渐地年纪大了。陈瓦匠只有一子，叫陈强，手艺没父亲好，为人比父亲还诚实。李木匠一儿一女，儿子娶了媳妇，继承父业，学了一身家传的好手艺；女儿李秀灵，虽然大门不出，二门不迈，处世上比父亲还要聪明。两位老师傅都有心结个儿女亲家，都没好意思挑明。这事在心里存了七八年，闺女小子都十八九岁了，不说不行了。一日，李木匠和陈瓦匠在村当间儿酒店里喝着酒，李木匠说："陈大哥，咱哥俩好，这就一辈子了！下一辈儿也让他们这么好！"

陈瓦匠说："咱俩合合眼去了，下边人咱哪能管得了呢？"

李木匠说："咱结门亲吧？你家小强和俺家秀灵都不小了，年龄也相当，咱门当户对又知根知底，这两小儿都是咱哥俩扑搂着脑瓜长大的！"

陈瓦匠说："那敢情好，就是俺陈强愚点。"

李木匠说："是实在，秀灵不嫌，咱今天就算定了！"

两个好朋友推杯换盏，互换腰带，算是定下了陈强和秀灵的婚姻大事。

二

人有当时的祸福。没过半年光景，陈瓦匠一命呜呼了。祸不单行，其老婆又身染重病，一年多才治好。陈强发送父亲，为母亲治病，供母亲吃穿，三分日子花去了两分，剩下的土地也荒了。二年的时间，陈强没出去干瓦匠活，日子雪崩山倒一样跌了下来。陈强吃不上穿不上，马瘦毛长，人穷脸小，打个喷嚏都朝外冒穷烟。陈、李两家门不当，户不对了。

李木匠成了心病，觉得自己聪明了一世，糊涂了一时，退亲吧，在乡亲面子上过不去；不退亲吧，自己这么聪明伶俐的孩子找了这么个穷主，这么寒碜人，从心里觉着别扭。因陈强的母亲不壮实，陈强多次要求把秀灵娶过来，可李木匠说嫁妆没备齐，多次推脱，后来陈强也就不再要求了。秀灵早就看出爹爹的心事，心里老大的不高兴！一个没出阁的闺女家，又不好说出自己愿嫁过去，不能散这门亲事。这成了秀灵的一桩心病。

陈强母子是穷富两重天了。过去别人给锦上添花，如今脸蛋子上抹屎，靠山山倒，靠水水干。这年到了大年二十九，娘俩儿下锅无米，点火无柴。陈老妈老泪纵横，上哪去摘借呢？陈老妈说："小强，还是到你娘舅家借点吃喝吧！"

陈强到了娘舅家，娘舅也哑了牙花，说："咳！你娘俩儿成了我的赖皮花子了！我躲不开甩不掉！去找你妗子给你们打点点儿吃的吧！我还得赶个晚集。"

娘舅说完，头都没抬就走了。陈强找妗子，妗子给他打点了一斗粮食。俗话说：瞎心的姥姥，眼子的姨，妗子是个热粘皮！舅都不行，何况是妗子？陈强到了家，解开口袋一看，是一斗黑豆。母子俩这可作了难！指望着借斗高粱棒子回来，娘儿俩碾碾轧轧吃，黑豆可怎么吃呢？陈老妈流着眼泪说："孩子，你娘舅都这样，亲人不亲了！咱还不如死了松心呢？"陈强说："妈别难过，咱不还有一门亲戚吗？"

"孩子，你没姑没姨，姥姥家又不行了，还有谁是咱的亲戚？"

"有，还是至亲呢！"

"你说是谁家？"

"东头李木匠家。"

"哎！你还想着那门亲？咱一穷就完啦！"

"妈！我去试试，他借给咱就借，不借给咱，咱也不丢人。"

只有这一条路，不愿走也得走。陈老妈应了儿子去试试。

娘儿俩晌午、晚上饭没吃，陈强瘪着肚子到李木匠家去了。李木匠家黑漆大门，门上高挂彩灯，进院后，到处张灯结彩，整个院子亮如白昼。陈强看看人家宽房大院，想想自己三间草屋，又想到自己赶着丈人说话，丈人扭脸，装没听见，想着脚下的腿就迈不动步了。自己在门限以里转了几个圆圈，最后牙一咬：不回去，我要和秀灵说话，我和她自幼在一块，或许她不会变心。

他穿过院子，向正房屋里走。走到二门口，听到屋里有说有笑，一家人玩牌呢，他停下了脚步，不！我不能冷不丁闯进去，他又退了回来，可是满院通明，就在院子里这么站着，人家出屋看见会拿贼办自己的！他用眼左右撒达一下，又无暗处可躲。他向后退，退来退去，退到院子的西南旮旯儿茅子里去。他心里琢磨，反正秀灵得出来解手，一解手我遇见她就可以和她说话。要不说这年轻人脑子简单呢：就秀灵出来解手，别人就不出来解手？陈强还满以为这是好办法。茅子里黑咕隆咚，四周放着铁锨、尿盆子、扫帚。他挤在西北旮旯儿依墙站着。站了不大一会儿，秀灵的嫂子来了。秀灵的嫂子没打牌，她正在自己屋里洗脚。脚洗完了，她穿上鞋袜，端着一盆洗脚水向茅子里走来，走到茅子门口就憋不住了，把盆在茅子门口一放，钻进茅子，裤子向下一褪，屁股一掉，又是拉又是尿。由于慌张，屎尿都喷在茅坑外边，骚臭味即刻冲天而起，直冲陈强的鼻子和嘴，下面的尿和屎渣子也崩了他两脚一裤子。陈强龇牙咧嘴，却大气不敢出。嫂子解完手，扎好腰，出了茅子，又把那盆洗脚水泼了进来，本来小茅子，一盆水进来，又泼了陈强一襟子两袖子。天寒地冻，转眼这些脏物就冻在了陈强身上。陈强肚饿衣单，一会儿把他冻得就会笑不会哭了。站在这儿，一会儿准会冻死，不如跑出去，跑上几趟不至于冷死在这儿，那时再想办法。他走了几步，刚出茅子门口，一个人打着灯笼向茅子里走来。陈强又扭头回到茅子里。那灯亮进了茅子，人还在外，他看清了，来人正是李秀灵。秀灵迈步进了茅子，放下灯笼，正要解腰带，猛抬头，看见一个男人站在对面！她正要转身喊有坏人，陈强提前说了话："你别喊，是我呀！"

秀灵一听音儿挺熟，定睛一看，是陈强。今天晚上秀灵和母亲，还有两个堂姐妹打黑牌，心里总惦记着婆婆和陈强。家家户户过新年，婆婆和陈强也许没吃没喝，年没法过呀！因为她心没有在牌上，打了几把都是她输，赌气不打了！自己打起灯笼来小解，哪想在茅子里见到了陈强！她心里一惊一乍，又是一怕。惊的是大年三十晚上，普天之下，亲人团聚，你跑到这茅子里来干什么？乍的是，自陈老瓦匠一死，陈家日子穷了，父亲有意散了这门亲事，不让陈强进李家了，俩人朝思暮想，就是不能见面，这会儿见到了。怕的是，这是我进来了，要是父亲和哥哥进了茅子抓着你可怎么办？少说也得揍你一顿。当时秀灵这些想法也是一打愣的工夫，就说："你呀！……你到这里来干什么？"

"我过不去年了，来找你来了！"

秀灵听了，心里又是一酸，说："你到茅子外等我，我解了手，咱俩到我屋里去商量。"

秀灵吹灭了灯，领着陈强，轻手轻脚，躲躲闪闪进了自己的绣房，回身把门插死了。这时她才见陈强一身水，一身尿，骚臭难闻，脸上皱皱巴巴，嘴唇发青，牙齿打战，心疼得没法没法的。她不容陈强阻拦，开开柜把自己的一身单，一身棉拿出来，令陈强换上。秀灵把换下来的衣裳扔到水盆里，说："你快到炕头里去暖和暖和。"陈强还有些害臊，不好意思。秀灵说："我的衣裳都穿上了，我的炕就不敢上？"说着掐着陈强的腿上了炕，秀灵这才问他："怎么在茅子里把衣裳弄这么脏？"

陈强把从舅家借粮，来李家怎么胆小，怎么进茅子，怎么让嫂拉脏尿脏又泼脏，说了一遍。秀灵叹了口气，说："你在这先待一会儿，我出去一下就来！"

秀灵走到母亲屋里，对在那里的嫂子说："嫂，你给我下头屋里门的钥匙！"

"你要钥匙干什么？"嫂子怀疑地问。

"我看看咱蒸的那馒头起得好不好。"

"那馒头起得挺好，你不是都看见了？"

"看见了还想着。"

妈从小就对秀灵娇生惯养，哥都让几分，嫂虽说看不惯，也拿她没办法。嫂说："老个看那馒头有什么用？"

妈妈见这姑嫂俩拌嘴，忙插嘴说："咱今天是一顺百顺，弯弯顺！三十黑下，无论如何别出别扭！她要钥匙就给她，她反正不偷着走！"

秀灵从嫂子手里夺过钥匙，奔了下房屋。她弄了个大布口袋，包子、馒头、糖三角、豆墩子、煎饼、老年糕，一拾拾了这么多半口袋。她又回到自己屋里对陈强说："这会儿暖和过来了吧？"

"暖和过来了。"

"就着这会儿他们都在屋里打牌，你快走！下房屋里我给你打点了多半口袋吃的！咱妈还两顿没吃饭呢！"

"我穿着你的一身衣裳呀？"

"咳，你这人，怎么还顾那个？大黑下，没人看见！你到家东西放下，让妈熥熥吃了，你马上回来！我这里快着给你洗衣裳，快着给你烤干，走走！"

秀灵又领陈强到了下房屋，拿了东西，又把陈强送出门去。

三

陈强到了家，把多半口袋吃的往当地子一蹲，说："我借来了。"

妈却没言声，借着黯淡的黑油灯光，上一眼，下一眼打量了一会儿儿子，说："孩子，你这是怎么了？怎么穿来了一身女人的衣裳？"

"妈，你先别问了！快点火熥饽饽，等你吃着饭我再告诉你。"

妈一会儿就把饽饽熥热了，陈强把去丈人家的事，一五一十说了。妈妈吃着包子，陈强又说："她在家给我洗衣裳，烤衣裳，你老自己吃着，我回去换我那衣裳，怕去晚了她家再关上门。"

妈说："那就快点去吧！"

陈强又回到秀灵家，他在秀灵的房门上用手轻轻一点，秀灵就听见了。陈强进了屋，他的衣裳还没烤干，秀灵插上门，继续给陈强烤衣裳。陈强坐在炕沿上等着。这一来一回又一来，来了又一等，工夫就长了。李木匠夫妇、哥哥、嫂嫂都睡去了。

不大工夫，街上有放鞭的了，陈强的衣裳还没烤干，等到烤干了，街上放鞭的就更多了。秀灵说："既然这么晚了，武松上了鸳鸯楼，一不做，二不休，你吃了饺子再走吧！我找我妈去煮饺子。"

秀灵把爹妈叫起来，又把哥嫂叫起来。嫂想，这个扫把星今黑下疯啦？她一举一动都让人猜不透！觉得这里面有事，可是什么事？她也没头没脑。心里不痛快，说话音就不顺："咱每年五更起的晚，为什么今年吃这么早的饺子？"

"早吃晚不吃，早吃了早玩儿。年年咱吃饺子晚，这里吃着饺子，那里堆着一堆等拜年的。"

嫂说："后人不改先人例。"

秀灵说："先人例都是后人改。"

母亲一听，这姑嫂的话又不对味，忙说："你们别吵嘴了，三十黑下图个顺当，秀灵愿早吃就早吃。"

嫂不言语了，心里老大的不满意，当着婆婆又不敢发作出来。饺子煮熟了，秀灵自己先捞了两盔子、一海碗端到自己屋里。

秀灵对陈强说："吃吧，吃饱了再走！"

李木匠、李夫人、哥、嫂都觉得秀灵怪。李木匠早就气顶脑瓜皮，大三十黑下先不吵不闹。李夫人早看出一家子气色都不对，怕闹出差头，说："先吃饭，有什么不顺心的事都过了初三再说。"

再说秀灵和陈强吃完了饺子，秀灵让陈强走，门还没开开，拜年的进院了。几间屋子人一多，嫂来敲小姑的门。她来，一是父母屋里人多让不开了；二是看看小姑在自己屋里究竟干了些什么。

嫂进了屋，只见两个盔子、一个大海碗都是空的，别的可疑地方没有。原来，秀灵见陈强走不脱了，又怕嫂找个借口到她屋里来，紧忙让陈强换上衣裳，嫂敲门来了，秀灵急中生智，让陈强藏在了被摞里，她在外边倚着一坐。

嫂说："妹子吃得好多！"

秀灵说："吃得多，一年兴旺。"

秀灵嘴里说着，心里骂道："那还不是你又拉屎又尿泡，又倒洗脚水，弄得陈强挨了冻，我受了半宿累？"

嫂待了一会儿，东瞄瞄西观观，搭了几句没用的话又出去了。

秀灵眼斜着她也没说话。

天方亮儿，拜年的少了，和秀灵常在一起的小姐妹，有七八个，来找秀灵打牌。秀灵说："我今儿个脑袋痛，不来了。"

人们说："你不来，俺们来！"

秀灵说："我没牌。"

人们说："你甭糊弄俺们，牌在什么地方藏着俺们也能找出来！"

几个在一起滚熟了的闺女，不容秀灵拦阻，在炕边里、小窗台上翻开了，翻了半天没翻着。一个说："那里没有就在被摞里了，话到手到，被摞用手一抻就散了！——啊？！陈强直挺挺地从炕头里站起来了！"

吓得这群闺女立即魂销魄散，张口结舌，整个屋子鸦雀无声。

陈强的脸红得像猪肝儿，眼瞅着秀灵不知何去何从。

秀灵一时面红耳赤，更是无地自容。

一会儿，这群小姐妹头脑清醒过来了，一个个出溜儿跑了。

嫂见到闺女们一个个从秀灵屋里出来，问有什么事，一个搭话的也没有。

嫂子三步并两步闯进秀灵屋里，一看这情景，心里久久压着的怒火冲了上来："好你个秀灵！你三十黑下偷汉子！败坏咱老李家的门风，咱找爹去说理！"

秀灵一看嫂抓住蛤蟆攥出尿来的劲头，事到如今，不如把事情公开，说道："陈强今夜来咱家借东西，怕你们不借给，才到我屋里来的！"

嫂说："是得到你屋里来，你是女的，他为什么不去找你哥？"

秀灵说："你血口喷人！"

这俩人一吵，李木匠、李夫人、大哥都过来了。

秀灵一见大事不好，向站在炕上的陈强一睒脸，那意思是说：你还不踹开窗户跑，可是这时已经晚了，哥哥上前一把把陈强抻下炕来，骂道："好你个穷小子！今儿个我就要了你的命！"他把陈强反背过手臂，用小绳杀猪一样捆了起来。

嫂对妈说："从昨个儿晚上，就觉得她反常，心里像有什么事，原来她在屋里偷着招汉子！"

妈无话可说。李木匠一个耳刮子打在秀灵脸上："好你个东西，今儿个让你活不了。"

那一巴掌过强，秀灵一个趔趄倒地，昏了过去。李木匠又抄起水担子向秀灵头上砸去！老太太三宗宝，闺女、外甥、大草鸡！秀灵是妈的心头肉呵！她一看这一担子打下来，就在秀灵身上一趴，喊道："你先打死我吧！"

李木匠水担子落下去的时候，心就软了，水担子一拐弯，扔在了地上，眼泪"哗"地流下来。

媳妇过来把公爹扶到另一间屋里去。

秀灵一会儿苏醒过来了。

外面哥哥也在梯子上吊起了陈强。李家当家子听说这家出了见不得人的事，过来了几个小伙子，又把大门插死了。

这时，秀灵推开"宝一声，乖一声"哭她的妈妈，手支了支地站起来，说："亲顾亲顾！陈强来借东西，我留下他，我和陈强也没这没那，一家人要打他，就是要打散吗？"

李木匠在另一间屋听的真真儿的，他大吼一声："散！"

秀灵说:"当初是爹和人家定的亲!人穷了就和人家散?今儿个笑话出了,你们散我不散!陈强就是我男人,我这就跟他走!"

李木匠又大吼一声:"让她走,永远不让她再进李家门!"

秀灵心一横,毫不在乎了,她说:"谁家穷也穷不到底,谁家富也扎不住根!我走,咱李家的土屑儿不带!"

她迈步走出屋来,又对举着鞭子的哥说:"哥,是妹子为李家丢了人,可当初爹把我许配了他,他就是我丈夫,我和他一块儿走!"

哥哥说:"你就跟这么个穷小子?"

秀灵说:"什么穷小子富小子?陈李两家几十年世交,陈家一穷,就翻脸不认账吗?"

秀灵上前把绳子解了下来,领着陈强,走出李家大门。

四

可叹李木匠一世聪明,没管得了女儿。李木匠叹道:"女大不可留,留来留去留成仇!"

李夫人说:"都是你推三阻四,想退这门子亲,那是陈木匠报应你!要是早点帮补他一点儿,哪会有今天?"

李木匠说:"这都是你调教的好闺女,给我李家辱门败户!你们娘儿俩都不是好东西!"

儿子倔生生地说:"过去说过去,现在说现在!作亲就得是门当户对。"

媳妇说:"秀灵走了,咱不让她登咱门边就完了,咱让她丑在门外,不丑在门里。妈也别生气了,生米煮成熟饭,生气也没用。"

儿子是帮爹说话。媳妇明着劝妈,实际是想永远不让小姑进门。

李夫人哪能受得了?她说道:"你们一家子一个心!都是你们心术不正惹出来的!我看一点儿不怨秀灵,你们看着是臭狗屎,我看着是香菜包,明天我就去接闺女!"

一家人又打开了罗圈儿仗。

一晃出了正月。秀灵在婆家挺好,虽然是吃了上顿没下顿,可她一句怨言没有。他们把从舅家借来的一斗黑豆卖了,换来了红高粱和谷糠。高粱、谷糠吃没有了,这可怎么办呢?

就就搭搭过了二月二,二月初三下午,他家的邻居来叫陈强。陈强去了一会儿就回来了，秀灵问："他家叫你去有什么事儿？"

"邻居嫂子生了个孩子，死了！让我晚上背出去扔了。"

秀灵一听，沉思一会儿，对陈强说："这小死孩儿别扔。"

"要小死孩儿干什么？"

"你把这小死孩儿给我娘家抱去，就说是我生的！你再如此这般……"

陈强对秀灵言听计从。

晚上，陈强把小死孩儿弄家来，放在了墙旮旯儿。二月初四这天早晨，陈强把小死孩儿用块破布包裹了包裹，抱着来到李木匠家。

李木匠家还没拾掇早饭桌，一家人的脸上都像下了霜，着了雹子砸。正这时，陈强一步闯进屋来。

一家人呆住了！

陈强一副怒发冲冠的样子，没等一家人说话，就把小死孩儿往地上一扔，说道："你家的闺女嫁我还说门不当户不对？她嫁一个月就生孩子，我怕给我陈家辱门败户，你家的孩子就得给你家！"说完扭头朝外走。

李木匠一家一看地上这小死孩儿，一听陈强这几句话，真如霹雳轰顶！竟有这种事？一家人气得浑身哆嗦。等到陈强走到了院子里，一家人才从震惊中清醒过来，李木匠照自己的脸抽了两巴掌，着急地喊："快快！把陈强拦回来！"

儿子说："弄回来打他？"

"混账！快给我去，让他一扬摆，咱还在这村过不过？"

儿子这时清醒过来，事儿真的要砸锅了！他慌忙追出去拦陈强，陈强本来就是假的，一拦就回来了。

陈强说："叫我回来还想怎么着？咱早就不是亲戚了。回去我就把你家的闺女送回来！"

这一句话把李夫人和媳妇吓酥了骨头：要真是那样，闺女回来，丢人现眼不算，嫁都嫁不出主儿去呀！嫂子想，一个眼里的沙子好不容易扔出去，又送回来，真比吃了蝇子还恶心！哭喊都找不到准腔调了。

李木匠一生走南闯北，在大事上还是稳住了，对陈强说："当初我和你爹做主定亲，如今我也没说不愿意，现在出了这宗事，你不愿意，我也不愿意，咱丑不丑一合手，韭菜包子别朝外臭！咱陈李两家从你爹在世就像一家，你千万别闹了！"

陈强说："那不行！我陈家历来家风严整，我不讨这么个闺女当老婆！"

李木匠说："别那样！别那样！老婆是你的！你不就是缺地，缺房子？我这有。你日子混不上我不惦记着你吗？"

陈强说："我缺地、缺房子，不缺良心、不缺德！"

李木匠无可奈何地说："你不缺的我缺，我不缺的你缺！咱互相这么一补不就完了吗？"

陈强说："你说话可算话？"

"算话！算话！"

"要是你哪天说的话不算话了，哪天我就把你家闺女送回来！"

"你含糊，咱立个字据！"

"你一家人都同意？"

李木匠像吃了一嘴辣椒，求情似的咧咕着嘴挨个问。妈先说了同意；媳妇又咧嘴又皱眉，最后哭丧着脸也从牙缝里挤出同意两字；儿子见一家人都愿意这么办，自己也就点了头。双方立了字据。

陈强把小死孩儿扔掉。李木匠把一半家产分给陈强和秀灵。

罪有应得

采录：张树华
1990 年采录

城关东城下住着老夫妻二人，没有儿子，只有一女，嫁给西城下一户人家。闺女家儿女多，大外甥女十八岁了，安稳大度，眉清目秀，每日帮着父母操劳家里洼里的一些活计。

前一年水涝，人们麦子种得挺多，第二年春天多雨，麦子丰收了，一进芒种节老夫妻俩种的麦子提前熟了，他们俩老人，顾了吹笛，顾不了捏眼儿，忙了洼里丢了场里，顾了场又丢了家！真是磨眼插旗杆——上了大愁。对于这个家来说灾年愁吃愁喝，丰年又收不上来。老两口儿合计起来，老头儿说："过来这些年，女儿家孩子多，劳力不整齐，日子混的背累，现今大外甥女都十八岁了，咱把她叫来帮咱收收麦子不行吗？再说咱老两口子一倒眼眉儿，东西还不都是她家的。"

老婆儿说："对呀，吃了晌午饭我上场，你就去城西叫她，快去快回。"

老头吃了饭，手背一抹嘴巴子就走了。城东到城西不过三里，做顿饭的工夫就到了。

老头跟女儿一说，女儿说："让她去吧！你老不来，我也想让她过去呢。"

俩人朝回走的时候，西北天上的云彩越来越多，一会儿遮没了阳阳儿。一道闪电划过，"轰隆隆"一声雷响，老头子心里发了慌！他的场里还摊着一场麦子呢！外甥女是裹脚，走道慢，让她走快了她就跌脚，怎么办呢？他对外甥女说："你自己后边走吧！我得先走，你姥姥一个人在场上，雨一到，麦子就趴了场！"老头子慌慌张张，跟头趔趄地走了。

姑娘在后面慢慢地走，不大一会儿，一阵冷风吹过，大雨"刷刷"地下了起来，姑娘被淋了个透湿，脚下处处泥水，再也走不动了，回？回不去，走？走不了，怎么办呢？她见到街南面有一个冲北的大梢门，她就走进梢门洞里去避雨。

北风刮着雨点向门洞里吹，姑娘冻得哆哆嗦嗦，她盼着雨停了就去帮姥姥家抢场，可是那雨大一阵儿，小一阵儿，下了个没完没了，一直下到了傍黑。姑娘想，这院里是个什么人家。怎么半天大门敞着也没有个人出入？要是有个人出来让一句，我就到人家屋里去暖和暖和。自己这会儿回家去吧？天黑了，道难走得很。她正在反复为难，院里走出一个文面书生，二十来岁，他是出来关大门的。他一眼看见这位冻得哆哆嗦嗦的姑娘，忙说："看你，冻成这个样子，快到屋里去暖和暖和，总在这站着还行？"

由于身子冷，姑娘没说话，犹犹豫豫地跟着关上门的小伙子进了院，又进了屋。这院儿不大，只三正两配，屋里摆设也不多，像是个普通庄稼主。姑娘进屋时，还认为谁家也有大男小女，可是进屋后发觉，这家整个院子就这小伙子一人！姑娘心里不由得"咚咚"砸起夯。小伙子却是非常热情，对她说："你在这屋里待着吧！这是我嫂的屋子，她麦熟前回家看看，回来就割麦子了！本来她说的今天回家，可能因为下雨也走不了了，我哥是个皮匠，和几个伙计在外村割皮子打套，一两天还回不来，只有我在家念书。你身上衣裳湿了，这儿有我嫂的衣裳，你自己换，我到外屋去做饭。"

饭做熟了。小伙子端上，姑娘没吃。小伙子也不勉强，说："你走不了了，就在这屋睡吧。"小伙子说完就到自己屋里去了。

正是热更天，都开着窗户，月亮从东房檐升上来了，照得满院子亮亮堂堂。姑娘望着天，上了大愁，能在这睡吗？这算哪一码？这个男人是好人还是坏人？就算是个好人，一个大闺女，一个大小子在一个院里睡一宿，也是好说不好听，要传出去，一条舌头两嘴片，怎么说都行。

小伙子见到这个挨冻的姑娘，是出于可怜她，到了睡觉的时候，才觉出这么办事不妥当。不行，我不能在这屋里睡。小伙子想着就自己出去了。路过姑娘的窗前，小伙子说："我走啦，你就在这屋睡吧！"

小伙子出了门，回过身来，把门对上，虚挂上锁，就走到街对面一家卖针头线脑、脂粉香皂的杂货店里去了。两家对门，挺熟挺熟的，他对店掌柜的说明来意，最后要求在这里借住一宿。店掌柜的满口答应。

等小伙子睡着了，店掌柜的心想：这个傻小子，这么好的事，打着灯笼找都找不到，给送到嘴里来了，他吐出来不吃！你不去，我去。

他猫一样蹑手蹑脚地开了门，穿过街道，奔对面的梢门洞走来。

再说那位姑娘，她知道小伙子走了，又听到他把门反扣上，心里才踏实些。她觉得到哪儿都是好人多呀！大姑娘家，咋在别人家睡觉，又是这么大个空院子，一时睡不着。一会儿，听到南墙头上瓦渣响，姑娘浑身一激灵，心马上悬了起来。从窗台上向南一望，在亮堂堂的月光下，只见一个二十出头媳妇模样的人，翻墙头过来了。那媳妇越走越近，只见她高梳盘头，宽衣解带，脂粉味呛鼻子。姑娘明白了，这女人一定是觉得小伙子一人在家，过来偷油吃。她忙躲入床下。

那小媳妇进来了，转身奔往小伙子屋里去。她在小伙子屋没找到小伙子，又走到姑娘住的这屋来，进屋一看，也空无一人，"嗯？没在家？……他一定是出去解手，一会儿就会回来的，我在这儿等他。"她自言自语地说着，一斜身子躺在床上。雨后天凉，那小媳妇随手拉过一个被单把下身盖上。就在这时，那店掌柜的走进屋来，见床上躺着的半裸身体的女人，便饿虎扑食般扑了上去，那女人只以为小伙子小解回来了，二人立即宽衣抛带，不顾一切地亲了起来。

再说小伙子的哥哥，他和几个伙计在外干完了活，时间就很晚了，离家四五里地儿，就在外村宿了。几个人睡不着，说起了笑话，一个伙计对小伙子的哥说："你在外睡觉，你老婆在家睡觉，你老婆和你兄弟不会闹事？"

"别瞎说！"

"你看，怎么是瞎闹呢？就得是真事儿！你兄弟比你小两岁，你老婆比你小两岁，他们俩年纪一般大，干柴和烈火凑在一起哪有不烧的道理？"

这个一言，那个一语，本是几人打打嗑，笑笑就完了，可这人秉性憨厚实在，他被人们说得将信将疑。

一个又说了："你回家看看吧，要不是真事儿，俺们输东西！"

这人疑神疑鬼，等到人们都睡着了，他爬扯起来，穿上衣裳，偷偷地回了家。

到了家门口，见门口还敞着，便有几分疑心；到了院里，见自己屋里的窗子还敞着，疑心更重了；走到窗台边，向屋里探头一望，见床上一男一女抱在一起，心里的火苗子"噌"地蹿了老高！他一回手，从腰里摸出割皮条的牛耳尖刀，三步并作两步闯进屋去，只两刀就把这对男女的脑袋割掉！他心里说：怪不得人说，你们在家有事儿，原来是真的！到这时，他心里气头仍然不小，在墙旮旯儿拿过一条麻袋，把两个人头装进去，背起来就去找老丈人。

他丈人家离城三里。

他到了丈人家时，丈人全家正睡着，他们听到"咚咚咚"地敲门声，丈人问是谁？外面一搭声，知道是姑爷来了，大黑下姑爷突然找上门来，必有大事，一家人都起来了。

丈人开了门，一看正是自己的姑爷，问道："有什么事，半宿半夜的来了？"

这人怒吼道："你家养的缺德闺女！我不在家，她净干些什么事？"

一听这话，丈母娘、小姨子、妻子都跟了出来，小姨子说："姐夫，你这是唱的哪出戏！我姐在你家怎么了？"

妻子也说："你疯啦不是？我给你家丢了什么人？"

这人一见妻子出来了，可吓坏了，把麻袋向旁一扔，瘫在了地上，脸上的汗珠子流了下来，嘴唇直哆嗦，一句话也说不出来了。

一家人知道这里面必有祸事，把他扶到屋里。这人清醒了一会儿，把他误杀两人的事，从头到尾地说了一遍。

就在这一夜，姥姥家认为外甥女中途遇雨又回了城西，父母认为姑娘跟姥爷到姥姥家忙活麦收。晚上，老婆儿对老头儿说："你到闺女家看看，外甥女道上被雨劫了，别再让雨激着，另外再说给她明天还得来。"

老头儿来到城西，才知道外甥女失了踪，两家找了一宿，亲戚朋友都找到了，仍然音信全无。

天明，这个皮匠背着人头，自己到县衙投案，后面跟着他的丈人和妻子。县衙派人去验尸，又从床下找出一个大姑娘，姑娘在床下吓死了过去，天明刚会说句话。这时皮匠的兄弟也从小杂货店里回家了，才知道一夜家里出了这么大的祸事。事情传出，全城都轰动了！姑娘家的人也都来了，人们见了，谁不觉是一桩奇案？

事情查清，死者鼠窃狗偷，罪有应得，杀人者无罪。县官有感于这两位青年男女品行纯洁，心地善良，亲自主婚，二位结成夫妻。

陈妈妈一命勾三魂

讲述：张书田
记录：张树华
采录于大城县北魏乡北良村

太行山边有一条沟，名叫四道沟，四道沟上有四个村庄，分别叫穆家堡、齐家堡、张家堡、石家堡。四个堡各相隔三四里路。四堡上老少几辈都互相做亲，见面都能论上大小辈来。四个堡，数穆家堡最大，百十户人家，一条东西街。街中坐北朝南住着两家，一家姓穆，一家姓陈。两家是邻居，两家的老太太都是寡居，都守一子。穆老太太守得好，勤俭持家，家风严整，把个家治理得滴水不漏。儿子穆生自幼读书，二十岁了，还没有成家立业。原因是穆老太太心气旺，条件高，含含糊糊的不要。这样一来二往穆老太太为这事也很是上愁。

陈妈妈守得不好，保媒拉纤，拉皮条，不务正业，每天四堡上卖花样子。儿子陈三长大了，见妈不正经过日子，就独立自过，苦巴苦结，自钻自造学了个木匠，春秋两闲在四堡上干木匠活。他来往人多，人缘也好，十九岁上娶张家堡张清的妹妹张青莲为妻。

这一天，陈三说："妈，这几年我在外干木匠活赚个零花钱，地里打的也巴巴结结够咱吃的，咱人缘又轻，日子混上了，你就别走东家串西家的卖花样子了！"

没说这话时，一家人欢欢喜喜，这话一出口，陈妈妈把脸拉下来了，把饭碗子往桌上一蹾，说："我走东家串西家怎么着？你爹在世时还不管我这一样呢？你长大了倒来管着我？没有教养的东西！"

一天，陈妈妈早早吃了饭，梳了头，身上打扑得干干净净，到穆家串门来了。穆老太太早起来了，她一见陈妈妈进了自己的门，心里别扭，但面子上也得过得去，她忙说："陈大妹子起这么早？快屋里坐！无事不登俺家门，大妹子来有什么事吧？"

陈妈妈说："咱两家祖祖辈辈邻居，老少几辈都没红过脸，咱们这一辈来往少了，也怨我，每天东奔西跑，咱老姐俩没时间坐下来说说家常话，实际上咱人住得近，心也近，我每天惦记着穆生侄子的婚姻大事。"

穆妈妈烟茶送上。她想，人家说好也罢，说赖也罢，提鞋不能嫌人家手指头粗。便说："我可谢谢大妹子啦！"

陈妈妈说："我在这四堡上转转，转不着好的，我到沟外去找，反正什么马配什么鞍，咱穆生要人才有人才，要文才有文才，门不当户不对，才貌不双全的咱不要。"

"大妹子要是真办成这事，我重重地谢你。"

当时穆老太太满心欢喜，事情过去也就忘了。陈妈妈的话向来二八折扣，谁拿当真事呢？

可是，偏偏就成了真事。

齐家堡有一位齐士杰，一儿一女一枝花。儿子居大，已经婚娶；女儿齐巧云，二十二岁，还没有婆家。齐士杰日子富有，是村中的富户。齐巧云俊俏无比，农家百事也样样精通，说媒的不少，可就是高门不成，低门不就，一拖拖到二十二岁，成了齐士杰老夫妇的一愁。陈妈妈消息很灵通，知道这个底，便登门说亲。陈妈妈这种三花面，嘴像抹了油，真真假假，添油加醋，把穆生说得好上加好，齐士杰老两口子满心欢喜。再一打听，穆家真是不含糊的主，好！齐家这头愿了意。再和穆家这头一说，早知齐家是四堡上知名的户，姑娘齐巧云也才貌双全，自然愿意。陈妈妈又跑了几趟，过书下简儿，择了良辰吉日，笙吹戏乐，隆隆重重把齐巧云接过来。

齐巧云过门后，夫妻和睦，婆慈媳爱，日子过得比蜜甜。谁知这种火爆爆的日子过了一年有余，乐极生悲！穆生身体虚弱，秋后风凉，染上风寒，开始只觉是一般感冒，没当回事，后来越病越厉害，起不来炕了。穆老太太可着了急，东接一个医生，西接一个医生，三服药不见好就换医生，但都不见效。穆生面黄肌瘦，两腮抽肉，病入膏肓。这时的齐巧云已经有身孕八九个月了。过几天，齐巧云生了一个白胖白胖的大胖小子。穆老太太一见孙子，悲喜交加，悲的是儿子的病没治了，孙子一落生就要没爹了，喜的是穆门里又有了接续，没断穆门的香火。她觉得儿子将死，死前应把这件喜事报给他，便和巧云商量，把孩子抱到穆生房中让他看看。哪知穆生见到又白又胖的儿子，心里一喜，一口气没上来，死了。

穆老太太一见儿子死了。没哭没喊，一滴眼泪没掉。她把孙子抱在怀里，又走回产房，送到巧云的怀里，没把这悲伤的事告诉月子里的巧云。齐巧云问婆婆："妈！他的病今天好点吗？""见好多了，今儿个还吃了俩鸡蛋呢！"

穆老太太沉住气，应付过去。要说伤心难过，最数穆老太太了：儿子一死，儿媳有个走主；自己呢？居寡二十年，将来靠谁。但她天性刚强，有多少泪也不向外流。她和巧云说了几句话就回到了儿子房中，赶紧召集近枝当叶，给穆生穿上衣裳，搭床上，就商量怎么出殡。她对人们说："我想是黄天路上无老少，我儿一死，哭也哭不活，我要先顾活的，儿媳坐月子，为了她们母子平安，乡亲和亲戚们来了，谁也不要哭！也不动枪，也不要炮，不要戏子喇叭！一切等项越简越好。"老太太真是心宽，大笔写大字，大人办大事！

老太太又一想，因为前头已派人送信请齐夫人来服侍女儿月子，大概这会儿已走在道上了，要是不嘱咐好了齐夫人，她进门见穆生死了，和巧云一讲，不就砸了吗？她立即派人在村边上等齐夫人，把穆生死的事和对巧云保密的事都告诉她。派出人出去不大一会儿，就把齐夫人接应来了。接着，老亲家俩又诉说了一些苦衷。穆老太太讲了为了儿媳、孙子的平安，不让儿媳知道儿子死的事。齐夫人胸中含悲，嘴里一一答应。

齐夫人进了女儿房，把服侍女儿月子的一些用品放下，见女儿平安，外孙可爱，也放下心来。单说巧云，她总觉着心神不定，又听着院子里的脚步声又多又乱，就问妈妈外面出了什么事？齐夫人说："什么事也没有，你好好养你的月子吧。"

巧云知道丈夫已经病重，从脚步声中就预兆不祥，她反复追问齐夫人。齐夫人奈不过，就把实话讲了。巧云一听，放声大哭！哭自己命不好，哭儿子一落生就没有爹！女人家产后身体虚弱，一直哭得死去活来。齐夫人左劝右哄："孩子，别哭！自己的身子要紧！人不知道死，车不知道翻，他死了，你就指着这一棵树吊死吗？等他的坟头一干，咱就另走一个主，凭我闺女这个容貌，这个年龄，这个聪明，何愁不能另找一个主？快别哭了！"

要不说一言兴邦，一言丧邦呢！穆老太太及院里办丧事的人们听到巧云房中的哭声，就知道穆生的死巧云知道了，穆老太太心疼儿媳，赶紧去房中劝说，哪想走到外间屋，正听见齐夫人劝女儿的那几句话。不听还好，一听不由怒从心中起，火从胆边升！心说：好，你这个老东西！你不劝说女儿安心养月子，敬老扶幼，贞守节操，却教女儿走主，这还了得！真想一撩门帘进屋，把这个老不是东西的痛打一顿。最后，强把怒气忍了下来。

儿子死后一些日子，穆老太太表面劝儿媳说，你年纪轻轻，芳年未过，还是找个主好。可心里却想留下她不嫁。可巧云呢，她一听也痛哭，说不能让儿子从小就亲妈后爹，再说也对不住死去的丈夫。

这样，齐巧云有时去娘家走走，住上几天，又回家侍候婆婆。在两个家来来去去走着过日子。每次，齐巧云回娘家不过五天，穆老太太就派人去接孙子。巧云来穆家堡也不过五天，齐夫人就派车来接她。齐巧云这样往往返返，两堡之间的道路都被她的车轧凹了。

过了寒食，到了春三月半头，巧云又抱着儿子回婆家。一路上花香鸟语，春风拂面。走到中途一个十字路口处，遇上一个男人。这男人二十七八岁，姓石名万，石家堡人。他从小不务正业，吃喝玩乐，寻花问柳。他这个名儿顶风都臭八百里，顺风得臭一千里。可是齐巧云自小闺阁之中，到了婆家一年多也没下洼踏地，耳朵中有石万这个坏人，眼里却没见过其人。

石万不错眼珠地瞅着齐巧云，嘿！好一个美貌的女子，看一眼嘴里都向外流涎水，看两眼，手心痒痒，她走过的道旁青草都显绿，她踩出的脚印都香。石万不知不觉地跟着巧云走，一直跟进了村，齐巧云向哪里走，他就向哪里走，齐巧云上了台阶子了，石万也上台阶子。到了门前，齐巧云想：我后面跟着的这个人不是疯子必是傻瓜！不由得回头一笑，转身进门，把个黑漆漆的大门"咣当"关上了。石万被关在门外，两腿一并，久久地瞅着大门。

事有凑巧，这时正赶上陈妈妈卖花样子回来，见到了这位看直了眼不知眨动、嘴角向下滴答哈喇子的石万，知道他望花生情，上去就是个嘴巴子！石万惊醒过来，见是陈妈妈，心不在焉地说了声："陈妈妈！"

陈妈妈问道："你这个馋虫，呆立在这儿干什么？"

石万笑道："陈妈妈，我去张家堡玩牌，嘿嘿！赢了几十两银子，回家路过这里，不想正遇上妈妈。"

"谁问你玩钱儿不玩钱儿？我问你待在这儿干什么？"

"孩儿闻到一股香味，走到这里。"

"这儿是个干净地方，不许别人撒尿！有事回家里，没事可到老娘屋里坐坐！老娘那屋只有凉水喝。"

陈妈妈说罢走了，她本是随随便便应酬的几句话。没想到石万这个热粘皮，像陈妈妈屁股后面的尾巴一样跟着进了屋。进屋后，马上缠着陈妈妈给他成全好事。陈妈妈冷笑一声，说："好，你这个东西，到俺穆家堡来找巧事？你打听打听我西邻是谁家的媳妇？她是四堡上出了名的穆氏老太太？她要知道，抽你的筋，扒你的皮！你找个死猫烂狗吃吃就完了，还非想吃天鹅肉！"

"妈妈不要说笑话！什么事能难住妈妈？你成全我和这个女人住上一宿，我可永生忘不了你！"

陈妈妈把脸一变，说："好你个狗东西！你来缠老娘？我们是老邻旧居，一天三对头，这不比那些村边野味？再提这事，你就给我滚出去！"说着就要向外推他。

石万拱手作揖："妈妈息怒，事成之后，重谢妈妈！"说完，手向腰里一摸，摸出二十两白银，举过头顶，陈妈妈一见白银，"扑哧"一笑，说："孩子，起来吧！妈妈给你办就是了，可有一条，喝粥要等豆儿熟，不要心急。"陈妈妈接过白银，放入腰间。

再说陈妈妈自从给穆家说了亲，言归于好，有事没事也到穆家走走。穆生死后，穆家宅院凄冷，陈妈妈来得多些，常和穆老太太坐坐。她能见人说人话，见鬼说鬼话，她和穆老太太讲的都是仁义道德，夫洁女贞。穆老太太不在家，她便到齐巧云房中，尽讲烟花柳巷的新闻以挑逗齐巧云的春心。日子一长，她说到齐巧云身上来，花好无人赏，酒香无人闻，黑房冷屋，日子一长脸上没色，粥僵了锅就完了。

齐巧云被说得脸热心跳，含羞不语。陈妈妈一看有门，到这里来得更勤了；齐巧云也盼着陈妈妈来，好为自己开心解闷。这一日，陈妈妈故意说："人过青春可没有少年！我年轻死了丈夫，秉心守节，后来一想，一辈子人怎能像不长苗的薄碱地？我就把那些向我勾情送俏的男子引到家来，这样我这辈子也不冤了。"

说到这里，臊得齐巧云脸上红云飞集，她说："妈妈可是想得开！"

陈妈妈见是时候了，便说："巧云哪，你不也想得开吗？实际妈妈早就惦记着你呢！我给你找个美男子，夜下和你就伴！——不用害臊，这是人之常情。别人又不知道，只是天知地知，你知我知的事！今夜月黑人静，我让他从我家翻墙头过来。"

齐巧云忙立起来说："妈妈使不得，使不得！"

陈妈妈是个能察言观色的人，说到这里抬屁股就走，说："也就是妈妈惦记你呀！谁没从年轻时过过！"

再说石万，三天一趟、两天一趟找陈妈妈，儿媳张青莲发现了也不多问。石万在陈家自由出入每次来少不得给陈妈妈一些银两。这天，陈妈妈便对石万说了："今天晚上过去，从我这西墙头竖上梯子，你上去后，再把梯子拽到穆家院里去，巧云就在这东跨院正房东屋里住，我已经和她说好了，下去可要小心，那干巴穆老婆子可不是好惹的，对这种事恨得咬牙根！"

长话短说，石万等到晚上鸡不叫狗不咬了，竖上梯子进了穆家院，像猫一样蔫蔫进了齐巧云的屋。齐巧云借着灯光一看，这不是那一天在后面跟着她的那个野男人吗？她想赶他出去，又怕喊嚷出去名声不好。既然如此也就如此吧。

两人这样一来，感情越来越深。后来石万每夜必来，齐夫人再派人来叫巧云回娘家，她也不去了。脸上笑纹多了，嘴上笑声响了，心里暗谢陈妈妈没让她辜负青春。

纸里包不住火。这种事人一看见，就传出去了，穆家堡大人小孩很快就知道了。人们暗暗叹息，"老寡妇，少寡妇，少寡妇可没老寡妇守的好哇！"有的骂石万，"哪里有腥气味就朝哪里钻！"街谈巷议，成了全村人的话题。

谁也有仨亲俩后的，这事渐渐地就传到了穆老太太耳朵里。穆老太太将信将疑。自己门户很紧，每日早关门，晚开门，没见一个男人毛儿，难道巧云在娘家出了坏事？她把大门再加一道栓，带着太阳就关门。她又仔细观察儿媳妇，也没有发现什么破绽。她想，也许是有人欺侮穆家，造谣言，寡妇门前是非多呀！

穆老太太怎么也想不到事情出在东邻陈妈妈身上。她睡觉前在东院转一圈，那石万扒着墙缝看着呢。她回来一熄灯睡觉，石万就越墙而过，放心大胆地和巧云相会。巧云和穆老太太在一屋睡时，白天穆老太太到地里去，或去串亲，石万也就过来，把个大门一上，更加大胆胡玩。这一来，更是随随便便。

九月里，一夜北风忽起，山沟里的风更硬更猛，穆家房子上有吹落的棒秸，刮倒的烟筒，发出"哗哗、噗噗"的声音。穆老太太睡不着觉。想做贼的偷风不偷雨，正是防贼的时候。到了半夜，穆老太太穿衣起来了，她先到西跨院转了一遭，又到东跨院。这时节，月亮早下云了，天挺黑的，她一推外屋门，外屋门敞着了，她觉得这是年轻人拉忽，忘了关门。她提着灯笼向里屋走，进了里屋叫声巧云。这时石万和巧云搂着睡得正香，穆老太太一叫巧云没醒，却把石万惊醒了。他一睁眼，见一位老太婆横眉怒目站在当屋，他一打滚起来，飞起一脚踢开窗户，纵身跳入院中。他三步并作两步跑到墙下，"噔噔噔"一溜小跑上了梯子，爬上墙头。他一时吓得魂飞魄散，忘记了墙头东面没有梯子，一步蹬空，怪叫了一声，跌到陈妈妈院里，摔死过去。

这时上房里的陈妈妈，下房里的张青莲都睡着了。这夜风大，石万从墙上摔下来的声音，早被风声淹没了。陈妈妈听了睁睁眼，觉着不过是个从墙上跳下来的猫，或是刮下来个砖，翻了翻身就又睡过去了。

待了一会儿，石万慢慢苏醒过来了。由于摔得过重，起来还是晕头转向。一清醒，才知道自己慌忙中没穿衣服，这可上哪里去呢？虽说他石万脸厚皮憨，待到天亮，让人见了这像个啥样子？他想，我要到陈妈妈屋中，穿上两件衣裳，乘黑逃命要紧！他爬起就找屋子，哪里知道，他却摸到下屋张青莲屋里去了。

这一夜，青莲房中没有上门。她丈夫陈三这几日在石家堡干木匠活，每天回家很晚，他让青莲给他虚掩上门，省得叫她起来开门。石万进了屋，只认为是陈妈妈的屋，就在炕上乱摸。摸来摸去，摸着青莲的脸，青莲醒来，认为是陈三回来了，说道："我早睡了，大冷天，被子我早给你焐热了，快上炕睡吧！"

石万一听声音，才知不是陈妈妈。他稍一定神，想起来了，这是陈三媳妇的屋。嘿嘿！她还让我和她睡觉？想了想，罢罢罢！一不做，二不休，人在花下死，做鬼也风流！就上炕钻进张青莲的被窝里。也该着这石万活到了尽头，恰在这时，陈三背着一些木匠家伙回来了。他多喝了几杯，倒倒歪歪地回了家来。借着隐隐的星光，见一个男人，心火立刻蹿了起来，心里骂道：好你个臭娘们！你竟敢背着我招汉子！他轻轻把家伙箱子一放，顺手举起手中的铁锛照石万的后脑勺砸了下去。一锛下去，砸塌了脑瓜盖，没有弹挣就瘫在了地上。张青莲莫名其妙，翻身坐起来，对陈三说道："你这是怎么了？我让你上炕睡觉，你怎么啦？"她的话还没落地，陈三第二锛向她的头上砸去！青莲一歪脑袋，没砸住，她一伸手把锛攥住，哭诉道："你为什么要打死我？你得说个明白！我来你陈家门二三年，办过给你家丢人的事没有？你一年到头，在外多，在家少，家中的地都是我种，衣都是我洗，你为什么？你说出来好让我死个明白！"

陈三咬着牙齿地说："你还假充什么正经？"他把石万像抓小鸡一样抓

了起来，说："你看这是什么？"

张青莲定睛一看，看到一个男人，"妈"地叫了一声，吓蒙了！正在这时，上房屋里的陈妈妈听到下房屋里折腾，披上衣裳走了过来。她举着手上的灯烛一照，见陈三和青莲正夺那个铁锛，又看旁边躺着个石万，她可咧了嘴，心里话，石万哪！你沾花采柳，千不该、万不该粘到我儿媳妇身上来呀！石万这会是出气多，入气少，也瞅见了陈妈妈，咧了咧嘴，意思是说：你呀，给我拉钩牵线，让我送命了！他的嘴咧了两咧，就断了气。陈妈妈一看不好，上前对陈三说：

"三哪！你这不是出了人命了吗？自古就是杀人偿命！你还活的了？"

陈三说："男子汉大丈夫活在世上，连妻子都被人强占，活着还有什么用？"

陈妈妈说："抓贼要抓赃，捉奸要捉双，你不能办这种莽撞事！"哪知陈三一听捉奸捉双，心想，我不留你这个小淫妇丢人现眼！他一使力气，拿起锛，只一锛下去，可怜贤惠的张氏，一命呜呼了！陈三杀二命，不颠不跑，天一亮自去报官投案。

再说石万跳窗户跑出的时候，齐巧云也被惊醒，迷迷瞪瞪爬起来，把那媚眼香眉转了几转，神魂刚定，一睁眼，见婆婆立在面前。穆老太太一切都明白了！石万一跑，她不追不喊，任他逃出，但是儿媳妇她是饶不过的！齐巧云一看自己败露了，跪在炕上给穆老太太磕头，求婆婆别声张出去，今后安守贞节，为穆家养大唯一的根苗，将功补过。

穆老太太说："怪不得街上传言你招男人，果然不假。我注意你多少次，你都骗过我！真是人说的不正经人装正经。比正经人还正经！今天还有什么话说！"

"千错万错我的错，娘！饶孩儿这一次吧！不看死去穆生的面上，也得看在你这小孙孙的面上呀！"

穆老太太说："你不守节，可对我说明白，你要抬身走主，我当女儿出嫁陪送你；你再不愿走主，我给你坐地招夫，和男人去睡个冠冕堂皇！何必绷着脸硬说自己能当好人？这回你再不能骗我了，你给我走！"

齐巧云泪如雨下，对婆婆说："黑灯瞎火，风大夜寒，你让儿媳上哪里去呢？"

穆老太太沉下脸说："这会儿你这么怕事，你养汉子那胆量上哪里去了？"

"娘！你就不要孩子吗？"

"你回家去吧！你父母再送你回穆家堡，我就收留！你父母不送你回来，我就不要了！我保留你的名誉，趁黑下没人看见，走吧，别带走穆家的一星尘土。"

齐巧云反抗吗？一反抗会立即闹得前邻后舍都知道，自己死都无地，和婆婆拼命，婆婆平时待自己胜过亲娘，怎能下得去手？她伸手去抓衣裳，衣裳早被穆老太太抓在手里，经齐巧云再三哀求，只让她穿一件单衣，就把她赶出了大门。

穆老太太把大门重新关好。别看穆生死时她眼泪没掉，这会儿不由得落下两滴老泪！她叹息，命运为什么总和好人过不去呢？自己老了，支撑这个家业也觉力不从心了。

齐巧云出了穆家门，天黑风大，向哪里走呢？一步走错，后悔也晚了。自己扎井死吗？又想着自己吃奶的儿子。想想，还是回娘家再说，虎猛不吃子，爹娘不可能和婆婆这样狠心；日子一长，婆婆气消了，还会收留自己。于是，她出了穆家堡向齐家堡走去。到了齐家堡，她也冻作一团了。她一看大门紧闭，又围房转了几圈，来到西院，搬开了小栅栏门。这小院是她家的碾磨棚，院中还种些花草，平时没人到这院中来。她来到中院和西院之间的小便门边，却不敢敲门。她想：要是父母出来一问，自己该怎样回答呢？

这时，齐士杰早起开了西门，忽见一个人影，却没认出是自己的女儿，他用胳臂碰了碰身边的儿子，儿子也发现了！是人？是鬼？看不清楚。爹说："抄家伙！"他顺手抄起一把四凿。儿子进屋抄起一张弓，拿来一筒箭。齐巧云一看是爹，又羞又怕，转身就走。儿子见这鬼要走，"砰砰砰！"连射三箭，箭箭射中齐巧云的后心，齐巧云一命归阴了。

爷儿俩一见鬼倒地不动了，蹑手蹑脚走上前看："我的娘！这不是巧云吗？"爷儿俩慌忙把箭拔下来，把齐巧云的尸体抬到屋里，这下惊动了齐夫人，一家人糊糊涂涂，痛哭一场。到了天亮，一家人抹干了眼泪，把当家户族的叫来商量，决定先派人到穆家堡，只说接巧云回家，看看那里出了什么事；要是穆老寡妇亏待了巧云，或是穆家人欺侮巧云，齐家堡立即去人，砸她个片瓦不留。

说办就办。齐家堡去了人，找穆老太太评理。穆老太太说："今夜巧云回了娘家，你们没有看见吗？"

"没有哇！"

"有也罢，没有也罢，巧云回娘家是我让她去的。为什么让她去，我领你们看看她住的屋子就明白了。"

齐家堡人一看齐巧云住的屋子，屋里不满周岁的儿子睡得香香的，炕上一个被窝宽宽敞敞，旁边放着男人的衣帽、腰带，地上有男人的大鞋。

齐家堡来的都是齐士杰的近人，来时就一腔子火，要打架的架势。穆老太太早有防备，那现场没动。齐家堡人一看，都被羞臊得无地自容，还问什么呢？一个个低着头溜回齐家堡了。再派人问穆老太太，人死了，怎么处理。穆老太太说："活着是你家的人，死了是你家的鬼，与我穆家无关了。"

陈三来到县衙，敲了惊堂鼓。待县官出来，他堂上一跪，把杀人的事说了一遍，县官先把陈三押入大牢，带着三班衙役马上来穆家堡验尸。他来一看，这还有假？自古有定律，捉奸捉双，一男一女在这躺着呢，还有错吗？把石万家的人叫来看了现场，又把张家堡女方娘家的人叫来看了现场，石家堡人正恨这个歹人不死呢，说这是活该；女方是张青莲的嫂来了，她说："事出在陈家门里，也是俺张家的丑事，既然这样，也活该她死。"

男尸由石家堡弄回埋葬，女尸由陈妈妈埋葬，陈三听候处理。几方无事，这案子就糊糊涂涂了结了。

再说张清，这一趟发财回来了，到了家后，就要去接妹妹。因为这兄妹二人自幼父母双亡，就相依为命。妻子说："你那宝贝妹子死啦！"

张清问是怎么回事。妻子如此这般一说，张清拍案而起："我妹妹冤枉！他自幼跟我长大成人，她是什么人格我非常明白，她做不出那种败坏门风的事来！"

妻子说："可别闹了，人死了，不是越闹越不好看吗？官家都叫我去看了，真真凿凿的呢！"张清仍不相信，他反复问，又找到穆老太太细问原因。穆老太太把石万的衣物拿了出来，又说明了那天夜间的事。张清发现妹妹是受冤，便拿着衣物到府里告状，府里来人，复查原案，传令审问陈妈妈。陈妈妈只说石万和儿媳通奸，府官问为什么石万的衣物却跑到穆家院子里去？陈妈妈支支吾吾，把和巧云拉关系，后来陈三又误杀了儿媳等全都说了。陈妈妈罪大恶极，就地正法！陈三误杀人命，不加追究，张青莲清白无罪。

懂事大伯小传

采录：张树华
1990 年采录

据说，有一年一位先生带领三个学生进京赶考，路上借宿在五口村一位农夫家。夜间下了一尺多厚的大雪，他们不能赶路了。雪一直下了半月，半月中，这位农夫招待热情，茶前饭后农夫便和先生谈古论今。说话间，农夫知道先生在家当懂事还教书（懂事在旧制里是否是官位，史书上无记载）。出门在外的人得处处求人，先生和农夫年岁虽然差不多，也称农夫"大伯"，农夫受到尊敬，心里暗自高兴：学生的老师都称我大伯，大概我的才华也很不简单了。

赶考人进京入了考场，三考过后，都金榜题名：一个状元，一个榜眼，一个探花。皇上又都封了他们为朝中大官。

这事传到五口村，五口村人都羡慕人家成了老爷。懂事大伯却不然，他摆出不屑一顾的样子，叫着他们的小名说："他们的先生是我侄子，他们是我的孙子辈呢！孙子辈都能考上京官，我的才学自然比他们还高得多呢！"

他再见了京官、府官、县令都洋洋不睬了，五口村人就更不屑一顾了。对当官的傲慢态度，他只是嗤之以鼻了。一次，农夫到集市上去，忽听有敲锣喝道声，众人四散闪开，独有这农夫立在街中，腆胸叠肚，歪着膀子，若无其事。有人拽他躲开，他冷笑道："怕这些小的么！我侄子的学生都是京官，他们敬我，小小的府吏、县衙敢不敬我！"

县令的轿至，衙役们要打他，他怒斥县令："我是懂事的大伯，你应该给我让路！"落轿后，县令问左右："懂事是什么官儿？"左右不知，县令心想：自己府官、巡按都见过，宰相、太尉也都知道，却不知有"懂事"这个官衔，这一定是权势更大的官了！触犯了他，自己的乌纱难保。吓得他脸变色，体筛糠，慌忙整乌纱，打官袍，颤步下轿，走到农夫跟前双膝跪倒，说道："下官不知懂事大伯在此，不意冒犯尊颜，望乞恕罪！"说罢低头候命。

懂事大伯冷笑道："我堂堂懂事大伯不需要你这个七品小官一跪！我宽

宏大量，不和你计较，快起来给我滚吧！”

县令听了，磕了几个响头，连声谢恩。起身，令衙役们起轿，县令跟在轿后，见离那农夫渐远，才下令衙役们落轿，县令上轿后，这一伙人便飞快地离开了集市。

集上人都看呆了，真不知这位土头土脑的农夫是哪里来的这么大威力。从那以后，五口村人和同他相识的都把他尊若神明。从那时起，直到他去世，都尊称他懂事大伯。

娶妻

懂事大伯年轻时务农，有钱人的女子、有姿色的女子都不嫁他，他的姑、娘、姐、舅都为他发愁。一拖拖到了二十七八岁，给他说的媒上百起，都不成。懂事大伯更是着急，活不干了，和邻居们见了面也不搭理，还经常和他的爹娘发脾气：“谁家的房茬不流水？谁家的烟筒不冒烟？为什么我就不流水，不冒烟呢？阎王爷让我托生到你们手里，还让我囫囵着回去吗？”爹娘奈何他不得，只能任他的性子来。懂事大伯对所有的待嫁女子都嫉妒，见了就是横眉立目。心里却念念地想：我懂事大伯身强力壮，虽然没照过镜子，估摸着长得也不赖歹，为什么就看不上我呢？

千恩万谢，这年又来了一个说媒的，说的女方上中等个子，眉清目秀，心灵手巧，尊老爱幼，像一朵水灵灵、含苞欲放的荷花。但年已二十五岁，婚期已晚。原因是，家人在朝为官，遭了横祸被杀，家里上下人等，两颊都刺上罪人子孙的文字，这样一来，一家人男不得婚，女不得嫁。多少人对这姑娘存有爱慕之心，但都怕牵连自己，因此，这姑娘嫁不出去，每年给别人做嫁衣裳，自己却嫁人无望。媒人给她介绍懂事大伯，她也不问懂事大伯的为人、品貌，是个男人，她就点头同意了。

懂事大伯考虑，女人都不爱自己，可这女人是罪人家的女子，不同意吧，怕年岁再大娶不上媳妇，因此就勉强同意了。

娶到家后，这姑娘果然像媒人说的那样才貌双全。懂事大伯干活勤快多了，性格活泼多了，也孝敬父母了，每天抿嘴乐着走道。前邻后舍夸这姑娘好，可是也有人说：“她哪儿都好，就是脸黑点。”

懂事大伯听了这话，很不高兴，心想：我妻子长得白如玉该多好呢？怎么这么好的人，偏就黑一点呢？

黑——成了他的一块心病。原来水灵灵的一个美女，现在怎么看怎么黑！成家时舒坦开的眉头又锁上了。对妻子常常打骂，妻子受了气，也不敢做声。后来他想，皱眉，上愁，打骂，也解决不了黑的问题呀！要想个办法才好。

办法想了有一年，也没想出，愁得他吃不下，也睡不着，见到黑色心中发冷，听说黑字，心中生腻，推而广之，连暗字、猪字都忌讳。自己嘴里也不说一个黑字。

他妻子忍气吞声，每天操劳完家务，就掐草帽辫。懂事大伯忽然想到：掐草帽辫的莛子是怎么弄白的呢！他便每天留心妻子是怎么整理莛子。他见妻子把一捆捆的莛子放在背篓里，里面点上硫黄碗，再用一床被蒙起来，熏半天时间，就把各种杂色的莛子熏白了。他见了，心中大喜。一日晚，妻子忙碌了一天，提前睡了。懂事大伯偷偷点上了一大碗硫黄，放到妻子的被窝里去。妻子被硫黄烟呛醒，翻身要起来。懂事大伯想：如果她起来，还能熏白吗？那可不行！他一跃身子，上了炕，隔着被把妻子压在身下。妻子动弹不了，喊叫不出。有一个时辰，他觉得妻子不动了，才撒了手，自言道："熏人大概比熏莛子快，我掀开被看看。"掀开一看，妻子已经奄奄一息，面色变白。懂事大伯乐颠颠地到旁屋里找到他妈，说他妻子白了。他妈大惊，问是怎么变白的。懂事大伯卖弄自己的聪明，绘声绘色地学说了他熏妻子的经过。母亲听罢，风风火火跑过去，见儿媳尚有一息，她赶紧把硫黄碗端出扔掉，又喊来了邻居，把儿媳抬到院子里凉快通风处，又请来医生抢救，半月才好。

妻子病愈，回娘家去了。她含恨饮泣，离婚吧，她身怀六甲，离了哪个男人还要自己呢？不离吧，怎么和懂事大伯过一辈子呢？难过得真如刀子搅心。进娘家门时，又把泪擦干，强打笑脸去见母亲。母亲见了，担忧地问："你这趟来为什么这么面黄肌瘦？"女儿想：母亲本来是两颊刺文的罪人，亲故全疏，孤苦无告，只有自己，还不能在身边尽孝，要告诉母亲，她再为自己日夜牵肠挂肚，这不更连累了母亲。于是，她笑着说："孩儿已有喜，过来这些天，吃不进去，睡不好觉闹的。"

母亲听了，转忧为喜。

她在娘家住了几天，宽了宽心。临走时，她买了一盒粉搽在脸上，便又回婆家去了。

推横车

据说，懂事大伯自那次吓跑县官后威名远扬。他觉得自己有这样的威名，一定要做出路见不平，拔刀相助的侠义事情来，才不负这"威名"。于是，他先表现出有做这种事的风度来，说话总要先重重地咳嗽两声，以示威严，还经常在村头、洼里倒背着双手，溜达来溜达去，像一位唯我独尊的绅士。

五口村有一老翁，两个儿子。老翁一生勤俭，大儿子承父业，更是勤勤恳恳，治家严谨，日子过得富裕。但小儿子却吃喝嫖赌偷，无所不为。老翁管教小儿子，小儿子当面听着，一转脸就去办坏事。老翁和大儿子苦巴苦结挣来的东西，有的被小儿子要钱输掉，有的被他变卖了去吃喝。老翁叹道："人说刁妻拧子，不通气的烟袋，难调难治啊。"一家有事，四邻不安，有的便出主意："你们爷俩不会打他？"

老翁说："我年纪大了，打不了他了！"

邻居说："不会爷俩一块打他？"

大儿子早已气坏了，听了这话就坡下驴，说："爹，为了咱家的日子，我帮你打他一顿！"

老翁和大儿子计划，不打是不打，一打就打个寒碜的，在家里打，怕他的一些酒肉朋友们找来打不成，干脆引到洼里去打。

这天，老翁和大儿子叫着小儿子到洼里耪高粱。耪到地当间，老翁停锄，教训儿子，老大上去把小儿子摔倒，父子拳打脚踢，小儿子不得跑，拼命哀号。

懂事大伯无事，正倒背着手溜达到洼里来，见了俩人打一人，心中大喜。他多少天找不到为人行侠仗义的事情，今天送到眼前来了。他先沉下脸，重重咳嗽两声，大喝道："给我住手！"

他们正打在劲头上，没理会懂事大伯，懂事大伯大怒，冲上前去，先把老翁一拳打倒，又把老大摔倒，打了起来。懂事大伯身强力壮，一般青年人不是他的对手。他一边打，一边对老翁和老大教训说："为什么你们两个打一个？于理太不公平了，今天我懂事大伯要狠狠地教训你们。"

老翁躺在地上，直着眼看着懂事大伯，无话可说。老大被懂事大伯摁住翻不过身来，连连求情。懂事大伯见他回了头，想到好汉能治人一服，不治人一死，以示自己的宽宏大量，对老大说："从今以后还俩打一个不？"老大无奈，只得说："不俩打一个了。"懂事大伯放了手，对他父子讲了俩打一个如何如何不对的道理。父子俩怕懂事大伯的力气，不敢多说。懂事大伯得了胜利，便腆着胸脯、跨着大步回家了。

老翁和大儿子垂头丧气地回了家。小儿子遇义士，高兴极了，回家后逢人便讲："我爹和我哥打我，被懂事大伯看见了，把我爹和我哥揍了一顿，给我报了仇！"

打兔子

据说，懂事大伯爱打兔子，每年春秋两季，扛着一支卡筒枪，满洼转悠，但多年打不上一个，反而把兔子都吓跑了，惹得鸡犬不宁。村里人都耻笑他笨，他听了面红耳赤。为了挽回面子，一日，他从集上偷偷买来一只死兔子，走到洼里一棵柳树下，用手扒了个兔子窝，把死兔子放在里面，然后就向家奔跑。为了让别人知道，一边跑，一边高兴地喊："我在洼里看见了个兔子，我家去拿枪！"村里人便都知道懂事大伯又去打兔子了。

懂事大伯喜眉笑眼地一边装着枪药，一边对跟着他看打兔子的人们说："这回我一枪就把兔子打死！"他不知道，在他放兔子的时候，一个人在他后面看到了，他走后这人就把死兔子拿着家走了。偏巧，又有一只被别人打惊了的兔子，跑到那里，伏在那个窝里了。懂事大伯走到离兔子有十几米远的地方，半跪式端起枪，合上一只眼，瞄上兔子，"砰！"枪一响，兔子一撅棱，从坑里蹿了出来，箭头子似地跑了。

懂事大伯一见，把枪一扔，仰天长叹，说："死兔子都被我打活了，从此再不打兔子了！"

送催妆

五口村一家与张贵庄一家结亲，男方是五口村人。

五口村离张贵庄十里，亲家大哥叫张古怪。因他性情古怪，人们给他起了个外号叫"锛锛凿子"（即是啄木鸟）。五口村人觉着懂事大伯力气大，走路稳当，便让他和另一名男人，抬着食盒，装上五色礼，去张贵庄送催妆。去时，主家告诉懂事大伯：亲家叫张古怪，外号叫"锛锛凿子"。他们一早就去了，一路上，懂事大伯怕把张古怪的姓名忘了，总是心里默念着："张古怪，张古怪……锛锛凿子……"另一个男人觉着和懂事大伯同去，就没认真记。到了张贵庄村头，懂事大伯突然绊了个跤，食盒没倒，他却把张古怪的姓名及外号给忘了。二人把食盒放在村头上，想张古怪的姓名，想了半天想不起来。可给谁送去呢？懂事大伯说："我记得他叫什么鸟的名字！"同伴说："是不是叫'嗞嗞黑儿'（一种黑额灰背白肚皮的小鸟）？"懂事大伯说："可能是。"

于是他们抬着食盒走到街上去。正是冬天，庄稼人无事干，很多人在背风向阳处歇着，他们走上前去问："借光大哥，这村'嗞嗞黑儿'家在哪住呀？"

一人反问："'嗞嗞黑儿'是外号吧？"

懂事大伯说："对对对！"

那人便指给他们："过了街穿第一条胡同，第一个门口便是。""嗞嗞黑儿"从门口出来了，懂事大伯说明来意。"嗞嗞黑儿"说："俺没和五口村做亲。"

他们抬起食盒又走。懂事大伯想：不叫嗞嗞黑儿，也许叫"呱呱鸡"（一种水鸟，擅叫）吧。

懂事大伯逢人便问"呱呱鸡"家在哪儿住。偏巧这村有一个外号叫"呱呱鸡"的。问到门下，"呱呱鸡"说："俺家没和五口村做亲。"

他们又抬起食盒走了。走着走着，懂事大伯突然想起了"锛锛凿子"，欢喜得口水都淌出来了。懂事大伯抬着食盒喊："锛锛凿子家在哪儿住呀？"走了半拉村，他喊了半拉村。在村的一角上，走过来一个老头儿，他说："跟我来吧！"

"你叫'锛锛凿子'吧？"懂事大伯问。

老头儿斜了他一眼，嘴角都扯到耳根台子上去了。懂事大伯不敢多问，便跟他家去了。这人就是张古怪，他听人家叫他的外号，很是憋气，可又觉得新亲礼道，不好发作他的怪脾气。他收下五色礼，又装上回亲家的礼。

懂事大伯他们吃了喝了，下午抬着食盒回家。食盒足有二百多斤重，压得俩人汗水抛地向下流，走不了几十步就得站一站。按照乡土风俗，回礼不到家不许打开看。懂事大伯是坚决不看的，他的同伴想看，但拧不过他。

到家已是吃晚饭的时候了，二人累得腰酸腿疼，棉衣都湿透了。主人打开食盒节子一看，节节都装满了炕坯。

点戏

有一年，懂事大伯的亲家那村接来了一个戏班子唱了几天戏。闺女就把懂事大伯接了去看戏。唱戏的人挺笨，晚上唱《三岔口》，耍弄刀枪时把戏台上的灯打坏了一盏。戏台下的人都喊倒好。懂事大伯也一起跟着喊好。

又有一年，五口村民收成挺好，村里人为了庆贺丰收，也请来了一个戏班子唱大戏。五口村从来没唱过大戏，对唱戏的人信不着，怕他们拿老赶，便请上懂事大伯点戏——因为这村只有他看过大戏。懂事大伯就点了《三岔口》。晚上唱戏，他在前排就座，看戏、监戏。

虽说这戏班子人唱得好，武打也好，等这出戏唱完了，懂事大伯立起来，一拍屁股发了脾气："这出戏唱得不对！你们拿俺们当老赶呀！没门儿！"

戏班子主管早就知道五口村懂事大伯的大名，对他非常尊重，忙走过来，说："懂事大伯，你老说哪儿不对呀？"

"哪儿不对？为什么耍刀耍枪时不把灯弄坏了？你觉着俺们村没懂行的吗？"

主管说："您老说怎么唱好哇？"

"重唱！不把灯打坏了不行！"

主管赶忙到后台，对还没有卸妆的演员们说："先别卸妆，还得重唱《三岔口》，这次唱，要把台上的灯打坏了才行！"

演员们重唱了一遍《三岔口》，最后把灯打坏。

懂事大伯说："这回就唱对了，俺五口村见识广着呢，骗不了！不过为了给他们点颜色看看，咱都不给他喊好。"

犬吠

懂事大伯一片好心待人。这一日他回家晚了，怕惊动邻居们睡不好觉，脚步放得很轻。他家的狗不知道是他回来，见到他的身影就叫了几声。邻居的狗听见，也跟着叫了几声。这一叫反把四邻惊醒了。懂事大伯怨恨自家的狗不懂事，进院来把狗踹了两脚。那狗又哀号几声，声音很痛苦。外面的狗又叫了起来。

一个狗叫引起十个狗叫，十个狗叫引起百个狗叫，全村的狗都叫起来，并且越叫越欢，又四处乱跑，无目标地狂吠。这下子全村人都惊慌了！家家户户，不论男女老少都穿衣起来，惊慌失措地跑到街上，互相打听出了什么事，又都不知道。越说不知道越感到事情严重。后来人们来问懂事大伯。懂事大伯也怀疑：为什么狗叫得这么乱呢？他说："大概狗见到了贼才这么乱叫的。"人们听了更加惊慌。一传十，十传百，把"大概"两字传丢了，只说有贼，忽然一个人大喊起来："有贼了！"一呼百应："在哪呢？""抓住他！""他跑不了！"

狗听了人喊有贼，叫得更欢了，鸡认为天亮了，也"咕嘎咕嘎"地叫了起来，牲畜都睡不着，牛顶槽，马嘶号，驴刨地。半夜又起了风，全村声影皆贼。这样吵闹了一夜，没一个人敢睡觉。

早晨，懂事大伯很高兴，对人们说："今个夜里贼真多，仗着咱们都起来了，不然准都被贼抄了家。"

买猪肉

过节，懂事大伯到集上买肉。

他吃过牛羊肉，没吃过猪肉。他走到一个卖肉的铺子前，问："掌柜的，这是什么肉？"操刀的屠家说："猪肉。"懂事大伯很大方地说："打一斤。"

屠家给他打了一斤。

懂事大伯提着猪肉自言自语地说："这猪肉买了可怎么吃法呢？"

屠家说："包饺子、炒、煮都行。"

懂事大伯办事仔细，让屠家给他写了一张怎样吃猪肉的单子，带在了身上。他回到家，就把这猪肉放在桌子上，自己拿过一个小板凳坐下，点火吸烟。别人家的一条大黑狗闻到肉味，跟了进来，给懂事大伯个冷不防，把那一斤猪肉叼着跑了。

懂事大娘和儿子、儿媳都抄棍子、拿扫帚呼喊着追狗。懂事大伯见了哈哈大笑，说："甭追，没事。它叼去有什么用呢？怎么吃猪肉的单子还在我兜里装着呢！"

吃药

懂事大伯爱吃药。高兴了吃药，烦恼了吃药，家中遇大事小情儿的也吃药，生点灾病就更甭提了。说来是因为他爱吃药得过好处。

有一回，他家后半夜招了贼，一头大叫驴被偷走了。早晨发现后，懂事大伯不让家里人找，他要马上吃副药。他固执起来，孩子们都得听他的，家人只得到药店里去买药。买药时，卖药的要看处方，没处方，卖药的问病人得了什么病？家里人说是驴被偷了，要是马上吃副药，驴就会找到。卖药的伙计想：这一定是个疯子，丢驴和吃药挨得上边吗？你是买药的，我是卖药的，管他呢。他问："你买什么药？""什么药都行。"卖药的心里暗乐，便给他包了一包巴豆，意思是让他泻泻肚，把混账劲儿泻下去。

把药买回家，懂事大伯便急不可耐地催家里人快熬，他好快吃，说："如果药吃下去得慢，驴就找不到了！"家里人赶紧找药锅子、找柴火熬药。药熬了仨开儿，稍稍能下去嘴，他便一口气喝了下去。工夫不大，懂事大伯的肚子里就"咕噜咕噜"响开了。懂事大伯非常高兴："啊！有音儿，这药行开得快，驴就找到得快！"一会儿他要大解。他有两房儿媳，不好意思在家大解，就到街上的茅子里去。他解了一趟又一趟，后来连裤子都提不起来了，一直拉了一天。到了傍黑不拉了，他也倒在了炕上，还对家里人说："这药劲差不多了，咱那驴马上就会找到了。"说完，抿嘴乐着睡过去了。

偷驴的不是别人，是他家的斜对门。他把驴偷去，天就快亮了，这头驴一时转移不了。做贼心虚，到了白天，两口子隔着门缝向外偷看，看到懂事大伯老向街上跑，出来进去直跑了一天。偷驴人害了怕，心想：我偷驴他家一定知道了，这不是怕驴转移走盯上我了吗？为了免得事发后吃官司，遭寒碜，不如把驴给人家放了。可是他白天不敢放出来，只能等到夜间。这一天，他怕驴在家闹腾、叫唤，给驴多多喂料，蹄子上绑上套子，用小孩子用的裤子兜上驴嘴。好容易将就到夜间，村里人都睡下的时候，才把驴放出来。这个贼倒霉丧气：驴没偷成，还搭进去不少草料，觉着不够本，放驴时把笼头捋下来了。

懂事大伯一觉醒来，已到了夜间，等到药劲完全过去了，他对家里人说："药劲过去了，我身上很舒服，出去看看咱那驴回来了没有？"

家里人出门一看，驴在门口等着呢，只是笼头没了。一家人非常高兴。懂事大伯知道后，说："要不是我吃药及时，怕是这驴就找不到了。从这往后，咱还得多买药，盯着家里出个什么事，省得吃药不及时。"家里告诉他，驴笼头没有了，懂事大伯一拍屁股说："这药一定是没给我熬二粒，要吃了二粒，那笼头也丢不了！"

过日子

懂事大伯有了一儿一女，父母又去世了，日子并不好过。他记住父亲生前教育他的话："吃不穷，花不穷，算计不到就受穷。"夏日一有空闲，他就出村打短。一日，他去了王小庄，这村离五口村四里远，干完活到了吃晚饭的时候，懂事大伯就觉得有些憋得慌。他不能去大解，他要把这屎拉到家里。人家的饼子、粥是要多吃的，因为第二天就得吃自己家的饭了。懂事大伯把肚子都吃鼓了，还使劲憋着。吃完饭，领了钱，扛起锄就向家跑。

懂事大娘晚饭后没事做，洗漱完毕奶着孩子和衣躺下了，这时外面有急速的敲门声："孩子的妈，快给我开门来！"

懂事大娘奶着孩子，怕自己一动把孩子惊醒，停了一会儿才慢慢起来。懂事大伯又是鼓点似地敲门："快，快，快！慢了就坏了！"

懂事大娘知道男人的脾气，知道没什么大不了的事情，便不慌不忙地把门打开。懂事大伯"呼地"闯了进来，但刚迈进门限，再也憋不住了，"扑啦啦"拉了一裤兜子屎，他非常难过地说道："谁让你开门这么慢？你看看，拉啦！"

懂事大娘把门关上，懂事大伯脱下裤子，一只手攥着裤腰，一只手攥着裤腿，把裤子里的屎，倒到茅子里。懂事大娘说："你到水坑里洗洗你那身上和你那裤子。"懂事大伯听了说："不会过日子，能在坑里洗吗？你快拿个脏盆来，舀点水，在家里洗，洗了脏水好倒在咱的猪圈里。"

吃羊油

五口村来了一个卖羊肉的，羊肉很肥。懂事大伯的儿媳妇出来，一边看肉，一边说："这羊肉真肥！"说着，她两手在羊肉上拍起来，正拍两下，翻拍两下，手上粘了一层羊油脂，转身回家了。

到了家，她把两手油在粥锅里涮了涮。

懂事大伯和儿子干活回来，吃着粥有滋味，儿子问："这是怎么回事呀？"女人把用手粘油的事说了一遍。儿子说："真不会过日子。"懂事大伯听了，也说："你不会在盆里涮涮吗？多吃些日子多好呢！"

女人说："我一个钱儿不花，让你们吃了顿有油的粥，你们还不知足，我看你们是伺候不下来了！"

懂事大伯说："我们是为了过日子，照你那样大大鲁鲁，日子非过寒碜了不行啊！"

儿子也说："日后再这么办，我和你过不去。"

女人说："过不去怎么着？我怎么也是在村中不会过日子出名的了，你们看着办吧。"

一家人越吵声音越高，招来了许多人劝架。劝架的都说："没你家这么办的，太小气了，你那手要在井里涮涮多好！咱全村都吃上羊油了。"

懂事大伯没话了，他只能承认大家说得有理。

姑爷来了

有一年，五口村唱大戏。

懂事大伯去听戏。

他儿子没去听戏，在家里待着，忽然发现别人家的兔子跑到自己院子里来了。儿子把褂子一脱，在院子里追起兔子来。兔子很麻利，儿子总是抓不住它。儿子追累了，心想：我去叫我爹，俺俩一个追，一个截，肯定能把它抓住。

戏台下，人很多，儿子找不到父亲，来到了台上。当时演员正在化妆，还没演出，他站在戏台上拔着脖子喊起来："爹——"

懂事大伯在人群中听出是儿子叫他，立起来答了一声："有事吗？"

儿子没能一下子回答出来，他想：要把真事说出来，丢了兔子的人听见会去找，没丢兔子的会说自己小眼子薄皮。于是他说："有事，我姐夫来了！"

懂事大伯一听姑爷来了，贵客啊！便出了戏园子和儿子一起回家。

懂事大伯进了门，先重重地咳嗽了两声，故意摆出一种长者的姿态。哪知儿子却马上把门插死，说："爹，我叫你来，是帮助我抓住这个兔子的，这不是白捡吗？来，你截住它！"

懂事人伯回头看了看，见两扇门之间还有缝，心想：街上人来人往很多，要被人看见多不好。他把堵水口眼的一块板子拿来堵上了门缝，然后爷儿俩抓起兔子来，那兔子三蹿两跳从水口眼里跑了。

懂事大伯垂头丧气地回到戏台底下，有人问他："听说姑爷来了，怎么不领来听戏呀？"

懂事大伯说："来了一会儿又走了。"

孵骡子

据说懂事大伯很喜爱牲口。他想：马下马，也下骡子；驴下驴，也下骡子；为什么骡子不下骡子呢？一匹骡子能卖两匹马、四匹驴钱，这是他多年来解不开的疙瘩。小鸡可以用鸡孵，也可以用人孵，为什么骡子就不可以用人孵呢？人也一定能孵骡子。骡子那么大，一定要用大东西孵。他在瓜园里买了一个最大最大的西瓜，放在炕头里，每天，他学着孵鸡的样子，一要有温度，二要倒腾。他每天把西瓜在炕上骨碌几次。日子一长，西瓜里面都烂了，一动里面咕噜咕噜响。懂事大伯怀疑了，小鸡孵成，自己能啄破蛋皮，为什么骡子就不能呢？他抱起西瓜到村边一块黑豆地边上，把西瓜使劲地向黑豆地里扔去，"砰"一响，西瓜摔裂了，黑豆地里一只兔子惊起来了。懂事大伯一见，撒脚追兔子，兔子转眼之间就没影了。懂事大伯气喘吁吁地停下脚步，一拍屁股，非常惋惜地说："我的骡子孵出来了，跑了！米黄色的，跑得真快，像箭头子似的！"

回来，又跟懂事大娘说："该着咱发财了，却没发成，我孵了个骡子，没提前上笼头，给跑了！"

睡梦

懂事大伯东洼有二亩地，心里总惦记着把它秋耕一遍，但秋收秋耕太忙，没顾得上。一日夜间睡梦，他穿好衣裳，把牛马牵出牲口棚，套好车，赶到了东洼，乘着月亮，把地秋耕完了。回家时已是后半夜，他给牲口卸了套，牵进牲口棚，又拌上草料，回屋睡得香极了，一直睡到吃早饭以后才醒来。他对家里人说："今儿个睡得比哪天都香甜，不知道是怎么回事！"他心里很高兴，吃了饭，他又套上牲口到东洼耕地。到了那里一看，地耕过来了，心中很纳闷：这是谁这么糊涂，把这块地耕过来了！他问遍乡亲们，乡亲们都说没耕错。懂事大伯暗暗自喜：我那天睡那么香甜的觉，觉着就得有事儿，果然出了点事！老天爷帮忙，看来我离发财不远了。

买公鸡

五口村人不知道天明，每天外村有个换香油的一敲梆子，人们才起炕，烧火做饭。

一日，卖油的有事，没到这村卖油，村里人由早晨睡到傍黑，又接上夜间。人们很忧虑：怎么换油的不来敲梆子呢？天多会是个亮呢？一直睡了两天两夜。到了第三天，换油的又到五口村，一敲梆子，全村人都穿衣起炕了。

懂事大伯找到换油的问："你们村怎么知道天亮的呢？"换油的说："俺村养着一个大公鸡，大公鸡一叫唤，天就亮了，人们就都起来了。"

人们听说后，托懂事大伯到集上买公鸡。懂事大伯不认得公鸡，买了个鸭子来。懂事大伯把它放在村南头，北头人怕听不见鸡叫；放在村北头，南头人怕听不见鸡叫。争吵了半天，最后把它放在街中一棵大槐树上。

到了早晨，村里人没听见鸡叫，还是大睡，直到换油的又去敲梆子，人们才起来。懂事大伯怀疑：怎么这大公鸡不叫唤呢？他走到大槐树下一看，鸭子从树上摔下来了。懂事大伯遗憾地说："它怎么能叫呢，大公鸡的嘴给摔扁了！"

宰牛

懂事大伯晚年，英雄气不减。

五口村邻村的牛羊，每年秋后就撒开，把五口村的麦苗吃去很多。五口村人觉得除了亲就是友，不好意思下毒手打死这些牛羊，只是撵跑了事。可是跑了又来，五口村人上了愁，只恨本村没一位好汉，能管住邻村不撒牛羊。

一日，人们正在街中讲说这件事，懂事大伯去了。几个人假装没看见懂事大伯，声音放得不大不小，刚刚能让他听见，说："要管这些牛羊，非懂事大伯不可！"

懂事大伯受到推崇，心里乐开了花，也觉得五口村除了自己别人不行。走上前去说："几个牛羊管不住？怎么不早和我说，我包了！"懂事大伯立即走到了洼里，抓来一头正在吃麦苗的牛。

人们又说："这牛咱村只有懂事大伯敢宰，别人哪有这个胆量！"

懂事大伯听了，磨快刀，把牛宰了，为表示自己仗义疏财，把牛肉都分给了村里人吃了。

邻村失牛的主儿找来不干。村里人说合，对懂事大伯说："为了两村的关系，得赔人家钱，小庄稼主儿养个大牛不容易。"懂事大伯动了慈悲，翻翻手心儿，自己也是小庄稼主啊，就还了人家牛钱。

丢牛主儿有五个小子，虽得了牛钱，但一家子还是出不来这口气。一日，懂事大伯正在洼里拾粪，五个小子截住他，把他狠狠揍了一顿，直揍得他鼻青脸肿，走不了道。懂事大伯的儿子知道后跑到洼里，那五个小子早已跑了。儿子很生气，懂事大伯说："不要生气，他们打的是爷！他们是帮子混蛋！"儿子把他扶起来，他冲着邻村大骂起来："混蛋小子们！我没个怕你们，打我一拳，我用脑袋应你一下；踢我一脚，我着身子挡回去，反正我懂事大伯不能怕你们这些无名小辈！"

到了家，他坐在村边上又大骂了三天。骂完，自己像凯旋归来似地说："当初县官都被我吓跑了，何况你们！我从来就不是省油的灯。"

气她们

懂事大伯的大女儿出嫁后，有一年回来住娘家，身边带着一个四岁的女儿。一日中午，懂事大娘炒了肉菜。懂事大娘喜欢外孙女，吃饭的时候，让她守着自己，把自己碗里的肉夹给她吃。

懂事大伯一见，生开了气，他想：我这么大年纪了，还有多少年的活头，有肉不向我碗里夹，外孙女吃的日子还长着呢，就这么眼里没我吗？他越想气越大，饭不吃了，自己出溜下了炕，到了外屋，拿切菜刀把墙上吊着的一块生肉削下来一片儿，拿到街上去吃。

有一位邻居路过，问："你吃的是什么呀？"

"肉。"

"怎么嚼不动呀？"

"是生肉！"

"怎么吃生肉呀？"

懂事大伯说明了原因，然后说："我吃生肉，就是为了气她们！"

壮烈牺牲

懂事大伯会过日子是出了名了，他希望儿子也像他，但儿子总不完全像他。懂事大伯很生气，对儿子管得更加严了。

一次，儿子早饭后下洼耕地，懂事大伯发觉他没有在家里的茅子里大小便，他想：儿子不知道过日子，这粪可别拉到别人家地里呀。他追儿子去了。儿子果然把摊粪拉到别人地里了。懂事大伯气得直跺脚，在地头上骂起了儿子。

儿子说："咱的地里庄稼苗小，遮不住人，怎么能蹲在那里拉呢？"

"混账！你不会在家里拉了再下洼吗？"

"那会儿我不憋得慌。"

"这会儿憋得慌，不会回家往咱茅子里拉去吗？"

儿子被噎住，只能自生闷气。

懂事大伯种了二亩瓜，到了成熟的季节，他每天让儿子白天干活，晚上在地里看瓜，怕人偷瓜，嘱咐儿子别睡觉。

儿子白天干活很累，晚上自然就睡着了。他怕儿子又不听他的话，夜里去查夜，他叫醒儿子，又骂了一顿。

儿子说："有一两个孩子来偷瓜也不算什么事呀！要是有人成群搭伙来偷，我一个人也不敢管呀！"

懂事大伯说："这不要紧，咱家有我年轻时打兔子的一支鸟枪，见有人来你就开枪，不管是谁！"

儿子拿去鸟枪。他又怕儿子不听他的话，夜间又去检查他，看他见了人真得用枪打不。

这夜云浓月淡，风紧声杂，儿子睡不着了。他忽然见一人影，悄悄向瓜窝棚走来。儿子轻轻出了窝棚，把身子背起来，拿过鸟枪，装上药和沙子，半蹲式对着黑影瞄准。人影快走近窝棚了，"嗵"地一声枪响，懂事大伯应声倒下。儿子跑过去，划根火柴一照：是他父亲，一包沙子正打中前胸，血把瓜地染红了一片，这时他已经奄奄一息了。

他见到儿子来到跟前，脸上浮现出笑容，喃喃地说："你听了父亲话了……你能过日子……我死了……也放心了……"

说完气绝。

鬼 怪 故 事

人鬼兄弟

讲述：张大狗 55 岁 农民
记录：张树华
1986 年采录于大城县北魏乡北良村

过去有一个人叫李不论。为什么叫李不论呢？他一辈子什么都不信服、不在乎，不论哪家的理儿，无论你说得多真，也别想套住他。可是他和谁都和得来，和什么样的人都交朋友，只要你这件事出于好心，他就下实劲儿为朋友办事。因为这个，人都叫他李不论。

李不论一辈子没留下儿女，只有老两口子过日子。他在远洼里种了半亩小园子，种些小葱、韭菜、西葫芦、南瓜、豆角，为的是卖几个钱混生活。园子里盖了一间小草屋，一到蔬菜浇水、上市的时候，李不论就住在园屋里。他爱晚上浇园，晚上清静。没人给他看畦口，他就拧着辘轳数水斗子："一二三四……"数够了数，就去堵畦口，到那儿畦正满，再另开一畦新的。就这么着，他天天晚上浇园，白天卖菜。

到了这一天晚上，他拧着辘轳，数着水斗子，到数够了，又去堵畦口，可到了那儿，畦口堵上了，新畦也开好了。李不论觉着是自己岁数大了，记性不好，忘。他回到井边又拧辘轳，数够数，又去堵畦口，畦口又有人堵上了，新畦口又开好了。浇了一晚上，晚上的畦口有人堵有人开，他嘴里不说，心里纳闷儿。又一想，管他张三木头六呢！有人帮我更好。连着这么仨晚上，到第四天晚上，李不论站在垄沟边东瞧西瞅，大洼里静静的，人影儿没有。他又蹲下四下里瞅，还是人影儿没有。他回到园屋里抽了两锅子烟，又出来浇园。等到这一畦还差一斗子水，他提前来到垄沟边，只见他使的那把小锹正堵畦口，堵好了，又开新的。李不论问："是谁帮我看畦口呀？"

"是我呀！"

李不论听见声音，打着磨磨看人，还是连个人影也看不到。是不是自己做梦呢？他拉大了嗓门又问："你在哪儿了？"

"我在这儿了！"

"我怎么看不见你呀？"

"你看不见我。"

"你是谁呀？"

"我……嘿嘿！我说了你别胆儿小！"

"不胆儿小！"李不论大声说。

"我是鬼呀！"

"啊……鬼，你怎么想起要来帮我呢？"

"我是个好鬼！活着时爱抱不平，爱说真话，被一家恶霸害死了。当了鬼以后，我还是那个脾气儿。那天我从您这路过，看到您老一个人在这里浇园，没有人给您看畦口，我就来帮帮您。"

李不论一听笑了："敢情你真是好鬼，你帮我，我谢你呀！咱哥俩有缘，来来来！你到我园屋里歇会儿吧。"

"歇会儿就歇会儿"那鬼说。

这一人一鬼来到园屋里，李不论抽着烟，给鬼倒了一花碗白水，就唠起来了。他们越唠越近乎，一人一鬼又说又笑，临走的时候，李不论说："兄弟！明儿晚上还来呀！"

"来，来！"

李不论天天晚上浇园，鬼天天晚上给他看畦口，有时一个拧着辘轳说，一个看着畦口听；有时就坐在园屋里拉段家常。过了十几天，李不论觉得这鬼兄弟确实不错，这天晚上不浇园了，就说："兄弟！明天来，我打肚篓酒，买点牛肉，咱哥俩喝喝。"

"好。喝喝就喝喝。"鬼兄弟不推让。

第二天，李不论去赶集，老伴问他："你到集上去干什么？"

"打肚篓酒买二斤肉。这一阵子累了，要吃点喝点解解乏。"

老伴觉得李不论老了，活儿累，这也是理该的事，就没再追问。

李不论这天晚上提着一肚篓酒，二斤牛肉，来到园屋里，进园屋就问："我兄弟来了吗？"

"来了，我早就在这儿等着你呢！"

"好，好。"李不论说着从怀里摸出个大盘子，放在他的小炕上，又拿出一包他在家早切好的牛肉放在盘子里，斟满两盅酒，说："兄弟！端起来喝。"

"喝！"鬼兄弟说。

李不论没见人，酒盅却干了，他说："我兄弟真是个痛快脾气，来，吃肉。"

两双筷子夹肉。吃了几口肉，李不论又斟上两盅酒，他们又一饮而尽。连喝了这么五六盅子，肉也吃下一斤多，李不论觉得身上发烧，脖梗儿发痒，他就说了："兄弟！我自幼没兄没弟，咱哥儿俩倒投脾气，拜个盟兄弟，你愿意吗？"

"那敢好了！兄弟我就高攀大哥了。"

他们又连喝了几盅，酒尽，肉空。李不论在他的小炕上放上一堆土，插上三棵草；和鬼兄弟趴下一齐向北磕头、盟誓；咱哥儿俩地下人间不变心，死要当个清正鬼，活要当个耿直人。李不论得了个鬼兄弟，心里乐滋滋的。回家后和老伴说了这件事。老伴说："你是疯了怎么着？人怎么和鬼拜盟兄弟？我看你是该死了！"

李不论说："你妇道人家头发长见识短，人和鬼就不能拜盟兄弟？只要在一起投了脾气，和谁拜都行。"

"咱两口子能沾上他的光吗？"

李不论说："为了沾光才相好，那不成了做买卖？还算什么情分？"

李不论说着来了气儿，老伴不理他，村里人知道了，有说他疯的，说他傻的，说他吓唬人的，说他快死的，不信服他的，可是他一概不论。不管有鬼没鬼，打那儿起他的小园屋谁也不敢去了。

这天晚上，李不论和鬼兄弟唠着闲话，鬼兄弟说："大哥！明天我就要托生去了！"

李不论说："你托生到哪儿，也要给我句话，我好去看你。"

鬼兄弟说："托生到哪儿还没准儿。明天南边河上有条大船，到晌午时分从这儿路过，那船上有个人出仓解手，我就把他推到河里去，他一死我就顶他的坑儿去托生。"

"真的吗？兄弟！"

"真的。我能和大哥说瞎话吗？"

"那人做了什么歹事，你淹死他？"

"那人欺侮穷人，巴结财主。"

"该死，该死。"李不论说。

第二天，李不论来到南河边儿上观看。

等到晌午时分，果然来了一条大船，走近了，果真从仓里出来一位穿戴非常文雅的先生来到船尾解手。那人刚解开裤腰带，趔趄了一下，喊了一声"救命"就掉进了河里。开船的听到呼救声，忙过来，一篙头下去，把那人搭住。那人拽住篙头露出水面。众人七手八脚把他捞了上来。

过五天，鬼兄弟又来了，李不论说："兄弟！你和我说瞎话了，你说你把他推进河里淹死，怎么他没死呢？"

"大哥！这里面的事你不知道，兄弟我把事办错了，我回去查了他的德性册子，给他一算，他不该死，还要让他多活几年。"

"哦……原来是这么回事，那么你如今在那边干什么？"

"不瞒大哥说，我暂时不托生，我升官了。"

"升的什么官呀？"

"老阎王卸任了，他见我办事公道，让我当了阎王。"

"也好，也好，兄弟当了阎王可要办事公道啊！"李不论说。

"我一定听大哥的话，这次我是来向大哥辞行的。"

"公事在身，哥不拦你，你走了，我想你的时候，到哪找你呀？"

"到西南上，一千五百里，生命山，灵台庙，我在那儿住"。说完，鬼兄弟就走了。

李不论在小园屋里好不难过。

一晃过了三年。李不论非常想念他的兄弟。这年春天，他带上种园子赚的钱当路费，打了个小被窝卷，削了个枣木棍当拐杖，直向西南方向走去。李不论走得脚上起了层层的血泡，他不论；天热了，脸上都晒暴了皮，他不论；路费花光了，他要饭；一天走不了一百走五十，走不了五十走十里，就这么一天天向西南方向蹭，终于来到了生命山下。

这天他进了一个雀鼻子大的小村，向村里打听，村人说生命山的灵台庙在山南坡上，离这村还有十五里。李不论咬咬牙，又走了十五里，天一擦黑就到了灵台庙前。李不论顾不得累，顾不得饿，顾不得问这些泥胎是谁，张口就问："我兄弟在这儿吗？"

一个泥胎说："你兄弟叫什么呀？"

"阎王就是我兄弟。"

那个泥胎说:"原来是阎王爷的大哥到了,快里请。"

李不论直挺挺地站着说:"不咧!不咧!我就找我兄弟,三年没见他的面儿了!"

那泥胎说:"阎王爷出差了,三天才能回来,你就住在这儿等几天吧。"

李不论想:一千五百里走到这儿了,我就等他三天。他在这里等了三天,每天不见人,可有人给他端吃端喝,晚上有人给他安排床被。三天后,阎王回来了,一见李不论欢喜得不知是哭是笑。二人说了一会儿别后话,阎王就把李不论接到自己的屋里去。哥儿俩的话像蜘蛛屁股上的线,揪不折,扯不断。李不论一住住了二十天,鬼兄弟好吃好喝好待承,他也歇好了玩好了,兄弟二人也亲近好了。李不论对阎王说:"兄弟!我该回家了。"

"您好容易到这儿,一定多住一阵子!"

阎王苦苦挽留,李不论就又住了十天。走时,阎王说:"您这么大年纪,一千五百多里怎么走到家呢?我派个小驴儿送您回去吧。这小驴儿是宝驴,甭喂甭饮,您老两口子不愿使它了就卖,要钱就是五百吊,多一文不要,少一文不卖。还有人间的一桩案子要我哥帮着办办呢!"

"我怎么帮法呢?"

"您把这驴骑回去,就帮我把案子办了。"

李不论着实记住兄弟的话,骑上兄弟给他牵过来的小驴。阎王说:"大哥合上眼吧!你在半悬空中向下一望,眼晕,别摔下来。"

李不论刚合上眼儿,只觉小驴尥了个蹶子,立刻腾空而起,耳边的风声呜呜响,眨眼工夫就远下去了。估约走了几个时辰,坐下的小驴儿"呱嗒呱嗒"就落地了,又尥了几个蹶儿,打了几声响鼻儿。李不论一睁眼,已经到了自己的院子里。他下了驴,老伴从屋里走出来,问:"你这么快就回来了?"

"我兄弟给了我一头宝驴。"

老两口子把驴牵到屋里,果然是拌草不吃,饮水不喝。老伴稀罕这头小驴,推磨时,甭轰甭打,一天能推两口袋粮食,还不踢人不咬人,不拉不尿。日子一长,李不论的生活遇到了脚长手短,两口子商量;把这头驴卖了去吧,五百吊钱够咱俩人吃花到死的了。

李不论把驴牵到集上。有人问价就是五百吊,少一文不行,多一文不卖。许许多多的庄稼人围了上来,见这驴好是真好,价儿也够高。后来有一位敢花钱的庄稼人买下了。买回去不到一年，又卖，还是五百吊的价。这么三转手，两转手，转到了一个大家主儿手里。这个主是个恶霸，欺大压小，抢男霸女，打死人也没人敢管敢问。

李不论自从卖了这头驴，就留着心打听这头驴的下落。知道这头驴落到那家恶霸手里，心里挺不是滋味。可是驴已出手，不是自己的了，又不能去要。他想起了在灵台庙临别时兄弟说的话，可又想不通那话的意思。细一琢磨，他想起十几年前的一件事。买驴这家有个霸道的三公子欺侮了邻居的闺女，闺女受辱，上吊死了。邻居告到县官那里，恶霸家买通了县官，反把原告判了罪。原告有冤无处诉，生生窝憋死了。

有一位去京城赶考的书生路过这村，听说这事，功名不去求了，住在这村和恶霸家打这个人命官司。县官被这个书生问得张口结舌，官司改判吧，他使了人家的钱；不改判吧，这个书生舌如利剑，咬住他不放。恶霸家一看这案子要翻过来，就在半路上劫杀了那位书生。官司也就糊糊涂涂了结了。

李不论想，我兄弟别就是那位文面书生吧？要是那样，兄弟是不会善罢甘休的。

这头驴到了恶霸家以后，还是不吃不喝，可干活蛮好。到了这年中秋节，恶霸一家人大团圆，这头驴就不老实了！撒欢尥蹶，仰着脖子叫，掖着缰绳向水坑里跑。把式以为它是渴了，就拉它到水坑里去饮水，驴饱饱地喝了一肚子水，把式牵着它向家里走。刚走到恶霸家大门口，那小驴"哗啦啦"散了，坍在了地上，成了一堆泥。原来这驴是灵台庙里的泥胎，遇水就化了。把式见了大吃一惊，慌忙进院去禀告掌柜的。掌柜的出院一看，不敢让人动这堆泥，赶紧派人去报官。

这一任是清官，办事爽快。他听说这码子事，也觉奇怪。赶到一看，果然是一堆泥，就命人扒开泥堆。差人从这泥堆里扒拉出来一个小木匣子。县官打开匣子，匣子里有一张状子。状子上的抬头字是：人间县官。状子上写了这家三公子强奸良女，逼死人命，杀害书生之事；请县官秉公断案，澄清人间善恶。落款是：地下阎王君。县官看后，不觉出了一身冷汗！当即下令，回县衙又归案重审，把这家恶霸打入死囚牢。

这件奇事，一传十，十传百，传遍了方圆几百里。李不论听说了，心里挺乐，心想：我帮我兄弟办了件好事。

卖鱼郎打鬼

采录：张树华
1990 年采录

老一辈子庄稼人常说"信则有，不信则无。"有人修庙，就有人烧香；人人烧香，自然就来鬼。有一个村庄叫冯家庄，叫俗了是冯儿庄。冯儿庄靠近南京通北京的大道上，来往人多，各七各八的人也多，村里人见识自然也多。这村出了一个在朝做官的、几大家财主、几个戴顶子的，他们就说这村风水好。做官的为光宗耀祖，在家修祠立庙。财主修财神庙，文修文庙、武修武庙、有财无子的修奶奶庙。外地有钱人见这地方可以扬名，也在这里买地盘修庙。什么铜浇的、铁铸的、石头刻的，这下村里的庙宇可就修老鼻子了。后来人们把冯儿庄改写成"佛儿庄"。平常日子这村烧香的就成群结队，过节令就甭提了！村子上空整天烟雾缭绕，给村里引来的神鬼可就大发了。

神鬼多，要的香火就多，哪庙里香烧不到了，哪庙的神仙就耍脾气。人家担水，他捅漏筒底；你光脚走道儿，他在地上撒蒺藜；人家做饭，他堵灶筒。反正什么事缺德，他们就干什么。

佛儿庄有位穷人不信神鬼。上不起学，不敬文庙；没工夫习武，不敬武庙；不图发财，不敬财神；不想成仙，不敬玉皇；不想长生，不敬佛爷。别人到庙里烧香，他到庙里拉屎；别人到庙里龛佛，他到庙里尿尿。这样一来，神也怕他，鬼也怵他，村里人更腻歪他。有的叫他二棱剑，有的叫他腥油，什么万人腻、泥腿子、丧门星、拗种，什么难听的话都糊搭到他身上。可他连理都不理。

神仙们每提到他的名字就牙痛，有了他日子不好混、骗人不好骗、威风没法抖。村南边有个小庙，庙里住个女跳蹚子神，长得有几分姿色，又能说会道，神仙们待烦了就到她那里搞破鞋。这个破鞋娘们格外小肚鸡肠，一天不办件坏事就手心痒痒。她见神仙们都怕这个穷人，嘴一撇，说："可叹你们都是男子汉，什么烟火都吃过，人皇都敬你们，就摆治不了一个穷光蛋？我抽空去惊动惊动他！"

众神仙说："不可！他不信咱们，咱们就没法治他。"

跳跶子神说："你们男人办不了的事，我们娘们儿就办得成。"

这年一开春儿，天还挺冷，种地不到节气，这位穷人到鱼箔上去趸鱼，一天能赚个吊八百，一家人就有吃有花的。他买卖实在，不算花儿账，不给小分量，人们都愿和他通事儿，买卖一天比一天顺利。这天他又去趸鱼，跳跶子神从后面跟上他，佛儿庄到鱼箔五六十里，他只一条扁担两条腿，加俩鱼篓子，起早出去，晌午头上鱼，下午一边向家走，一边沿途叫卖。他虽说起了个大早，可今儿个趸鱼的人多，只能在后排队。等到他上鱼了，却赶上些个坏鱼。大的像饺子，小的"两眼瞪"，想不趸了，来回白走一百二十里；再想，算了！不能每天都赶上好鱼，还趸吧。

他上了一百多斤鱼，担起来就朝家走，边走边卖，卖了几个村，一个买鱼的茬也没有，连打唠的都不见。这可砸锅了，这点臭鱼烂虾，后半晌卖不下去，到夜间就烂了。他贱卖，没人要；他白送，白送也没人要。这可悬了！货卖一张皮，是不是人们嫌脏？他找了个水坑，把鱼篓子里的鱼在水里漂了一漂，洗涮干净。刚出九，水冰凉，手下去刺骨头，鱼漂净了，担起挑子刚要走，秤砣轱辘到水坑里去了。他放下挑子下坑摸秤砣，那秤砣在水面上漂着，卖鱼郎笑了。这可是件新鲜事儿！他蹲在水边上伸手去抓秤砣，却怎么也够不着，他向里探探身子，秤砣向里漂一漂。他脱了鞋，撸起裤腿下水去抓。他向里走一步，秤砣向里漂一步，他一生气，反而哈哈大笑，你让我够不着，我不要你了！他又洗了脚，穿上鞋，担起鱼挑子走进村里。因为人熟地熟，在村里借了杆秤，可是叫卖到下午三四点钟，还是一个鱼崽没卖成。这时跳跶子神在他脖子后头使劲吹风，冷得他上牙打下牙，于是他担着鱼挑子跑起来，一口气跑了五六里，累得通身是汗，不觉冷了。跳跶子神见这一手治不服他，又往他脚下扔坏头子，他一脚踢老远。坏头子越来越多，他来一个踢一个，踢开了花，踢得坷垃满天飞。吓得跳跶子神不敢傍他的边。她叹了口气，自言自语地说："怪不得那些神仙一提起他就牙疼，这人果然厉害。"

跳跶子神老实欺侮硬的怕，这天坏事没办成，两手空空，自去找善良人家去了。

卖鱼郎卖不了鱼，垂头丧气地往家走，老阳阳儿还有一竿子高时，路过一个村庄。在村边一家没院墙的三间破屋里传出哭声，那哭声悲悲切切，谁听了也得伤心落泪。卖鱼郎停下脚步，想到这哭的人一定有伤透心的事，我去劝说几句，能帮的就帮帮人家。他放下鱼挑子，走到三间破房前，听得出，这是一个女人在哭，他一个男人家不能冒冒失失地向里走，就隔着窗棂缝向屋里看。

屋里是位四十多岁的中年妇女，正坐在炕上纺线，边纺边哭。炕下站着一位妇女，穿一身灰衣裳，蒙黑头巾，鬼头蛤蟆眼儿。这纺线妇女拽出一个线头，站着的妇女就用手指头钩断。人遇倒霉事，又引起伤心事，纺线妇女就大一声小一声地哭起来。

卖鱼郎看了怒由心中起：好这个东西！你是人，还是鬼？怎么办这种坏事？我进去抓住你，非剥了你的皮不可！他两三步闯进屋去，可是到了屋里，穿灰衣裳、蒙黑头巾的女人无影无踪，纺线的女人却吓了一跳。

那女人停住哭声问："这位大哥你有什么事闯进我屋里来了？"

卖鱼郎说："我是卖鱼的，从你这路过，听你哭得伤心，想来解劝解劝你。"

那妇女说："我已活到了头儿，不用解劝了。头年男人跌个跤死了；前些日子儿子给人铡草碰破了手，中了破伤风，七天就死了；娘家又送来了信，说老娘快咽气了。我中年丧子，种不了地，没收入，想纺斤线卖个钱吧，线拽不出来，纺车弦无缘无故就断。你进来这会儿，我正想找绳上吊呢？"

卖鱼郎说："大嫂，万万使不得！"他把刚才见到的景象一说，那女人当即就吓了一身冷汗。卖鱼郎又说："好死不如赖活着，黄泉路上没老少，生老病死是常事，你不必伤心。你无夫无儿，别守这空房。寡妇门前是非多，自己抬身走主，还能抱个孩儿们。我看你身强力壮，能活到八十岁，你还有四十年的混头呢！你有好日子过，享福还在后头呢！"

卖鱼郎把话说得挺圆款，把那妇女说得回心转意，不想寻死了，掉过头来又感谢卖鱼郎。卖鱼郎临走说："什么都别信服，有磨扇压着手的事就找我。"那妇女问了他的姓名、住处，心想：这可是位直性子的好人啊！

卖鱼郎在这里耽搁了时间，离家还有半里多路时，天就黑了。道难走，乱瓦堆丘，荒坟秃岗，他磕磕绊绊来到佛儿庄村前的一个十字路口，那穿灰衣裳、蒙黑头巾、鬼头蛤蟆眼儿的女人把胳臂一横，挡住了卖鱼郎的去路。

卖鱼郎把鱼挑子一放，问道："你是什么人？"

"我是跳跶子神，跟了你一天，仙姑我本不想再和你这小人治气，回家道上我找那寡妇，想让她上个吊、服点毒的，要不一天办不成一件坏事，夜间我就睡不着觉！又是你去把那寡妇拦住。这回你别走了，仙姑我豁出命去也要教训教训你！"

卖鱼郎一听，这一天的坏事都是她办的，肚子气得早就能打鼓了！他把鱼挑子一卸，大扁担拿在手上，骂道："你个小破神仙子，敢拦老爷我的去路，真不知天高地厚，着打！"

随着话音，大扁担冲跳跶子神拦腰打去。这个破鞋女神还真有两手，任凭卖鱼郎的扁担抡来打去，就是打不着她，跳跶子神的巴掌一个劲儿地在卖鱼郎脸上捆。越捆卖鱼郎的气头越大，扁担打折了，抡秤杆子，秤杆子抡飞了，又抡鱼篓子。这一人一神，一男一女可在村头上打乱了。打着打着，卖鱼郎累得通身是汗。他的上衣被扯开了，腰带打断了。他爽利地把裤子一脱，转着磨磨"哗哗"地撒尿，两个巴掌还左右开弓的打。跳跶子神万没想到卖鱼郎还有这一手，说了声"好臊"掉头就跑。卖鱼郎光着腚在后面紧追。一追追到村南的小庙里去，臊得那庙里的泥胎都散了。卖鱼郎见了不由得哈哈大笑一阵。他回到十字路口穿上裤子，拾掇起鱼篓子，捡起半截扁担，走到小庙前用膀子把小庙抗倒，又在倒塌的砖瓦堆上撒了一泡尿才回家去。跳跶子神没有居处，又化作游神野鬼，不知到哪处荒山野岭游荡去了。

打那以后，佛儿庄的神仙没一个不怕这位卖鱼郎的，都知道他是能把神仙置于死地的人。

真假梅香

讲述：张书田
记录：张树华
采录：采录于大城县北魏乡北魏村

过去河间府管的地方有个村庄，叫孔家庄。庄上住着一个书生，姓孔，名叫孟秋。孔孟秋自幼父母双亡，家中广有土地房产，长大后娶蔡家小姐为妻。孔孟秋聪明好学，才华出众，为人忠厚正直，考中了秀才。大比之年，孔孟秋进京会考，走至中途，突然家中有人追来，让他回家，说是蔡氏病危。蔡氏十六岁进孔家，夫妻和睦，两人感情至深。孔孟秋一听妻子病危，功名也不要了，快马加鞭，赶回家去。到了家，蔡氏已经奄奄一息，孔孟秋西求医，东求医，也没治好，没几天，蔡氏命归九泉，死了。

蔡氏一死，孔孟秋心灰意冷，不读书不写文章，不敬神不信佛，不信天不信地了。他觉得天和神也不公道。他把所有的诗书一把火烧光，把香炉也砸了，神像扔到泔水盆里，天地堂儿堵上，灶王爷当了手纸。从此，他整日的吃喝玩乐甩大鞋，外加耍钱。这还不算，见有卖鸟的，不论贵贱，买来放生；猎人们打来的獐狍野鹿，只要不死，他就买家来调药治伤，伤好放归山岭。

孔家庄多数人都说这小子坏了，是祖上无德；也有的说，不读书不敬神那叫什么人？不是人！是咱村的祸害星！

孔孟秋的家产哪经得住他那么折腾呢？不消三年，地卖尽了，房卖尽了，他在剩下的一间半小柴火棚子里住。

俗话说，富有远亲，穷无近邻。富裕人家都怕孔孟秋偷，村里出现丢东西的事，都先怀疑孔孟秋。有的就公开问他："俺家丢了什么什么，那洼的庄稼没了，是不是你偷的？"

孔孟秋进京赶考那工夫，谁不敬？孔孟秋不要人帮，别人都主动帮他，生怕巴结不上，谁知道他哪一天衣锦还乡，大家都用得着他呢？现在不同了，都躲他远远的，生怕粘上他，引贼入室。人一穷求借没门。当家户族，亲戚朋友，一次借点，两次借点，三次人就不借了！到了这年麦子黄梢的时候，可到哪里去借呢？还是上姑家去吧。又一想，姑也不可能借，姑说他不务正业，没出息，借给他多少得让他糟蹋了。他这次去一定要说瞎话，瞎话要说的圆全匀势，姑爱听什么说什么。

这天早晨起来，他到白布棚里赊了个玉女人头，纸糊的，眉眼用毛笔描的。他回到家，又打了一勺糨子，弄了点红绿纸条，把玉女扎上胳膊腿，扎裹得真像个美女，便戳在炕头上，自己动身到姑家去。姑是个二成眼，离一尺远才分辨出人的模样。

姑家那村离孔家庄四五里地儿，一走便到。孔孟秋立在炕沿边和姑搭话，姑听出是孟秋，问孟秋来干什么？孟秋说："姑！你喜啦！"

姑一听，"扑哧"一声笑了："孩子，我有什么可喜的呢？我回家烧钱挂纸，你连顿饭都管不起我，连个存身之地都没有，这话从哪说起呢？"

孔孟秋笑了笑说："你看，姑，我说你喜了你就喜了！再等五天我就接人儿，这不是你的一喜吗！"

姑说："要真是那样的可是大喜事，那媳妇是哪村的？嗔嗔！要不哪个瞎眼的还敢寻你！"

孔孟秋说："什么驴套什么磨，张家店的丫头，也穷得屁股上盖瓦，她就愿意跟着我。"

孔孟秋绘声绘色，说的像新从树上摘下来的枣那么新鲜，姑不得不信。她应了再待五天一定去。孔孟秋说："姑要去我高兴，我还没粮食办喜事呢！虽说咱穷，也得管人们顿饭吃呀！"

姑说："好说，办喜事了，我怎么也得帮！等你姑夫和你表弟回来，让他们给你灌上三斗麦子和二斗谷，先将就着办过这码事儿，以后再用再说。"

姑夫和表弟回来后，听孔孟秋一说，只是哼哼哈哈，知道这是吃糊弄粮食来了，可是老太太应了，他们又不好意思驳回。

到了五天，孔孟秋去不去接姑呢？借粮食时说的那么好，再穷也得接家来呀。这天他借了一头牛，一辆破车去接姑。人家车主不放心，在后头跟着，怕他把车和牲口赶去卖了。那人跟到姑家，见是真事，才放心回去。

把姑接回家，孔孟秋搀扶着姑下了车，进了那一间半破草棚子。姑在炕沿上一坐就问："孟秋，你媳妇在哪呢？"

孔孟秋转脸对炕头里的人子说鬼话："你看！你说咱没近当家子，也没近亲，只有姑，盼着姑快来，姑来了，你坐在炕头不动，还不过来向姑问好？"

姑眯缝着眼，向炕头里望去，望了半天瞅不见媳妇。就在这时，那纸糊的女人在炕头里抖了抖身子走下炕来，上前攥住姑的手说："这就是咱姑呀？姑你身子结实？道上怪热的吧？"

这时姑才巴着眼看见，这侄媳妇年不过二十，上等身材，仪表非凡，心中大喜，忙说："不热，凉快着呢！身子也壮实，就是眼力不跟劲！"姑说着又把脸贴近了侄媳妇的脸，转着圆遭，又细看了一遍，高兴得那没牙的嘴都合不上了！真是喜呀！侄说是张家店的穷丫头，穷丫头怎么一副富态像！细模模俊，看一眼心里都甜。那蔡氏人品在村中拔了尖，这人比蔡氏还俊上一百成。

姑说："俺侄儿心眼好，就是这几年过穷了！"

侄媳妇"咯咯"一笑，说："俺不嫌他穷，俺就觉得他心眼好才寻他呢！"

姑又问："闺女，你是谁家的？你叫什么呀？"

侄媳妇又"咯咯"地笑起来，说："我爹叫张吉祥，我叫张梅香，是个老生女，俺家就是村东十五里的张家店。"

"好好，梅香，你别立着了！咱都炕上坐，坐，闺女！"

姑乐开了心花，孔孟秋吓得魂飞天外！他糊个人子是想糊弄姑的二成眼；进屋来也是对人子说句海话。人子一抖身子活了！这还了得？浑身筛糠，腿肚子打转、脖子后头冒风，可他又不敢大呼小叫，怕姑这么大年纪，吓个好歹的！自己虽然也读过《聊斋》里鬼狐变人的故事，难道真有这事？不信吧，一个大活人就在眼前，弄假成真？既然这样我试试她，是鬼就得怕人，他壮着胆子顺着自己的话茬说："你别净说了，咱姑来了，快到外屋去安排饭！"

梅香说："姑，您老先歇着，我出去做点儿吃的。"

梅香到了外屋，涮锅、和面、抱柴火，姑高兴地说东又道西，孔孟秋惊得所答非所问，这是吉是凶？是喜兆是大祸临头？吓得他一时惊慌失色！梅香进屋把烙饼鸡蛋端上桌来，放上三双筷子，说："咱俩是夫妻了，姑也来了，怎么我看着你总那么胆小？像怕我？你可不能拿我当外人呀！别觉着俺是穷家小主的人！"

姑听了马上搭话："孟秋，可不能拿着梅香当外人呀，多好的媳妇你还不知足？打着灯笼你能从哪里找来？快，梅香，咱不管他，咱娘俩先吃饭。"

梅香这时哭哭啼啼地说："姑，俺是晚来的，跟俺冷冷冰冰，有夫妻之名，无夫妻之实，没外人了，我跟你说，他是不是觉着我不如那前妻蔡氏呢？"

这一哭，把姑哭动了心，说："孟秋，可不能那么办，梅香哪儿都好，梅香，别哭了，有不顺心思的事就告诉姑，我管他！"

孔孟秋心里又惊慌又难受，这是哪儿的话？说的是些什么乱七八糟的？可是姑教训自己又不得不哼哼哈哈应着。

姑吃完了饭，又歇了一会儿，说："我侄又成家立业了，侄媳妇又聪明又俊，又懂事理，你们两口子好生过日子立个根基，姑就放心了。不过这孟秋脾气不好，梅香你也多原谅，日子一长就好了。"

梅香说："姑多惦记。"

姑又说："我不多待了，你这没屋子住，我家里也事多，今天我就回去。"

梅香再三挽留不住。

孔孟秋心想：你快走吧！你走了，我再看看她是妖，还是人？难道这光天化日，朗朗乾坤，出这宗怪事？

孔孟秋套上车把姑送去，又回来。梅香接丈夫进屋，沏茶端水，百般殷勤。孔孟秋说："你先别照顾我，你究竟是妖还是人？"

梅香一听这话，立即泪珠滚下来，说："你我姻缘天定，我好生生的良家女子，嫁了你，你凭什么说我是妖？难道我不配当你的妻子吗？要是那样

儿，我立刻死在郎君面前！"说着就把头往墙上撞。这几句话把个孔孟秋说
得心软了，他上前一把拦住梅香，梅香就势搂住孔孟秋，温温存存，百般体
贴，弄得孔孟秋真真假假，似梦似真。咳！就是个妖又怎么样呢？我就和她
同床共枕。第二天，梅香又在墙角处取出一个大红包袱，打开一看，都是闪
缎褥子闪缎被，双铺双盖，铿明彻亮！大小镜子，香粉胭脂，都是做闺女的
上好的陪送。孔孟秋对梅香的疑心全消了。两口子有说有笑，欢欢喜喜，真
是一对美满夫妻。

孔孟秋又娶来个媳妇。这话一下子把孔家庄传遍了！有的说："谁嫁那
穷小子？甭说是拐来的！"有的说："那不是大闺女哭儿瞎咧咧！他那样的
有女人，猪都成家！"人们不信归不信，到他家一看，真有个如花似玉的闺
女在他家。村里人不论谁来看她，排场过节儿，各种礼貌，不丢不拉，照顾
得点水不漏，该叫叔的叫叔，该叫娘的叫娘，叫得那么好听、柔软、真心
儿。人们都看呆了！这可是件奇事，任你百思也不得其解。

孔孟秋有位远堂弟见了后，跑家去和他爹一学说，他爹不信。远堂弟领
着他爹来到孔孟秋家。

孔孟秋给梅香一指引："这是咱二叔。"

梅香说："二叔好！"

"好好！"

梅香给二叔倒茶点烟，把二叔臊了个大红脸，臊走了。

孔家庄人不信也得信了。

两口子过了一月有余，欢情未尽，梅香说："一晃我过门来一个多月了，
家里爹娘不知得多想我呢？我想回家看看。"

孔孟秋说："好吧，我和你一块儿去！"

梅香说："那敢情好！俺爹妈早想看看女婿，又怕你不愿去。"

到回门的这一天，孔孟秋把那位堂弟叫来，让他赶车。孟秋两口子上
了车，梅香指引着路向东走去。在道儿上，小叔子和嫂无话不说，堂弟问：
"嫂，你来时哑默悄声的，没来客没成席，也不知道谁当的媒人？你到底是
哪村的？"

梅香说："咳！兄弟，你怎么连这点事都不明白？穷遮不得，丑盖不得，
你孟秋哥有什么？四旮旯空，着什么请客成席？谁都愿有粉在脸上擦，你哥
办得起吗？"

堂弟一想，嫂说得对呀。

梅香又说:"你哥穷,不得人!哪有媒人登你哥的破门口,我是自己来的。那年我十六岁,你哥到俺家打过短儿,俺家就是东边张家店,那时我就喜欢上你哥了。嘿嘿!"

孔孟秋臊得脸皮子通红,听到这里,用胳膊肘杵杵梅香:"去去去!你好不害臊!这又是说到哪里去了!"

梅香说:"咱兄弟,又不是外人,他问我就告诉他!这一个月你没听乡亲们七言八语,说什么话的都有吗?"

孔孟秋说:"舌头都长在自己的嘴里,愿怎么说就怎么说呗!"

三个人说着笑着,到做中午饭的时候,到了张家店。张家店是个大村,二三百户人家,一条宽宽的东西大街。堂弟轰着车来到街中,见到一个坐北朝南的大瓦门楼,有两个老头儿在门前树下歇阴凉儿。其中一个是张家店张姓长辈,叫张德录,年过古稀,身强体壮,花白胡须。

梅香向那古槐旁边的大瓦门楼一指,说:"这门口就是俺家。"

堂弟立即停下车。梅香下车,走向前去,对树下乘凉的白胡子老头叫了声德录爷爷,问了安,自己挟着小红包袱上了碨礤。她走到了门口,又回头对孔孟秋和堂弟说:"你们在这儿等等!我进门去叫他们来接。"

孔孟秋和堂弟站下了。可也是,自己是贵客,哪有没人接就进门的?他们等着,可左等右等,等到老阳阳儿偏西了,还没人出来接。这是怎么回事儿呢?热更天,白天长,哥儿俩饿得肠子咕噜噜叫了,等不及了,两人迈步进了院。这时听到正房里人声喧哗,他们顺话声向正房里走,突然从夹道里蹿出三条牛犊子般的大黑狗。那狗正要扑咬他哥儿俩的时候,上房屋走出一个男人,五十多岁。三条狗马上摇着尾巴退了回去。这男人问:"你们二位兄弟来我家有事吗?"

孔孟秋说:"我来这村串亲。"

那男人说:"别是你们走差门了吧?"

孔孟秋说:"我和你家是亲戚!我没走错门口。"

那男人说:"哎哟!别怪我,我认不出了,你是哪村的?咱是什么亲戚呀?"

孔孟秋说:"我是孔家庄的!我叫孔孟秋,我是这门的贵客!"

那男人一听这话,怒由心中起,骂道:"你是哪的野小子敢到我张吉祥家来找巧儿!打他!"

张吉祥这一声喊,屋里"呼"地出来几个小伙子,不由分说,上前便打。孔孟秋说："等我把话说清，再打不迟！"孔孟秋把怎么来怎么去，怎么来回门说了一遍，把个张吉祥说得迷迷糊糊，面红耳赤。自己的小女梅香从来大门不出二门不迈，哪里有一个多月跑到孔家庄去？他大吼一声："这野小子，大白天说鬼话，给我打死他！"

几个小伙子撕撕扯扯，噼噼啪啪，两方院子里交了手。打着打着，孔孟秋兄弟俩腹内空空，不得不边打边退，一直退到了门楼以外。这下引得张家店人纷纷来拉仗。吃完午饭以后，人们都没下洼。后来人越聚越多，也就拉开了。张吉祥一家和孔孟秋兄弟各站一边。人们问他们对面都不相识怎么打起仗来？

张吉祥说："乡亲们都知道，俺家小女梅香还没有婆家，这小子来俺家愣充是俺家的贵客，你们说该打不该打？"

人们一起哄道："该打！打死也活该！"

孔孟秋说："他家梅香就是我妻子，俺一起生活了一个多月，俺能认错人吗？我和她一块来回门，他张吉祥不认也罢，还打人！"

这几句话也把人们说怔了。

这时张德录老汉也吃完午饭出来了，来到这里听了听，看了看，走到人群中间来。人们说："谁也别乱呛咕了，让老爷子说说这回事怎么办吧。"

张德录是个管事的人，知道事该怎么办，他向大家一摆手，又对双方说："谁也别嚷，谁也别打！孔家庄人到了咱村，咱不能欺生，理是一般大，谁说谁对，咱给谁评理！"

"对对！老爷子说得对！"

人们又起哄。

张德录说："前晌这辆车停在这里我可都看见了，梅香从车上下来，挟着红包袱进了院，我也看见了，还和我说了几句话。可是我上了年纪，耳聋眼花，也许我认错了。这样吧，让吉祥一家人都出来，让孔家庄的人认认，世界这么大，难免有同名同姓的人。"

"这个法行！你一家子人全都出来，让他们认一认！"乡亲们都表示同意，张吉祥也同意了。

张吉祥一家人全出来了，梅香也出来了。

孔孟秋一见梅香，说："好你呀！你一进院就不出来了，闹得俺们打架闹伙。"

梅香说："你说的这是什么话？我从来不认识你！"

孔孟秋说："你怎么翻脸不认人？我和你一块儿来回门，是你领我们到你家门口的！"

张德录也说："梅香，就是你呀，你下车后还和我说了句话呢。"

梅香一时有口难分辨，守着爹又哭又闹，这不是凭空祸从天降吗？

孔孟秋说："你也甭哭甭闹，你那些陪送都弄到俺家去了，不信，让别人去看看，你的陪送还有没有？"

张吉祥这会儿也被弄得晕头转向。一家人回去看嫁妆，嫁妆一件都没有了。张吉祥顿时出了一身冷汗。好你个丫头，你给我败坏了门风！怪不得人说女大不可留，留来留去留成仇！一时气得他东倒西歪，站立不住。他瞪了梅香一眼，咬着牙齿说："今天有你没我，有我没你！"

张吉祥一家人回去看嫁妆，再没出来。看热闹、拉架的人们就自动散去了。可是孔孟秋还不干呢！你家的闺女嫁给了我，又说不认识我，这是什么下三烂主？你不出来不行。他抬步就要上碾磴进大门，张德录老汉细细想想刚才的事，觉得事出蹊跷，他怕再出意外，忙上前拦住孔孟秋说："小伙子你也别急，落落火！你娶了梅香是真？"

"是真。"

"你不觉得这事有些玄吗？"

张德录这样一提醒，孔孟秋停了一会儿，于是他把自己怎么糊人子，人子怎么活了等等说了一遍。张德录说："别往下说了！你们这是前世的姻缘，人家梅香没有出门子，出门子村里人能不知道吗？你那个梅香不是个人哪！走！咱一同到屋里去。"

他们进了院，进了屋，这时暴躁脾气的张吉祥把女儿捆起来，正要打，张夫人跪在地上苦苦哀求，女儿哭哭啼啼，直喊冤枉，张德录说："吉祥！不要胡闹！"

吉祥见族间的长辈来了，举起的鞭子又放了下来，忙又转身让座。张德录不坐，命令把梅香身上的绳子解下来，又让孔孟秋说了一遍人子变成梅香后来又怎样信假为真的经过。孔孟秋讲完，向张吉祥一家深鞠一躬，道歉说："多有得罪！多有得罪！"随后，他来到街上，和堂弟赶着大车，一溜烟回家去了。

再说张吉祥被弄得神思恍惚，真假难辨，这可丢人了！三村五里，四外八乡都哄嚷张吉祥的闺女偷着寻了主。张吉祥本来就是个外面人，这回还出得去门吗？打死闺女？不行，闺女没罪；要说是邪门歪道，邪门歪道在哪儿了？张吉祥整日愁眉不展，一家人都不出门了。村里人七嘴八舌，说酸说臭、说咸说淡的都有。张德录觉得这事他要管一管，不管张吉祥家还得出事！这一日他又来到张吉祥家。张吉祥接他到院子里，落座后，说："叔，你不到俺家来，我也得找你！这事你知道，我没法见人了！我想把全家搬走，不在这儿住了。"

张德录说："那可不行，热土难离，这么大个家，你一下子也带不动。常言说得好，族大难保户，树大难保枝，你家出的是异事，你也不必过虑。该怎么办就怎么办，我来也是为这事和你合计来的。"

张吉祥说："叔，你说吧，你是见多识广的，你给我拿个主意。"

张德录说："这几天我派人打听了，那天来的那小伙子家挺穷，是他死了前妻，丢了功名，过着日子没劲了，才吃喝玩乐，把个家折腾穷了。可这人忠厚，文才出众，就是黄金被坷垃块儿埋着了！这事我出个主意，你依着就依着，不依着就当刮了风。"

张吉祥对妻子、儿子们说："你们都出去一下，俺爷儿俩说几句话。"一家人都退出去，张吉祥说："叔，你说吧。"

张德录想了想说："我看不如把咱梅香许配给他，一是孔孟秋人不错，你也见到了，慈眉善目，一脸忠厚；二是闹得满城风雨，闺女出嫁给什么主呢？高门人不愿意，低门咱不愿意；三是人说千里姻缘一线牵，看来你两家是有缘的，为什么嫁妆神不知鬼不觉地跑到孔孟秋家里去了呢？再说那些嫁妆退回不好，不退回也不好；最后还有一条，男婚女嫁，哪有正好的主呢？咱巴结着嫁高门，闺女保不住不受气，我看反不如嫁给孔孟秋这样的门第，过门去，给他盖一个院，要几十亩地，乡亲们看着是，女婿看着香！这不更是人间的一件乐事？侄子，你自己仔细想想。"

张吉祥听完，在当屋转了几个磨磨，连吸了几口凉气儿。他的脸皮比纸薄，伤脸皮的事偏找上了他。他心里七上八下，左思右想路不通，心里叹道：没法子，命该如此！

张德录一席话，把张吉祥说的定下心来，是呀！二条道走中间，只要自己脚正，不怕鞋歪！人说说道道不可怕了。

"叔，就依着你吧。我再和家里人们商量商量，就劳您老当这个媒人了。"

送出张德录，张吉祥又把家里人召集到一起。家里人更没有什么好法。和梅香商量，梅香心里也看中了孔孟秋，嘴上只说："爹娘愿意，我就愿意。"

第二天，张德录到张吉祥家中来，张吉祥就请张德录去孔家庄去提亲。

张德录坐车去了，一提便成了。因为有前面这档事，张吉祥要立即办喜事，把人们的口舌免去的越快越好。说话没过一个月，梅香过门去了。

过门这天，孔孟秋不请客不敬友，家穷哪！但是，孔孟秋的门前祥云缭绕，百鸟云集，叼来鲜花野草，洒在孔孟秋和梅香的身上，洒在他家檐前窗下。孔孟秋的房前有一棵枣树，许多的珍禽异鸟在那里叫唤，小孩们打都打不散。夜间人们好像也看见有麒麟送子，群兽朝贺。

这年秋冬两季，张吉祥给梅香买了十亩地，盖了一处宅院。第二年大涝，一场雨，由清明节下到了立冬节，漫洼野地，大水茫茫，地里颗粒无收。村里十有九家出门要饭，走西口，下关东的不计其数。孔家庄上多一半的人家烟囱不冒烟了。

孔孟秋家的院子里却有百鸟叼来的粮食粒洒下，梅香每天打扫几斤。积少成多，两口子平平安安度过了荒年。第三年，梅香生了贵子。二十三天后，张吉祥把闺女、外孙接回娘家。

梅香一走，孔孟秋活懒得做，饭懒得吃。从梅香过门来，他松心惯了，前邻后舍有事，接姑送姑，全由梅香操持。梅香一走，他喂牲口还得喂猪，做饭刷锅拾掇屋子，这事做完了，他就跑出去玩，村边转转，二叔家歇歇。这样的日子没过两天，再出去玩了回家来，猪有人喂了，喂得不多不少；牲口喂了，槽净牲口饱；饭做熟了，想吃包子，掀锅正是包子；想吃饺子，准有人提前包成了。

孔孟秋心里纳了闷，但他不言声。有人做饭他就吃。没过几天，晚上又有人给他焐上被窝，焐得还舒舒服服，和梅香焐得一样。有人焐被窝，孔孟秋就睡。

这一天他睡至半宿，忽然有人把他推醒，只觉着一阵香风扑面而来。他坐起身，点上灯，穿上衣裳，一抬头，见是梅香立在当屋冲他微微含笑。孔孟秋问："你为什么半夜三更跑回家来？孩子呢？"

梅香"咯咯"地笑了："我不是你的梅香！"

"啊？你是谁？"

"我是獐子，是你和梅香的媒人。"

"你是獐子？媒人？"

"是呀，你对我有救命之恩，前恩已报，我今年就该走了。"

孔孟秋想起了，七八年前，猎人打伤了一只獐子，他买回家来，敷药调治，治好后放回山中去了。

假梅香这时泪如雨下，手牵孔孟秋的双手恋恋不舍："分别了，孔大哥，以后孔大哥要有什么为难着窄的事獐妹再来帮忙。"

孔孟秋也觉心里难过，他说："獐妹，你要不走，和我们夫妻共待到白头不行吗？"

"不行。你有你的店，我有我的家，我不能久留，夫人快要回来了，这几天的活计你自己忙吧！"

说完推开孔孟秋，扭身走出门去，一步三回头，泪水不断。孔孟秋后面相送，送出大门，送到村边，假梅香回身施礼，说："孔大哥回去吧，夜风冷，身子别着了凉。"说完她转过身走了。

孔孟秋只见假梅香周围一片亮光，走着走着，人影不见了，一个大獐子现出原形，拖着一溜儿火光跑了。

天不怕地不怕

讲述：张国胜 66 岁 农民
记录：张嘉麟
2009 年 10 月采录于大城县广安乡仰止村

民国初年，大城县还是一个地广人稀的地方，县内荒凉的旷野里常有狐狸、地狗、黄鼠狼等小兽出没。

庄稼人活计紧。这年秋后，天刚刚放亮，在仰止村村东大洼里就有人干活了，谁？一个大汉，他正大声吆喝着牲口，耕犁今年没种上麦子的田地——种田人都知道秋耕地的重要，有句话不是叫"秋后扦破皮，顶春犁一犁"嘛。

这秋耕大汉叫张疙瘩，这名字是他的外号，因他脖子后头长着一个大大的疙瘩。张疙瘩这外号叫起来既顺嘴又响当当，认知度超过了真名大号。

一遭地犁过来，接着犁第二遭。地的另一头有个土岗子，张疙瘩一杵地犁到头掉犁杖的时候，看见一个小东西在土岗子上蹦跶，走近了再瞧，原来是一只小黄鼬。张疙瘩知道大洼里常有这东西，并不理会，继续犁自己的地，又犁到那儿，那小黄鼬跳到了张疙瘩的犁杖旁边，还不知从哪儿搞来一个死人的骷髅头，用俩前爪捧着拿在胸前。张疙瘩偷眼看着，不露声色，故意更大声地吆喝着牲口。那小黄鼬把个骷髅头罩到头上，怪声怪气地开口了："我像神像人？"张疙瘩一激灵，猜想这畜生有了道行，是要向人讨个封？如果顺着它的意思回答了，说不定它真的就能变了形……张疙瘩假装听不见，不搭理它。那小黄鼬跳到犁杖另一边还问："我像神像人？我像神像人？"张疙瘩一赌气，心想神鬼还怕恶人呢，于是冲口骂道："我看你他妈的像鬼！"紧跟着手里鞭子"啪"的一声甩了出去，只见一道红光闪过，那小黄鼬消失得无影无踪。

仰止村人素有吃苦耐劳的好传统，头脑也还好用，秋后农活没了，还要做些小生意，张疙瘩这年照例拉了几大酒篓的烧酒上了路。

这天，张疙瘩来到献县、沧县一带，边走边做生意，来到了一个不知名的小村子。这村里一个打酒人见这酒掌柜满脸敦厚也随和就搭搁上了："敢问掌柜的是哪里人士啊？"张疙瘩笑着答道："离此不远啊，大城地界仰止！"那人一听"仰止"二字，来了兴趣："敢问掌柜，你家村里有没有一个叫张疙瘩的？这张疙瘩是个干啥的？"张疙瘩知道自己村里只有一个张疙瘩，那人问的就是自己肯定没错，可他就是觉得纳闷儿：这一出来就是百十里地，这儿的人怎么会知道咱一个土老冒儿的名字？自己啥时候有了那么大的名声？禁不住追问道："你说的这个人我认识，也了解，你就说有什么事吧！"那人说："这村里头有户人家有个闺女，好好的突然中了邪，躺下就不起炕了，手脚还比比划划，嘴里只说'天不怕地不怕，就怕仰止张疙瘩'这着三不着两的话。"

张疙瘩听罢更犯思忖：不对啊，这事儿蹊跷！想到这儿，轻轻"噢"了一声，说："能不能带我去看看？兴许这个忙我能帮。"

一进那家院子，张疙瘩果真听见一个怪声怪气的声音在喊那句话——"天不怕地不怕，就怕仰止张疙瘩！天不怕地不怕，就怕仰止张疙瘩！"张疙瘩满肚子疑虑，悄悄地就在那家院里屋里前后左右上上下下查看起来，哎！就在外间屋被烟熏得黑乎乎的屋顶坨花（坨与檩条之间空隙）上正有一个小黄鼬仰面朝天，四爪乱舞。张疙瘩脑子里飞速旋转，登时明白了，厉声吼道："你不是怕我吗？我就是仰止张疙瘩！"说着轮起鞭子照着屋顶就旋，再定睛看时，那小畜生已没了影子。

里屋那位生病的姑娘顷刻间安静下来，起身揉着脑袋，看样子似乎根本就不知道有什么事情发生过。

此后，"天不怕地不怕，就怕仰止张疙瘩"这句话成为两地一笑谈。

梅子

采录：张树华
1990年采录

　　董郎的后娘为人歹毒，自小没让董郎吃过一顿饱饭，睡过一个囫囵觉。董郎到了二十七八岁上，虽然给他提亲的挺多，后娘就是不给他娶媳妇。可是后娘自己生的儿子，十九岁上就娶妻抱子了。房子窄巴了，后娘就打发董郎到别人家摸宿。一到夏天，让他去地头看瓜，晚上就在看瓜的窝棚里睡。

　　这年夏天，有一个后半晌，打西北天边飞来了黑锅底似的乌云，顿时就把天空罩严实了。接着就刺得人睁不开眼，大雨像天河开了口子往下倒，地上黄色的水流横冲直撞。董郎坐在窝棚里看着大雨出神，只觉着那霹雷离他的窝棚越来越近，硫黄味儿直呛鼻子。忽然雷声电光中，看见一个女子向他的窝棚奔来。她淋得像个落水鸡，身子一步三挣歪，雷电不离她的身子前后。这女子紧跑慢跑，来到了董郎的窝棚前。董郎见这女子不过十八九岁，长得挺俊，却面带慌张。那女子也没等董郎让一让，就一头钻进了窝棚。董郎见她可怜，也没好意思拒绝。可是这大闺女、大小子坐在一个铺上，总觉得不对劲儿。

　　那雷声围着窝棚响了一会儿就过去了，雨也跟着变小了。董郎发觉那小女子每听到雷声，身子就是一哆嗦，就问她是哪里人，从哪村来，到哪村去，干吗非在雷雨天赶路。

　　那女子说："我是前村人，家里是后娘，天天挨打受骂。今天吃晌午饭，我不小心打了个汤碗，后娘把我赶了出来，我没有了家，只得东奔西跑，走转了向，遇上这场大雨。"

　　这些话勾起了董郎的伤心处，眼泪也不由自主地流了出来，可怜别人的人，常常自己也很可怜。他与这小女子同病相怜，便向她诉说了自己的身世。那女子听了，也为他掉眼泪。

　　董郎面慈心软，虽说已经雨过天晴，也不好张嘴撵这女子走。走了，她到哪里去过夜呢？不走，又不能留她在窝棚里过夜呵！这时日平西山，晚霞如烧。那女子好像看出了董郎的心事，说："董郎哥！你苦，我梅子也苦，咱俩就结成夫妻吧。"

董郎一听这话打了个愣！他心里欢喜这女子，可一想不行，只得说："我今年二十八岁了，你不过十七八岁，我不能误了你的青春，你还是另选别人吧！"

梅子一听，抽抽搭搭地哭起来了，说："我就看你好！你心软能干，又是穷苦人，你年岁大，懂的事多，还能帮我过日子呢。你如果不要我，我死了就得了！你不让我死，你就得要我！"

董郎没了办法，心想：后娘不让自己成家，怕娶了媳妇，分去兄弟一份家产，那我不要她的家产，自己娶个媳妇还不成吗？为了日后有个接续、上了年纪有个依靠，他答应了梅子的要求。

是夫妻，就互相不避讳了，梅子把湿衣裳脱下，拧去雨水，在窝棚边上晾干。晚上，二人就在瓜窝棚里结了婚。

第二天，董郎回家和后娘说清，他不要家产，只要那块瓜地。后娘除了眼中钉，乐得送个人情。梅子心灵手巧，帮董郎脱土坯，在瓜地里盖了两间土坯房。两口子在人们很少去的大洼地里，小日子过得也挺舒心儿。

二年过去了，忽然有一日，梅子对着丈夫泪如泉涌，说："董郎哥，咱俩结婚两年多，我也没有尽到妻子的责任，给你留下个后代。过两天，我想回家看望一次老爹；后娘把我赶出来以后，不知老爹多想我呢？"

董郎想，人家父女有骨肉之情，自己不能阻拦，便说："你就回家看望一次吧，早去早回。"

梅子说："我回到家，一两天老爹可能不让我回来，时间长了你就去叫我。"

梅子也没留下地址，一走二年没有音讯。

董郎跑遍了前村后店、四外八乡，就是找不到梅子的下落，想得他吃不下、喝不进，一合眼就见到妻子泪汪汪地看着他。心想：只要梅子活着，我搜遍天涯海角，也要把她找到；她死了，也要找到尸体才死心。他顺着梅子走的方向找，一直走出百十里地，还是找不到。他又像拉网似的往回找，不论长幼，不论男女，逢人便问。连找了这么十几天的工夫，累得他脚上起了泡，盘缠用尽，只得要饭吃。

这一日黄昏，他累得不行了，忽然见到前面一片土山之下，有座青堂瓦舍的大宅院，灯火辉煌，青烟缭绕。他想到那里找主人讨点吃的、借个宿，便打着精神向前走。到了跟前一看，大门敞着，人影儿不见一个，却有一股异香随风飘来，并且隐隐地听到从里屋院子里传来笙吹戏乐的声音。董郎进了大门，在走过一道穿堂的时候，忽听偏门里有人叫："董郎哥！"

董郎立即停下脚步，刚才是不是自己耳聋了呢？这种地方怎么会有人认识他？

"董郎哥！董郎哥！"这声音清冷冷的。

这回没有听错，那声音还挺熟悉的。董郎就地打了个转身，发现那声音是从偏门那间屋里传出来的，进屋一看，叫他的不是别人，正是他苦苦寻找的妻子。

梅子面容憔悴，衣衫褴褛，反绑着双手。夫妻见面，泪如雨下。董郎把拴在梅子身上的绳子解开，说："我找了你三年，你怎么到这儿来了，咱快回家去吧。"

梅子说："我一片好心回家看望爹娘，后娘却把我抓起来，说我私自嫁人，败坏门风。她怕我再逃走，就把我拴了起来，还给我找了个男人，这不，他们正在后院庆贺呢，今日夜间就让我陪那个男人睡觉。"

董郎一听，后背上出了凉汗，说："咱俩快跑吧！"

梅子说："这会儿不行呵，我这后娘不同一般，她神通广大，能聚雷公电母，我走到哪里，她就能追到哪里。"

董郎说："咱俩就从此分别了吗？"

梅子说："我从小就不拘礼数，后娘把我当成肉中钉、眼中刺。董郎哥待我好，我愿报答董郎哥，为你留下一条根；将来你看着咱的孩子时，就像见到我。你快走吧！要不让后娘看见，你我都会没命的！"

董郎说："你什么时候走呢？"

梅子说："你还给我拴上绳子，等他们来解。他们把我引入洞房，后娘对我放了心，我就乘机逃走。"

董郎走时，梅子交给他两件宝贝，一个宝葫芦，一个破毡帽，说："路上你需要什么，就敲这个宝葫芦；有人追你，你就戴上这个破毡帽逃跑。"

董郎惶惶不安地走了。

走出了一里多路，再回头一看，在淡淡的月光下，哪里还有什么青堂瓦舍？那里是一片荆棘丛生的乱葬岗子。

他强打着精神走了五六里，肚子饥饿难忍，实在走不动了，就想起了那个小葫芦，一敲，果然前面树林里出来了一个小斯，给他端上一盘香喷喷的肉包子和一大海碗热水。他吃饱喝足，又见来了一顶四人抬的小轿。他坐上小轿，由四个脚夫抬着他一口气走出了七八十里。到了天明，他又一敲宝葫芦，那顶小轿和四个脚夫都不见了。这时，他把夜间的害怕都忘了，反而高兴地开了心花：我媳妇还真有两下子呢！

他走到中午，估计离家不远了，就进了道边的一个小店。这么长时间的劳累，他要好好地休息休息。店掌柜的挺热情，斟茶倒水，送菜递饭。晚上又抱来一床丝绸褥子锦缎被。他临睡的时候，把那两件宝贝搂得紧紧的。到了早晨，掌柜的向他要店钱，董郎一摸兜儿，没有。诚实的庄稼人没办过缺理的事，一时被人问住，脸上冒出了汗。掌柜的把脸一沉，说："你阴天下雨不知道，身上带钱不带钱还不知道吗？"

一句话说得董郎面红耳赤，更加慌了神儿，竟忘了宝葫芦的能耐，低头说道："掌柜的，你看我有什么，你就留什么吧。"

掌柜的说："这就得了，衣裳我不要，把毡帽和小葫芦留下吧。"

掌柜的刚要伸手去拿，有人从后面赶上来，一把拽住他的胳臂，说："我这里有钱，给你！"

董郎回头一瞅，是他妻子赶上来了，心中大喜。

昨晚梅子待到夜静更深，偷偷出了洞房，追董郎来了。她后娘睡觉的时候发觉梅子逃走，老妖婆立即念动真言，让他的徒子徒孙们提前在路上劫拿。这些人知道梅子那两件宝贝的厉害，就设了这个开店索宝的计谋，等到把宝贝要过来，再害董郎和梅子不晚。

掌柜的见梅子识破了他们的计策，便招呼他的一群人抓人抢宝。梅子见势不好，把董郎一挟，跳出圈外，从董郎手上拿过宝葫芦连敲几下，眨眼间，凭空出来几个彪形大汉，手持木棍，把这群人打得屁滚尿流，不知去向。

梅子说："在道上兴许再出差子，你把那个破毡帽戴上吧！"

董郎一戴上破毡帽，除了梅子，谁也看不见他了。

夫妻俩匆匆赶路，不到两个时辰，回到了他们盖的两间小屋里。衣裳是新的好，人是旧的好，小两口儿再次团圆，更加互相体贴，整日形影不离。梅子帮董郎种的瓜，又甜又香，个儿也出奇的大，挑到集上去卖，比别人脱手快、价码高。他们又开了一大块荒地，种上粮食，来年收入不少。于是，他们拆去旧房，另盖了三间新砖房，两间厢房。可是好景不长，一天，梅子愁眉不展，说："董郎哥，我有了。"

董郎还没来得及高兴，看看梅子的脸色，说："咱的孩子快落生了，你怎么又不欢喜呢？"

梅子说："我对你实说了吧，我不是凡人，我是狐仙。因为看你孤身可怜，待人忠厚，早就想和你结为夫妻。我后娘知道后，觉得人妖颠倒，上犯天条，把我锁住，那一年，我跑了出来，上天闪电雷鸣，要把我劈死在路上；我跑到你的窝棚里，蒙你救了我一命。我和你成了夫妻，可是不能白头到老，小孩一生，我罪加三重，必死无疑。"

董郎听了，说："不管你是妖是仙，我认为你是人！你比人还好，咱死活在一起。"

日子一到，梅子生了一个女孩。

这几日，连降暴雨，霹雷一个接一个，在他们的房前屋后转。梅子知道，和董郎在一块儿，雷电一时傍不上她的边，到了小孩落生的第三天，雷电把院中的树木烧焦，把房檐子震掉，后来飞入门窗，直取梅子。董郎把梅子背在身后，多少个霹雷劈不上她。在电闪雷鸣中，隐约有人喊："董郎躲开！董郎躲开！你再要保护这个偷入人间的妖孽，就一起把你劈死！"

喊完，电光如喷血吐火，雷声震得地动山摇。梅子见这样下去，董郎的性命也要难保。她对董郎说："我死以后，你要好好照管咱的女儿！"

董郎刚说了声："你不能死。"梅子已经推开董郎，三步并作两步跳到院中，"呱啦啦"一声霹雷响过，梅子的身子化成一股青烟消失了。

梅子死后，董郎怀念他聪明善良的妻子，抱着他们的女儿天天向苍天呼喊："梅——子——，梅——子——。"可是梅子永远不能回来了。

红眼猴儿抢亲

讲述：王志华 女 60岁 小学
记录：白静
2009年9月采录

在一个小村庄里住着一对夫妻和他们的一儿一女，日子虽然清苦，但一家人过得很开心。

姑娘长大了，出落得十分俊俏，也格外聪明能干。

村子东头有一间碾房，姑娘常去那儿帮家里碾米。

这天，姑娘又背上半袋儿谷子，拿上笤帚、簸箕进了碾房。

吃晌午饭的时候，爹娘还不见姑娘回家，就到碾房来找，只看到碾了一半的谷子和掉在地上的笤帚、簸箕。爹娘喊来全村人，大家到处找，一直找到天黑，也没找见姑娘的影子。

姑娘的爹娘和兄弟都哭得死去活来。

转眼两年时间过去了。姑娘的兄弟长成了小伙子，他也很懂事，也能帮着爹娘干一些活了。这天，他去离家很远的大洼里拾柴，走到了一个矮矮的旧窑洞子上，忽然，一个声音在喊："谁啊？谁在我家房顶上跳跶啊？"

兄弟觉得那声音很耳熟，嘴里嘀咕着："怎么像是我姐在说话？"他四下里瞅瞅，没人啊！他不知道这声音是从哪里传出来的，很是奇怪。

这时，那声音又说："听声音怎么像我兄弟啊？外面的人！你闭上眼！让我看看你！"

兄弟听出那就是姐姐的声音，赶紧闭上眼睛，再睁开时，自己已经在一座青堂瓦舍的宅院里，姐姐两眼含泪站在了他面前。姐弟俩先是抱头痛哭，接着姐姐抽抽搭搭，说了半天才说明白：原来两年前碾房里跑来一只红眼睛的猴子，它看中了姑娘，把她抢到了这里。如今，姑娘已经给红眼猴儿生下了一只小红眼猴儿……

兄弟说："两年来爹娘没有一天不想你，没有一天不掉泪儿……全是这该死的红眼猴儿害的！它在哪？我杀了它，咱一起回家。"

姐姐哭得更凶了，她虽然人被困着没法逃走，只能在此耐活着，心还是一直跟爹娘和兄弟在一块儿的。

姐姐说："红眼猴儿出去办事儿，估计回来早不了……兄弟，杀红眼猴儿不是件容易事儿，它有道行，还有一件从不离身的法宝，咱还得从长计议！……我还是先给你做点儿吃的吧。"

兄弟吃了饭，俩人又商量起计策来。姐姐刚要打发弟弟离开，就听屋子外响起"呼呼"的风声，姐姐慌了："兄弟，红眼猴儿回来了！可不能让他看见你。"姐弟俩急中生智，兄弟藏到了一口大缸里，姐姐随手盖上了缸盖子。

红眼猴儿进得屋来，吸了吸鼻子，说："哦？怎么家里有生人气？"

"瞧你说的，哪来的生人气？"姐姐打着圆场，"有，也是你出去带回来的。"

姐姐忘了屋子里还有一只自己生下的"小孽障"。这时候，那只小红眼猴儿巴巴结结，抢着开口了："舅舅……缸里扣扣……烙的大饼，裹上腊肉……不给俺点儿吃，让俺看着……"

没等红眼猴儿反应过来，姐姐笑了，说："唉！孩子他爹，我还是跟你说实话吧，刚才你不是说家里有生人气吗？还真说对了，是我娘家兄弟——孩子他舅，他来看我了！"

"是啊？他舅在哪啊？快叫他认认我这姐夫。"

"还不是你红眼儿八叉的，我怕你吓坏了他，才……"姐姐掀开了缸盖。

兄弟假装见了红眼猴儿吓得要命，好半天才怯生生地叫了声"姐夫"。

红眼猴儿一副很理亏的样子，但它也很高兴："媳妇，咱可得好好招待招待孩子他舅！"说着就从身上掏出来一根金棍棍儿和一根银棍棍儿，俩棍儿一磕说："上好菜！上好菜！"

眨眼之间，一桌上好的酒席已经摆好。

兄弟吃了几口菜说："姐姐，姐夫，我得回家去了，晚了让爹娘惦记。你们过几天也一块儿回家看看吧，带上我这小外甥，爹妈见了你们——特别是我这神通广大的姐夫——不知道会有多高兴……"

姑娘含着眼泪为兄弟打点了一些珠宝金银，让他带回去孝敬二老，说自己"会回去的"，说这几个字儿的时候，她拉着兄弟的手使劲摇了一下……

兄弟走后，姐姐还是直抹眼泪儿，红眼猴儿看着有些心疼，说："媳妇，我倒是想陪你回一趟家——可就怕老丈人和老丈母娘他们嫌弃我这红眼儿……"

姑娘叹了口气，说："其实要治你这红眼儿也不难，我以前倒是听说过一个偏方儿……"

"那你还不赶紧说，什么药我都弄得来。"

"就是有些麻烦，你明天去买一沓纸和一些鳔胶来吧。"

第二天，红眼猴儿照姑娘的话把东西买来了。

姑娘一边让红眼猴儿去洗澡，一边点火把鳔胶化好。红眼猴儿坐在炕沿儿上，姑娘就在它眼睛周围抹一层鳔胶粘一层纸，抹一层鳔胶粘一层纸，边粘边问："还能看见吗？"直到红眼猴儿说"看不见了"，她又糊了几层才罢手。姑娘把红眼猴儿领到门外，让它脸朝向太阳："在这里晒上一个时辰，你的红眼儿就治好了！"

姑娘回屋，把小红眼猴儿拴在窗户棂子上，又给它放上些好吃食，转身翻出了红眼猴儿藏在屋里的金棍棍儿和银棍棍儿……

不知道过了多长时间，红眼猴儿在太阳底下晒得直犯晕："媳妇！媳妇！行了吗？"不见回声，过了一会儿，它又问："媳妇！媳妇！行了吗？"还不见回声。又待了老半天，红眼猴儿一直喊不来姑娘，就伸手在眼上挠，怎么挠也挠不开，急得它要命，使劲儿挠使劲儿抠，最后挠破了双眼。

瞎了眼的红眼猴儿傍晌午的时候，又来到姑娘的村子，它坐在碾房旁边的一个碌碡上，嘴里念叨着："我不要我那金擀面棍儿，也不要我那银擀面棍儿，我就要我那白脸的小媳妇儿……"一连几天，天天如此。

姑娘不敢露面，全村人也胆战心惊。

这天，红眼猴儿又来了，它一坐上每天坐的那个碌碡，就听"哧啦"一声，一股子焦臭味冲天而起，红眼猴儿眨眼之间跑没了影儿……

原来村里人们想出了一个主意：在红眼猴儿到来之前先烧红了它要坐的那个碌碡！

从此，红眼猴儿再没有在那个村子里出现过。

姑娘一家终于过上了幸福安定的生活。

蛇姑娘

采录：张树华

一座破烂古庙里，住着一条小青蛇。这条小青蛇心地善良，心灵手巧。它经过千百年的修炼，练就一身功夫。虽说是这样，它在古庙里孤苦伶仃，身寒肚冷，无时无刻不向往着人间的生活。它爱人间的男耕女织、夫唱妇随；它爱人间的家人团聚，乡邻团结；它爱人间的诗书礼乐，春种秋收。因此，它常变成一位细巧俊美的大姑娘，到乡下各村里去玩儿。

这一日，她来到一个村庄。这村里正来了一个戏法班子，看戏法的人里八层外八层的。蛇姑娘也挤进人群里去看，正和一个少年站在一起。这少年淳朴、忠厚，见一位俊姑娘肩挨肩地和他站在一起，就羞怯地躲开了。

这少年是本村人，叫铁头，十六岁，父母苦巴苦结地供他读书，可他就是腻烦书里的之乎者也，经常逃学。铁头爱玩爱要，一有变戏法的来了，他就由东村跟到西村，百看不厌。

这帮变戏法的在这村里要了一天，到傍黑就走了，铁头看着了迷，没和爹娘打声招呼，就跟着这个戏法班子走了。这帮变戏法的都骑马，出村后就快马加鞭，为的是多赶一个村店，多要上一场。铁头在后面大步追撵，追到老阳儿钻了地，看不到那戏法班子的影子了，还一个劲地朝前走。一天追不上，追两天，一直追了半个月也没追上。

他追来追去，追到了一个村庄，这时已是吃晚饭的时候了。他找到一个老汉家借宿，老汉说："村后我家有一个宅院，就是夜里常闹事儿，没有人敢住，你要是胆大，就去住吧。"

铁头天不怕地不怕，就进了那所宅院。这宅院果然荒凉，院子里碎砖乱瓦，野草丛生。但一进正房屋，可就与那老汉说的不同了，那屋里铺毡卧褥，摆设齐全，香喷喷的，像个闺房。铁头刚在屋里坐定，外屋一撩门帘，走进来一个俊姑娘。这姑娘不过十八岁，满面含笑，眼波撩人。铁头一看，正是半月前在自己村里看戏法时挨着他的那位姑娘。

这姑娘用娇滴滴的声音说："公子，我早就在这里等你了，饭我也给你做熟了。"说着，她又出屋去，揭开锅，给铁头端来了热腾腾的饭菜。

铁头吃了晚饭，又耐不过那姑娘的千娇百媚，便和那姑娘同床而睡。一日夫妻百日恩，铁头和那姑娘住了几日就恋恋不舍，不想走了。

再说离这村不远有座螳螂山，山上有一座寺院，寺院里的方丈法术挺高。这日他掐指一算，说："不好！一个蛇妖缠住一个少年男子，我必须把它赶走。"可又一算，这蛇妖也有一身法术，不可轻举妄动。老方丈唤来了黄仙和猬仙，让他们二位去那所宅院，如此这般行事。

这姑娘还真是那条善良的小青蛇变的。她白天出去，晚上就回来和铁头同住。这日，蛇姑娘见到宅院里又住上了两位中年妇女，觉得她们来的奇怪，必是和自己有关。第二天她出门时，就对铁头说："咱院里住的那两个妇女可不是好人，她们的话可不要听。"

蛇姑娘走后，那两个中年妇女来到铁头的屋子，说："小伙子，我们是来搭救你的。"

铁头说："我没灾没祸，说什么搭救？"

那两位妇女说："你已经大祸临头了！"

铁头说："怎么见得呢？"

"和你在一起睡觉的那个姑娘，是破庙旮旯儿的一条小青蛇，你要是不脱离她，三天之后，就会被蛇缠得人不像人，妖不像妖了。"

铁头说："你们怎么知道她是小青蛇呢？"

"不信，你趁她睡觉时，把一个线穗子缠在她的脚上，看她白天到什么地方去，你就知道了。"

铁头照她们说的话办了。

　　蛇姑娘白天带着一个线头走了。那个线穗子上的线转来转去没有了，线头也停下不动了。铁头顺着线走了十几里路，找到了一座破烂古庙里。铁头推开庙门一看，果然有一条小青蛇躲在那里，尾巴上还拴着它带来的线头。铁头向前一弯身子想抓蛇尾巴，小青蛇见了铁头，一滚身子，立了起来，的确是他的妻子——蛇姑娘。

　　铁头问："你是人，还是蛇？"

　　蛇姑娘见瞒不过了，就对铁头直说了：自己爱慕人间，就成人形，那日看戏法和铁头站在一起，见铁头身强力壮，忠诚老实，就想与他终生结为夫妻，永世不分离。铁头被蛇姑娘一番话感动，不但没有恶感，反而更爱怜她了。

　　小夫妻双双回到那所宅院，跟往常一样，欢欢乐乐地过日子。

　　那两个妇女见铁头夫妻俩好得刀子割不断，棒打不分离，就回去对老方丈说了。老方丈一计不成，又生一计，让黄猬二仙把铁头骗出宅院，先用雷电把他击死，再驱赶小青蛇离开人间。

　　蛇姑娘知道这两位妇女是黄仙和猬仙变的，就对铁头说："这两个妇女拆不散咱们夫妻，就会下毒手，我有法术，不易伤我，就怕你受害。"

　　铁头说："这可怎么办呢？"

　　蛇姑娘说："我在你身旁，任这两个东西用什么办法都不怕。就怕我不在你身边，她们就能伤害你。我给你两件东西，在你觉得最危险的时候就用它。"

　　蛇姑娘给了铁头一只大公鸡，一条铁链子。

　　这一天，黄猬二仙趁蛇姑娘不在家，变成两位可怜的老头儿和老婆儿，来到宅院里对铁头说："我们是无儿无女的老两口子，种了几分菜园子，想卖点儿菜换俩钱儿，好有个零花儿什么的，可是天旱无雨，你帮俺去浇浇园子吧！"

　　铁头一口答应，就帮老两口子去浇园子了。正浇着，北边天上来了乌云，眨眼工夫，一块黑锅底似的乌云压在铁头的脑瓜顶上，"噌噌"两道闪电向铁头刺来，"嘎啦啦"一声响雷在铁头的脑门上爆炸。铁头吓了一身冷汗，忽然想起蛇姑娘的话，赶紧从怀里掏出那只大公鸡向天空一扔，闪电不亮；铁头又把铁链子向天空一扔，雷也不响了。空中的乌云，化成了一道清风走了。铁头低头一看，井台边上一只大刺猬被那大公鸡啄死了，一只黄鼬被铁链子锁住了。

蛇姑娘回来，听铁头学说了这件事，说："咱回家吧！在这儿待不住了。"

铁头说："到家挺远的，多会才能到呢？"

蛇姑娘说："我变成一只白天鹅，你骑在我身上，合上眼，一会儿就能飞到家。"

蛇姑娘说着，立即变成一只白天鹅，铁头骑上去，合上眼，耳朵旁边响起"呼呼"地风声。

再说那个老方丈掐指一算，知道黄仙和猬仙都被蛇姑娘害死，顿时大怒，他要亲自出马捉拿蛇精。他脚踏祥云，来到空中，向远方一看，见蛇姑娘变成一只白天鹅，正驮着铁头向铁头的家乡飞去，他立即念动真言，传到铁头耳中，说："你坐的是一个蛇妖，她能咂骨吸血，把你缠得枯瘦如柴后，就把你吃掉！我来搭救你，你还不睁开眼来！"

铁头听了这话不由得害怕，一睁眼睛，见自己飞在万里高空，头一晕，一个跟头栽了下来！铁头眼看就要落地摔死了，蛇姑娘提前一步落地，把铁头抱在怀中。

等到铁头在地上站稳，蛇姑娘说："我不让你睁眼，你偏睁眼，这不差点摔死你吗？既然咱落在地上，我变成一匹枣红马，驮你回家吧。"

铁头又骑在马身上，那匹枣红马便飞也似的奔驰起来。

老方丈一看蛇姑娘又驮着铁头跑了，降落云头，赶到蛇姑娘的面前，又念动真言。枣红马前面立即出现了一帮变戏法的。铁头在马上看得真切，又被勾起了好奇心，他跳下马来，要去看戏法。蛇姑娘说："去不得！那是老方丈设的圈套！去了他就拆散咱们夫妻，那可就是生离死别了。"

这时铁头耳边又听老方丈说："铁头，你不可把一个蛇妖带回家去，你的父母会不依你的。你不可因为蛇妖生得美貌，就执迷不悟，前面苦海无边，回头是岸。"

这话打动了铁头的心，但又不忍把蛇姑娘扔掉，心里七上八下，拿不定主意。老方丈又变成了一位慈眉善目的老头儿，来到铁头面前说："你把这匹马卖掉吧，我多多给钱！你拿这笔钱回家去，足可以孝敬你父母一生。"

铁头听这位老头儿说得有理，狠了狠心，就把这匹马卖给了老头儿。老头用缰绳拴住马，那帮变戏法的立时不见了。老头儿把马牵到路边一间破庙里，把庙门插死，就用鞭子抽开了那匹枣红马，直抽得那马"咳咳"怪叫。

铁头见老头儿把马一牵走，又想起了蛇姑娘的旧日之情，后悔了。他再看老头儿给他的钱，原来是一把瓦碴子。他随后就向那老头儿追去。

　　蛇姑娘这时被打得遍体是伤，疼痛难忍！忽然心生一计，一抖身子变成一只小麻雀，从窗缝里飞了出来，飞到铁头的怀中。

　　蛇姑娘流着泪说："你不要变心呵！我变成一枚小铜钱，你把我装在兜里，带我回家去吧。"

　　铁头也流着泪说："这回我再也不变心了。"铁头带着蛇姑娘回到家乡。

　　铁头的父母想念铁头，几个月吃不下，喝不进，眼都哭肿了。忽见铁头带着个俊媳妇回家来，高兴得老两口子合不拢嘴。蛇姑娘特别孝敬公婆，一家人欢欢喜喜。没过一年，蛇姑娘生下一子，为这个小家庭锦上添花。他们又盖了新房，买了地，日子一天天兴旺。这一年，那群变戏法的又回来了，他们路过这村时，看到了蛇姑娘的这所大宅院，一个说："好大一片水哟！"另一个说："有水就有鱼。"

　　这话被铁头的爹听见了，知道这是做贼的黑话，吓坏了。蛇姑娘说："爹！不用害怕！我来收拾他们。"

　　夜间这批人果然来了，蛇姑娘把他们打了个落花流水，落荒而逃。从此，什么样儿的坏人都不敢傍铁头家的边了。蛇姑娘和这一家人过上了太平幸福的日子。

中国民间故事丛书

河北 廊坊

大城卷

笑話

马下牛

采录：黄学通
1965 年采录于大城县南赵扶镇大流漂村

清朝初年，子牙河两岸桃红柳绿，桑榆茂盛，呈一派北国江南的美景。

一年开春，有个头顶上竖着一撮毛朝天杵小辫的男孩儿，手提着柳编篮子，在河堤桑林间掐桑叶喂蚕。他手快脚快，不一会儿就掐满了篮子。突然，"嗒嗒嗒"一阵马蹄声，从西边跑来一匹高头大马，骑马人见到掐桑叶的小孩，急忙勒住马，高门大嗓地喊道："小孩，这里到黑马张庄怎么走？"

小男孩停手仰头看了看骑马的人，只见他身穿官服，头戴花翎顶戴，盛气凌人地稳坐在马上一动不动等他回答。心想，这种人也太不懂礼貌了吧，你披着一身臭官服有什么了不起，我看你是癞蛤蟆上秤盘——不知自己几斤几两，今儿个我非给你点颜色瞧瞧。只见他提着篮子，眨动着明亮的小眼睛笑眯眯地说："你是问去黑马张庄怎么走吗？"骑马人忙答："是啊！"小男孩向前凑了凑认真地说："你让我先回家问问爷爷，回来再告诉你。不过，请你得多等一会儿，我爷爷现在正忙着呢！"

骑马人问："你爷爷在家忙什么？"

小男孩说："我爷爷正忙着伺候马下牛呢！"

骑马人不解地问："这可是个新鲜事儿，马怎么能下牛呢？"

小男孩忙说："我也纳闷儿，这个不懂事的畜生，他为什么不下马呢？"说完，提着篮子跑回村。

骑马人讨了个没趣，路没问成，灰溜溜地走了。

这个小男孩，就是后来乾隆年间的礼部尚书、协办大学士纪晓岚。此笑话，至今仍在冀中一带流传。

小鸡出窝儿

采录：张嘉麟
2009 年 9 月采录

有只芦花大母鸡下了蛋，孵出一窝子小鸡来。母鸡很娇惯小鸡，整天陪着它们在自家院子里一边找食吃，一边玩。这天，小鸡们对母鸡说："娘啊，俺们都长这么大了，还不知道院儿外头是啥样儿！"母鸡一想，也是，该让孩子们出窝了，得让它们长长见识，就说："娘今天就带你们出大门，去开开眼。可你们必须记住——外面天上有时候会飞来老鹰，老鹰是专门抓小鸡吃的，它一来你们就赶紧钻到我翅膀底下躲起来，不然小命就没了！"小鸡们一齐点头。

母鸡领着小鸡来到街上，小鸡们高兴极了，看见什么都觉着新鲜。

邻居家有只花翎大公鸡，它一见自己的老相好又出现了，非常高兴，就扑棱起翅膀，参起羽毛，"咕咕"叫着飞奔过来与母鸡亲热。小鸡们以为是老鹰来了，胆子都快吓破了，都跌跌撞撞地钻到母鸡翅膀底下。

过了一会儿，一切平静，小鸡们小心翼翼地钻了出来，一只说："哎哟！吓死俺喽！娘啊，你胆子可真大，老鹰那么厉害你都不害怕。"

另一只说："俺也吓得一声儿不敢出……可俺听见那老鹰放屁了。娘，你听见了吗？老鹰放屁了！"

母鸡听了，哭不得，笑不得："唉！我的傻孩儿啊，什么老鹰放屁？那放屁的是你们的爹！"

放屁官儿

采录：张嘉麟
2009 年 9 月采录

说以前有个在朝为官的小官儿，一天上朝的时候，他憋不住放了个屁，这屁被皇上闻着了，皇上追究谁是放屁人，小官儿吓坏了，战战兢兢跪下承认是自己，请皇上治不恭之罪。皇上说："你不必害怕，你不仅没罪，朕还要赏你，因为朕就爱闻你这屁的味儿，朕封你为放屁官儿，从此以后，你就负责每天上朝给朕放这样的屁！"

放屁官儿为了能尽自己的职责，天天吃生饭、喝凉水，每天也真能保证在朝堂上完成任务。平时在家他有了屁都舍不得放——得给皇上留着啊！

可有这么一天，放屁官儿临上朝了，屁还没有影儿，急得直打磨磨遭。放屁官儿他妈问出了原由，说："没啥大不了的，不就是一个屁吗？我这儿正有一个！你快拿个小孩儿玩的猪尿泡来，我把屁放到里面，你拿着上朝，到时候一挤就成！"

放屁官儿觉得这是个不错的主意，就照办了。可到朝堂上一放这屁，皇上皱了皱鼻子，急了眼："今儿个……谁的屁这么难闻？你给朕站出来！"

放屁官儿跌跌撞撞上前跪倒："启禀皇上！是小臣所放。"皇上摇摇脑袋："不可能！你的屁不是这个味儿，你撒谎！"

放屁官儿没承想皇上鼻子这么灵，瞒不过去，只得如此这般地说了实情，皇上一听生了气："你胆大包天！你没屁也就得了，竟敢放你妈的屁，拉出去，斩！"

寻舒服

讲述：张书田 农民
记录：张树华
1985 年采录于大城县北魏乡北魏村

过去，有一位大家公子，自幼居深宅大院，侍女无数，更兼父母疼爱，他四体不勤，五谷不分，读书之外，饱食终日，无所用心，穿遍了绫罗绸缎，食尽了海味山珍，可谓是享尽了人间富贵。但他自八岁读书至十八岁长大成人，始终闷闷不乐，深锁双眉，衷肠无告。

父亲问他："衣不称心？"

"不是。"公子摇摇头。

"食不满意？"

"不是。"公子叹息。

"用不随手？住不宽敞？"

"都不是。"公子两眼无光。

"这是为了什么？"

公子倦容不支地说："我读书多年，有一词不懂。"

"哪个词？"

"舒服。"

"老师没教你吗？"

"教了。'舒服'二字，虽是指人的身体、精神的，但我十年无体会，更说不上理解了。"

父母再加山珍，重增海味，公子厌食；重增玉饰，公子厌穿；复加侍女、役夫，公子厌用；阔建房屋，公子厌住。

父母派人到处找舒服，好供儿子享用。那舒服无形、无味、无色、无声、何处去找？父母又贴出告示：谁能送来舒服，不论贵贱。可拿万金购买。众人看了，无非大笑而去。

公子决定出走，他不惜行万里路，至海角天涯，也要寻来舒服。这日，他打点行装，骑上快马，带上家童出行了。一路上见商行便问："有'舒服'卖不？"商行答："没有。"见行人也问："可见到过'舒服'？"行人答："没见过。"遍访高人逸士、酒家客舫，无一人见过。走了不知多少州城府县，越过不知多少河川山埠，几个月，"舒服"渺无踪影。这一日，来到一个大洼，前无村舍，后无店房，只见一年逾古稀的老农夫持锹在翻地。公子下马，前去问询"舒服"。这农夫上下打量了他一会儿，忽然笑道："我这里就有'舒服'！"公子听了大喜。十年千里无寻处，得来全不费工夫。公子含笑施礼道："老公公拿来，我看看。"农夫笑道："暂时还不能让你看。""我可以付以重金"。农夫又大笑道："我虽家贫，但不要你一文，但不知你依我一个条件不？"公子说："别说是一个条件，一万个条件也依！只要你给我'舒服'。"农夫说："这个条件就是服从我。"公子说："处处听从老公公。"

农夫便把手中的铁锹交给他，命他翻地：一、翻的不能浅；二、不能停；三、不准擦汗；四、不准叫苦；五、不准让别人代替。公子一一依允，便翻起地来。时值大暑，日蒸气闷，风丝全无，草密地结，公子一猫腰，就是一身汗。但他有汗不能擦，翻地不能浅，累也不能歇。一会儿，手脚全起了泡，脚手一粘锹，就钻心挖肉地疼，可又不能叫苦，不能让自己的书童代替。为寻"舒服"，他咬紧牙关。

老农夫坐在地头一棵大柳树下，摸须微笑，看着公子翻地。公子几次问"舒服"该有了没有，农夫说："有了自然给你。"累得他一阵阵昏晕，农夫不让他停歇。他哭泣落泪，老农夫无半点怜悯之心。一直翻到上午十一点多，太阳如喷烟吐火，公子饥肠辘辘，身子摇摇欲倒，老农夫起来，举马鞭斥道："你要慢下来，我用鞭子抽你！"公子力气使尽了，还要干，哭都找不上韵来了，可知世间还有几多辛苦。

老农夫看他已实在支撑不住了，笑道："公子！擦擦汗，跟我来吧！"

公子跟老农夫走到树荫下。他哪能站立得住？两腿一瘫，倒在那里。一阵凉风袭来，他脸上露出笑容，也忘记了向老农要"舒服"，两腿伸开，双手垫头一躺情不自禁地叹道："真'舒服'呵！"

农夫这时给他提了凉水来让他喝。老农说："这回'舒服'找到了吧？"

公子恍然大悟，说："原来如此！……"

分家

讲述：刘洪波　47 岁　大城县人
记录：周长锁
1988 年 3 月采录

王家村有个王老头，王老头全家四口人住着三间正房，儿子儿媳住东屋，他和老伴住西屋。这王老头自年轻时就和老伴合不来，时常吵架拌嘴。到了老年不但没有收敛的意思，反而越吵越凶。

这天深夜，老两口睡着睡着觉又吵了起来，吵着吵着老头便说："咱分家！""怎么个分法？"老婆不示弱地问。"抓阄，谁抓上'炕'，谁就在炕上睡；谁抓上'地'，谁就在地上睡。"

"行！"老婆也同意。于是，深更半夜老两口便抓起了阄，结果，老头抓上了炕，没办法，老婆只好睡在地下。

睡到四更时分，老头顿觉憋得难受，便爬起来冲着地下撒开了尿。这下，老婆急了，指着老头骂道："老混账，你凭什么往我身上撒尿？"

老头却不急也不火，笑吟吟地指着地下说："没有俺的走道，难道还没有俺的滴水吗？"……

嫂和小叔子

采录：张树华

嫂经常耍笑小叔子。这一天嫂在大门口纺线，一条狗卧在她身边。小叔子走过来，没等嫂开口，小叔子对卧在嫂身边的狗说："我爹在这歇着啦？"

嫂听了"咔咔"地乐起来，心想，我没耍笑他，他自己耍笑开了自己。小叔子一扭脸，又对嫂说："我妈在这纺线呢？"

母子买肉

采录：张树华

母子俩去肉店买肉。肉店门口的牌子上写：供肉时间上午八点半——下午四点。

儿子说："妈妈咱不买了。"

妈妈问："为什么？"

儿子说："要买，咱就回不了家了。"

戒酒

采录：张树华

一位爱喝酒的人向妻子保证："从此我一杯酒不喝了！"

妻子高兴。

一天，妻子又发现丈夫在酒馆里喝酒，她当众质问丈夫："你不是向我保证你一杯酒不喝了吗？"

丈夫说："孩儿他妈！你看，我面前摆的是两杯酒呀！"

吹大话

采录：张树华

甲："俺家的麦根子垛大，多大呢？一个大老家（麻雀）在垛顶上孵了蛋，蛋轱辘到垛边上，小老家出飞儿了。"

乙："俺家的打麦场大，多大呢？轧麦子时，俺家的老草驴（母驴）在中间下了个驴，把小驴驹牵到场边了，小驴驹已经老得没牙了。"

捉贼

采录：张树华

贼进一家院子偷东西，被邻居发觉，大呼："你家招贼了！"

这家主人惊起，追出屋来，在院子里正遇贼，问："你看见贼跑到哪里去了吗？"

一家

采录：张树华

一家三代同堂。中午吃饭时，十八九岁的孙女给奶奶盛饭，给父亲盛饭，又给两个哥哥盛饭。孙女累了，撅着嘴，对哥哥们说："你们都是爹！"

父亲在上首，觉得不顺耳，骂道："不是好奶下的！有你这么说话的吗？"

母亲听了，这不是骂上我了吗？她斜了丈夫一眼骂道："老兔羔子！有你那么骂人的吗？"

奶奶听了想，儿子是自己生的，他是老兔羔子，我就是老老兔羔子了，骂道："你们这一家兽类！"

性情急躁的人

采录：张树华

　　一人去饭店用饭。他向堂倌要了两碗面。堂倌一走，他急得用手指敲着桌子大喊："怎么面还不来？"连喊几次，喊声越来越大。堂倌端来面，一翻碗扣在桌子上。这人问："你为什么给我扣在桌子上？"堂倌说："我是个急躁脾气！我急等回去用碗！"这人用手抓着吃。这时，从门外进来一位拾粪人，上前把桌上的面用粪叉子刮到他的粪筐子里。这人着急地问："我买的面还没吃，你怎么弄去了？"拾粪人说："你吃了还得消化，消化了还得拉出来，那时我才能拾，这么办不就省事了吗？"

　　这人觉得拾粪人说得有道理，便和他攀谈起来。越说，越觉得脾气相投，说话间都知道对方的妻子怀了孕。爽快加爽快，定起来，如果都生一男，让他们拜干兄弟；都生一女，让她们拜干姐妹；生一男一女，就结成夫妻。

　　后来，拾粪人的妻子生了一女，这人的妻子生了一男。这人找到拾粪人要求结婚。结婚后第二天，这人又给拾粪人把那女孩抱回去，说："让他们离婚吧，你家的孩子不生育。"

望子成龙

采录：张树华

　　政客、哲学家、作家、画家、农民，五个人坐车谈起了自己的儿子。

　　政客说："一次我儿子偷吃了肉，怕我回家批评他，他偷着把油抹在猫的嘴上。看来我儿子很有政治头脑，大了可以继承父业。"

　　哲学家说："有一次我家的猫偷吃了肉，我问儿子有什么感想，儿子说：'猫是兽类，是爱吃肉的，肉不放好，被猫吃了，这是顺理成章的。'我儿子分析问题入理，看来他从小就具备哲学家的素质。"

　　作家说："有一次我看儿子的作文，写的是我家的小猫趁屋里没人，诡密狡诈地跃上板子，偷吃了肉，写得细致入微，活灵活现。他长大一定可以成为一名大作家的。"

画家说："我儿子目光敏锐，有一次，他捉住我家的猫偷吃肉的一瞬间，画了一张猫的速写，把猫既害怕主人发觉，又想吃到肉的神态，画得呼之欲出，跃然纸上。他长大一定可以成为一名画家的。"

农民说："我家的猫也偷吃了肉，我儿子发现了，把猫打了个半死，他说：'人喂养它，是让它拿老鼠的，可是它不拿老鼠，偷吃家中的肉，弄得家里老鼠成灾。'我听了，对他说：'你像农民的儿子'。"

拧人

采录：张树华

一人耪地，到地头上直腰，腰痛，又猫下就不痛了。这样，他猫腰耪了半天。中午回家时，他又直腰，仍是腰痛。他生气了：直腰就让我腰痛，我他妈的不直腰了！

他猫着腰，把锄头搭在背上，向家走去。小道两边都是很强的庄稼，辨不清前面的方向，走啊，走啊，怎么老是走不到家呢？一直走了几里路，感到不对头，因为从地里到家只有半里路，他心一惊，猛然把腰直起来。一瞅，他已经错走到别的村的村头上。

礼不可过

采录：张树华

大城城北，有一个交叉路口，路侧有汽车站、饭店、商店，人来人往。有一位城里的姑娘，二十多岁，打扮得花枝招展，玉面生香，脚步轻盈地在路旁行走。路上有位骑自行车急急进城的农村小伙子，忽然吐出一口痰。那日有风，不凑巧，那风把飞起的一点痰沫刮到在这姑娘的脸蛋儿上。

她恼羞成怒，大喊："拦住前边那个骑车子的！"

诚实的小伙子听到喊声，下了车子，忙回过头来向姑娘道歉："真对不起！我不是故意的，来我用手绢给你擦去。"

"臭流氓！擦去不行！"

"别生气了！你说让我怎么办吧？"小伙子，和气地说。

"你要给我舔去！"

"别别！我给你擦去就完了！"

那姑娘不同意。过路围观的人过来说和，姑娘还是不依。有的人见到姑娘粉白的脸蛋儿粘着一点痰，不由得大笑。姑娘更臊了，非得让小伙子舔去不可。和小伙子一起进城的几个人说："豁出去了！去！给她舔！"

小伙子无奈，上前抱住姑娘的头，用舌头舔起来，舔罢，众人一起大笑。姑娘这时才感到一个姑娘家被一个小伙子抱住脑袋舔脸，是受了侮辱，突然坐在地上大哭起来。

围观的人大笑着散去。

绝技

采录：张树华

几个青年人拜一位高明的铁匠为师。铁匠无儿无女，几年间把自己的技术都教给了这几个徒弟。

但铁匠还对徒弟说："你们都要认真练习，好好干，我还有一手祖传绝技，是任何铁匠也不会的，将来我再教给你们。"

几个青年徒弟想着师傅这手绝技，对师傅非常尊敬，生活体贴入微，情同父子。说这话一年后，徒弟们说："师傅该传授那手绝技了吧？"

铁匠说："不该，你们的技术还没练到一定程度！"

到了第二年，第四年、十年、二十年，铁匠还是那句话，徒弟们感到师傅这一绝技是无比高超的。

铁匠病了。病了半年，徒弟们问绝技，铁匠说："我死前一定告诉你们。"又病了半年，徒弟们请来了各方名医。跑出千百里为师傅求药，但铁匠的病日趋严重。

病危这日，铁匠把徒弟们叫到一起，说："我马上就不行了！现在，我的祖传绝技要告诉你们了。"

几个徒弟在病床前洗耳恭听。

铁匠说："你们打铁时，铁烧红了别用手摸。"

说完，铁匠就死了。

好酒

采录：张树华

庙会上，十个老头巧遇了。一个说："咱们都是古稀之年，以后见面的机会不多了，为了不辜负今天的巧遇，咱们要痛饮一番！"大家一致认为这个主意得好。又一个老头提议："咱们各备一瓶酒，古人有歃血为盟，咱们也来一次，让后代子孙们也结成朋友！"大家听了，一致称好。

一个老头心里暗想，九个都备好酒，我拿一瓶凉水，别人都看不出来，自己白省下几十块钱。那九个老头都想到一块儿去了，带去的都是凉水，见面都夸自己的酒味美，价高。

他们把"酒"装进一个罐子里，就分饮了起来。一边饮，还一边称赞："好酒！真是好酒！"

酒尽。这把年纪的人岂能耐得过一瓶凉水？十个老头回家后都病了，十个老头回答是一致的：因为他们喝了价钱高的好酒。

烟瘾

采录：张树华

一位庄稼汉烟瘾极大。一日他在洼里耪地，忽然烟瘾上来了，可他一无烟，二无烟袋，三无火儿。急得他就地转磨儿，两手抓耳挠腮，他把锄往地里一丢，两眼东瞧西瞅，见到地头有几棵苞麻，便向那里跑去。好歹他在苞麻棵下捡了几片落地的苞麻叶，几乎乐出声来！他把苞麻叶在手心里碾碎，可还没有烟袋呀！正着急，从道上走来一人，他问："大哥！你带烟袋了吗？""带着了！""我借借使使。"

那人便把烟袋借给他。

他把那点碾碎的苘麻叶装进烟袋锅。可还没火呀！这时从道上又走来一人，这两人同时问："大哥！你带着火了吗？""带着了！"

三人，一个有烟，一个有烟袋，一个有火。他们都想吸这锅烟。同病相怜，互相体谅烟瘾大的人。三人商量，谁家穷，谁就吸这锅烟吧。

第一个有烟的说："家住半间屋，香火当蜡烛。无粮又无草，饿得老鼠哭。"

第二个有烟袋的说："家住半间屋，星星当蜡烛。枕着脊梁背，盖着瘦胯骨。"

第三个有火儿的说："我房无半间，饿了七八天。热气换冷气，专等这锅烟。"

无奈，这锅烟被带火儿的人吸了。

吝啬村

采录：张树华

某个村人极为吝啬，彼此之间不通往来。一次一家失火，火势极猛，这家人救不灭，便求四邻帮他救火，邻居说："救火这事脏、累、又危险，把火救灭你家要出三十两银子。"这家人说："三十两太贵了，我只出十两。"

经过讨价还价，要价的降到二十两，给价的长到十五两。这时那火已经把四邻的房子烧着了，火势更旺了。四邻又去求人救火。那些邻居们都见火势大，要价五十两，而求救火的人只出三十两。又是讨价还价，火又向四处蔓延，又一番讨价还价。半天，大火把个小村烧了个精光。全村人都倾家荡产了，他们望着一片废墟，说："火烧了房子不要紧，反正不干没有便宜占的事。"

尖头买香油

采录：张树华

大城县东杜村有一人极尖头，人们公平合理地对待他，他就认为包屈。一次，他家来客做菜没有香油，他到街上去，想占卖油掌柜的便宜。他端去一个大瓦盔子，要打二两香油。卖油掌柜的给他打上了。他把二两香油在瓦盔子里转了几圈，又闻了闻，说："这香油一点不香，我不要了，你倒回去吧。"

卖油掌柜的没办法，把油又倒回桶内，瓦盔子上粘了足有一两香油。掌柜的从地上抓过一把土放在瓦盔子里把油控净，才把瓦盔子交给这个尖头。

便宜没占到，尖头垂头丧气地回家了。

鹅肉谁吃

采录：张树华

师徒俩进山打猎，打了一只天鹅。回来，师徒俩就炖了。炖熟，师傅说："咱师徒俩今夜做梦，谁的梦做得最好，这鹅肉就归谁吃。"

徒弟说："行。"

可是到了夜间，徒弟起来，把鹅肉吃了。早晨起来说梦，师傅说："我做了个梦，梦见我当了神仙。"

徒弟说："我和师傅做的梦一样，梦见师傅当了神仙。当了神仙就不食人间烟火了，所以，我黑下起来就把鹅肉吃了。"

哭儿的

采录：张树华
1985 年采录于大城县北魏乡北良村

一农民午后下地，路过村边水坑，见到水坑里有一个小孩在挣扎，向上一蹿，露着头上的小辫，向水里一沉就看不见了。这农民扛着锄，扭扭脸，抿嘴乐着过去了。到了地头上，他对先于他下地的几个农民说："一会儿你们听哭儿的吧！"

人们觉得他这里说鬼话，没人理他。

可是人们耪了一遭地，果然听到村里有隐隐约约哭儿的声音。都不知道谁家出了异事，便纷纷向家跑。这人也跟着向家跑，他越跑听着声音越熟，腿越软。到了坑边上，原来是他妻子在那里守着他八岁的独生儿子哭呢。

故事家小档案

李玉川

1934 年生，河北省大城县人，大专文化，副编审。1947 年参加工作，历任大城县文化馆长、大城县委宣传部副部长、县志办公室主任等职。1995 年离休。系中国民间文艺家协会会员、河北省作家协会会员、河北省杂文学会会员、河北省地方志学会会员暨学术委员。曾任廊坊市作家协会理事、廊坊市民间文艺家协会副理事长、廊坊市散文、杂文学会常务理事、廊坊市社科特邀研究员。20 世纪 50 年代开始涉足文学创作，80 年代以来，作品日丰，先后出版了《李莲英外传》(合作)、《中国风土趣话》(廊坊市文艺繁荣奖一等奖)、《熟语趣话》(廊坊市第二届文艺繁荣奖二等奖)、《江湖行帮趣话》、《李莲英宫廷生活写真》(廊坊市第三届文艺繁荣奖)、《晚清宫廷侍从写真》、《李玉川文集》等。此外还主编了《大城县志》(河北省地方志、年鉴优秀成果二等奖、篇目设计奖)和《大城县土地志》(河北省科学技术二等奖)。同时还写出了民间故事和业务论文多篇。《龙亭子的传说》《吞脊兽的故事》《百家姓》《将军的忌讳》《李世魁借粮》《皮匠得妻》《钢刀布的由来》《李松的故事》《天桥山》《智审侯三》等收录在中国民间文艺出版社出版的《民间故事》丛书。2001 年获河北省首届修志先进个人；2008 年被大城县委、县政府授予首届十大文化名人。

黄学通

1938 年 11 月生于大城县大流漂村。曾在该县文化馆、县政府、县民政局工作。1965 年开始在《河北日报》《河北文学》发表作品。1970 年在《廊坊日报》《廊坊文艺》发表民间故事《马德怀斩蟒》《留邻居》。1975 年故事《常洪嫂》

参加全省故事会演，获二等奖；并由河北人民出版社、《河北群众文艺》分别出版和刊载。民间故事《相互拜师》1982 年由《河北俱乐部》第五期刊载。《留邻居的故事》1985 年由上海文艺出版社《故事会》第四期刊载；同年，根据民间传说和史料创作的长篇人物故事《李莲英外传》（合作）由中国文联出版社出版。《杨六郎演马破辽兵》1993 年由《中国地名》第五期选登。《摔瓶获金奖》1997 年 10 月由上海文艺出版社《故事会丛书》选用。1994—2002 年故事《"照妖镜"风波》《出活瘊》、笑话《马下牛》由中国民间文艺家协会《民间文学》刊登。现为河北省作家协会、河北省戏剧家协会（编剧）会员、中国纪实文学研究会会员。

周长锁

笔名"晓歌"，原为大城县南赵扶镇党政办主任，广播文化站站长。现为中国散文诗学会会员、河北省作家协会会员、河北省民间文艺家协会会员、廊坊市作家协会理事，大城县作家协会主席。20 世纪 80 年代开始业余文学创作，主要作品有：文艺杂谈《小谈咏物诗》，文学评论《红楼梦的梦境描写》，纪实小说《一个小学生的两则日记》，散文《与浩然老师的交往》，报告文学《小人物的大事业》，民间故事《金钟河的传说》，诗集《晓歌诗选》《冬天我读诗取暖》《我无法走出爱情》《三月我与梨花为伍》等。1989 年因民间文学《金钟河的传说》《龙冢疙瘩的故事》等数篇的发表，应邀参加由联合国教科文组织与中国民间文艺家协会在山西洪洞县举办的"国际民间故事学术讨论会"。

张树华

（1943—1994）大专学历，笔名"雪心"，大城县北魏乡北良村人。1959 年在县文化馆工作，担任辅导员，后担任过乡党委秘书、文化站站长、廊坊市作协理事等。

1959 年开始，走遍各公社大队进行主席像墙画绘制，其间接触了许多民间"故事篓子"，听他们讲故事并整理成文。几十年间他收集了上千篇民间故事，在各家报纸杂志多有刊登。1985 年开始，先后在《民间文学》和《杂技与魔术》上发表了《冯国璋装神破迷信》《真假梅香》《陈妈妈一命勾三魂》《大雁报恩》《宝鸟》《鹦哥儿》《鸽子》《张二狗骂财神》《卖油郎打鬼》《李太白醉酒》《长剑里的秘密》《天仙配外传》等。

附录二　未收入本卷的主要作品篇目

李太白醉酒

长剑里的秘密

天仙配外传

姑姑

武家寨的神仙脸向后

鬼子六儿

清明桥

药王显圣救孝子

无头案

道家的传人

驴戴捂眼儿

羲之爱鹅

臭虫、跳蚤、虱子从什么时候开始咬人

牡丹花子

狄青魔法讨敌兵

王信查案

顾连生魔法断案之仙人罐

抒怀诗

谁是他的子孙

县官

县令

燕贞子

诰命夫人

大雁报恩

史赐花

杜康酿酒刘伶醉

冯国璋装神破迷信

宝岛

锛能避邪的传说

顶天的光棍

后记

　　在历史的滚滚洪流中，民间文学如风似雨，来得快，去得也快，稍纵即逝。因此，我们要想留住这一珍贵的民间文学遗产，就要抓紧时间抢救和挖掘，为国家、为民族、为地方、为后人保存一份较全面、真实、有价值的口述文学遗产——人类的记忆遗产。此次，我们收集了这些县内民间故事，在整理过程中，力求保持原口头作品的原汁原味和鲜活性，保留方言土语的特色，愿使之成为我国民族文化资料库的一个组成部分，祈望通过它，使地方文化遗产得以有力保护，在一定程度上，使哲学家从中汲取到更多民族思想的营养，使历史学家得以再履历史足迹，使人类学家再次感悟人类发展史，使社会学家重温各个历史时期的社会变迁，给作家提供丰富的创作素材，让民俗学家看到鲜活的民俗事象……

　　更值一提的是：打造这部《中国民间故事丛书·河北廊坊·大城卷》，我们县文联工作人员做了大量细致、烦琐的工作，可谓一丝不苟，尽心尽力，但因水平能力有限，疏漏缺憾仍是在所难免。在此向广大读者和作者一并致歉，敬请谅解。值得欣慰的是，也得到了全县广大文艺工作者和人民群众的热情支持和通力合作，收集整理工作进展顺利，成果累累，突破性发现了我县已故民间文艺家张树华，发掘出其大量的优秀民间文学作品，在其作品专辑的后期整理过程中，张树华老师的子女和文联的同志们更是夜以继日、争分夺秒突击整理他的遗作，充分表现了民间文学工作者良好的工作态度和极高的工作热情。

这部《中国民间故事丛书·河北廊坊·大城卷》的出版，得到全县文艺工作者和人民群众的大力支持和热情帮助，廊坊市文联、民协有关领导对此工作进行了具体指导，大城县文联积极组织落实编写计划和撰写工作。此工作得到了县内文化界前辈李玉川、黄学通、安学峰等的积极配合，我们在此一并致谢。

编者

2009年10月1日

图书在版编目（CIP）数据

中国民间故事丛书·河北廊坊·大城卷 / 罗杨总主编 . —北京：知识产权出版社，2016.3

ISBN 978-7-5130-0442-8

I.①中… Ⅱ.①罗… Ⅲ.①民间故事—作品集—大城县 Ⅳ.① I277.3

中国版本图书馆 CIP 数据核字（2016）第 018109 号

责任编辑：孙　昕　　　　　　　　装帧设计：研美设计

文字编辑：孟　卿　　　　　　　　责任出版：刘译文

中国民间故事丛书·河北廊坊·大城卷

中国民间文艺家协会　组织编写

总 主 编　罗　杨

本卷主编　张占军　王湫弘　李会宁

出版发行：知识产权出版社有限责任公司	网　　址：http://www.ipph.cn
社　　址：北京市海淀区西外太平庄 55 号（邮编：100081）	责编邮箱：sunxinmlxq@126.com
责编电话：010-82000860 转 8111	发行传真：010-82000893/82005070/82000270
发行电话：010-82000860 转 8101/8102	经　　销：各大网上书店、新华书店
印　　刷：北京科信印刷有限公司	及相关专业书店
开　　本：720mm×1000mm　　 1/16	印　　张：19.25
版　　次：2016 年 3 月第 1 版	印　　次：2016 年 3 月第 1 次印刷
字　　数：325 千字	定　　价：48.00 元

ISBN 978-7-5130-0442-8